漢語應用的文化人類學研究

主　編◎李海霞

《漢語應用的文化人類學研究》i-ii。

寫在前面的話

《山海經》的奇怪動物描寫都是神話嗎？顏色名是怎樣由混淪變得精細變得有象徵義的？術語有沒有質量的進展、怎樣進展的？小學教材內容會不會從以長上和我方為中心轉到以對象為中心？中國人敬佩的“好漢”真的是高尚勇敢的化身嗎？中國人和西方人一樣慣常使用感謝語嗎？世界上所有民族都一樣熱愛吃喝和面子嗎？卑己尊人的禮貌用語真的來自內心的謙虛重人嗎？渴求別人贊慕的種種表現是獨立自信嗎？胳膊肘往內彎是大人的德性嗎？中國大陸台灣和英美的著作人都同樣注重自己的獲獎、頭銜和地位嗎？中英對交友、友誼和財富的看法有什麼不同？夢想統治全世界真的是愛國情懷嗎？……我們不但想知道真相是什麼，還想知道為什麼，我們想要弄清楚的東西很多很多。

一個民族認知世界的習慣和方法，性格、風俗、價值觀以及它們的演變，都會通過語言應用表現出來，其中一部分毫無疑問也體現著人類共同的狀況和發展趨向。語言是前人思維文化的腳印，又是現實的聲音，有時還需要撥開表面的假象探析埋藏在深處的真，故研究語言的使用引人入勝，筆者給每屆研究生推薦幾十個這類題目。

這裏的論文是本人和本人碩士生的作品，大多數是學生碩士論文的摘選或他們在校期間發表的小論文。我們對文章或者作了再次評閱再次修改，或者由筆者直接修改乃至摘編。看法則尊重作者原意，除非經討論作者願意改動。雖然這些文章還比較稚嫩，但是作者們從扎實的材料出發，客觀大膽地求真。大多數文章視角新穎，方法和觀點很有特色。它們不是老調常談，所以會刺激到“正確”的神經。希望這些別出心裁的文章能帶給學界新的認識和啟示，我們也衷心歡迎人們擺事實講道理的論難。

本書各篇文章均得作者授權輯入。

李海霞　2017.4

《漢語應用的文化人類學研究》

目　次

《漢語應用的文化人類學研究》1-8。

單音詞命名和音義聯繫

李海霞

摘要：單音詞一般是原始根詞。它們的創造來自音義任意結合的主流說法站不住腳。動物語言、兒童命名、命名實驗和命名考釋的調研可盡量接近原始命名狀況，認知的模仿類推規律也可對之加以說明。從這五個方面進行考察，得出如下結論：單音詞的創造原則上有音義聯繫，它們來自對自然物的模仿或對母詞音義的類推。若干萬後起詞是在它們的基礎上一個一個孳生或合成而來的。

語詞是怎樣產生的？這是個引起人類無窮好奇心的問題。古今中外對詞的音義結合的看法大致分為兩派，自然聯繫派和任意規定派。20 世紀初結構主義語言學創始人索緒爾認為語言符號的音義是任意結合的，今天我國語言學界基本上都採用這個說法。也有些人採取兩可的態度。兩可，則是任意結合的占統治地位，自然聯繫的很少，還是相反？還是兩種方法幾乎等量地製造了新詞？這也沒說明白。極少有人採取自然聯繫說，即使採取也有的限於名物詞來源是有理據的。可是，所有這些說法都缺乏扎實的足夠的證據，難以服人。

原始時代詞的產生情況，我們已經無法看見。但是我們應該避免想當然的推論，空對空的扯皮。切實的做法是，通過一些具有可比性的現象來推測，深入某個具體領域考察那些詞有多少可以找到語源，根據認知規律進行邏輯推理等。單音詞是語言中的基本根詞，弄清了單音詞的來源，複音詞就好辦了。本文的“命名”是廣義的，它不僅指實物的命名，也包括性質和動作變化的命名，即形容詞和動詞的創造。本文從以下 5 個方面探討單音詞造詞的音義關係。

一、動物語言

動物有不同的叫聲，每種叫聲都代表不同的意義，有的還十分複雜，這就是動物的語言。

小雞在不小心落單後，會發出 yar！——yar！——yar！——的尋伴聲，聽起來高遠而淒厲。待在母雞翅膀下享受愛時，會發出輕柔模糊的 hə ə、həəə 之聲，表示安全幸福。如果這兩種聲音顛倒，就不能再表達原來的意義了。

美國科學家在肯尼亞天然動物園觀察研究了南非猿的語言。試驗表明，南非猿告訴自己的同伴“豹來了”，就會發出一種短促的呼叫，如同狗的吠聲；要告訴“有鷹”時，它發出一連串低沉的像咳嗽似的叫聲；當它要說“有蟒蛇”時，便發出一陣急促的嗞嗞聲。[1]筆者逐一查考，這些報警信號無不來自模仿該種動物的聲音。豹子的嗥叫與狗發出的“萬萬兒”聲相似，故擬聲如狗吠。鷹的叫聲，好些確似咳嗽，如 ki（老鷹）、kia-kia（白尾海雕）、kua、kua（白肩雕）。嗞嗞聲則像蛇吐信子發出的聲音。

二、兒童命名

幼兒聽見汽車喇叭“滴滴”地叫，有的會把汽車命名為滴滴：“讓開，我的滴滴來了！”筆者小時候把一種綠花花的知了命名為“配鑰匙”，它鳴唱一次像一首曲子：“喳喳喳喳……啥啊——啥啊——配鑰——匙！配鑰——匙！配鑰——匙……”音調酷似重慶話的“配鑰匙”。這是造原生詞。

1 歲的孩子尼古拉斯學會了用“努努”這個詞稱呼家裏的長毛狗，接著他又用它指任何鳥獸，同時將其擴展到其他毛茸茸的東西，如拖鞋和大衣之類。甚至指色拉中的黑橄欖，因為黑橄欖像努努的眼睛。[2]“努努”所指的各種延伸，是造孳生詞（藉名），只不過幼兒不知類概括，過度擴展了。

---

1 王義炯等.動物的語言.河南科技出版社.1983.P.22.

2 [美]彼得・A・德利維爾斯；吉爾・G・德利維爾斯.幼年語言.賈生譯.遼海出版社 2000.P.29.

三、命名實驗

我們做了兩個實驗，圖形配詞實驗和假物命名實驗。

1）圖形配詞實驗。每個圖形下列有 4 個假詞，請被試把自己認為“合適”的假詞填在圖下。被試是浙江大學歷史系的學生，34 人。結果發現，4 個圖形對假詞都有明顯的吸避趨勢。

為圖形配詞表

圖 / 假詞	1		2	
ha	6 票	17.6%	2 票	5.9%
rode	18 票	52.9%	2 票	5.9%
leege	3 票	8.8%	24 票	70.5%
hal	7 票	20.6%	6 票	17.6%
圖 / 假詞	**3**		**4**	
iaut	6 票	17.6%	9 票	26.5%
ute	0 票	0	11 票	32.3%
qi	24 票	70.5%	3 票	8.8%
qia	4 票	11.8%	11 票	32.3%

直的意義，發音平直。棱柱配詞，70.5%的人選擇了 leege。直線，70.5%的人選擇了 qi。

曲的意義，發音器官作曲線運動，或圓唇。S 形的曲線，91.2%的被試選擇了複元音或圓唇音音節。

圓的意義，用圓唇音或發音器官作曲線運動表示。球體，52.9%的被試選擇了 rode, rode 有圓唇音 o。

大的意義，用開口度大的元音。球體大而滿，被試除了選擇模仿圓形的假詞外，38.2%的人選擇了含 a 的假詞。

細小的意義，用細音表示。細直線，被試均選擇含 i 的音，無人選 ute（細曲線選 ute 的人多，因為在兩細線裏，“曲”就是圖 4 的區別特徵）。

這些音義配合關係，跟國外心理學家的類似實驗結果一致，他們的做法被我移用到詞源學上。

2）假物命名實驗。筆者請被試給 5 種“捏造”的自然物命名，名稱用單音詞。被試是浙大心理系的學生。結果 300 例命名中，98%有語音或文字上的命名理據。

為假物命名表

假物	組別	名數	占本種%	例名
a.一種天然液體，比牛奶還濃稠，乳白色，可飲，可形成湖。	(1)	58	96.7	乳、漿、礽
	(2)	2	3.3	㵐
	(3)	0	0	
b.一種草，莖數十根叢生，細長，莖有茴香味。	(1)	58	96.7	茴、苁、兰
	(2)	2	3.3	苂
	(3)	0	0	
c.一種石頭，天藍色，有許多深青條紋，半透明，夜間發熒光。	(1)	57	95	碃、璧、砻
	(2)	3	5	珍
	(3)	0	0	
d.一種動物，似兔，尾長三尺，體紅色，叫聲“噢、噢”。	(1)	52	86.7	貂、怪、噢
	(2)	6	10	兔 fú
	(3)	2	3.3	魚、卡
e.一種動物，似蜂，頭、胸如常，腹部又大又圓似鵪鶉蛋，體雪白。	(1)	55	91.7	鶉、蜉、雪
	(2)	1	1.7	蜂 fīng
	(3)	4	6.7	蠹

300 例單音節命名，有理據的共 294 例，占 98%。其中字音，字形都有理據可循的 280 個，約占 93.3%。字音理據不明，但字形有義符可解的 14 個，約占 4.7%。我們得考慮實驗方式是文字的而不是發音的，有人就拿了字形作為聯想的依據。字音、字形理據均不明的僅占 2%。這 2%有的像故意鬧著玩的命名，如一個被試將“紅兔”命名為魚。被試是隨機抽取的兩個班，不是自願的，單音命名又有一定難度，可以理解。

筆者給研究生講授《詞源學》（包括外校講座），大約五六個班都做過假物命名的遊戲，單音詞命名沒看見哪位沒理據的。若每班學生平均 18 人，人數也有 100 左右了。

四、命名考釋

沒有佔有特定領域的大量的語源考釋成果，隨便說音義聯繫大靠不住。

筆者的博士論文做的是《漢語動物命名研究》，2002 年巴蜀書社出版。2005 年，筆者將已經考釋的 3000 多個動物名稱合成《漢語動物命名考釋》一書，由巴蜀書社出版。本來以為不用再考釋了，沒想到後來還有一些零散的文章和幾萬字的考釋稿。筆者發現，約有 90%的動物名稱可以找到語源。不可以解釋的，或許是還沒有找到必要的線索。

聲音的模仿不用說了，形狀的模仿在考釋中也常見。我考察了 1900 多個動物名裏較大的聲象團（聲象下詳），表示圓的意義的有 10 個聲象團，它們的典型是蝸、螺、鯤、豚、獾、猯、蜉、獨、蜾蠃、蒲盧，古今全是圓唇音。表示長的意義的有 9 個聲象團，其中師組 20 個字有 17 個是能延長發音的擦音聲母，韻母開口度也較小。鯁、蜓組表示直長義，用後鼻音收尾，好似這樣發音就“深長”了。鼬、修組表示曲長義，元音曲長。蟬、蜒、蠶組的長義，可能來源於蟬的鳴聲“喳——”，蟬是喳的陽聲韻。由蟬連的鳴聲引申出長義。

人們認定不可拆解的聯綿詞呢？也不例外。筆者最初以聯綿詞為單位尋找雙音聲訓詞，考釋下來覺得不是這麼簡單，太馬大哈。於是廢掉了已做的幾個重來，一個字一個字地落實音義和動物特徵。如此對 168 個動物名聯綿詞進行溯源，發現來源於雙語素的達 83.9%（《聯綿詞的來源和定義》《慶祝劉又辛教授九十壽辰學術討論會論文集》，西南師範大學出版社，2005）。另外，筆者的研究生李娟考察了 200 個其它聯綿詞，統計出由雙語素構成的聯綿詞占總數的 84%（《聯綿詞考源和性質探討》2009）。比例與筆者的非常接近。368 個聯綿詞，約 84%可以拆解成雙語素考源。筆者推測，聯綿詞這種所謂特殊的造詞法，其實在漢語中不存在，古漢語就是充分的單音節語素語。

這裡需要解釋筆者的術語“聲象”，它指聲音的象徵義。在一種語言中，哪個音節音素表示哪類意義，有一些固定的搭配關係，這就是聲象。聲象來自思維的推衍和概括，例如漢語的 uan、uen 有圓的聲象，r 有軟的聲象。聲象和語源義是不同的，它不分先後，不強定源流，而且它不是單純指意義。筆者這裡所說的考源，實際上是考察的聲象，我們承認源流一般是不能確定的。我們的命名實驗中有些合音詞，合音詞在實際語言中之所以沒有能產性，根本原因就是湮沒了聲象，阻斷了造新詞的聯想。

五、認知的模仿和類推規律

你看見過一片不著樹枝長在空中的葉子嗎？同樣，人的認知也不能憑空飛躍到彼岸。人類創造任何東西都需要或多或少的模仿。造詞是一種認識活動，它不能離開人類認識新事物的規律，即由已知達未知。美國語言學家德維特・波林格在他的《語言要略》一書中寫道：“（語言）最早形式肯定是模仿。……即在原始階段中語音和意義是相聯繫的。”[1]用人的嗓音去模仿自然界的各種聲音總是拙劣的，但它的目的是在主體和客體之間架起一座可通的橋梁。有了最初的一批詞以後，再在詞音的基礎上類推造新詞，這種模仿就是準確或基本準確的了，漢語中有破讀、改變聲母或韻母。所以人們相對容易發現一個聲像團內部的聯繫。德國語言哲學家威廉・馮・洪堡特說：“意義相近的概念自然要用相似的語音來表示。如果人們或多或少清楚地察覺到一些概念有相同的來源，那就想必會把它跟來源相同的語音對應起來，從而使得概念的相似與語音的相似彼此統一。”[2]音義的相似“彼此統一”，亦即共同類推。譬如形容詞的產生。性質比較抽象，需要從實物中剝離出來形成概念，故形容詞比許多基本名物詞要後起。怎麼給性質命名呢？一般依傍具有那種性質的名物詞。譬如“湯”是熱度高的水，比熱的溫度更高的性質就叫“燙”。“人”特有的屬性就名之曰“仁”，連音都不變。在古漢語中，能找到許多借名詞表性質的早期形容詞。根據這種事實，我們也可以類推上文說到的南非猿的叫聲。如果那叫聲向音節語言的方向發展，模擬豹子嗥叫的報警聲就可能成為豹子的名字。如果首領要組織大家去捕獵豹子，如果一個夥伴說他想吃豹子肉，最早的混沌句——獨詞句也應該是豹子的名字。古漢語不是用犀、象表示犀牛角、犀牛皮和象牙嗎？語言在發展中會自行調整，可能把原名還給本體，也可能永借不歸，本體使用另一個名字，反正民間別名很多。

---

1 [美]Dwight Bolinger.語言要略.方立等譯.外語教學與研究出版社.1993.P.335.

2 [德]洪堡特.論人類語言結構的差異及其對人類精神發展的影響.姚小平譯.商務印書館.1997.P.85.

筆者在命名遊戲之後，要求研究生們回想造詞時的心理，問他們找一個跟意義沒有聯繫的音節來造詞如何？他們跟筆者一樣，無不感到茫然和困難。人們直接模仿對象的鳴聲、敲擊聲等來命名，沒有比這更便捷的了。指稱細小的東西用細音，指稱宏大的東西用洪音，指稱圓的東西用圓唇音……同樣，這些甚至是主體都沒意識到的本能。人會“糊塗”到如此倒果為因，《山海經》描寫鳥獸，有許多“其名自呼”、“其名自號”“其鳴自呼”之類。明明是人類模仿其鳴聲取了名，卻不知道這個命名的初衷，以為是動物在呼叫自己的名字。

一個詞的命名理據在使用的時候是不用知道的，這主要適合於根詞。合成詞的命名理據則不能忽視，它是人們學習和交際的得力助手。合成詞特別是複合詞命名，命名的理據一目了然且保持久遠，人們就不說他們是音義任意結合的了。這就出了問題：人們承認合成詞的創造是有理據的，名物詞的來源是有理據的，卻不承認單純詞或非名物詞的創造有理據，這割裂了命名的規律和認識的普遍性。

結論：筆者認為，單音詞的創造原則上是有音義聯繫的。

人們說，適合用擬聲命名的對象是很少的，若干萬的詞是哪來的，還是不能說明（如“擬聲說也無法解答大量的語言是怎麼來的”，宋振華、劉伶 1984）且不說仿形的，我們不要杞人憂天。一棵千枝萬葉的大樹，我們不憂心它最初只是一粒小小的種子。小生命在原有的基礎上，一個細胞一個細胞地增值，積久就變得博大精深。語言的歷史跟人類一樣長久，也有三四百萬年了。音節分明的語言是思維發展的產物，並永遠在思維的帶動下演進。與此同時是發音器官的演進。最初那少得可憐的語詞，是同少得可憐的認識成果相匹配的。思維發展相當慢，越原始越慢。思維帶來的新的認識成果，也是一個一個增加的，無法“大躍進”，根本沒有需要陡然製造大批新詞的機會。在已經有了一批基本的原生詞以後，創造新的原生詞已不大需要，人們主要對原生詞進行引申孳乳來創造新詞，這可就是指向任意方面的、可在任何層次上的聯想。再多即採用合成，不愁沒有新詞。何況，發音器官的複雜化也是很慢的。

人們說，世界上那麼多種語言，指稱同一事物用完全不同的聲音，說明什麼音表示什麼義是沒有關係的。這不能證明詞的音義間沒有聯繫。人的嗓子模仿自然界的聲音本來就很不到位。筆者一次和女兒靜靜地站在草叢邊，聽蟋蟀鳴叫。我模仿那叫聲是"居居居居"，她模仿卻是"咕咕咕咕"，其實我倆都學得很不像。模擬同樣的聲音尚且如此，根據一定聯想仿形的聲音差別更大。拿實物來說，它們有多方面的特徵，形狀、聲音、大小、紋色、氣味、習性、功能、來源等，取其哪方面的特徵來命名，是不一定的。造好的詞，又會隨著方言和語音系統的變化而變化，在孳乳時發生變化，意義朝任何方向引申，在合成時有語素選擇差異。不同民族對事物的切分和能發出的音素也不一樣，語言的不定因素更多。所以，就形成了同一對象有完全不同的叫法的現象。這些，從另一意義上也可以說成是語言符號的任意性，但不是不需要理據，而是理據不同罷了。這就像一位婦女走進菜場，她要買什麼菜有一定任意性，但是她買上了某幾棵大白菜萵筍，一定有它的緣由，如那菜的味道、價格或新鮮度符合她的要求。

不能因為我們一下子看到千千萬萬的詞而不知道它們的來源，就想當然說它們是音義任意結合的；不能因為我們不用知道原始根詞的命名理據，就說它們是音義任意結合的。這經不起推敲。

根據作者《漢語動物命名研究》有關部分增改。2017.12

《漢語應用的文化人類學研究》9-15。

術語的理性含量層次

李海霞

摘要：據抽查，《人民日報》中的術語占 13.3%，某學術著作中術語占 23.3%。術語按理性含量可分為三類：想象性術語，經驗性術語，科學性術語。漢語百餘年來因引進，術語猛增了數十倍，質量從經驗達到科學。人類語言精確化經歷了三個里程碑：一是逐詞記錄語言的文字的產生；二是定義的產生；三是術語大量用於日常用語。術語的數量和質量，同語言的精確性成正比。漢語太模糊，因而沒有產生科學性術語。今天，我們仍然不可忽視漢語的模糊性同學術發展滯後的關係。

術語（terms），是各門學科的專門用語。這些詞或詞組“用來標記生產技術、科學、藝術、社會生活等各個專門領域中的事物、現象、特性、關係和過程。”（《中國大百科全書·語言文字》）。理解術語的定義似乎比較容易，要在具體語言環境中劃分術語和非術語，就十分困難了。直接翻譯過來或從日本進口的術語如基因、激光、化學不難確定，難的是有些中國民間通用語，用引進的概念定了義。青年，本是一個十分模糊的概念，現在，《心理學大詞典》的定義是：“青年，指 14、15-27、28 歲的人。”天文，《隋書·經籍誌三》：“天文者，所以察星辰之變，而參於政者也。”指星象學。今天文常指天文學，研究宇宙間天體和天體系統的位置、分布、運動、形態、化學組成、物理狀態和演化的科學。這些定過義的概念已經不等同於民間概念，清楚多了，並常發生意義的改變。《中國大百科全書》介紹的對術語的分類，可以幫助我們確定術語。“術語根據其使用範圍，還可以分為純術語、一般術語和準術語，其中純術語專業性最強，如‘等離子體’；一般術語次之，如‘壓強’；而準術語，如‘塑料’，已經滲透到人們的生活中，逐漸和一般詞匯相融合。”為了使術語的劃分儘量客觀，我們把在專業詞典和專業教科書中定了義的詞算作術語，它們包括以上所說的三種類型。

現代報紙和專業書裏面，術語的比例有多少？筆者作了一個抽樣統計。具體操作辦法是：一個詞所表達的概念，如果同專業詞典和教材差不多，就計為術語。如“物質產品和精神產品的日益豐富是一個社會興旺發達的主要標誌”，其中的“物質”、“精神”是哲學術語，“產品”是經濟學術語，“社會”是社會學術語，都予計入。差得多的不計，如“人”在“49 人”這種結構中是量詞，在“請人做”中指別人，並非指“能製造和使用工具的高等動物”，不計入術語。專有名稱如人名、書名等即使收入專業書也不計。專有名稱無論長短都算一詞。重複出現的普通詞語和術語重複計數。本統計所使用的工具書主要是含有 66 個學科的《中國大百科全書》2000 年光盤版，其餘還有《經濟管理學詞典》（1988）、《勞動工資名詞解釋》（1983）、《現代醫學百科詞典》（1992）、《簡明生物學詞典》（1983）、《公務員知識小百科》（1989）以及交通、國際關係等方面的詞典 10 來部。

報紙，筆者選了《人民日報》，該報的特點是擁有綜合性和代表性。我隨機抽取了 2001 年 3 月 30 日的《人民日報》，共 12 版。統計其正文小字，總詞數 38188 個，含術語 5069 個，術語占 13.3%。報紙是大眾媒介，使用一般語詞的，術語竟達到了 13.3%。術語出現率較高的版面有：

政治・法律・社會	16.4%	國民經濟	15.2%
扶貧專版	16.3%	國際周刊	15.4%
健康時空	16%	周末文藝	15.8%

第一版《要聞》術語率為 9.7%，很低。看來，國內重要事務和觀念使用科學術語較少。

報紙的術語主要是準術語和一般術語，如：民族、教育、人口、時間、銀行、管理、立方米、現象、電、水等。值得注意的是，一些專業化很強的純術語也不甘寂寞地登上了報紙，形成一個趨勢。在我們的語料中突出表現為醫學術語的侵入，如：失血性休克、萎縮性胃炎、結腸型化生、小腸型化生、活檢病理診斷、異型增生、不完全型大腸型腸上皮化生等，艱深費解。各級術語如此水乳交融地活動在日常用語當中，說術語是各門學科的“專門用語”似乎已經不太合適了。

學術著作，筆者選了高校教育專業教學參考書《基礎心理學》（張述祖、沈德立，1987），該書第一章是緒論性質，第二章“反射、行為與心理”，我統計了這一章的前 5000 個詞，含術語 1166 個，術語占 23.3%，剛好比《人民日報》語料多 10%，增加的幅度約為 57%。這個增幅好似不很大，這是因為報紙所用的一般術語和準術語的頻率高。增加的部分多是純術語，如神經衝動、神經元、突觸、反射弧、動覺、大腦皮層、灰質等。

術語的發展與學科發展同步。由於現代我國各門學科的術語幾乎都是引進的，故依據上述共時平面的分類，我們就可以比較順利地確定術語了。但是，當我們回顧漢語術語的歷史狀況，要在古籍中劃出術語時，就麻煩極了。事物的發展有一個從不是到是的過程，一個詞什麼時候從非術語發展到術語，無法截然劃斷。傳統學術不講定義，對概念多不加以解釋，即使解釋也不嚴密。我們今天看來各自獨立的學科，在古代是混沌未分，能稱得上某門學科學術專著的書非常少，要擁有今天這般定義的術語是不行的。所以用專業書和定義來確定術語的辦法，就行不通了。我們得換一個角度來觀察術語。

根據術語包含理性成分的多少，我們把術語分為 3 種：

1、想象性術語。這是憑主觀直覺產生的概念，無須經過事實和邏輯的驗證。一般宗教、占星術、命相學和某些原始哲學、醫學用語屬於此類，如：上帝、現世報、災星、克夫相、道、肝藏血。

2、經驗性術語。這是根據簡單枚舉或具體操作得出的概念，它們的抽象性和精確性都差，基本上不超過口語，有的分類不合理或意義不大。我國傳統學科的術語大抵屬於此類，如：仁、禮、字（字詞不分）、陰陽、受寒、清熱、兵不厭詐、煉丹、壞分子。

3、科學性術語。這是考察事物的本質和普遍聯繫得出的概念，它有符合定義規則的定義（定義項和被定義項重合，無循環定義等），並且存在於一個較為嚴密的系統中。現代自然科學和社會科學的術語大抵屬於此類。

現在我們再來看漢語傳統術語的情況。那些使用領域比較專門化的語詞，不管有沒有專書的定義，我們姑且都視作術語。依使用範圍來確定術語，就很困難了，只能參照現代學科粗略操作，放寬標準。一般用語中術語的數量統計，我選擇了《清實錄》。《清實錄》是以皇帝的活動為中心的清朝內政外交事務的當時記錄，它的綜合性和代表性大體可以同《人民日報》相當。《清實錄》第 640 頁至 659 頁，是嘉靖十八年（1813 年）五、六月份的實錄，共 7410 餘詞。我把文中的鄉試、水師、額賦、花戶（戶口冊上有的戶）、自首、杖一百、枷號、斬立決、運河等算作術語，共 32 個，約占總數的 0.4%。它們在《漢語大詞典》裏幾乎都沒有古代的解說。古代的醫書、農書等專書，裏面的術語和一般用語的糾葛更多，劃術語沒有基本的客觀性，故不再統計。大致說來，《清實錄》語料的術語是今天的 3%，質量是經驗性的。

術語是語言中最精確的詞，是語言的精華。一門語言中術語的數量和質量，同該語言的精確程度關係很大。因為術語是認識發展的成果，反映著認識的深刻性和系統性。如果思維還未清晰到對知識領域作出初步的劃分，就談不上有什麼術語。劃分淺表模糊，就不會有科學性術語，概念總是在一定的系統中存在的，不能有哪個概念單獨成熟。漢語傳統術語為什麼如此不發達，讓我們回頭來看看漢語的模糊性。

中醫是比較成熟的傳統學科，用語即很不清晰。如：疾病的“寒熱、陰陽、表裏、虛實”的確切含義？“風”是一種什麼病因？“邪入心包”是什麼意思？今高熱神昏的各種腦炎和中暑等都可叫邪入心包，性質差別懸遠。藥性的寒熱溫涼“四氣”，如何度量？只要聽說能治病，就叫做“藥”，有效率和治愈率不管。“清熱”是什麼意思？熱是炎症還是感覺或氣溫？“補血益氣”，補血是補充造血原料？改善造血機能？增加紅細胞的攜氧能力或壽命？其他血細胞和血漿補不補？如果這一切都概而括之，可能嗎？“益氣”是加強某種激素的分泌？維持心肌的正常功能？補充延續生命的營養？氣是什麼？測得出來嗎？“滋陰”有哪些功能指標？

美國傳教士明恩溥 19 世紀末在他的《中國人的特性》一書中，辟專章談中國人“缺乏精確習慣”。長度重量等最需要精確的概念很不清楚。當一個農民被問及一頭牛有多重時，他說出一個特別小的數字，令人不可理解。直到他解釋說沒有計算牛骨頭的重量，你才恍然大悟！問一個仆人有多高，他說出的高度與身高相差懸遠，一再追問，才知道他沒有計算肩頭以上的部分！路程的長度要看從哪一端算起。從北到南是 183 里，從南到北卻是 190 里，讓旅行者迷惑不已。原來是上坡和下坡算法不同。有一個中國人送兩卷古書給他的即將回國的“洋”朋友，一卷書上寫著祝賀朋友老母“六十大壽”，另一卷書上卻寫著祝賀她“七十大壽”。問他為什麼要這樣，他給出的“極為典型”的回答是，兩卷都寫“七十”，“讓人覺得刻板，毫無創造性”。他理解的“創造性”竟是這般！對於這些概念混亂的現象，明恩溥說中國人的態度“極為坦然，坦然的程度決不亞於西洋人的害怕程度”。[1]

這樣模糊的語言，不能產生科學性術語理所當然。

世界上所有的語言都具有模糊性，這是不爭的事實。不同語言之間的差別在於模糊性的大小，這個差別是驚人的。這些年來西方模糊學興起，許多中國人認為這是向東方的模糊思維靠攏，於是根據自己的思維定勢，學界欣賞模糊。例如，伍鐵平先生批評金克木先生“外國喜確切，中國重模糊”的觀點，說：“科學意義上的模糊性是人類思維共同的特點，而不是什麼區別東方人和西方人的特點。”[2]季羡林先生則說“漢語的優點正在於它的模糊”（1997）。將重大的差別等同看待，甚至寶瘡自愛。西方的模糊學，是研究怎樣量化並計算模糊過渡的現象，以期更清楚地認識模糊事物，這是清晰思維的進一步發展，決不只是承認模糊現象的存在並舉出無窮多的例子就算完事。這些糊塗的看法有礙於我們認識客觀世界的活動。

人的認識是由模糊向清晰發展的，語言也沿著精確化的道路前進。縱觀迄今為止人類語言精確化的過程，經過了三個重要的里程碑。

一是逐詞記錄語言的文字的產生。文字忠實地記錄語詞的意義和用法，將其流布開去，減少因人而異的胡亂理解，對於詞形詞義的普遍化、規範化有重大意義。口口相傳，輾轉多次以後無論如何也免不了信息的缺失或歪曲。

二是定義的產生。定義反映人對客觀事物本質屬性的認識，旨在給概念規定一個明確的內涵和外延，免得它遊移不定。蘇格拉底對他的話友說，不要給我舉例子，要給出一個詞的普遍定義。亞里士多德研究了定義的方法，提出定義的若干條規則，對術語發展貢獻極大。

三是術語大量用於日常用語。文藝復興和啟蒙運動釋放了西方人的創造性，新老學科和流派迅猛發展，術語成千成萬地湧現。現代英語增加的

---

1 [美]明恩溥.中國人的特性.匡雁鵬譯.光明日報出版社.1998.P.42-45.

2 伍鐵平.模糊語言學.上海外語教育出版社.1999. P. ix.

新詞大多是各科術語。很多術語迅速被翻譯成各國語言，目前在一般國家裏，媒體中的政治、經濟、技術、環保、醫學、心理學、教育、體育等學科的術語司空見慣。術語潮水般湧進日常用語，大大推進了語言的精確化過程。為了方便人們查詢術語，有的國家建立了術語數據庫，加拿大術語數據庫在 20 世紀八十年代已達到 400 萬術語。[1]（綜合性的《漢語大詞典》收詞是 37 萬）

人類對語言精確化的追求，現在已經差不多了嗎？差得遠。羅素提出的米、釐米等單位有刻度，刻度會占據空間，不精確，已經被激光測度所解決。但他提出的“禿子悖論”卻還不能令人滿意地解決。一個正常人掉一根頭髮是不是禿子？當然不是。又掉一根呢？也不是。這樣推下去，會推出掉光了頭髮也不是禿子的荒謬結論。人類面臨的挑戰永遠不會終結。

語言的精確化會扼殺文學嗎？這個擔心純屬多餘。漢語裏的四季、陰、晴、雲、小雨、暴風、花等詞，有關學科已引入精確定義，可是這一點兒也不影響詩人們吟詠風花雪月。現代漢語比古代漢語精確，而表達細微的感情和形象的能力更強。英語是精確性特高的語言，用英語寫出的文學作品，形象性絲毫不遜色於用梵語、漢語、阿拉伯語或非洲語言寫出的作品，事實上它們更形象，更受歡迎。新儒家的錢基博說歐美的文章重形式，但缺少生氣，未能拿出證據。精確化是思維發展的表現，它只會促進文學的表達力而不是削弱它。

打開國門一百多年來，我們語料中的術語增長了約 32 倍，質量由經驗進到科學。這是一個大的飛躍，如果說，近代西方語言中的術語是快步前進，在漢語中就表現為“術語爆炸”了。今天我們在一定程度上學到了精確，但是，短時間學來的東西常常敵不過古來的自然習慣，模糊不清的“返祖現象”總要頑強地表現出來。由於術語的原創力薄弱，引進的術語沒有自然語言的強有力的支持，問題很多。人文科學方面的表現比自然科學更突出。很多概念與國際的不接軌，如法治、平等、自由、民主、社會進步、工會、公仆、穩定等等。不接軌並不要緊，關鍵是：我們引進的術語是否被真正理解了？如果我們的理解與外國人不同，是否重新給出了定義，定義是否具有普遍適用性？概念是否存在於一個被充分論證的系統中，系統

[1] 中國大百科全書・語言文字.中國大百科全書出版社.1988. P. 363.

內部沒有矛盾？術語在使用中是否保持了同一性？我們出版物上的用語不精確，以致說理不明，難以服人，這是我國的學術很少被人承認的一大原因（不久前報載，國際論文數量統計，中國的占 1%強，而被引用率僅萬分之一）。[1]聯合國決議的原始文本，總是用英語、法語來寫；假如用漢語寫，將會在翻譯上出現紛亂的歧說誤解。

一門學科的理論，是由一批自己的術語和基本命題構成的，命題也離不開術語。術語的水平代表著學科發展的水平。要想加快漢語術語的發展，增強原創力，我們不可不下功夫提高思維的清晰性。

參考文獻

[美]M·W·瓦托夫斯基.科學思維的概念基礎.範岱年等譯.求實出版社.1989.

原名《術語——詞匯中爆炸的新星》，2003 年在重慶市語言學會上交流，收入論文集《漢語語言學探索》，浙江大學出版社 2007 年 3 月

1　創新的本質是什麼.中國青年報.2000.7.9.(3).

《漢語應用的文化人類學研究》16-22。

哪些謊言可以被允許

李海霞

摘要：可以允許的謊言包括善意的謊言、中性的小謊，也包括阻止不正義行為的合理的謊言。它們不能單憑說話人的主觀願望隨便使用，這裏試擬出幾條一般適用的原則：善意的謊言須為著對方的利益；尊重對方的感受；恪守正義。前二條都不能違背第三條。中性的小謊不能真傷害對方。合理的謊言亦不能違背正義。比較特殊的是為避免暴政的加害而違心阿諛，有悖於正義，但如果不是為了邀寵，在文明程度低的語境中也可不追問。是否正義應當用普世原則來衡量，即平等公道。

撒謊是違背道德的行為，這是一般的情況。但是，在特殊情況下，有一些謊言是可以被允許的，甚至受歡迎的。那麼哪一些謊言可以被允許？它們的性質、規範和界限值得我們討論。

它們有些是情感性的，如善意的謊言；有些偏重策略性，也有很少理性的。它們是特殊的回避真實的言語，我們不宜拿合作原則中的真實準則來衡量它們。但是，並非它們就可以逍遙自在地徜徉人間，不用面對是非優劣的追問。它們仍然要遵守有關的道德原則。

我們所說的道德原則，不是狹隘的私德，而是公正的人人適宜的普遍性道德。康德早就明確地指出："倫理學的最高原則是：'要根據這樣的準則行動：它的目的可以成為任何人都具有的普遍法則。'"[1]這就是本文所依據的道德法則。可見它最終也是理性的，只有理性的道德能夠超越私心達到普遍性。

我們把可以允許的謊言分為三類：善意的謊言；中性的小謊；合理的謊言。下面逐一分析。

---

1 [德]康德.道德形而上學導論.康德文集.改革出版社.1997.P.362.

一、善意的謊言

筆者給研究生講格賴斯的合作原則的時候，他們往往對真實準則發問：“那善意的謊言呢？”好像在真假問題上唯一值得注意的就是這個。雖然善意的謊言在日常語句中不到萬分之一，我們還是必須面對它，盡可能清楚地了解它。

筆者 2012.12.13 在中國知網上輸入“善意的謊言”，搜到 54 篇論文和非論文，查“允許的謊言”篇名和內容，沒有。國內研究“善意的謊言”，把它對應於英語的 white lie，國外的解釋是為了聽話人的利益而撒的謊；無惡意的謊；無害的謊言；小謊。可見“善意的謊言”只是 white lie 的一部分，包含不了許多。國內論著的注意力似乎都集中在善意謊言的美好交際功能上，未見有人討論它們在道德上的規則和界限問題。

什麼叫“善意的謊言”？它必須滿足哪些條件？筆者設想它應該是這樣的：

1、不僅說話人認為它是善意的，而且聽話人知道了真相也不反對。

2、沒有傷害第三方和公共利益。

3、如果聽話人至死不知道真相，也是絕大多數人允許的，不認為聽話人受到損害。

此規則是尊奉“一個人應該有同情心”、“應該遵守公德”、“應該尊重他人”這些普遍性的道德觀念的。

較之學界已有的說法，這裏多出了聽話人的感受、不損害他人、公共利益和習俗允許。如果說話人自稱是善意的，而聽話人覺得受到傷害，不能算善意的謊言，必須清楚這是有意的欺騙行為。如果不提他人和公共利益，則一方可以裹挾另一方共同損害他人和公共利益，第 1、2 條是人人適宜的價值。第 3 條適宜於一個社群約百分之九十以上的人，它受制於社群的文化習慣，不同社群的道德容忍對象和程度差別很大。所以第 3 條雖然比沒有要清楚一點，但是對於保護聽話人的權益是有危險的。

以下例子沒有越出上面的原則：

1、一婦女患了精神病，她的家人好說歹說都無法動員她上醫院，又不忍心強拉硬拽。於是叫上一輛出租車，說到城南去購物，她自願上車，最後被“拐”到醫院去了。

2、某高校上游泳課，一些女生怎麼也不敢下水。老師終於哄道："下了水就能及格。"女生們都下了水，但多不敢跟老師學動作。老師又說："能游 5 米才能及格。"逼得女生們都開始學游泳。

3、聖誕前夜，父母對幼兒說："明天一早，你就會看見聖誕老人給你送來的禮物。"實際禮物是父母送的。

第 1 例符合多種文化，第 2 例符合中國文化，第 3 例符合西方文化。

許多善意的謊言確實有積極意義，但一般都是不得已使用的下策。能用真話解決問題絕不用假話，這應該是原則。精神病人認識到那"騙術"出於好意，還必須在病情大為好轉之後。"善意的謊言"的動機出於對聽話人的愛護、同情、鼓勵，故它所針對的人基本上都是缺乏理性者、弱者。大氣友善的人們往往對弱者的才能或品行熱情讚賞，不避溢美之詞，這可能是對聽話人最有積極意義的善意的謊言了。另一方面，它也是可憐的虛榮者自高自大的武器，還會誤導其他人。

不過文化習俗對道德界限的認識是一個麻煩的問題，下面的事例在中國被普遍接受，但是從理性的角度看已經超越了道德界限：

1、父親想給女兒請家教，補習數學。但課業沉重的女兒不願意，父親就謊稱：老師在家長會上批評你了，說你成績下滑。女兒非常害怕老師，同意補習，兩個月後成績明顯提高，女兒知道了真相也沒有怨言。

2、G 請 Z 全家吃飯，說："今天我請客。"幾天後 G 得意地告訴 Z，他是在公款裏報銷這筆錢的，Z 聽了沒有任何意見。

前一個謊言損害了第三方，後一個謊言損害了公共利益。當事人都把個人功利放在了公義之上。

有些現象更複雜難辨。

1、一位老人或心理脆弱者得了癌症，家人怕他受驚嚇，讓醫生隱瞞病情，病人至死以為自己有希望。

根據中國文化，這都是善意的謊言，生活中到處都能見到這種實例。但是，一個人對自己的身體情況是有知情權的，60 歲以上的老人，一般都會有遺產處理、骨灰處理或後輩教育等方面的話要說，有的人還要抓緊安排自己晚年的工作，或許還有事業遺囑。剝奪老年人的這些機會是不人道的。好在目前國內對中青年癌症病人大都說實話了，老年人當中文化高的也多知道自己的病情，因為他們和身邊人都比較理智。一個心理正常的老人如果發現自己被欺蒙，幾乎都是不會同意的。這個合乎文化（其實是旁人的心理）而不合乎當事人的願望。至於心理脆弱者，尤其是恐懼症患者，家人採取隱瞞的方式，往往可以考慮。如果病人已經沒有接受真相的能力，驚恐會讓他過於痛苦，加速死亡。但是，心理是否脆弱、脆弱的程度全由他人判斷可能出錯，如果病人的理智並未受到明顯損害而被剝奪知情權是有問題的。不能因為親人喪失了最終表態的機會，生者就自認為是正確的。故對病人進行欺蒙，既要冒真誠風險，又要冒人道風險。文化也是會變的，現在選擇尊重患者知情權的人日益增多。另外，對風燭殘年的老人隱瞞兒子去世的消息，如果老人基本不疑心而去，則是可取的。如果老人很是疑心，熬不住四處打聽，旁人還是變著方兒蒙騙他，就是自以為人道地做了不人道的事。

2、某介紹信："茲介紹我院 N 同學來貴校聯繫工作。該生熱愛黨，熱愛祖國，各科成績優良，是一位品學兼優的學生。"
實際上 N 從來不關心是非，言不及義，做事投機。此介紹在個別國家會讓當事 3 方都滿意，不認為撒謊。若你指出該生品行不優，對方認為你有病，最多回答個"善意的謊言"。但是，介紹信作為理性文體，用如此虛誇的感性表達，既損害了純理性的誠實原則，也損害了相對感性的真誠原則。它不能算善意的謊言，只是社會道德淪喪時期的寵兒。

二、中性的小謊

這種謊言對於聽話人來說是無害或基本無害的。它們用於和氣的敷衍、在強橫者面前的妥協順從、無惡意的輕微捉弄等。它們或者是聽話人知道了真相要生氣的，或者對說話人的品德有點損害。它們也不是什麼好辦法，是不得已使用的下策。例如：

1、男生 W 在 Z 國留學攻博。他的母親每每打電話叮囑："飯一定要自己做啊，不要吃館子，有地溝油；不要買熟食，有毒！" W 為了讓母親放心，也為了擺脫囉嗦，都回答："好的……是自己做的。"其實忙碌的N經常吃館子。

2、某直銷商常打促銷電話騷擾顧客。顧客L耐不住說："請不要給我打電話了，我要買產品會找你的。"可是在第二次告誡商家時，L已決定另找一家。

3、在高壓下，民眾對統治者大表忠心，大唱讚歌。有些人是心口不一的，很多話是浮誇不實的，但是恐懼迫使他們這樣做。

統治者即使知道有一部分人在撒謊，也像吃白粉一樣愛之成癮。撒謊者也堂而皇之，不認為自己有什麼不妥。實際上這是可憐的下下策，這種謊言有傷說話人的正直和自尊，對社會風氣也有毀損作用，理性是不允許的。只是當對方十分兇強時，弱小的個體為了生存，選擇順從也無可厚非。但如果是為了向上爬而這樣做，就是卑鄙的不可容忍的謊言。不過自保和爭寵的界限不很分明，通常是懷有向上爬意圖的諛辭更加高調肉麻。這種言論經常出現在公共場合，對其他人有示範和擠壓作用，在卑弱的人群中會造成競相仿效，以致整個社會一片阿諛諂媚之聲。

下面討論一種"正常"情況。

2010年春晚小品《一句話的事兒》中，冬子和小莉兩口子為了表忠心，相約用免提方式給彼此的朋友打電話。小莉問冬子的朋友：冬子在你那兒沒有？其朋友說"冬子就在我身邊呢"，氣得小莉罵"狐朋狗友在一起互相幫著撒謊"。沒想到冬子打電話給小莉的朋友，那邊也是"小莉和我一起吃飯呢，剛上洗手間"。最終是一個雙方互相理解的大團圓結局。雖然按常理不會發生這等打掩護的事，但這個精心編造的故事表達了中國人理想的愛人方式，學界也將此作為善意的謊言來肯定。可某人是否在自己這裏的普通事，當然應該說實話，至於朋友到底做了什麼事，他自己負責，這是理所當然的。如果連這種事都要撒謊，只能說不尊重事實已成為強烈的慣性。絕大部分人是不容忍對方不忠的，旁人知道了一方出軌，可以保持沉默，但用撒謊去掩蓋就缺德了。無原則的掩蓋是對清白者的傷害，所以小莉會生氣。

三、合理的謊言

謊言還有合理的？這個“理”指正當、正義，故暫時取這個名字。這種謊言有意挫敗聽話人的意圖，而聽話人的意圖是非正義的。他們具有反社會或反憲法反法律的目的，其要求被滿足後就會幹出傷害無辜的事情，故不能提供真相給他們。告訴豺狼哪裏有羊是不道德的，除非有足夠的力量控制住豺狼。這裏所遵循的普遍原則是：人不應該做不正義的事，並應力所能及地阻止不義行為。例如：

1、少年 C 在公共汽車上遇見一男子，那男子與 C 搭訕幾句之後，就向 C 索要 C 家的電話號碼。少年看那陌生人賊眉鼠眼，回答：“我家沒有電話，我父母是進城打工的，沒有錢安電話……座機都沒有，哪還有手機！”其實他父親有手機，而那男子的要求超越了自己的權限，有不義嫌疑。

2、H 掩護了一個被追捕的和平民主人士，知道他無罪，誆騙上門的警察說：“沒看見這個人。”

如果把這個人暴露出去，就等於說爭取民主是有罪的，應該受到懲罰，這違反了正義原則，也違反了所在國政府的公開宣言。因為現在即使是最憎惡民主的政府，都要標榜自己在實行民主。

有人會說，“正義”的含義受到社會文化的制約，不同的社會有不同的正義標準。此話誠然，但是它不可以用作相對主義者混水摸魚的借口。在少數國家的部分人心中，爭取民主是顛覆政府的行為，政府是正確的化身，故把民主人士的行蹤報告給專政機關被認為是正義的。但是，這種行為保護的是強權，不是人民大眾，它使一方得以任意剝奪另一方的基本權利甚至生命，這是人類普遍價值所不能允許的。是否正義應用普世原則來衡量，即是否平等公道。

所以，恪守正義是善意和合理的謊言的前提，永遠不可以背離這個根本前提。中性的謊言一般也不能有害於正義。

在一個社會可以被允許的謊言，在另一個社會可能被視為侵犯。今天可以允許的謊言，在進步了的明天有些會被淘汰。一個國家如果層層官府的謊言都是“可以允許的謊言”，那麼基本不存在不可以允許的謊言，“善意的謊言”、“無害的謊言”之稱更是濫用無度。這裏我們只是對其原則作出一些探討，希望能減少謊言的濫用。

參考文獻

[德]康德.康德文集.改革出版社.1997.

感謝李瀛女士對本文提出的寶貴意見。
首發於《繼承與創新》論文集，西南大學出版社，2013 月 10 日

《漢語應用的文化人類學研究》23-35。

破解"山海經思維"
——動物名考釋一得

李海霞

摘要：古代的動物描寫，有些過於模糊乃至神祕錯誤。其表現有：一、直描粗疏。二、譬況依賴，包括無標誌譬況、無解說譬況、相似關係松散。三、真假雜糅。這些在《山海經》裏特別集中，可謂之"山海經思維"。這是原邏輯思維向邏輯思維發展的蹣跚狀態。根據這些特性破解古人的描寫，我們才能弄明白古人所指的對象，而不至於把它們看作神話傳說。不能認識山海經思維，問題不僅是動物名稱不能落實，就是有人考釋出來了也難以接受。當今大型字詞典對古動物名的解釋太保守，不少停留在模糊錯誤的舊說上，大大落後於動物學界的認知，急需改進。當然這也不是動物學一科的問題。

如果古書上說：東海有魚，虎頭，豕身，三尾，你會當作神話吧？工具書會告訴你這是"傳說中的動物"，果真這樣簡單嗎？

《山海經》有很多荒唐的記載，它所體現的神祕思維，是讀者最直接最強烈的感受，本文不討論。問題是許多描述並非表現神祕事物及關係，是真實存在的對象，但是由於作者認識及描寫能力的局限，也用隨便想象的方式去記載，讀者也以為荒唐。過去有人提到，《山海經》的描述本是實在的，但是沒有進行區別和探析。筆者在《漢語動物命名研究》一書中，對古代難解的動物描寫作了一個集釋。而這類描述是舉不盡的，這是原邏輯思維支配的結果。原邏輯思維包括很寬，西方是在研究無文字民族思維時提出的，學界也用之解釋一些兒童口語。而《山海經》是文字表達，相對規整合理以致人們還沒有注意過來。可是它的模糊混亂滲入"正經"的說明文字，給我們設下了很多認知"陷阱"，在漢語描述史上頗有典型性。研究它可以增進我們對並不很遙遠的過去的思維現象的認識，讓我們更多地了解思維發展的過程和方向。就考釋而言，只有破解了它們，我們才知道作者在什麼方面什麼程度上是“老實”的，其所指是什麼。

《山海經》對實際存在的描寫，主要問題有三個：高度混沌；奇異譬況；真假雜糅。為了照顧普遍性，我們的考察對象包括動物、植物和里程描述。

一、高度混沌

假若說我們今天的思維都是清晰的，大錯。我們的思維無不含有許多混沌。但是，越古越混沌。輕霧中我們尚能分辨人和樹木，而《山海經》的許多描寫就像罩著濃霧，人們已經看不出對象的大體狀貌，迷糊不知就裏。高度混沌就是這種濃霧式混沌。根據描述方法是否直接，我們把描述分為直描和譬況兩種，分別來討論其混沌。

（一）直描粗疏

用各種實詞進行直接描述，本可以比譬況清楚，但有時因為用詞不確概念不清，就變成了哈哈鏡式的直描。

> （招搖之山）有木焉，其狀如穀而黑理，其花四照，其名曰迷穀。(《山海經・南山經》)

什麼叫“其花四照”？郭璞註：“言有光焰也。若木華赤，其光照地，亦此類也。”“有光焰”亦玄乎。今天南方的四照花，木本，花瓣（其實是總苞）四大片，黃白色，應是《南山經》所載之迷穀。人稱“四大苞片光彩四照”而得名，仍近於哈哈鏡般的想象。《漢語大詞典》編撰者一看說得怪，就解釋道：“四照花，傳說中的花名。”

> （天池之山）有獸焉，其狀如兔而鼠首，以其背飛，其名曰飛鼠。《山海經・北山經》)

什麼東西會以其背飛？細看該描寫，形狀和名稱皆合於鼯鼠，鼯鼠今仍俗稱飛鼠。它不是用背飛，而是用背兩邊延展出來的皮膜滑翔。可是，郭璞註說它“以其背上毛飛”，越發怪了。這或是郭璞的誤解，或是因為他沒有那個詞兒只好說“毛”。同一部《山海經》，描寫鼯鼠還有“以其尾飛”、“以其髯飛”（髯指布裾，即皮膜，本人有考證），當時並未形成概括較大的“鼯鼠”類名，作者亦不清楚它到底以什麼飛。

有時候，貌似清晰的用詞表達了同樣粗疏的意義，它不過是“假性精確”。《山海經》裏山與山之間的距離，幾乎全部用百十的數目表示：百八十里、三百里、四百五十里……。沒有“三四百里”、“××里許”、“近××里”、“××里有奇”這樣的模糊數量表達。里程可能都精確到十里百里嗎？這些表達其實還不如模糊數量詞表達準確。可是在那時，這些概念要不就沒有，要不就未達到普遍使用。更大的問題還在後面。筆者查考了《北山經》，經文說“凡二十五山五千四百九十里”，筆者將 25 座山的距離加起來是 5680 里，多出 190 里。而且，山與山之間的距離是如何測量的？較大的山都是綿延的，不是從平地上突然冒起一個圓錐體。測量從哪裏開始到哪裏止？山的厚度難道不計嗎？《北山經》的山全部是朝北數的，連東北和西北的都沒有，可是看來起止點並非南北山腳的什麼村邑，而是一個人在任何一座山上的任何一個立足點。誰走遍千山萬水測量過？沒有任何跡象表明作者是作了實地考察的，當時根本不會有這種實證觀念。顯然，作者是傳言加武斷的數字描述，跟該書其他描述風格一致。

（二）譬況依賴

直描既然困難，自然人們就更多地囫圇譬況，不論是針對整體還是局部。譬況是用相似的事物來比照說明，這裏我們把相同相似種類的模擬和不相似種類間的比喻都納入譬況。譬況是人類普遍使用的認識方法，今天也很常見，它能使人們一下子抓住對象的形象或有關特徵，大體把握。但是，譬況也有模糊的特點，讓人不能精確認知。特別是人們還依賴譬況來進行知識性說明的階段，其譬況更是模糊不清。今天我們的科學描述都依照西方做法，直接用名詞動詞形容詞等描述，不再譬況。對古代動植物描寫用語的種類和狀況進行研究是很有意思的。筆者的研究生王阿琴的碩士論文《古代動物描寫用語研究》（2013）指出，古動物描寫用語較簡單、表面，《山海經》和《爾雅》描寫形態用語 453 例，譬況方式 320 例，占了 70.6%。羅娟的碩士論文《古代草部植物描寫用語的發展》（2013）統計，《山海經》對整體植株和根的描寫共有 24 處，23 處採用譬況式的描寫手法。舉一例：

> （符禺之山）其上有木焉，名曰文莖，其實如棗，可以已聾。（《山海經・西山經》）

你能明白“文莖”是什麼樹結的什麼果嗎？百度百科釋為“傳說中的一種樹”。當我們的詞彙貧乏不知怎麼說的時候，當我們滿足於概略的形象感知的時候，當我們的注意面還不能覆蓋某些重要方面的時候，我們就停留在譬況依賴階段。這是用意象而不是概念思維。試想，如果我們沒有“棗核形、螺塔、體螺層、螺口、瓷光”等概念，我們能夠比較清楚地說明一種海螺的外形嗎？

譬況還有許多奇異似神話者，下面分析。

二、奇異譬況

所謂奇異譬況，僅是讀者迷惑驚異的感受而已，而作者製造譬況時，自己並沒有搞怪的動機，是“如實”描述的。若是記錄聽來的信息，他可能跟一般讀者同樣迷惑。奇異譬況由三個因素構成：無標誌、無解說和相似關係鬆散。

（一）無標誌譬況

譬況作為一種表達方式，並非一來就有標誌。語言上的標誌，如比喻詞、判斷詞、被動標誌等，都有一個從無到有到普遍使用的過程。《山海經》成書的戰國到漢初時期，譬況標誌“如”、“似”還不大普遍，人們還經常使用無標誌的譬況句，即非譬況的句子來表示譬況。無標誌的譬況就像隱喻，“像 n 一樣的 A”，直接說成“nA”，這是除作者以外都很容易誤解的。

（沙水）中多鵹鶘，其狀如鴛鴦而人足。(《山海經・東山經》)

“人足”言似人的足，鵹鶘的足大而有蹼，呈長方形，略似人足。

（濫水）多絮魮之魚，其狀如覆銚，鳥首而魚翼魚尾，音如磬石之聲，是生珠玉。(《山海經・西山經》)

《漢語大詞典》：“絮魮，魚名。”按絮魮不是魚，是軟體動物珍珠貝。清《廣東通誌・輿地略・動物》：“絮魮……廣州海中出此。”絮魮的命名義即茹玼，義為含珠。其“狀如覆銚”，貝殼圓穹形，黑色，略似倒扣的鐵鍋。“鳥首，魚翼”，當指貝殼鉸合口兩頭尖如鳥喙的突起和翼狀的突起。“魚尾”，當指伸出的“魚”肉，即斧足；“音”當指敲擊外殼的聲音。

古代漢語中的"人立""蛇行"之類，是名詞作狀語的譬況句，古漢語教材都會講。其實它跟本類接近，而本類更難理解。

（二）無解說譬況

譬況要讓人理解的話，其相似點是全體還是局部，是哪個局部，是形象相似還是其他方面相似，應該說明，否則就讓人糊塗。我們今天若形容某人心黑，就不能簡單說"心像炭一樣"，而得說明"心像炭一樣黑"，《山海經》作者卻不管這麼多。

> （豐山）其木多羊桃，狀如桃而方，莖可以為皮張。（《山海經・中山經》）

"羊桃"和"桃"，可以是果名，也可以是木名。"狀如桃"之前是"木"，之後是"莖"，應該指植株像桃樹，但就內容看卻是果實像桃子，錯位。羊桃今通稱獼猴桃，藤本，果實扁圓筒形略方，不像桃子，可能因有毛被認為像桃（袁珂《山海經校譯》等斷句作"方莖"，非，"莖"應上屬，獼猴桃都是圓莖），卻未說明。

> （昆侖之丘）有鳥焉，其狀如蜂，大如鴛鴦，名曰欽原，蠚鳥獸則死，蠚木則枯。（《山海經・西山經》）

"其狀如蜂"看似整體譬況，可是哪有"狀如蜂"而大如鴛鴦的鳥呢？這是我國分布較廣的針尾鴨，僅尾羽延長似蜂的針。

> （鴞）其狀如雕而黑文白首，赤喙而虎爪。（《山海經・西山經》）

"虎爪"即致命的強爪，取其功能相似。《山海經》的"四眼"、"三首"之類很荒誕，恐不能說都沒有一點現實依據。今天重慶等地把兩眉各有一個圓白斑的狗叫做四眼狗，上海人把鰓蓋有假鰓紋的松江鱸魚叫做四鰓鱸，若被不明真相的人用來描述，不是也可以製造出四眼的狗和四鰓的鱸魚嗎？

（三）相似關係鬆散

無標誌譬況和無解說譬況都是形式方面的，這一種則是內容方面的。相似關係鬆散，即本體和譬況體之間，讀者看來並不近似，而是粗遠的勉強的相似，往往有更近的譬況體而沒有用，這和古人眼界狹窄所知甚少有關，同時，大概有影兒就滿足了。

> 〔小華之山〕其草有卑荔，狀如烏韭而生於石上，亦緣木而生，食之已心痛。(《山海經・西山經》)

卑荔即薜荔，今又名木蓮，桑科的攀援藤本。“狀如烏韭”，烏韭即垣衣，苔蘚植物（見《廣雅》和《本草綱目》），雖然二者都會爬附在石頭上，但苔蘚植物與被子植物門的薜荔形狀差別懸遠。

> （留水）中有鮯父之魚，其狀如鮒魚，魚首而彘身。(《山海經・北山經》)

此是鱤魚，長超過一米，身體近圓筒形，腹部肥大，故以豬為譬。鱤魚更像草魚，也可以最常見的鯉魚為譬，而不大像身體短高而扁的鯽魚（鮒魚）。

前面 1、2 組的“人足”、“鳥首”、“魚尾”等，相似關係都很鬆散。

三、真假雜糅

分別真假是我們認識萬事萬物的基本工作。但是一個古人能親眼看到的動植物很少，又沒有標本、沒有專書和動物園可以利用，而且更嚴重的是觀念問題，不求實證。因此描述中必然出現真假雜糅，連最認真的《本草綱目》裏都有不少沒根據的記載。下面還是舉兩例《山海經》的例子。

> （浮山）有草焉，名曰薰草。麻葉而方莖，赤華而黑實，臭如蘼蕪。(《山海經・西山經》)

方莖的薰草是唇形科的羅勒，今也叫蘭香草，中醫將它混入零陵香。“麻葉”是無標誌譬況，古“麻”特指大麻，生掌狀複葉，小葉細長而大。羅勒則生桃核形單葉，短胖而小，二者形不相似。羅勒葉片兩面生疏柔毛，大麻葉背生氈毛（苧麻葉背生棉毛），以此說薰草葉似麻葉，也很勉強，讀者多會以為非。羅勒的小碎花淡紫色或上唇白下唇紫紅色（紫花羅勒），《山海經》稱之為“赤花”，亦不免誤導。

> （令丘之山）有鳥焉，其狀如梟，人面四目而有耳，其名曰顒，其鳴自號也。(《山海經・南山經》)

顒（yú）狀如梟而“人面”“有耳”，是一種有耳羽的貓頭鷹。至於“四目”則是傳說，“其鳴自號”，本是人們模仿其叫聲取的名，古人弄錯了因果。至於“䫌”是否像其鳴聲不知道，“其鳴自號”“自呼”等就像“其音如嬰兒”一樣，是《山海經》常用語，未必有其事。上文引《北山經》說鶌是“赤喙”，亦是想當然，鶌喙黑色。

作者相信奇異的無稽之談，不考慮驗證事實，與其說他信以為真，不如說他並沒有什麼真假的概念，他不追問什麼，因而不需要分辨真假。

奇異譬況和真假雜糅，說到底也是從不同方面表現的混沌而已。

現代美國學者海因茲根據寫作時是否說清楚詞句的意義，把語言分為作者責任型和讀者責任型，他說英語是作者責任型語言。觀《山海經》和古漢語，不要求自己說清楚，不在意讀者是否領會是否歧解，乃是讀者責任型語言。

諸如此類的描述語言和運思方式，在《山海經》裏特別集中，我們將之概括起來叫做“山海經思維”，它是原邏輯思維的一個組成部分，一個艱難地朝理性發展的部分，認識它是有趣而必要的。“山海經思維”這個概念一經成立，它就是普遍性的了，它並非只出現在《山海經》裏，一切麻大哈、無根據的直描和難以理解的譬況都是，它們在古代和近代的典籍描述中並不罕見。

同時，也並非《山海經》的一切描述都是山海經思維的產物。原邏輯思維也是同邏輯思維混雜使用的，只是隨著時間的推移，原邏輯思維慢慢減少，一點一滴地被邏輯思維代替。知道了這些，我們在動物考釋方面就可以破解許多認知上的困惑。筆者開篇編的那個虎頭豕身三尾的“神話”就不難解讀了，它指的是哺乳動物海豹，頭似貓狗，體肥圓如豕，“三尾”中左右二“尾”是不能前伸的鰭狀後肢。

我們的動物名考釋要做到可信，須一條條將古籍描述和動物特徵、產地等對上號，對不上號的要有說明，說明要有道理，不能抓住一兩點就跑。遇到麻煩還得有破解“神話”、去偽存真的功夫。下面，筆者舉出一些《山海經》以外的動物名考釋例，它們可使我們在更大的背景下認識山海經思維，認識我們原先逃避認識或誤解的客觀對象。這些考釋結論全部都是被有關編審槍斃了的，讀者不妨獨立判斷它們可信不可信。

【山羊】《說文・鹿部》：“麢，山羊而大者，細角。”又“麢，大羊而細角。”宋羅願《爾雅翼・釋獸三》：“麢，大羊。似羊而大，角圓銳。好在山崖間。夜宿以角掛木，不著地。其角多節，蹙蹙圓繞，彎中深銳緊小。……今人只作羚。”又引《說文》上述兩條為據。

按：這種體大而角細的“山羊”就是羚羊，古人已經說得很明白。但是，羅願還說它“夜宿以角掛木，不著地”，麻煩了。十餘年前東北林大學報的編輯難得的認真，還特地對我的投稿回信，說羚羊的角直，不能掛在樹上，所以這不是羚羊。這位編輯甚至沒想到，今熟語還有“羚羊掛角，無跡可尋”，人們相信羚羊角上的緊密環紋是掛出來的痕跡，不能以這樣的話不合事實就否定名稱所指的實在性。

【牛魚】晉張華《博物誌》卷十：“東海有牛魚，其形如牛。引其皮懸之，潮水至則毛起，潮水退則毛伏。”李時珍《本草綱目・鱗部》：“牛魚，藏器曰：‘生東海，其頭似牛。’”《辭源》第二版和《漢語大詞典》都釋之為“鱘鰉魚”。

按：這是海牛目的儒艮（音譯）。哺乳動物，體形似鯨，長兩三米。“牛魚”不是“形如牛”，是頭似牛頭，體有疏毛，其皮被人類製革。至於其毛起毛伏，因有鹽分，受陰晴影響是可能的，總之有毛是哺乳動物的特徵。唯儒艮今偶見於南海，東海已沒有，這與喜溫動物如大象、犀牛和瘤牛的分布南移是一致的。鱘鰉魚沒有體毛，頭吻尖不似牛頭，也未見什麼書記載剝魚皮“懸之”。

【貘】《爾雅・釋獸》：“貘，白豹。”晉郭璞註：“似熊，小頭庳（卑）腳，黑白駁，能舐食銅鐵及竹骨。骨節強直，中實少髓。”又作貊。《後漢書・西南夷傳・哀牢》：“出銅鐵……猩猩、貊獸。”唐李賢註：“《南中八郡誌》曰：‘貊大如驢，狀頗似熊，多力，食鐵。所觸無不拉。”《廣韻・陌韻》：“貘，食鐵獸。似熊，黃黑色，一曰白豹。”《漢語大詞典》說貘是“古籍中的獸名”，《漢語大字典》第二版籠統釋為“獸名”。

按：這是大熊貓。黑白雜色，有的長大了白色變成淡棕黃，目前重慶動物園的幾隻就是。“大如驢”是誤傳，“所觸無不拉”有一定現實性，野生的大熊貓力大敏捷。其骨頭“中實少髓”，正確。食銅鐵聽起來不可思議，查《四川資源動物誌・獸類》（1984），它除了吃竹以外，也吃骨頭、木炭，舔食鐵器等。產地，古籍記載除了產雲南哀牢山外，還有四川、山西、甘肅、湖南、湖北、貴州、廣西等，今大熊貓基本只見於四川、甘肅，雲南未聞，但雲南挖出了大熊貓化石。現在大熊貓分布地大大縮小了，它已瀕臨滅絕。

【狽】【狼狽】唐段成式《酉陽雜俎・廣動植・毛篇》：“或言狼狽是兩物，狽前足絕短，每行常駕兩狼，失狼則不能動。故世言事乖者稱狼狽。……近世曾有人獨行於野，遇狼數十頭。其人窘急，遂登草積上。有兩狼乃入穴中，負出一老狼。老狼至，以口拔數莖草，群狼遂競拔之。積將崩，遇獵者救之而免。……疑老狼即狽也。”《六書故・動物一》：“狽，狼屬。或欠一足二足，相附而行，離則顛。故猝遽謂之狼狽。”《本草綱目・獸部・狼》：“穎曰：‘狽前足短，知食所在；狼後足短，負之而行，故曰狼狽。”

古書的記載撲朔迷離。“狽”，今工具書都解釋作“傳說中的動物”，有些人乾脆認為狽並不指什麼動物，如戴淮清《漢語音轉學》：“狼狽，亦作狼貝、狼扈，與獸無關。”但狽、扈音不近。今四川南江縣山林中有一種小獸叫掏狗子，面部似狗，體色麻黃。善於蹦跳，常騎在狼的背上，與狼合作獵食。這種“狼狽為奸”的組合，當地人稱為“馬狼”。它們遇到獵物如耕牛時，先由掏狗子跳到牛背上，緊緊攀住牛屁股，然後用爪子掏出牛的肛門和腸子，迅速往樹上纏。牛因劇痛而奔跑，腸子就越拉越長，很快倒斃。所以牛受到襲擊後，總是用屁股去撞擊樹幹或牆壁，以作可憐的抵抗。掏狗子和馬狼的故事，是筆者家兄 20 世紀六十年代下鄉到南江，聽當地農民講的。40 餘年前，筆者的同學翟某聽一退伍汽車兵說，他們的車隊有一次跑拉薩，在雪山上遇到狼群。有只較小的獸趴在一頭狼的背上，大膽把前肢伸進了車窗。兵哥猛地關上窗，卡斷了小獸的前肢，群狼驚逃。次日早上一看，小獸不認識，3 條腿，重約 30 餘斤。講故事的人當時已 40 幾歲，遺憾聯繫不上了。今有故事書載狼騎狼、小動物騎狼更詳細，因涉文學不便為據，卻與古今信息相合，只是足的長短並無異樣。因為狽趴在狼的身上活動，遇人追趕時逃命不便，不小心會從狼的背上滑下來，摔死摔傷，故“狼狽”又指潰敗困窘的樣子。掏狗子，《四川資源動物誌》載斑林狸（Prinondon pardicolor）俗名掏狗子，或是這類小獸跟狼一起配合行動，未必有固定搭檔。

【活褥蛇】《舊唐書・西戎傳・波斯》：“（貞觀）二十一年，伊嗣侯遣使獻一獸，名活褥蛇，形類鼠而色青，身長八九寸，能入穴取鼠。”《白孔六帖》將其歸入蛇類，於是以訛傳訛。《漢語大詞典》：“活褥蛇，一種能捕鼠的蛇。”

筆者從《四庫全書》裏搜得16例“活褥蛇”，均述同一件事（時間有小異）。《舊唐書》保持原始記載，其他書除《太平御覽》外都丟了“獸”字。按活褥蛇應是音譯詞，因譯者隨便用字和讀者隨便抓讀而誤。它實際指今紅頰獴，靈貓科的小獸。略似鼠，俗又名樹鼠。體長多八九寸，苗條，重一斤餘。吻尖，尾長。體橄欖褐色雜灰白，是為“青”，頰棕紅。性敏捷兇猛，善捕鼠、蛇，喜與毒蛇搏鬥。紅頰獴採用左跳右閃的計策把毒蛇逗弄得筋疲力盡，然後撲咬食之。產於雲南、兩廣及印度、伊朗等地。參見《中國動物圖譜・獸類》。若以為蛇，八九寸長的蛇約莫小指粗，何能敵鼠？只怕是大老鼠的美食。

【風狸】《太平御覽》卷九〇八引三國吳萬震《南州異物誌》：“風母獸，一名平猴，狀如猴，無毛，目赤。若行，逢人便叩頭，狀如懼罪自乞。人若撾打之，愜然死地，無復氣息。小得風吹，須臾能起。”《酉陽雜俎・毛篇・猪猸》言其“積薪焚之不死”。《本草綱目・獸部・風狸》指出風母即風狸：“其獸生嶺南及蜀西徼外林中……其狀如猿猴而小，其目赤，其尾短如無，其色青黃而黑，其文如豹……其性食蜘蛛，亦啖熏陸香。晝則蜷伏不動如猬，夜則因風騰躍甚捷。”徼，邊界。

按：這是懶猴類的風猴。體長約33釐米，尾極短。眼大，夜間發出紅光如車燈一般（賴容炳1998）。體棕黃色或灰黑色，無花紋，從頭頂至尾部有一道黑毛。愛吃蜘蛛，吃毒蜘蛛不中毒。白天在樹洞裏蜷成一團睡覺，晚上出來活動，動作甚慢不能騰躍。產於雲南和廣西。這些特徵符合古人對“風母”等的描寫。一打就死，因風更生，可能是風猴採用了假死的策略。至於“無毛”、“逢人便叩頭”“其文如豹”、燒不死等，是想象。

【火雞】明馬歡《瀛涯勝覽・舊港國》：“又出一等火雞，大如仙鶴……好吃炭，遂名火雞。”《本草綱目・禽四》“駝鳥”別名食火雞，引鄭曉吾：“洪武初，三佛齊國貢火雞，大於鶴，長三四尺，頸、足亦似鶴，銳嘴軟紅冠，毛色如青羊，足二指，利爪，能傷人腹致死，食火炭。”清《廣東通誌・物產誌》：“粵中曾見火雞，毛黑，毿毿下垂。高二三尺，能食火炭……亦自海外來。”《漢語大詞典》“火雞”亦釋作鴕鳥。

按：這是鶴鴕科的鶴鴕，比鴕鳥小，頭上有角質冠，體被黑亮的絲狀羽，無翅。頭頸裸出部分多藍色，前頸有兩個紅色的大肉垂。產於大洋州東部、新幾內亞等。參見《中國大百科全書・生物學》。李時珍了解不足，將此歸入鴕鳥，其所引描述也不準確。鶴鴕三趾，冠硬而呈角青色。有的鶴鴕的確兇殘，遇到人常常會攻擊，用利爪剖開人的肚皮，迅速將肚腸抓出來掛在樹枝上，“昭示天下”，當地人稱之為“殺人鳥”。“長三四尺”，鶴鴕一般高 1.2 到 1.5 米，合。至於“高二三尺”應是背高。鶴鴕會從火中啄取食物（馬榮全，1999），但未聞吞食火炭，按理不可能。

【蜮】【短狐】《詩・小雅・何人斯》：“為鬼為蜮。”漢毛亨傳：“蜮，短狐也。”《說文・蟲部》：“蜮，短狐也。似鱉，三足，以氣射害人。”《抱樸子・登涉篇》：“又有短狐，一名蜮，一名射工，一名射影，其實水蟲也。狀如鳴蜩……以氣為矢，則因水而射人，中人身者則發瘡，中影者亦病。”《本草綱目・蟲部・溪鬼蟲》：“射工長二三寸，廣寸許，形扁，前闊後狹，頗似蟬狀。……闊頭尖喙，有二骨眼……或時雙屈前足，抱拱其喙，正如橫弩上矢之狀。”

按：三足、以氣射人致病等是人們的想象。李時珍將其形態說得清楚，其抱拱的前足似弓弩，與尖喙形成箭上弦的模樣。水蟲而如鱉似蟬有“弓弩”，除了大型昆蟲田鱉，還可能是什麼？“短狐”又作“短弧”，後者才是對的。

【鋸鰭】郭璞《江賦》：“鋸鰭森衰以垂翹，玄蠣磈磥而碨硊。”（翹，尾）。字亦從魚。明楊慎《異魚圖贊》卷一：“鋸鰭。魚有鋸鰭，一頭數尾，有腳如蠶，食之肥美。”明胡世安箋：“《玉篇》：此魚一頭數尾，長二三尺，左右有腳狀如蠶，可食。”《漢語大詞典》籠統釋作“一種水生動物，生於江海。”

此描寫也夠奇。筆者請教專門研究海洋無脊椎動物的楊德漸教授，他說這應該是章魚。按此說成立。章魚是軟體動物門頭足綱動物，“數尾”指章魚的八條腕足，“左右有腳狀如蠶”，指腕足上的兩排吸盤，短而柔像蠶的足。“長二三尺”、味“肥美”都符合章魚特徵。

這些“荒謬”的描述，在我們用理性和事實交織的篩子去漏篩之後，方可濾得正確的認識。筆者認為，如果語料說出了對象獨有的特徵，又沒有相矛盾的信息，即使多數描寫錯誤，都可以確定對象。錯誤信息也不全是擾亂視聽的，有的可以提供聯想。如古人寫鯨（海鯤、海龍翁）都是“長千里”、“千尺”、“橫海吞舟”，我們可知這是無比巨大的動物；寫靈貓都是“自為牝牡”（雌雄同體），令人想到其雌雄形態相似且陰部均有香囊。還好人們沒有因此說鯨和靈貓是傳說中的動物。

討論至此，有一個重要問題必須提出，就是大型語文工具書的動物詞條解說嚴重滯後於今天業界的認識。守舊不等於慎重，詞典的許多編寫者、修訂者和審閱者眼睛就盯著古人，腳步就限於語文專業，對動物學知識幾乎不聞不問。他們簡單尊奉古代權威和陳說，有的甚至認為古人越古越正確，漢代註解家說的一定比中古近代人說的可信，李時珍說的一定比今人說的可信，不知道思維越古越混沌，越容易出錯。他們好像也不知道今天引進生物科學的理論和方法之後，人們對動物的認識進展了清晰了，致使好些在動物學領域早已弄清的問題，我們的字詞典還糊塗一團，認識水平停留在清朝及其以前。例如，《爾雅》的“蒙頌”就是今天的小猛獸獴，1922 年的《動物學大辭典》已正確指出，而六七十年後的《辭源》第二版和《漢語大詞典》還說是“猴類”。《詩經》裏的“蜮”，周堯先生已考出是昆蟲田鱉，可是十幾年後的《漢語大字典》第二版還是說它是“傳說中的一種害人的動物”。犎（牛）是瘤牛，筆者千禧年的博士論文《漢語動物命名研究》（兩年後出版）已有考釋，可是 2010 年的《漢語大字典》第二版還釋為“野牛，一說單峰駝”，其圖如下左，不對，不符合犎的領上有肉峰的古述。下右是今瘤牛圖。現在百度百科“瘤牛”條也列出別名犎牛。近年來大型網站如百度、搜狗的百科門，在今天的動物名下往往列出一些古代名稱。如果我們的詞典編撰和修訂人員連這些都不查核，還用老掉牙的粗疏方法釋義，甚或稱之為“風格”而執意保持，何以對得起大眾？動植物、天文地理等專業詞條的編修應該請有關專業人員來做，純語言學人士不宜，這次《辭源》修訂的分工理念就好。字詞典釋義的發展規律就是越來越清晰準確，逆規律而行會被淘汰。現在《辭源》已修訂出版，《漢語大詞典》正在修訂中，我們拭目以觀。

瘤牛

《世界动物大图集》

越混沌的思維越看好混沌。崇拜權威、崇尚模糊粗疏、不肯求真、鄙視有理有據的新說，這些不是和山海經思維一脈相承嗎？難道不是原邏輯思維嗎？誰敢說自己完全擺脫了這等思維？反正筆者不敢。根據普遍的思維狀況，這種弊病不可能只存在於動物詞條的解說中，應該存在於一切專業領域。

參考文獻

四庫全書（電子版）.上海人民出版社和迪志文化出版公司.1999.

首發於《重慶第二師範學院學報》，2016 年第 4 期

《漢語應用的文化人類學研究》36-42。

對《漢語文化語用學》的商榷

李海霞

摘要：《漢語文化語用學》用以否定格賴斯合作原則的十幾個例證都不能成立，它們或者是共有信息省略，或者是修辭用法或其他非理性表達，或者是誤讀。其取而代之的“目的-意圖”原則，把說話人的目的作為“根本的會話原則”，墜入個人功利主義的泥潭，失去了對手段的監控，失去了對事物普遍性的認識。該書對“語境干涉”、語用“得體”的看法也是機會主義的。

錢冠連先生的《漢語文化語用學》[1]作為教育部推薦的研究生教材，多年來流傳甚廣。其中有不少問題，未見人指出剖析。今就其第二版的一些說法提出批評和商榷。下面括號裏的數字，引錢氏的是《漢語文化語用學》的頁碼，引格賴斯的是《語言哲學》[2]的頁碼。

一、關於“合作原則不必是原則”（152）

這和“目的-意圖原則”是錢氏的重要論斷。他對格賴斯的“合作原則”（質真、適量、相關和清楚）一條條提出反例駁斥之。現一個不漏地分析如下。

“量的不必合作”，指“說話雙方提供的信息不按需要，有時超出，有時不夠，卻仍然使雙方信息暢達。”（153）

例 1）一父親在觀看臺球賽時討論臺球規則，看到一方黑球打進了，說：“下面該……”（望其子），其子回答：“該拿回臺面。”錢氏認為這是“給出了少於需要的信息”。按，這是言辭省略，由語境補足信息。

---

1 錢冠連.漢語文化語用學.第二版.清華大學出版社.2007.

2 [美]A.P.馬蒂尼奇編.牟博等譯.語言哲學.格賴斯.邏輯與會話.商務印書館.1998.

聽話人需要的信息並沒有減少，故能正確理解。錢氏自己也稱這是“和諧補足”。

例 2）一顧客在中醫院取藥窗口問：“姓劉的抓了沒有？”抓藥人回答：“姓劉的抓了。”並遞出藥包。錢氏說“姓劉的”信息顯然不足。按，這也是言辭省略，環境補足信息。交際環境是抓藥室而不是公安局或別的地方。

例 3）一對夫婦正說到換氣罐的工人該來了，就有人敲門，丈夫說：“來了。”妻子立刻明白。這也是語境補足信息。

作者說“這再一次證實了合作不必是原則”。按，錢是研究語用學的，語用上的省略應該明白。具體交際場景的雙方共有信息，言語可以省略，我們可稱之為“共有信息利用策略”。使用這種策略，聽話人獲得的信息不會“少於需要”。正是因為利用了具體場景，說話人才使交際獲得成功，怎麼能說他“不按需要”提供信息？這非但不是不合作，而是合作默契。

另外是“適當冗餘信息策略”，如“年年（歲歲）如此。”“信息論應用到語（言）文（字）領域……”（189）。按，這些冗餘信息的出現有其原因，但並沒有增加信息量。因為格賴斯的“量”指的是信息量，故不在討論範圍內。多出信息量的情況作者舉了一例：

一個顧客問：“有瓶膽賣嗎？”店主甲回答“沒有。”店主乙在回答“沒有”之後，告訴他“南京東路三號有的，您快去”（155）。錢氏認為甲的回答符合量準則，而乙的卻不符合，“這足以再次證明，合作不必是原則。”按，證明不了。顧客要買瓶膽，店主乙指出可買的地方，且怕關門了或者賣完了叫他快去，是“提供的信息不按需要”嗎？錢氏自己也說它符合顧客的交際目的。什麼是提供不需要的信息？例如一個小孩問父親一道數學題，父親回答了還不滿足，一個勁給他講有關數學知識，造成孩子不能理解和緊張。這當然不叫合作了。

錢氏這些例證有一個通病，就是混淆了言辭和信息兩個概念。有言辭不等於有信息，省言辭不等於缺信息。句子成分經常有承前省和蒙後省的情況，沒有人認為那是不合作。

錢氏所舉的其他“不合作”用例也是無效證據。因信道損耗（信息受到干擾）而重複，這顯然是合作需要，否則就聽不清。而因奉承、戲弄、苦勸、拖延時間等的反覆言說，屬於非理性範疇（如果是理性的苦勸，第一遍沒問題。但是重複多遍就是非理性了，變成了強迫。）它們無法否定理性範疇內的合作原則，詳見下面。

“關係上的不必合作”，指“答非所問或話不對題……卻依然使說話雙方能相互配合下去”。（156）

例 1）即上文丈夫的“來了”，錢氏認為是“思路大跳躍”。可是他明明交代了語境是“某家正談論著換液化氣罐的工人答應三點鐘上門來，門鈴響”，丈夫的話與之緊密相關，有什麼跳躍呢？難道他說的是“警察來了”嗎？

例 2）是通過轉移話題反擊。一大學生到餐廳打飯，忘記了報分量。廚工氣勢洶洶地問：“為什麼不開腔？”學生答：“開槍？開槍把你打死了怎麼辦？”這是典型的不合作，學生惱怒於受氣而不回答分量。錢氏竟把它算作“使說話雙方能相互配合下去”之例，令人驚異。

“方式上的不必合作”，指“明明是不清楚（模糊、冗長、歧義與無序）的言來語去，但交談雙方卻可以溝通”。

舉例是，中國人常常隨口邀請對方去自己家裏玩玩，聽的人如果回答：“好，我是一定要去的，不過得看情況。”就是“難以捉摸的”。按，答應了“一定要”，就不會有“看情況”，一個邏輯正常的人不會這樣說，說了就真不能“溝通”了。至於康德說“人類生活中不能沒有模糊語言”，並認為它更富表現力，其“模糊語言”指的是人們離不開的模糊現象，如“冷”、“很多”這樣的語言單位。“冷”從多少度到多少度，“很多”的百分比在哪個區間，界限是模糊的。但並不會引起對方的不解、歧解或誤解。這同上舉表達不清是兩回事。如果說：“今天下午三點在跑馬場集合”，但是忘記了交代清楚是在南門還是北門、東門，就會出現歧解，這就是違反清楚準則。

格賴斯的合作原則是有前提的。他說得很清楚，是把談話視為“各種有目的的，確實有理性的行為”（P.303）。理性的，通俗地說就是邏輯的、求真的。所以錢氏用非理性的話語作證據，或把密切的合作視為不合作、混淆不同的“模糊”，都不能否定合作原則。

“功能假信息”，根據錢氏描述，可概括為明知不真而發出的、而接受方不介意其假或不明其害、甚至於樂意接受的假信息。它們具有特殊效果。（157、184）

例 1）當電視轉播某足球賽時，幾萬觀眾都在狂熱地為主隊助威，對客隊一片噓聲。而主播宋世雄卻說：親愛的觀眾，現在看臺上正熱烈地為雙方隊員加油！（183）

宋世雄明明看見觀眾一邊倒卻這樣說，此話的真實含義是：希望觀眾能公正地為雙方加油。這裏，他採用了委婉的說法，繞開理性，訴諸善意的情感。例 2）楊絳說：“什麼物質享受，全都罷得，沒有書卻不好過日子。”（183）

錢氏稱，楊絳和聽話人都知道，稀飯饅頭罷不得。但是一個要如此說，一個願意聽。按，楊絳原話是“物質享受”，不是“物質需要”，本不包括稀飯饅頭。

例 3）任弼時從牢裏放出來以後，拚命工作，以彌補坐牢耽誤的時間。有人問他哪來的這股勁。任笑笑說：“從獄中帶來的。”（183）

錢氏稱，坐牢只能消耗人的精力，不可能產生精力，可是聽話人樂意聽。按，從生理上看是如此，則它是一種反諷。如果從心理上看，在獄中憋著想幹事的願望，出來才得以實現，也說得通。非反諷。

例 4）秦始皇想把自己的苑囿擴很大。優旃說：善。多縱禽獸於其中，敵寇從東方來，讓麋鹿觸之足矣。始皇因此作罷。例 5）是李斯從獄中上書秦二世，稱自己數十年奮鬥，“立秦為天子，罪一矣”。（184-185）

這 2 例是反語，為了委婉地申說與字面相反的意思。

例 6）郭舍人為漢武帝的老奶媽說情：陛下已壯，尚須汝乳而活耶？（184-185）

此例不是“明知不真”，而是真的，但聲東擊西，實際說給漢武帝聽的。

這樣的例子確實很多。但是，我們可以看出，除被誤讀的楊絳言語以外，它們全部採用委婉修辭表達，非直接用邏輯表達。錢氏自己也承認，“真實的信息隱藏在假信息中”。事實上，說話人無欺騙意圖，而是用藝術的外衣包裝了真信息，使它易於被接受。聽話人都得到了真信息，怎麼能把這種話叫做假信息呢？照這麼說，修辭上的誇張說法“白髮三千丈”，擬人說法“山風嗚咽”，都是給出假信息？！字面假不等於信息假，字面和意義不是一回事，這是語用學常識。

錢氏例子裏確能算作合作性會話的假話的，是“施利假信息”中的一例。醫生對一個患了癌症而又恐懼癌症的病人說：“你的病沒有什麼了不

起，好好配合治療就行了。”（187）

這是人們說得最多最“鋼鞭”的一條反例，儘管越來越多的中國醫生跟國際接軌，告訴了患者真相。患者對自己身體是有知情權的，這未必是施利，可能是誤人。為避免尷尬，筆者另舉一例。一個教師拿起學生的一件較差的手工作品，說：“還不錯。”

這些話能否定質真準則嗎？它們不是在理性的支配下說出的，而是出於情感的支配，雖然這情感一般是善意的（隨便剝奪患者的知情權不在內）。

現在發現，要否定合作原則還真不容易，它的限定很嚴密。退一步說，若真有句子例外，質真準則就不必存在了嗎？占 99.999%以上的言語就可以逃脫真偽的追問了嗎！錢氏說：“本來就不必時時處處說真話，說假話有時是必要的。”（158）暴露了他的真實意圖。此論斷出現在媒體、商業、教育、生活等各個領域都充滿假話，而說真話有罪的背景下，太符合邏輯，其含義遠不是其字面上說的那麼低調。

合作原則並非沒有缺點，它沒有討論量的合適的度，西方早有人指出。但仍然沒有人給出這個度。它另外的缺點應該是沒有分辨什麼是真實、什麼是清楚、什麼是相關，以至於遠東讀者誤解。

二、關於“目的—意圖原則”

在批判“合作原則”的基礎上，錢氏提出了自己的“目的—意圖原則”，他稱這是“根本的會話原則”（163）。“只要是受目的驅動的談話一旦開始，自然就會讓話語與聽話人相關。”（158）

交際都是為著某種目的的，乍一看以目的為根本原則好比說吃飯是為了果腹，廢話而已，實際上問題大不止於此。格賴斯在《邏輯與會話》中早論述了目的，明確指出它是“每個參與者都在某種程度上意識到一個共同的目的或一組目的，或至少一個相互都接受的方向”（300-301），共同目的、相互接受，這是合作的充分必要條件。而錢氏所指卻是單方面的目的。“目的-意圖是最高利益。……你所處的地位是需要人家幫助的，對於人家語用失誤，你必須容忍。”中國人“去買急需商品時受了售貨員的氣甚或侮辱，還只好忍受”，否則“就要犧牲掉根本的目的”。（199）他的話毫不掩飾，目的是說話人自己的，且目的是利益，換句話說“會話原則”

僅僅是自己的利益！根據這個定義，說話人有意撒謊、玩模糊的言語都是符合“會話原則”的；不敢面對事實而岔開話題也是符合“會話原則”的，這就讓他的“受目的驅動”就會使話語“與聽話人相關”的命題，成為一個假的充分條件命題。偷換概念、偷換命題、違反排中律之類狡辯伎倆，都是受自己目的驅動的，恰恰是為了避開對方的話題。

雙方的共同目的尚且不能成為原則，因為兩方聯合起來損害第三方或眾人是不能容許的，單方的目的成為原則更可怕。原則是指導行事的準繩，一旦目的本身成為原則，就等於說：為了目的可以不擇手段。利己主義本是合作的敵人，錢氏道：“談話本來就是在目的-意圖的驅動下實現的，與雙方是否持合作態度基本無關。”（158）“合作原則就是多餘的東西了。”（152）所以他要竭力掙脫真實、適量、相關和清楚的約束，不管用什麼手段。真是目的決定手段。

格賴斯的“會話原則”服從一個更高的原則——理性，諸原則都是普適性的。錢氏的觀念卻是自私的非理性的，雙方沒有共同目的的話，就沒有合作性的交流與交鋒。

三、其他方面的問題

錢冠連強調“語境干涉”（環境對言語的影響），“事實上，當我們以為自己在‘想怎麼說就怎麼說’的時候，我們自己是在做語言環境的奴隸，不折不扣的奴隸。”（81）在他眼裏，人只能是苟活著的動物，根據說話時的利益得失活動。這種論調沒有給真話和正義言論留下任何空間，確實是卑俗的奴隸。

錢氏在談到語用的得體時說：“在適當的時間，適當的空間（場合）、對適當的人說了適當的話，這便是言語得體。”它是“對人、對事、對社會規範、對道德規範、對價值觀念而言的事。”（164）按，這個“定義”其實什麼也沒有說，是典型的相對主義，閃爍其辭地把見風使舵、媚上欺下的精明全包含了進去。其“規範”、“價值”也空洞無物，不能指明。誠然它有“前修時賢”高論的支持，這不過是滑怯者適應中國錯綜複雜的尊卑俯仰關係的機會主義共識。在筆者看來，得體作為一種原則，它沒有什麼玄機，就是在公正平等前提下的友好謙虛，照顧對方的文化背景、年齡和面子等。

錢氏說："聽話人對說話人的語用失誤有三種態度：接受、某種程度的接受和不接受，這三種態度就是語用失誤的容忍度。"（198）按，對"失誤"應是容忍而不是接受，三個"接受"概念搭配錯位。

林大津等（2002）對錢氏的"目的—意圖原則"提出了質疑，說目的如果是不合作，為何要講關聯的話？沒有分析其他問題。馮光武《合作必須是原則——兼與錢冠連教授商榷》[1]似批評了錢氏的觀念，說格賴斯的合作原則是"服務於他的哲學目的——揭示人的理性本質的"，但是又說："認為合作原則要求人們在言語交際時說真話，清楚明白地提供足夠的信息，否則就是不合作，是對合作原則的誤讀。"按，指出理性是對的，但他是抽象的肯定，具體的否定，架空理性價值。理性在會話領域竟然被驅逐出去，背離了格賴斯的原意。他跟錢氏和許多人一樣，否定的目標仍然偏重真實。他認可錢舉的"有趣"例子是不合作，還說"將目的-意圖作為原則提出也沒什麼不妥"，只是將它同合作原則對立起來"值得商榷"。因此馮文不能分辨錢氏的任何實際問題，這也是筆者不得不寫此文的原因之一。

首發於《蘇州教育學院學報》，2014 年第 2 期

---

1 馮光武.合作必須是原則——兼與錢冠連教授商榷.四川外語學院學報.2005(5).P.108-113.

《漢語應用的文化人類學研究》43-52。

對外漢語教學方面的大哥心態

李海霞

摘要：我國在對外漢語教學領域存在嚴重偏向：國族自大、傾銷文化和貶損他人；漢語輸出過熱。人們把這些當作愛國主義而以為光榮，失去客觀心態和自律意識。敏感神經都繃到擴大影響上去了，真正代表形象的工作質量反而被忽視，國內敷衍工作的文化被輸出，短頻快牌人才胡弄外國人。這是我們做了面子的奴隸，渴望別人的仰視，卻沒有基本的獨立自信。成熟的大國形象與依賴別人眼光相反，它是良好的教養和實幹精神。

當今世界經濟貿易和文化交流頻繁，在全球化的浪潮中，世界上較大的語種都增加了國外學習者。在一定程度上懂英語的人約有 20 億，德語、法語、荷蘭語、西班牙語、日語、俄語、阿拉伯語等也在世界上傳播較廣，當然漢語也不例外。以漢語為母語的人口最多，市場開發前景可觀，還有不少海外華人要求自己的子女學漢語。為了抓漢語推廣，國內專門成立了國家對外漢語教學領導小組辦公室（漢辦），截至 2013 年 9 月，漢辦已在全球建立 435 所孔子學院和 644 個孔子課堂（百度百科・孔子學院，2014.1.12）。對外漢語教學或國際漢語教學專業在大學如雨後春筍般湧現。漢語作為第二語言被更多的人學習，本是好事，但是狂飆似的發展超出了常理。

下面幾句綱領性言論摘自一位國際漢教專業的研究生給我的開題報告：

傳播中國優秀文化

塑造大國形象

應對他者的偏見和阻撓

我問這位學生："為什麼要這樣寫？"她不加思索地回答："抄的。""如果把'中國'換成'英美'，你作何感想？"她怔住了。這個後果不難想象，在舉國學英語的中國，憤怒的愛國者會十億八億地衝上街頭譴責"沙文主義"，發出正義的呼聲。

憂國憂民的“賣國賊”李承鵬指出，“大國形象”實際上是“大哥形象”，一語道破天機。類推之，大哥的文化就是“優秀文化”，不滿大哥作風的小弟就會有“偏見和阻撓”。不錯，我們學生的自我意識就是受這樣的教育成長壯大的。只是，懷著這種偉大心態的人怎麼能平等友善地與留學生和外國本土學生相處？我們在心裏集體無意識地反對蠻夷文化的平等，儘管我們在宣傳上都標榜儒家文化的善，殊不知不平等正是善的殺手。

對外漢語教學特殊論風行，它真的有根據嗎？有，這就是大哥心態。對外漢教因此變成一朵奇葩，它由於營養過剩而長得過分肥大。我們從語文教學、文化交際和文化評價幾方面來分析，當然它們是不可能截然分開的。

對外漢語教學，從宏觀上看服從一切學科教學的宗旨，即促進受教育者自身的發展，滿足其專業適應需要和社會生活需要，這才是正常的。這就要求教育者以學生為中心，承擔起教育和服務的雙重任務。可是，大哥心態使我們以教育者和教育者的教育者為中心。如：

有的漢語教材明確地表現出大哥範兒。百度網之“空間”2012.3.16 有文《我在美國用對外漢語教材教中文的尷尬事》，曬出了部分課文：美國男孩凱努力追求韓國女孩白英愛，可是“白英愛一直覺得中國男孩阿翔非常有魅力”。北京人謝小姐的父母不願意移居到加州來，說加州“沒有北京有意思”，他們希望女兒“帶更多的外國朋友來北京，他們一定會喜歡這裏”。凱文想去東京玩兒，說自己喜歡日本文化，李靜甩出一句：“日本文化是由中國傳播過去的。”“其實你應該去北京看看，北京有意思的地方更多。”於是凱文打算去北京。末了還有中國和美國、日本比大小的選擇題。[1]這是不是美國人造謠？他們沒有動機也沒有這份想象力。作者說給美國學生上完課，“我臉頰都在發燙”，他感受到了教材的失實和自吹。《發展漢語》（初級漢語口語下）第 41 課讓留學生明珠說：“我覺得幾千年前的中國人就能製造出這樣的東西，可真了不起！”[2]另一些教材則以含蓄見長，教學生說“我喜歡——”中國的某個地方或教材編寫院校。這些被視為民族自尊心的重要表現。

---

1 百度網・百度百科 2013.4.28 摘.

2 發展漢語.初級漢語口語下.北京語言大學出版社.2010.

教師對留學生說話，按常理要適當放慢語速，以便於對方理解，但是大哥們另有一套“常識”。筆者學校一漢碩教師在課堂上對中國學生說：“我就是講得這麼快，他們聽不懂自己努力，誰叫他們是學漢語的！”他看來希望他的學生也這般對待外國人。在論文開題和答辯時，許多教師也是劈裏啪啦講一通漢語，不管留學生是否聽得懂。本校一俄羅斯女生做漢語時間詞的發展的開題報告，提出古漢語時間詞比較模糊，缺乏精確表達。這觸怒了一位教師：“你看了幾本中國書？你沒有看完中國的古籍，憑什麼說漢語時間詞表達模糊！”從未被祖國老師罵過的俄國女生一下子懵了，不能回答。下來她不服氣地說：“所選的典籍都是導師推薦的，說是有代表性的呀。”本人搞詞義的發展，聽到此事明白她的預設有理，好笑自己也曾遭遇過這種句型的搶白，當然那教授也沒看完中國古籍，沒有人看得完；關鍵是不需要看完，都是根據代表性語料說話。其實，只要她說漢語的表達很精準，即使一本古書不看也是“正確理解”了中國。在答辯會上，更有一些教師公開貶斥亞洲留學生：“文章寫得這麼差！”在中國攻讀碩士和博士學位的幾乎全部是亞非人，對亞非人缺少尊重反映了不平等心態。

不同民族之間的文化差異和觀念衝突客觀存在。如果人們採取理性的方式，互相理解、包容，不強求統一，就能友好相處。國外有研究者提出了跨文化交際的“差異認同感”，指對文化差異的承認與尊重。但是大哥心中的另一套常識是：跟我保持一致才是正確的。

有人提出正確認識漢語必須認同漢文化思維，“關於漢語結構的理論只有緊密結合漢語本身的特點並認同於漢民族的文化思維，才能具有概括力和解釋力。”[1]那麼站在公共立場上就不能認識漢語了，不能研究語言了。這不是一種反常識嗎？世界上不帶偏見的人都知道，對任何現象的研究只有不囿於一孔之見才“具有概括力和解釋力”。國人學習研究外語不但沒有認同哪一個異族的“文化思維”，各路英豪輔導英語的廣告，不是都喊出“征服英語”的“時代強音”嗎？

“龍”在西方文化中不但不受敬仰，而且是令人憎惡的形象。但在漢語課上，“教師期待學生對‘龍’作出積極的評價，可學生怎麼也說不出

---

[1] 戴昭銘.文化語言學導論.語文出版社.1996.P.55.

口。”“作為漢語教師，無疑應該維護本民族的文化，留學生求‘學’於我，他們理應依附漢語文化。誰是主人誰是客，這是明擺著的道理。”漢族吃狗肉的習俗引起留學生的驚訝和厭惡，像聽見人吃人的習俗一樣，“如果能依附漢語文化，就迎刃而解了”。[1]為什麼要強調“依附”？什麼叫“迎刃而解”？是接受嗎？西方人認為狗是人類的朋友而拒絕食用，並非陋習。在說話人看來，“明擺著的道理”就是唯我獨尊、以主欺客。

在前些年的一次語義測試中，中國被試認為“同志”是一個褒義詞，代表親切溫暖。可是英美被試卻認為 comrade 是個貶義詞，往往聯想到俄國間諜和專制主義（高一虹）。對於老大哥來說，客觀事實怎樣根本沒有意義，“需要特別指出的是，他們的這種理解帶有政府意志和意識形態的偏見”。[2]作者竟不知道，要求用“同志”互相稱呼正是少數專制國家的“政府意志”，民主國家的政府不管教老百姓；而專制黨國比哪兒都多產間諜。陳金生說得好：“以本族文化的標準判斷外國人，這就造成了民族中心主義。”[3]不同並不可怕，可怕的不和諧來自各色自我中心。

文化交流是隨著語言學習和交際而來的，本來這是一個自然而然的過程，不是拉著人強賣。可是，與漢教有關的文化推廣變成了和漢教一樣重要的目的，甚至喧賓奪主。

國務院《漢語國際教育碩士專業學位設置方案》明確提出，此專業是培養“漢語作為外語教學和傳播中華文化的專門人才”的，以比本科生更好地“承擔漢語和中國文化的傳播推廣任務”。漢教專業研究生被反覆告誡，他們是“承擔重要戰略任務的文化使者”。漢辦派出生獲得比在國內高得多的工資，而他們必須做黨的馴服工具，例如“不能亂說話”。學校派出生亦被要求積極從事文化宣傳活動，本人所在學校就命令赴外實習生每月兩次向院裏匯報開展中華文化活動的情況，成為實習生的重負。“戰略意識”把文化傳播得硝煙四起。

對外漢語教學不僅僅是教外國人學好漢語，“而且肩負著傳播中國文化……培養熱愛中國文化的國際友人的重任”。[4]如果你輔導外籍華裔孩子

---

1 周思源主編.對外漢語教學與文化.北京語言文化大學出版社.1998.P.98.

2 同上 P.93.

3 陳金生.文化休克的實質及其對策.P.414.

4 陳昌來主編.對外漢語教學概論.復旦大學出版社.2010.P.17.

學漢語，能讓他們感到自己“不是簡單地學習說話，而是在尋找自己的‘根’，那你就成功了。”[1]這些是誠心幫助別人獨立發展嗎？這些言論不免讓人聯想起那些賣假藥的半仙來。

中國的語言和文化非常優秀，可惜全世界都有眼不識泰山，故應“充分利用中國悠久的文化資源，向世界展示中國文化的智慧和魅力。”[2]漢語教師要設立文化興趣小組，小組的教學要讓外國學生“親身感受和了解中國文化的豐富內涵和藝術魅力，讓他們更加熟悉和熱愛中華文化。”[3]“中國的烹飪文化可謂博大精深，包羅萬象。”[4]今年漢辦培訓班發給每位赴泰教師的數據包，包括 15 張教學光盤，裏面已有介紹文化的內容，另還有 23 張是專門介紹文化的光盤，含中國歷史、地理、中外交流故事和《三字經》之類蒙學書等。文化傳播要有側重，“在兼顧當代優秀文化的同時，當以傳統文化中的觀念文化為主。”[5]“當代優秀文化”指什麼？傳播“觀念文化”？要把核心的忠君孝親觀念“復興”到國外去？這些文化也被當作阿 Q“先前闊過”的光榮了。所以，批評性言語必定是對中國文化的不了解、歪曲和妖魔化，只有讚揚性言語才是正確認識中國文化的。可見“向海外正確宣傳中國與中國文化何等重要”。[6]

大哥言行在國際上只怕被“誤解”為沙文主義，於是大哥又不得不打粉整容，以天使的姿態顧及國際通行價值，這就使自己和自己打起來。

有人說非洲人同英國打交道時，“大多數國家”只採用英語，“不重視本土語”。“我們從未有‘漢語中心主義’，語言是平等的。”[7]好像我們並未要求別人“認同”或“依附”中國文化。非洲國家自己選擇英語，那可是英國不講平等的證據。再看中國幾億人被迫學英語，世界上有 70 個國家把英語定為官方語言，英美人的霸權主義罄竹難書。如果他們都使用漢語，那一定不是中國有沙文主義，而是中國強大。

---

[1] 邱政政、史中琦編著.中文可以這樣教.群言出版社.2009.P.33.

[2] 吳應輝主編.漢語國際傳播研究.第 1 輯.商務印書館.2011.P.26 張西平文.

[3] 楊曉黎主編.對外漢語實習教程.安徽大學出版社.2009.P.78.

[4] 楊曉黎主編.對外漢語實習教程.安徽大學出版社.2009.P.108.

[5] 董明.從“漢字文化圈”談起.國際漢語教學人才培養論叢.第三輯.北京大學出版社.2012.P.135.

[6] 同上.P.136.

[7] 同註 2.P.27-28.

"漢語的傳播是擴大中國軟實力的一個有效途徑。"[1]武鐵傳解釋軟實力"主要包括文化、價值觀、意識形態、政治制度"等，不錯。根據中國人自己的言行，有些國家指責中國不僅傳授漢語，同時亦傳授意識形態，想影響各國對中國的評價，並非造謠。但是，國家漢辦總幹事許琳 2009 年卻在美國掩耳盜鈴，稱："孔子學院無意輸出中國價值觀。"[2]作出了典範的正確宣傳。

鑒於許多西方人"對中華文化的無知"，如撒切爾夫人竟誣蔑中國出口的是電視機洗衣機而不是思想，在幾十年一百年之內不能出口思想，我們得奮力把文化送出去，以免"數千年的文明竟被人如此輕視"，"讓西方看到其真其善其美，感受其巨大魅力"。[3]且不討論講這話的時間和輸出物錯位，其"真善美"的魅力我們已經在上文的剖析中多所領略。對別人的評價如此緊張，必然忌避真相，這是不可抗拒的邏輯規律。放眼望去，一邊是鸚歌燕舞頌揚政府的國家，一邊是暢言真話直批總統的國家；一邊是唯獨政府可以辦媒體，一邊是唯獨政府不可以辦媒體。"真"尚不存，"善"、"美"何依？用別人的瓶裝自己的酒，只能倒出冒牌貨。

"中國文化的吸引力正在不斷提升"，[4] 中國"當代優秀文化"對外輸出已成績可嘉，由坦克開道，後面跟上的是大群貪官、虎媽狼爸，還有作假行賄、一擲萬金，充分顯示了我國綜合實力和威懾力的提高。唯一痛心的是共產主義的接班人紅後代絕大部分都輸出去了，讓壞人乘機對愛國口號的實質發生疑問。

對外漢教只是浩瀚精深的中國文化開出的一朵浪花，我們看看生活中的大哥形象。流行歌《中國話》唱道："全世界都在學中國話，孔夫子的話越來越國際化，全世界都在講中國話，我們說的話，讓世界都認真聽話。"這首歌高調弘揚了阿 Q 精神，只會吃祖宗。雖然語句有所不通，現代漢語也不是"孔夫子的話"，不影響我們做個讓世界都聽話的地球皇帝夢。一

---

1 吳應輝主編.漢語國際傳播研究.第 1 輯.商務印書館.2011.P.27-28.

2 洪曆建主編.全球語境下的漢語教學.學林出版社.2011.

3 董明.從"漢字文化圈"談起.國際漢語教學人才培養論叢.第三輯.北京大學出版社.2012.P.136.

4 李朝輝.非目的語環境中文化自然傳播的方法.漢語國際傳播研究.第 1 輯.商務印書館.2011.P.106.

次我在泰國，漢教實習生 J 講她去皮皮島的鬱悶。當時趕上下大雨，街道狹窄而人多，老外遊客都披上雨衣，生怕傘妨礙了他人。但是中國人不管，大張著傘四處啄人。泰國的商店下雨天是要脫鞋進去的，她進去以後看見角落裏有一對脫了鞋的洋人夫婦，在商品前面輕聲交談。很快來了一群大哥，這些中國遊客穿著髒鞋把店裏踩得一片狼藉，一婦女大聲武氣地喊："服務員，來給我們妹兒選件衣服塞！"J 聽出是四川家鄉話，羞得不敢抬頭。一些中國遊客來到泰國，滿臉鄙夷："這個小地方！""小旭旯！"其實客觀的中國人都知道泰國人十分友善，生活比中國舒適。筆者去年參觀本校的"國際文化節"，這本是留學生展示自己文化的難得機會，卻發現在一排高大的展板中，中國打頭，且只有中國占去兩個版面，其他國家都占一個。我驚異東道主已經有了文化環境的優勢，為什麼還要占展板的優勢！不就是拿來賣孔子的嘛。如果一定要出中國版，用一個版面居於末尾，不正是彰顯了主人和大國的風範嗎！

中國有諺道："王婆賣瓜，自賣自誇。"現在時代"進步"了，不自誇毋寧死耳！這些宣傳怎麼看怎麼像北朝鮮的同志加大哥，金家媒體上黨國的優秀強大嚇得美帝國主義跪地求饒。還有過去的希特勒大哥，宣揚德意志民族何等優秀，國家何等強大，一個理性不錯的民族尚且被鼓動得舉國瘋狂。

怎麼理解愛國？筆者曾經在課堂上給出 9 段材料，讓研究生找出它們的共同點。例如：

> 8 歲的瑞士男孩莫里斯認為瑞士人比法國人勤勞，也認為法國小孩會說法國人比瑞士人勤勞。心理學家皮亞傑問誰的說法更好，莫里斯說："我的，因為瑞士永遠比其他國家好。"[1]
>
> 希特勒說，任何一首貝多芬的交響曲所蘊含的文化，都比美國迄今創造的所有文化多。[2]
>
> 一百年來，都是中國幫助美國……在亞太地區，它必須拽著中國……這個地區才有和平與安全。[3]

30 幾名碩士生從中找到的共同點都是"愛國"，沒有人看出他們無視

---

1 [美]理查・保羅等.思考的力量.上海人民出版社.2006.6.P.198-199.
2 [美]約瑟夫・傑夫.軟力量的威脅.讀者.2006(24).
3 張文木.大國戰略下的中國崛起.文摘週報.2007.1.12.

真假、自我中心的內在本質。8 歲的孩子還不會用形式邏輯思維，不怪，震撼的是成人也停留在 8 歲的水平上。

本人的偏激理解：愛國就是針砭國家生病的肌體以求進步，護短就是沒有愛國的能力。一個人忌諱批評、自吹自擂貶抑他人，在心理學上被視為患有自戀型人格障礙。而一旦這種意識擴展為群體自戀，鍍上一層愛國愛集體的金裝，它就成為閃光的美德。愛國於是被正確地偷換成愛大哥範兒。

漂亮話少說，擴張是文化的本能，但是能否文明擴張是文化的能力。思想的新穎深邃，藝術的動心勾魂，方法的高效自然會吸引人們的興趣，這就是從柏拉圖的《理想國》到羅爾斯的《正義論》，從亞里士多德的自然科學到愛因斯坦的相對論，從荷馬史詩到畢加索藝術的攝人魅力。它們使西方文化被越來越多的社群自願引進而得到了文明的擴張。其他文化包括中華文化同樣可以傳播，同樣得依靠思想性和藝術性，同樣應遵循平等自願原則。如果我們在謙虛和尊重對方的前提下，適當介紹一些中國詩詞、書法繪畫、手工藝術、建築風格和烹調方法等，合情合理。但把太極拳、十二生肖文化塞進對外的中學教材是不得體的，我國青少年也不喜歡太極拳，而十二生肖乃是迷信。至於等級制、家長制和忠臣孝子這類核心家珍敵不過普世價值，最好收藏到秦始皇陵墓裏去。“漢字文化圈”的習慣說法引起東亞和東南亞人的反感，他們有的已經放棄漢字，有的在一步步減少當用漢字的數量。靠大哥作風去灌文化，不但不栽根兒，還會引人斜眼。

關於文化交流，德國推廣德語的歌德學院資深院長阿克曼說：“到今天文化交流的目標已不是宣傳自己的文化或者自己的價值觀，而是搭建互相理解的平臺……宣傳某一個民族、某一個國家的文化價值觀，解決不了任何問題。目前人類共同面臨的問題大大超過了這些東西。”[1]從他的說法裏我們看到一個曾經自戀的民族復歸於理性天賦的海天大氣。

由於大哥心態像強迫症一樣把注意的中心拉到左道上去了，對外漢教方面在人才培養和教材編寫上都缺乏認真負責的精神，問題嚴重。本科暫且不說，漢碩專業有條件的院校上，沒有條件的也上。碩士點報批超越了常規的“硬杠子”，不但不講究教授副教授的梯隊，只有講師都可以。申報單位從別處東拉西湊弄一幫教授副教授就組成了不存在的新班子，這些

---

[1] 轉引自劉謙功.漢語國際教育導論.世界圖書公司.2012.P.60-61.

人從來不在一起工作，半心無意地參與對外漢教的師資培養。對外漢教專業碩士生中，本科學習對外漢教和中文專業的占三分之二左右，其他是英語、歷史、心理學、新聞傳媒甚至理工科的學生。這些學生漢語本體知識本來就欠缺，而兩年制的專碩只上一年課，其中文化和文化傳播課程偏多，又沒有漢語基礎課讓他們選修。科班出身的尚不一定能解決漢語知識問題，而"是個中國人就可以教漢語"的意識泛濫，它陳舊得就像史前意識。教師走上講台之後，對於"被動關係為什麼不用被動句"、"這裏為什麼要用把字句"等問題回答"這是漢語習慣"，"來"和"去"的差別"在於距離遠近"，不會辨析同義詞，連漢字的結構都不會分析……能不誤人子弟嗎？非漢教非中文專業來的研究生應學 3 年，或規定修滿一定本體知識課程學分。短頻快教育就像把又青又小的果子摘下來推向市場。

赴泰國和赴越南的實習生很多都遇到了沒有合用教材的問題，只好自己現編，質量完全沒有保障。有人指出比較有影響的漢語教材之間共同的漢字量、詞彙量非常少，教材編寫各顧各。可見，我們亟待組織業務能力優秀的教師坐下來研討和編寫教材，並應遵守《現代漢語常用字表》和《現代漢語常用詞表》（草案）的字詞範圍。

我們極力強調"短頻快"出人才，有堂皇的理由：國際需求太大，師資過於短缺。這正是本文要談的另一個重要問題。我們急不可耐地在國外大建孔子學院，又斥巨資設立國家獎學金和漢辦獎學金吸引留學生來華讀漢教研究生，學費住宿水電費全免，外加免費旅遊，每月還發 1700-2200 元補貼。這個待遇是國內的貧困生做夢都想不到的，碩士生前年才漲起來的政府補貼是每月 500 元，大約能抵學費住宿水電費的一半。孔子學院大多免收學費，還組織外國學生免費來華學習和觀光。對於外國人來說，這是天上掉下個大餡餅。外國地方上接納孔子學院又不要自己掏錢，搞點非學歷教育也沒真的當回事，其中國教師的工資由中方提供。外國大學開個二外學漢語也算多一門課，鄰國某些中學開開漢語也可以，何樂而不為，至少不反對。學生多隨便學學，不求能交際能閱讀。這就是"漢語的魅力正在快速提升"[1]的內幕。政府過熱推行漢語教學，人為地造成了師資荒。語言的推廣本應尊重自然需要，當代的英語學習者增加最快，法語德語的

1　王德春主編.對外漢語論叢.第四集.學林出版社.2005.吳應輝卷首語.

學習人數也遠大於漢語，何曾看見他們粗製濫造人才教材慌忙推銷？台灣和香港也沒有搞短頻快，雖然有些外國學校直說只要港臺漢語教師。在缺少學習動力的情況下，漢語國際教育並不是我們想象的那麼輝煌。我們像三流演員一樣倚重形象工程，每年十幾億或更多的投入和實際效果的強烈反差，說明我們在不惜代價地打造大哥面子，浪費納稅人的錢。的確，它取得了很大的成功：國內一致歡呼中國的國際地位大大提高了。但是，自戀的心靈被大大愚弄了。金錢堆出來的成功是丟臉的，泡沫漢語熱經不起時間的考驗，必會降溫。

我們稍微清醒點就會發現，迷信外表光鮮而冷落工作質量，才是真正砸形象的。

美國學者 Paula Peisner 說："徒勞地想取悅於人。尋求統治。害怕被拋棄。尋找讚許。所有這一切與人們、與我們周圍的世界打交道的方式，會在我們的心靈和頭腦之中產生一場爭鬥。使我們無法擺脫內心混亂的惡性循環的 3 種最常見的做法是：指望別人的肯定，期待別人會按我們的意圖行事，以及試圖成為我們本不適合成為的那種人。"[1]保羅的惡毒言論肯定不是針對中國人的，他對全世界的大哥們作了深刻的描述，只是沒有說這種病態還會夾雜對別人的貶損。這可憐的性格說穿了就是主奴性格，它打造的不是什麼大國形象，而是主子兼奴隸的形象。

因為人口而成為大國，因為心眼而成為小國，沒有比這更不爭氣的了。

據 2013 年 7 月在內蒙師大對外漢語教學國際研討會上發言稿修訂

---

1 [美] Paula Peisner.昨天的你.英語世界.2008(1).P.20.

《漢語應用的文化人類學研究》53-61。

《開語課本》與人教版《小學語文》選文對兒童精神培養的對比研究

張文

摘要：文章從兒童價值取向與塑造的兒童形象兩方面對兒童的精神培養進行對比。文章將價值取向分為一般價值取向與政治價值取向。研究結果顯示，在一般價值取向中，開明版更為注重勤勞、團結精神的培養，人教版更注重對兒童智能、勤學精神的培養；在政治價值取向中，開明版中最注重的是自由平等，人教版教材中最注重的是愛國教育；開明版主要塑造的是勤勞動手、天真好奇、團結友愛的兒童形象，人教版主要塑造的是熱愛祖國、聰明智慧、乖巧聽話的兒童形象。

一、選題緣由和材料

語文教材的選文所反映的教育理念，對於一個孩子的成長，對於健全人格的形成都有較大的影響。《開明國語課本》與今天人教版《小學語文》分別作為不同時代具有代表性的教材，對兒童精神的培養有什麼不同？筆者帶著疑問選擇了這個課題。

本文所使用的研究材料是上海科學技術出版社 2010 年重版的由葉聖陶親自編寫的《開明國語課本》，共 264 篇文章，由於開明本是初小語文教材，與之相對應的筆者選擇的是人民教育出版社出版的 1—4 年級學生用的語文教材，[1]共 248 篇。

[1] 一年級上冊 2001 年 6 月出版，下冊 2001 年 12 月出版；二年級上冊 2001 年 12 月出版，下冊 2002 年 12 月出版；三年級上冊 2003 年 6 月出版，下冊 2003 年 12 月出版；四年級上冊 2004 年 6 月出版，下冊 2004 年 9 月出版.

二、選文對兒童價值取向的培養對比

價值取向滲透於生活的方方面面，表現在政治取向、功利取向、審美取向、道德取向等不同方面。

本文參考吳永軍在《課程社會學》一書中關於社會學分析中采用的“價值取向類目量表”，從道德取向和政治取向兩個類型著手，對兩套教材中所包含的價值取向進行對比分析，並且在這個類型下分很多中不同的類目。

（一）一般價值取向對比

兩套教材一般價值取向類別統計

開明版			人教版		
類別	數量	比率	類別	數量	比率
勤勞	20	14.08%	勤勞	5	3.09%
智能	7	4.93%	智能	19	11.73%
仁愛	14	9.86%	仁愛	14	8.64%
友愛	12	8.45%	友愛	8	4.94%
自然	26	18.30%	自然	35	21.60%
親情	8	5.63%	親情	13	8.02%
堅毅	7	4.93%	堅毅	9	5.55%
謙虛	1	0.70%	謙虛	5	3.09%
科學	15	10.56%	科學	23	14.19%
勇敢	5	3.52%	勇敢	2	1.23%
勤學	8	5.63%	勤學	14	8.64%
奉獻	1	0.70%	奉獻	8	4.94%
誠實	3	2.11%	誠實	6	3.70%
團結	12	8.45%	團結	1	0.62%
禮貌	3	2.11%	禮貌	0	0

註：開明版教材裏包含道德價值取向類目的文章共有 142 篇。人教版教材裏包含道德價值取向類目的文章共有 162 篇。一篇課文中如果包含兩個及以上的價值觀，則只記其中最重要的一個。

從上表可以看出，兩個版在一般價值取向方面存在著相似之處，如堅毅、仁愛等方面，但是也存在著較大差異，如人教版更加強調親情、謙虛等。下面筆者將差異最明顯的前五項進行比較分析。

1. 勤勞

統計中的勤勞首先應該與勤學區分開來，這裏的勤勞指的是引導學生熱愛勞動並積極主動地參加勞動。如在開明版中，《懶惰的人》寫道，許多農人、工人聚在一起，各把自己的事說給大家聽。有的人說種了多少田，有的說製了多少東西，個個很起勁。後來輪到一個懶惰的人，他頓住了不開口。大家催著他："你說呀！你說呀！""我沒有做什麼。我實在說不出。""那麼你也要吃東西，用東西嗎？""當然要吃，要用。不過吃的是你們種出來的，用的是你們造出來的。"大家對他說："這樣，你太對不起我們了。你也得勞動。就去種田吧。"他的手臂很細小，全身沒有力氣，才舉起鋤頭，他就跌倒在田裏。

開明版中這樣的文章還有很多，這一項的比率要比人教版的約高出11%。勞動是人的基本價值。勤勞的觀念應該從兒童時期開始抓起，這樣對其以後的成長，正確的人生道路選擇均具有重要意義。相比之下，人教版的教材並不注重這一道德價值觀，放眼當下，很多兒童由於學校教育的不到位、家庭父母的嬌慣，過著衣來伸手飯來張口的生活，根本沒有意識到，作為社會家庭的一員有義務去做自己力所能及的事情。

2. 團結

開明版裏有 12 篇突顯團結這種價值觀的課文，人教版中這樣的課文只有一篇。筆者認為團結，是目前中國社會很缺乏的一種道德觀。中國人的窩裏鬥存在於生活的方方面面。如果生活在這個社會中的每一個人，都去爭奪不該得的利益，而沒有團結意識的話，國家、社會該如何進步呢？在一些國家，例如瑞典，一直強調團結合作的重要性，他們的孩子很小的時候就開始接受這樣的教育。他們的父母會在孩子只有 1 歲多的時候便將其送到幼兒園，讓孩子在集體中成長。如果我國當今的語文教材加大對兒童團結意識的培養，那就比較好了。

3. 智能

兩套教材中都有描寫兒童聰明的課文，但是在開明版的課文中，大多是以普通兒童為主角，誇讚其創造力。如《賽豬會》一文中，同學們都養豬，就請校長評判誰的豬最好，一位同學把豬放在籃裏提過來，校長說他的豬太輕，另外一位同學把豬趕了來，校長說他的豬太髒，最後一位同學把豬放在車上拉了過來，校長看他的豬又肥大又乾淨，就獎勵最後一位同學。而人教版中的課文，誇讚聰明的對象大多是名人的童年。如司馬光小時候聰明過人，沈著冷靜，搬起石頭砸破水缸，救出了落水兒童（一年級下冊《司馬光》）。愛迪生小時候，運用自己的聰明智慧，讓“簡易的‘手術臺’前一片光明”，使醫生能為媽媽順利做完手術（二年級下冊《愛迪生救媽媽》，現在有網文說這事是假的），這樣的例子還有曹沖等。雖然，運用名人的故事來激勵兒童，有一定的積極作用，但是日常生活中的孩子並不是天資非常聰穎，會不會讓兒童覺得只有名人的童年才值得學習，會不會讓兒童覺得自己不行，從而形成自卑的心理，而且會不會讓兒童覺得只有做出一番大的事業才算得上是成功的人？會不會培養兒童崇拜大人物的情結呢？筆者認為在課文中可以運用一些名人的童年來激勵兒童，但是一定要把握好一個度，我們可以更傾向於培養其他方面的品質，如誠實、善良、禮貌等等。

4. 奉獻

奉獻，指的是為別人付出，心甘情願，不圖回報。開明版教材有一篇課文講的是老師對學生盡職盡責，並為之奮鬥一生。這是要求在上者的，是上對下的奉獻。而人教版教材較多講的是為革命奉獻青春，為革命奉獻生命等等一些對革命、對國家的奉獻。例如小英雄王二小等等。奉獻這種價值觀，對兒童來講，本身就有一些成人化，不太適宜於兒童的心理認知發展水平。人教版中的課文教給學生國家、革命這樣純粹的成人概念，實際上是把成人的觀念灌輸給兒童，給兒童套上成人的駕轅。

5. 友愛

開明版中較多出現同學之間互幫互助的課文。如《可愛的同學》，寫的是鍾良生病了，其他同學很想念他，於是派出代表帶上美麗的芍藥花去看望他，鍾良心裏很感動，病好回學校之後專門做了一首詩歌對老師和同學表達自己的感激之情。這篇課文不僅表現同學之間友愛，也可以教育學生要學會感恩。當然，人教版中也有類似的表達友愛的課文，如《爭吵》《她是我的朋友》等。

在兒童階段，由於其心理發育不成熟，通常會有以自我為中心的情況出現。在這種情況下，語文作為兒童道德教育的主要學科，如果能發揮其作用，多選擇一些表現同學之間互幫互助、相親相愛的課文，就能夠幫助使班級的氛圍融洽，而且還可以減少同學之間的摩擦或者在同學間產生摩擦之後能夠找到解決問題的正確辦法。這樣學生不僅能夠學會愛人，也能夠反思自己，認識到自己的錯誤。兩套教材相比，人教版的教材在這一方面薄弱一些，最好更注重這一價值觀的教育。

當然除了以上這五個差別比較大的方面之外，還有一些其他的方面存在著不同，例如：禮貌、勇敢這些方面，人教版教材表現得有些薄弱。

（二）政治價值取向對比

政治取向指的是政治主體通過一定的政治化、社會化所形成的對於政治的認識、價值、情感、態度、信念等心理結構及其特徵。內容側重於思想政治教育的篇目有愛國教育、革命精神教育等。兩教材取向詳見下表。

兩套教材政治價值取向類別統計

開明版			人教版		
類別	數量	比率	類別	數量	比率
熱愛祖國	3	12%	熱愛祖國	25	62.5%
頌揚領袖	3	12%	頌揚領袖	6	15%
平等自由	9	36%	平等自由	3	7.5%
批判揭露	6	24%	批判揭露	2	5%
革命精神	3	12%	革命精神	2	5%
和平精神	1	4%	和平精神	2	5%

註：在開明版教材中表現政治價值取向的篇目比較少，只有 25 篇。人教版教材中共有 40 篇這樣的課文。

在進行對比之前，需要說明的是開明版中的課文表現愛國情感是通過描寫地理知識、甲骨文這些文化知識，如《中華》《黃河》《商代人的書》，這些課文出現在開明版下冊中；而人教版是用歌頌城市、描寫祖國多麼強大等課文來表現愛國情感，如《北京亮起來了》《香港，璀璨的明珠》等。並且從一年級上冊就有類似的課文對兒童進行愛國教育。

首先，從兩套教材表現政治價值取向的課文總數來說，開明版占 10.16%，而人教版占了 16.13%。從這個角度看來，人教版要比開明版更看重對兒童的政治價值觀的培養。

其次，從上表中分項的統計數據來看，開明版中最注重的是自由平等，占了表現政治價值取向課文數的 36%；而人教版教材中最注重的是愛國教育，占了表現政治價值取向課文數的 62.5%。對比起來，開明本意識開明，將自由平等的教育放在愛國教育之上，這是很有道理的，因為自由平等是一個國家最為需要的精神，它們決定著這個國家的普通人是否受到尊重、是否擺脫恐懼、享有同等機會，是否真正成為國家的主人。如果人民享有自由平等，那麼這個國家值得愛。所以這樣的精神應該從兒童就開始培養。美國塞娃阿主編的經典《小學語文》，在第六冊就有傑弗遜等人戰勝恐懼舍生忘死簽署《獨立宣言》的故事，它反映了爭自由的鐵血。反之，在家長制下，統治者被認為是國家利益的代表和國家的化身，人們是權勢的奴隸，孩子們敬畏師長就像師長敬畏他們的上級，因此要特別積極地說教孩子們愛國。在這種環境下成長的兒童會一心去追求權力、金錢來提升自己的社會地位。他們只關心自己的利益，不理解“國家”這個抽象概念，更不知道國家如何值得愛。

人教版中，還有不少頌揚領袖的課文，講述發生在領袖身上的一些事。如人教版一年級下冊《鄧小平爺爺植樹》一文中，大家把鄧小平爺爺種的樹取名叫做“小平樹”。這樣的做法好嗎？對低年級的兒童來講，這種故事很可能會導致個人崇拜的心理，從而讓兒童盲目地追隨權威、追求優越地位。這種不正常的心理，不正常的社會現象對於兒童價值觀的健康發展有極大的損害。

筆者認為人教版教材或許可以考慮適當減少有關政治價值取向的課文，特別是這種關乎當權者自身利益的文章。

以上是兩套教材的課文在對兒童價值觀培養方面的對比，可以看出開明版的教材在道德價值觀與政治價值觀上都安排地更為科學合理，更從兒童的角度出發。

三、兒童形象的對比

在兩套教材中，有不少課文是以兒童為主體，塑造了不同的兒童形象。

兒童形象反映的是教材編寫者的兒童觀，兒童觀是人們對兒童的總的看法和基本觀念，而兒童觀決定的是教育觀。教材中所預設的兒童形象對學生的影響是舉足輕重的。小學語文就是兒童語文，比較探討兩套教材中預設的兒童形象，對於推進人教版的課改，促進兒童的健康成長意義重大。

在這裏我們可以結合上一節中價值觀的對比來總結概括兩套教材中不同的兒童形象。

（一）開明版中的兒童形象

在開明版教材中，涉及到兒童形象的課文比較多。在這些課文中，大部分寫的是現實生活中的兒童，當然也有些偉大人物童年的，還有一些其他形式出現的兒童形象。課文中的兒童形象主要有以下幾類：

1. 勤勞動手的兒童形象

課文中首肯的就是熱愛勞動、動手能力較強的兒童。這些是通過日常生活中孩子在與父母的對話、參加學校活動中表現出來的。在開明版上冊《妹妹哭了》一文中，寫妹妹剛剛建好的小房子被跑過來的小狗沖塌了，妹妹哭了。但是媽媽告訴她，不要哭，你還可以再動手給它蓋起來。還有在開明版上冊《我能勞動》一文中，爸爸問幾個兄弟姐妹長大後要做什麼樣的人，哥哥說兩只手能勞動，要做農人，姐姐和我說有兩只手要做工人，爸爸認為要做的這幾件事都很重要，所以對他們的選擇表示贊同與鼓勵。還有很多這樣的課文，在此不一一列舉。

2. 天真好奇的兒童形象

這一類的兒童主要是對自然現象有疑問、對科學現象有疑問等，看到這些文章，浮現在眼前的是一個天真好奇、對自然無比熱愛的兒童。如《雨點　雨點》：

“雨點，雨點，你們的家在哪裏？你們到地上來做什麼？”雨點沒有說什麼，只是下個不停。

除此之外，開明版上冊中兒童還有對太陽昨晚睡在哪裏的疑問。

這兩個例子表現的是兒童對自然事物的好奇。還有對科學知識表現出好奇的。如開明版下冊《月食的一夜》中，先是講到村裏的人認為月亮是被天狗吃掉了，並舉行各種儀式想要來嚇退天狗，一群人跪下禱告等等。後來又有一天晚上有月食，全家人在一起準備看，這時候課文中的兒童就問道：據說這是地球的影子。地球的影子怎麼遮沒了月亮呢？他的哥哥於是做了一個實驗，才解開了他的疑惑。

3. 團結友愛的兒童形象

開明本課文中有很多表現兒童們一起勞作一起遊戲的場景，同學之間互幫互助、互相關心（這個團結互助是不需要聽從老師家長的教導的）。課文《竈前竈後》講述的姐妹三個做遊戲，大姐姐做魚湯，二妹妹就煮飯，小妹妹則負責給她們添柴燒火，三個人分工合作，其樂融融。

開明本中當然也有勤奮學習的形象、孝敬父母的形象等，但這些表現得並不特別明顯。下面我們同樣結合上節的價值觀來看人教版的教材為兒童預設的又是什麼樣的形象。

（二）人教版中的兒童形象

1. 熱愛祖國的兒童形象

見上面“政治價值取向對比”，此不贅述。

2. 聰明智慧的兒童形象

課文中除了愛國的兒童之外，首肯的就是聰明智慧的兒童。通過寫名人、偉人小時候如何聰明、開動腦筋，最終取得了成功，引導學生以此為榜樣，努力學習，長大後才能有所成就。具體例子前面已詳述。

3. 乖巧聽話的兒童形象

除了上述的兩種兒童形象，還有一種形象也很具有典範性，那就是乖巧聽話。尊敬長輩是這一類兒童形象的標準，這種尊敬一般就表現在“聽話”方面。文中的孩子在媽媽的啟示下，把奶奶的棉鞋拿出去曬，讓奶奶穿上去更暖和。（一下《棉鞋裏的陽光》）《一株紫丁香》寫的是對老師的尊敬，文中的學生把一株紫丁香栽在老師的窗前。除了對長輩的尊敬之外，這種乖巧大都具有成人世界認可的奉獻等品質。《給予樹》（三上）一文中寫一個叫金吉婭的女孩拿著媽媽給的錢，在聖誕節那天準備給家人買禮物。後來她卻買了洋娃娃送給了貧困地區的孩子，感動了媽媽，得到媽媽的讚賞。筆者認為在貧困山區的孩子需要的不是布娃娃，而是基本的吃穿和學費，文中這麼寫，看出來的是編者對課文的編造性。

（三）對比分析

從兩套教材的兒童形象來看，開明版的課文想告訴孩子們的是，一個好兒童應該勤於動手，團結友愛，要有天真、好奇的性格特點。而人教版的課文，想要告訴孩子們的是，要想成為好兒童，必須熱愛祖國、勤奮學習、要尊敬師長或者孝敬老人。很明顯，我們的教材更多的是以成人的視角來看待兒童，反映的是成人本位的兒童觀。學習這樣的課文，兒童自然而然就會接受社會化的規訓。當孩子們過早地受束縛於這些規矩中，試問他們還能體驗到童年生活應有的自然和快樂嗎？肯定什麼，就意味著否定了什麼；彰顯什麼，就意味著忽略了什麼。人教版的教材重視愛國教育，用名人的例子來教導兒童，那麼必然就會忽略了普通兒童的日常生活（前面已有分析）。杜威認為，不能成為兒童生活經驗的一部分的價值教育，就不真正具有教育作用。推崇成人標準下的好德性，似乎忽略了兒童原有的本性——那豐富多彩的童趣，無邪純淨的童真，這些都極有可能構成對童性不應有的扭曲、壓抑。另外，開明版的教材鼓勵孩子自己動手去做，在孩子親手去實驗的過程中，其實也就是在重演人類科研的歷史，這是符合人的成長的自然性的。兩套教材相比，開明版顯然要做得更符合兒童的天性。

參考文獻

[美]約翰・杜威著.王承緒譯.民主主義與教育.人民教育出版社.2001.

李德顯、韓鳳儀.小學五年級語文教科書人物形象的比較分析——以人教版和蘇教版教材為例.教育理論與實踐.2008(7).

蔣丹梅.蘇教版與人教版語文教材的比較.小學時代（教育研究）.2011(12).

康海燕.謝利民.大陸與台灣初中語文教科書人生觀教育比較——以人教版和翰林版為例.教育科學研究.2010(10).

文中部分觀點導師李海霞在課堂中提及.

《漢語應用的文化人類學研究》62-69。

《劍橋小學英語》和《體驗漢語小學》教材話題－內容對照研究

舒敬斌

摘要：《劍橋小學英語 JOIN IN》和《體驗漢語小學泰語版》在個人信息、社會交往、日常的家庭和社會生活等話題上分量很接近。而總的知識點《劍橋》較多，比後者更豐富全面。同時，《劍橋小學英語》比《體驗漢語小學（泰語版）》更注重文化的學習和價值觀的培養。如節日的介紹，《劍橋》雖然節日較少，卻有節日的來源、內容的介紹。中國的太極拳和十二生肖列入小學教材不妥，而中國畫、刺繡、建築藝術等卻可以適當介紹。

本文是作者碩士論文《〈劍橋小學英語 JOIN IN〉和〈體驗漢語小學泰語版〉對比研究》（2013）的一部分。這兩部教材都是對外編寫的第二語言教學教材。他山之石，可以攻玉，對比有助於我們教材編寫的改進。

一、《劍橋小學英語》和《體驗漢語小學（泰語版）》教學話題－內容提同列表

下面《體驗漢語小學泰語版》省略“泰語版”3字。

筆者參照2008年出版的《國際漢語教學通用課程大綱》中的漢語教學話題及內容表，剔除不同的、選擇相同的話題，對兩套教材中的教學內容數量進行提煉，見下面兩個表。

《劍橋小學英語》教學話題－內容表

話題	內容
個人信息	姓名、年齡、年級、電話號碼、生日、愛好、自我介紹
情感與態度	喜歡／不喜歡、是／不是、憂傷、高興、生氣、疲憊、驚嚇、會／不會、有／沒有、厭煩、害怕／不害怕、想、感嘆、評價、頻率
社會交往	打招呼、寒暄、告別、介紹、請求、感謝、節日祝願、幫助、寫信、交友、溝通、聚會、詢問、描述、餐桌禮儀、贈送、建議
日常生活	食物、餐具、衣物、日期、購物、時間、生活用品、起居作息、正在進行時態、將來時態、吉祥物、做夢、電視節目、數量、比較、最
學校生活	課堂用語、學習用品、教室設備、星期、課程、課程時間、學校生活
家庭生活	家庭成員介紹及稱謂
文化娛樂	顏色、玩具、遊戲、收藏、課外活動、海灘活動
節日活動	聖誕節、萬聖節、感恩節、復活節
身心健康	身體器官名詞、意外受傷就醫
旅遊交通	交通工具、方位介詞、處所、問路、方向、交通方式
語言與文化	英語字母教學、英語名字介紹、中西食物介紹、中西節日介紹
價值觀念	誠實、和諧的鄰裏關係、愛護動物、子女和家長之間溝通與理解、朋友之間溝通與理解、責任心、幫助弱者、以書為友、勇敢
文學與藝術	詩歌、兒歌、童話小故事、音樂劇、小品、小說 Robin Hood 節選
政治歷史地理	家鄉、世界首都城市、世界大城市
全球與環境	認識全球的孩子們、愛護瀕危動物、保護環境
計畫與未來	理想、我的理想世界、計畫
教育	數字認讀、數字計算、幾何圖形認讀
動植物	寵物、野生動物、水果、蔬菜
自然景觀	北極生活及北極動物、世界大城市以及景點

《體驗漢語小學（泰語版）》教學話題－內容表

話題	內容
個人信息	姓名、年齡、年級、愛好、生日
情感與態度	有／沒有、是／不是、喜歡與愛、稱讚、會／不會、想、感嘆、選擇、高興／不高興、頻率
社會交往	打招呼、寒暄、介紹、社交稱謂、告別、感謝、道歉、邀請與拜訪、待客禮儀、請求、節日祝願、打電話、詢問、描述、建議、國籍
日常生活	衣物、時間、日期、食物名詞、場所、日常活動、餐具以及量詞搭配、禮物、購物、動作、生活用品、起居作息、天氣、數量、過去時態、比較、酸甜苦辣
學校生活	星期、學習用品與量詞搭配、課程、課外活動、課堂用語
家庭生活	家庭成員稱謂以及家庭介紹
文化娛樂	顏色、戶外活動、體育用品、體育運動
節日活動	春節、宋幹節、水燈節、中秋節、聖誕節、勞動節、母親節、父親節、教師節、兒童節
身心健康	身體器官名詞、就醫
旅遊交通	問路、交通工具、方位、交通方式、處所
語言與文化	漢語拼音和漢字書寫、十二生肖介紹、中泰食物介紹、中西節日介紹
價值觀念	愛護動物
文學與藝術	兒歌、童話小故事、中國功夫、臉譜、謎語、詩歌
政治歷史地理	家鄉和美食、中國城市、世界國家名稱
全球與環境	保護環境
計畫與未來	理想、計畫
教育	數字認讀
動植物	野生動物、農場動物、花草樹木、寵物、海洋動物、水果、蔬菜
自然景觀	中國名勝古跡

二、兩套教材教學話題—內容對比分析

通過將兩套教材的教學話題—內容對比，我們可以看到下表的數字。

兩套教材教學話題－內容數量對比結果表

話題	《劍橋小學英語》	《體驗漢語小學》
個人信息	7	5
情感與態度	15	10
社會交往	17	16
日常生活	16	17
學校生活	7	5
家庭生活	1	1
文化娛樂	6	4
節日活動	4	10
身心健康	2	2
旅遊交通	6	5
語言與文化	4	4
價值觀念	9	1
文學與藝術	6	6
政治、歷史與地理	3	3
全球與環境	3	1
計畫與未來	3	2
教育	3	1
動植物	4	7
自然景觀	2	1
總數	118	101

如上表，通過對比和分析兩套教材的教學內容和教學話題，筆者可以得出結論如下：

第一，《劍橋小學英語》的教學內容比《體驗漢語小學》的教學內容豐富、全面。有血有肉的國家、城市、景點和節日介紹，也比簡單的名稱介紹有趣味。

參考《國際漢語教學通用課程大綱》中的話題項目，在總的話題前提下，《劍橋小學英語》的教學內容總數是 118 個，而《體驗漢語小學》的教學內容總數是 101 個。具體除了“動植物”項目外，基本上在每一個話題項目中，《劍橋小學英語》比《體驗漢語小學》涉及的教學內容都要多。

教學內容的豐富、全面與否是決定教材優劣的重要因素。因此筆者認為：作為 21 世紀信息化時代的第二語言教材，國別化漢語教材應該要有豐富的知識和信息含量（雖然小學教材內容並不要求無限豐富），這樣才能讓學習者了解到更多的社會、經濟、政治、文化、科學等方面的知識，提高學習興趣，進而提高漢語交際能力。我國著名語言學家朱德熙也曾經強調："對外漢語教學工作不能太狹窄……知識面要廣，我認為語言不但跟文學有關，與心理學、智能、計算機都有關係。我們關心的面要大，不要只關心教外國人漢語的文章，在針尖上做學問是做不好的，編教材知識面要廣，文學、歷史知識都要有。"[1]

第二，《劍橋小學英語》比《體驗漢語小學》更注重文化的學習和價值觀的培養。

首先，文化的學習。比如：在"文學與藝術"中，《劍橋小學英語》採用了兒歌、童話小故事、音樂劇、小品、小說、詩歌等形式，全面、生動地展示了英語文化，並且前 4 種始終貫穿於整套教材中。《體驗漢語小學》也採用了兒歌、童話小故事、中國功夫、臉譜、詩歌、十二生肖圖等形式展示了中國文化。但是《體驗漢語小學》不足之處：1.這些形式中，只有兒歌和童話小故事基本上貫穿於整套教材中，其他形式很少出現，如中國功夫、臉譜和十二生肖只提到一次。（筆者和導師商量認為：太極拳和十二生肖最好不要放在小學階段，這些文化形式的內涵太抽象，小學生很難理解，而十二生肖本來就具有原始迷信色彩，要是教師引導不當，很容易誤導小學生，因為小學生唯教師是瞻；太極拳緩慢、輕柔的動作，對小孩吸引力不大，更別說太極拳理念了，所以這些文化內容，我們建議可以適當地放到中學或者大學的漢語教學中。）2.大部分兒歌使用同一曲調，只是替換不同的歌詞內容，孩子容易記錯。3.教材中童話小故事的數量也很少。又比如在"節日活動"中，《劍橋小學英語》雖然只提到了聖誕節、復活節、萬聖節、感恩節四大節日，但是教材從文化節日的來源、日期以及節日活動等方面詳細地介紹了它們。《體驗漢語小學》列出了春節、宋幹節、水燈節、中秋節、聖誕節、勞動節、母親節、父親節、教師節、兒

---

[1] 朱德熙.在北京語言學院語言教學研究所成立大會上的講話（1984 年 11 月 21 日）.對外漢語教學（中國教育學會對外漢語教學研究會會刊）.1985(2).

童節等十種文化節日，但是教材只是簡單地介紹節日的日期，沒有對這些文化節日的來源和節日活動進行詳細地介紹。

那麼在國別化漢語教材中，什麼樣的文化內容應該編入小學教材？針對這個問題，筆者與導師進行了商討。1.導師認為可以在教材中加入中國畫、中國建築和瓷器、剪紙、刺繡等介紹，圖文並茂，這樣可以提高學生對中國文化的興趣。2.筆者覺得目前很多對外漢語教材編寫者沒有認識到文化與語言教材之間的重要關係，他們覺得語言教材中，文化是次要的，文化只是語言教材中吸引學生興趣的裝飾品。朱志平也說道："對外漢語教材的文化板塊和課文內容的相關性不大。"[1]李鴻亮（2011）則指出對外漢語教材是承載中華文化的重要載體，是傳播中華文化的重要媒介。對於漢語初學者來說，初級教材中的中國地理、景觀、民俗等文化，不僅是教學本身的需要，更能激發學習者學習漢語的興趣。另外，目前在對外漢語界有一種普遍流行的文化教學觀點：對外漢語教學中的文化教學分為知識文化和交際文化。前者是指進行文化知識教學，比如說開設專門的文化課程；後者是指"人們藉助於語言的或者非語言的手段表現出來的旨在維繫人與人之間在交際過程中正常關係而必須共同遵守的交際行為規則體系。"[2]正因如此，在編寫對外漢語教材的過程中，由於客觀原因，比如說注重漢語過級考試或者中小學漢語的學習時限不足，很多編寫者忽略了知識文化，以至於現在很多對外漢語教材中只注重交際文化，甚至有的中高級漢語教材用交際文化代替了整個文化的教學。所以筆者認為我們要對國別化漢語教材的文化內涵進行重新的、正確的認識，然後精心設計出包含知識文化和交際文化的內容，使之融入新一代國別化漢語教材之中。

其次，關於健康價值觀的培養。在"價值觀"中，《劍橋小學英語》關注了對兒童心理發展有重要影響的九種價值觀的培養：誠實、和諧的鄰里關係、愛護動物、子女和家長之間溝通與理解、朋友之間溝通與理解、責任心、幫助弱者、以書為友、勇敢等，還加上愛護環境。《體驗漢語小學》在"價值觀"中，只提到了愛護動物和愛護環境。前者的內容數量是9，後者才1。由此可以看出《劍橋小學英語》重視兒童心理發展規律，注

1 朱志平、江麗莉、馬思宇.1998-2008 十年對外漢語教材述評.北京師範大學學報（社會科學版）2008(5).

2 趙賢洲.關於文化導入的再思考.語言教學與研究.1992(3).

重學習者的社會性特徵，讓學習者在學習知識的同時，也學習正確、健康的社會價值觀。分析 4 點。1、朋友之間的溝通與理解。心理學家塞爾曼（Selman）認為兒童友誼發展有四個階段：第一階段（3--5 歲）短期夥伴關係。在這個時期兒童尚未形成友誼的概念，認為和自己一起玩的就是好朋友。第二階段（6--9 歲）單向幫助關係。認為友誼的表現就是活動行為和自己一致或者對自己有幫助。第三階段（9--12 歲）雙向幫助關係。這個時期的友誼具有相互性，雙向幫助。第四階段（12 歲以後）親密而又相對持久的共享關係。認為朋友之間可以相互傾訴秘密，保持信任，共同解決問題等（劉梅，2010，下引心理學同）。《劍橋小學英語》編寫者根據兒童心理發展規律，將兒童交友的心理特徵用小故事的形式展示在教材中，然後用所學知識正確引導兒童的交友觀念，因此學生在學習知識過程中也獲得正確的交友觀。2、子女和家長之間的溝通與理解。心理學研究表明：進入小學後，兒童與父母的關係就開始發生變化：從對父母的依賴開始走向獨立自主，從對成人的完全信服到開始表現批判性的懷疑和思考。因此在小學階段，培養兒童和家長相互溝通、理解的價值觀，對建立良好的家庭子女關係有很重要的作用。3.誠實和勇敢的品質，心理學認為：在小學時期，兒童的自我意識處於所謂客觀化時期，個體顯著地受到社會文化影響，因此小學時期是獲得社會自我和角色意識的重要時期。《劍橋小學英語》通過小故事，向學習者講授誠實、勇敢的品質，幫助他們正確地認識自己。4.和諧的鄰里關係、愛護動物、愛護環境、見義勇為和幫助弱者等親社會行為，心理學研究表明：在教育的影響下，兒童很早就表現出一定的親社會行為。隨著年齡的增長，兒童不斷接受各種社會強化，親社會行為也逐漸增加。研究表明，兒童分享與助人行為均隨著年齡的增長而增長：5--6 歲的兒童分享行為為 60%，7--8 歲時為 92%，9 歲以上為 100%；助人行為在 5--6 歲時為 48%，7--8 歲時為 78%，9 歲以上為 100%。因此，這些教育知識的學習對兒童的社會性發展有著重要的作用。

第三，《劍橋小學英語》比《體驗漢語小學（泰國版）》更具有時代性、全球性特點。比如：1、在“政治、歷史與地理話題”中，《劍橋小學英語》選取了“家鄉、世界首都城市、世界大城市”等內容，詳細地介紹了世界首都城市和各大城市。然而《體驗漢語小學》選取了家鄉和美食、中國城市、世界國家名稱等內容，只是簡單地認讀城市名字和國家名字；2、在“全球與環境”話題中，《劍橋小學英語》選取了“認識全球的孩子們、愛護瀕危動物、保護環境”等內容，詳細地展示了來自全球孩子的自我介紹，說明了那些瀕危動物的習性和特點。《體驗漢語小學》選取了保護環境內容，只是利用小圖片對污染前後的環境進行簡單的對比描述。3、在“自然景觀”話題中，《劍橋小學英語》選取了“北極生活及北極動物、世界大城市以及景點”等內容，分別詳細地說明北極人類和北極動物的生活，介紹了世界大城市及其景點。《體驗漢語小學》選取了中國名勝古跡內容，但只是簡單認讀名勝古跡的名字。另外，《劍橋小學英語》還選取了體現現代社會人類所需要的見義勇為精神和反映時代氣息的內容，如網絡交流。這樣增強了學生國際交往的意識。而《體驗漢語小學》很少涉及這些充滿現代社會氣息和人文精神的內容。

綜上所述，通過分析對比，筆者認為：在國別化漢語教材編寫的過程中，我們應該更加注意以下幾點：1、教材內容上，大力提供豐富的知識和信息量。2、編寫教材前，認真研習兒童心理，選取適合兒童心理發展的教學內容，讓學生在學習知識的過程中，不斷完善人格和學習正確的社會價值觀。3、文化教學安排上，遵循“從簡從精”的原則，可以把預設的文化教學目標，按照教材的層級增加或者學生漢語水平遞增，逐步分散到各個層級的教材中去。每本教材可以安排兩三個重要的文化教學，通過多種形式，讓語言和文化知識互相促進，待學完整套教材，達到預設的文化教學目標。4、站在國際的角度，把握時代的特徵編寫教材，讓學生全面了解世界，增強國際交流意識。

參考文獻

李泉.近20年對外漢語教材編寫和研究的基本情況述評.語言文字應用.2002(3).

沈庶英.從朱德熙的《漢語教科書》看國別化漢語教材編寫.徐州師範大學學報（哲學社會科學版）.2012.38(2).

孫琳.《劍橋國際英語教程》與《漢語教程》教材內容及文化內涵的對比分析.北方文學，2011(11).

劉梅.兒童發展心理學.北京：清華大學出版社.2010: 247, 252, 249, 253.

《漢語應用的文化人類學研究》70-78。

初中教師對學生的學習和道德要求用語

孫亞東

摘要：375 份初中生填的有效問卷統計得：超過 48%的學習成績要求用語是“考第一”、“100 分”、“分數不斷提高”、“不要給班級丟臉”等，過高過急，容易傷害學生的學習興趣和心理健康。“盡自己最大努力”的要求約占 44.5%，比較得體。教師對考試技巧有細心指導。對學生的道德品質要求，“不打人罵人”、“不亂丟垃圾、吐痰”、“不偷竊”等基本的有 24%，“尊老愛幼”、“誠實守信”、“有愛心”、“不影響他人”等似乎更文明的占 68.3%。如何對待人的要求，主要是針對師長的。教師提出的要求大多數是對學習和功名的要求，對道德品質的要求少得多，後者約占前者的 60%。上述各種現象和教師素質、應試教育體制都有密切關係。

本文是作者碩士論文《初中教師對學生的要求用語調查研究》（2012）的摘選。

十一二歲到十四五歲的初中生，“處在一種半幼稚半成熟的狀態，它充滿著獨立性和依賴性、自覺性和衝動性、成熟性和幼稚性錯綜複雜的矛盾”。[1]他們還具有接受新鮮事物快、可塑性強等特點。走讀生每天在學校的時間大概為八個小時，寄宿生只有在周末或放假時才能回家，接觸最多的就是身邊的教師和同學。可以說，教師的一言一行都對學生有影響，並且初中生常常會根據教師的要求和看法去行動。所以，本文選擇了對初中學生影響較大的要求用語作為研究對象。目前還未見專門討論教師要求用語的文章。

調查對象是：河南平頂山市、四川內江市兩所小城市中學，河南鹿邑縣張店鄉、重慶石柱縣三河鎮的兩所農村中學，共 10 個班。筆者請在各校任教的同學發放了問卷 510 份，填寫達到 10 條的記為有效問卷，共得 375 份有效問卷，下面進行分析和研究。

---

1 徐勝三主編.中學教育心理學.人民教育出版社.1993.P.37.

一、對學習成績的要求用語

表 1　對學習成績的要求用語

要求內容	內江	平頂山	三河	張店	總比例
要拿滿分，必須考到**分以上，爭取第一，達到優秀等	21.98%	42.45%	12.36%	16.85%	24.27%
要不斷提高，只能進步，不能退步	27.47%	11.32%	14.61%	5.62%	14.67%
保持中等就行	5.49%	1.89%	7.87%	2.25%	4.27%
要盡自己最大的努力	32.97%	41.51%	47.19%	57.30%	44.53%
成績要提上去，不能給班級丟臉	4.40%	0.94%	16.85%	16.85%	9.33%
空白或無要求	7.70%	1.89%	1.12%	1.12%	2.93%

如表 1 所示，“要拿滿分”、“必須考到**分以上”、“每次都要爭取第一”、“要達到優秀”這類要求用語占到 24.27%，體現出了教師對學生成績的高期待。“每次考試都要前進”、“分數要不斷提高”、“只能進步，不能退步”這類要求用語占到 14.67%。據了解，在很多初中學校，語數外每個月都會有一兩次考試，按此要求，經過幾次考試後很多學生都必需要考到 90 幾分、100 分了，而且倒退了就會受到批評責罰，這種唯分數論的態度很快就會把人逼到死胡同。這些占據了 38.94%的要求用語所提的要求都過高過急，容易傷害學生的學習興趣，引起不健康心理，屬於不得體語言。“要盡自己最大的努力”這類希望學生盡力而為，而沒有明確必須達到哪種程度或考取多少分數的語句占到 44.53%，考慮到了學生之間學習能力的不同和不同知識間難易程度的差異，屬於得體語言。“保持中等就行”，這類要求用語占到 4.27%，基本為教師對學習成績較差的學生提出的，既給出了前進的方向又沒有進行硬性的規定，有利於學生的進步，屬於得體語言。“成績要提上去，不能給班級丟臉”，說出這類語句的教師十分關注學生成績對班級及自身利益的影響。初中生有著強烈的自尊心和榮譽感，如果意識到自己的落後影響到了班級榮譽，有些學生會奮起直追；但也有可能會傷害到那些認為教師是在批評自己拖了班級後腿的學生。

從統計結果可以看出，大部分教師對學生的學習成績有著比較高的要求，這與社會和學校對教師的評價機制有關。在中學，學生的考試成績是評價教師工作能力的最主要指標，並且能夠直接影響到教師的獎金、晉升等。這種評價體系給教師施加了很大的壓力，教師又把這個壓力轉嫁給學生。

根據統計，內江和平頂山兩所城市中學的學生填寫教師對學生成績要求為"滿分"、"第一"、"優秀"的有 65 人，要求學生"只能進步，不能退步"的有 37 人，而三河和張店兩所農村中學分別只有 26 人和 18 人。由此可推知，城市家長和教師對學生的要求更嚴、期望更高，相對地，農村教師的要求較為平實。高壓的環境雖然使得城市學生的考試競爭力要強些，但家長和教師對孩子不切實際的過分期望，會使孩子缺乏自信，影響到自身生活和與他人的交往。很多中國家長認為學生只有學習成績好，才能考上好大學、找到好工作、一生衣食無憂、富貴驕人。這種期望值高、功利性強的認識決定了家長和教師對學生學習成績上的嚴格要求。然而國外的教育的目的並不是如此功利的，如美國的教育就是培養孩子的認識能力和勞動創造能力。沒有高學歷、好工作等功利性目標的束縛，美國的教師和父母認為只要能把孩子個性中積極的成分最大限度地挖掘出來，讓孩子實現自我價值，就算成功。事實上，這樣的教育才真正培養出了大量人才。

二、對考試技巧的要求用語

表 2　對考試技巧的要求用語

要求內容	內江	平頂山	三河	張店	總比例
挑會的做，先易後難，保證正确率	17.58%	25.47%	26.97%	28.09%	24.53%
認真作答，仔細檢查，字體工整，卷面整潔	26.37%	26.42%	21.35%	31.46%	26.40%
平時多努力，多記多背	12.09%	7.55%	15.73%	8.99%	10.93%
放鬆心態，不會做的就蒙，相信自己的第一感覺，抓住重點	9.89%	14.15%	13.48%	2.25%	10.13%
不許作弊，誠信考試	19.78%	20.75%	16.85%	25.84%	20.80%
無要求或空白	15.38%	5.66%	5.62%	3.37%	7.47%

如上表，“挑會的先做，不會的最後做”、“先做簡單的，保證正確率”、“做時要認真審題，仔細檢查”、“認真作答時要字體工整，卷面整潔”等是最常見的要求用語，占到 50.93%。在應試教育中摸爬滾打過的人都知道，“先易後難”的目的就是在有限的時間內搶到更多的分數，“字體工整”、“卷面整潔”則保障印象分。這些都是教師總結出的以提高成績為目的的嫻熟技巧。“平時多努力，多記多背”、“放鬆心態，不會做的就蒙，相信自己的第一感覺，抓住重點”這些要求用語也從不同角度教給了學生一些拿到分數的技巧。這些以促進學生取得高分為目的的要求用語占到了總數的 71.99%，體現出了應試教育下家長和教師對學生考取高分的渴望。

問卷中填寫“不許作弊，誠信考試”等語句的占到 20.80%，是教師對學生考試態度的要求，有利於培養學生誠實的良好品質。在設計問卷時筆者沒有考慮周全，沒有把教師對學生考試態度的要求用語調查在內。從統計結果可以看出，71.99%的要求用語是為了幫助學生取得高分。然而，“家長或教師對學生過分嚴格的要求，或不恰當的威脅、恐嚇等等，往往會導致學生因為過分焦慮、緊張、畏懼而出現考前信心不足，進考場時出現膽怯情緒，考試時出現對學習知識的暫時性抑制狀態等，甚至一些器質較弱，或稱為具有內向性的學生，還可能導致精神失常。”[1]必須考取高分的壓力使得不少學生都對考試感到焦慮，把考試看成了可能導致失敗的地獄。哈爾濱市在 2005 年對本市從初一到高三的 910 名學生進行了調查，結果顯示：考試焦慮水平較高的學生占 32.0%，女生較高考試焦慮的比例（36.1%）高於男生（26.9%）；年級之間的考試焦慮水平差異比較明顯，初中畢業班學生考試焦慮水平（21.66±7.03%）最高。為了避免沒考好可能帶來的懲罰和滿足自己的虛榮心，有些學生便不顧一切地通過各種手段謀求高分。通過訪談得知，這 4 所學校都存在考試舞弊現象，而且有一所學校還比較嚴重。針對這一現象，家長和教師最好結合學生實際情況，設定一些學生通過努力能順利完成的目標，培養學生誠實、自尊的良好品質。

---

1 李耀國、李錦蘭著.學生心理與教育.山西人民出版社.1984.P.92.

三、對道德品質的要求用語

表 3　道德品質的要求用語表

要求用語	內江	平頂山	三河	張店	總比例
不打架，不罵人，不給別人起綽號，不亂扔垃圾，不隨地吐痰，不偷不搶	32.97%	21.70%	19.10%	22.47%	24.00%
要文明，有愛心，不影響他人，不損害他人利益	36.26%	47.17%	53.93%	26.97%	41.33%
誠實守信	13.19%	16.04%	7.87%	15.73%	13.33%
尊老愛幼，有禮貌	7.69%	7.55%	19.10%	21.35%	13.60%
無要求或空白	9.89%	7.55%	0	1.12%	4.80%

如表 3，“不打架，不罵人，不給別人起綽號”、“不亂扔垃圾，不隨地吐痰，不偷不搶”、“誠實守信”、“尊老愛幼，有禮貌”等要求用語給學生指明了具體做法，占到總數的 50.93%。這些要求用語立足於初中生自控力較差的實際，從“打架、罵人、起綽號”等容易引發矛盾的具體事件去規範學生的行為，要求學生“誠實”、“守信用”、“有禮貌”，有助於培養他們良好的道德品質。“要文明”、“有愛心”、“不影響他人”、“不損害他人利益”等從總體上進行要求的用語占到 41.33%。通過對部分同學的詢問得知，這裏的“有愛心”主要指富有同情心、樂於助人，而非參加學校組織的義務勞動或公益活動（學校幾乎沒有這類活動）。這些要求用語都積極健康，有益於學生的成長，屬於得體語言。

道德品質有著好壞之分，而且不是與生俱來的。個人的道德品質主要是在社會道德輿論、家庭和學校道德教育的熏陶影響下，通過實踐逐步形成的。初中階段是培養學生良好思想品質，避免走上歧途的最重要時期。國內外的很多研究都表明：“13-15 歲是初犯品德不良或犯劣跡行為的高峰年齡。他們最初的表現，如不遵守紀律，對人沒禮貌，損壞公物，好逸惡勞等等，這些過失行為雖然在嚴重性和穩定性上還沒有達到違法的程度，但是如不及時加以矯正，就會不斷惡化，成為品德不良甚至違法犯罪的前奏。”[1]所

[1] 徐勝三主編.中學教育心理學.人民教育出版社.1993.P.37.

以我們要對初中生從身邊的小事上就嚴加要求。道德品質教育雖然受到社會大環境的影響，但更多是由學生每天接觸到的具體環境所決定。因此，天天接觸到的教師對學生道德品質的培養起著重要作用，“教師常常是學生心目中的榜樣，教師高尚的道德情感，影響著學生的品質，所以教師要善於支配自己的情感，要根據一定的教育目的、具體環境和學生年齡的個別的特點來決定自己情感表現的方法和分寸。教師在教學活動和對學生的教育過程中，都不能在學生面前表露出粗暴、傷感、煩惱、惱怒、氣憤等等不健康的情感。”[1]所以教師在處理事情時要公道，語言文明，誠實守信，愛護學生，這樣就會對學生產生積極的影響。可是有些教師談吐庸俗，偏愛和袒護自己喜歡或有關係的學生，對成績差的學生進行羞辱打擊，甚至體罰，起了很壞的帶頭作用。另外，初中學生隨著年齡的增大，活動範圍也在逐漸擴大，所接觸的人員也日益複雜。教師要注意防微杜漸，重視淨化他們周圍的環境，及時切斷他們與不良誘因的聯繫。研究結果表明：“初中學生走上歧途往往是從交上品德不良的朋友開始的。因此，教師要注意觀察他們經常接觸什麼人，必須及時地加強教育，免得誤入歧途。”[2]

表 3 中的這些要求用語談到了誠實、尊重、寬容、友愛等良好品質。據了解，這些要求用語大多是班主任在開班會時所說，比較泛。有些重要價值沒有出現，如公益、公正、民主等。在思想品德教育的內容方面，我們可以借鑒一下韓國。他們把中學生的品德教育分為了四個方面，“個人生活：尊重生命、誠實、實踐意志、自主節制等要素；家庭學校生活：敬愛、家庭禮節、學校禮節、寬容、熱愛家鄉等；社會生活：社會秩序、相互協助、公益、公正、民主秩序；國家民主生活內容：熱愛祖國、熱愛民族、統一、國際友好、熱愛人民等。”[3]如果我們也樹立了這種尊重生命、熱愛祖國、互助、公正的價值觀，便可以更全面地培養學生良好的思想道德品質。

對學習的要求，包括學習態度、習慣、考試技巧、成績、課間自習和功名的要求，簡單加和共達 117.3%（因為每一組項目都有自己的百分比，

---

[1] 李耀國、李錦蘭著.學生心理與教育.山西人民出版社.1984.P.92.

[2] 徐勝三主編.中學教育心理學.人民教育出版社.1993.P.50.

[3] 李軍蘭，施文海.中韓兩國小學道德教育比較研究.太原師範學院學報（社會科學版）2008(3).P.160.

故超過 100%）。如果以 117.3 內的百分比計算，對學習態度習慣和成績的要求是最大兩項，占 75.9%。對學生道德品質的要求，包括勞動、對待師長和其他人、如何對待大自然，簡單加和有 70.4%。總的說來以填寫的條次相比，教師主要提出的是對學習和功名的要求，對道德品質的要求少得多，約占前者的 60%。其中在對人方面，對待師長的要求超過三分之二。

四、學生沒達到要求時教師的做法

初中階段的學生大都有著強烈的獨立傾向，不喜歡接受成人的指導，表現出反抗、固執、粗魯、孤僻等各種形式的不順從。因此，在平頂山和張店的兩所中學裏，我們發放了 100 份當學生沒有達到相應要求時教師常說的懲罰語的調查問卷，從中歸納出教師的常用做法。以填寫 6 題或以上為有效。對收回的 67 份有效問卷進行分析，結果如下：

當學習成績沒有達到要求時，80.60%的學生填寫教師會要求學生自我反省，找出沒有考好的原因，鼓勵學生多加努力，爭取下次取得好的成績。這種方式比較溫和，沒有給學生太大的壓力。有的教師則要求沒有考到規定分數的學生，少考一分就抄寫一遍試卷。還有的教師採取點名批評、罰站、罰買作業本等方式。

當有學生擾亂課堂秩序時，教師最常採取的做法是罰學生站立，一般是站到教室的後面，也有站到講臺上或外面的。其次是點名批評相關的學生。還有一部分教師會用書打學生。其他的措施有寫檢討、罰買作業本、罰掃地，甚至罰錢，個別的還會讓請家長。教師基本不會容忍學生挑戰自己的權威和影響他人學習，一般都會對違規者採取較為激烈的懲罰方式。

當學生沒有按時完成作業或完成得很差時，批評後拿回去重寫是教師最常採取的方式。有些教師是在讓學生說明理由，進行溝通教育後再把作業補回來。不少教師會對學生說如果以後再不認真就加倍罰寫，有的則是直接罰抄 10 遍 20 遍。還有的教師採取罰錢、罰掃地、請家長的方式去解決問題。

對於學生的遲到或缺課，教師大多是在溝通後不進行處罰，叮囑學生下次要注意。但採取罰站，罰買作業本，罰錢，罰掃地等措施的教師也不少。當情況嚴重時，一般是讓學生請家長或進行開除。

當學生沉迷網絡或談戀愛時，大部分教師會選擇與學生進行溝通，採用積極引導加批評教育的方式來解決問題。還有的教師會罰錢，請家長甚至以開除相威脅。但這些較強烈的措施很可能會引發學生的牴觸情緒，甚至與教師發生衝突。

對於違反了學校規章制度的學生，教師一般會給予嚴厲批評，讓他們請家長或開除。不少教師會扣除學生評比各項先進時要用到的量化考核分。還有的教師會讓學生罰站、罰買作業本、罰掃地，或讓學生寫檢討、保證書等。

當發現學生作弊時，大部分教師會進行鄭重警告或沒收試卷，有的會以 0 分計算。對於問題特別嚴重的會交給政教處或開除。有不少教師得知學生作弊後會對他進行批評教育，要求學生不要騙自己，考出真實的成績。也有教師會罰學生掃地、買作業本等。

當有學生不服從教師的安排時，一半以上的教師反應強烈，要求學生必須聽話，否則就滾蛋或開除。一部分教師會用談話的方式進行批評教育。採取罰站、罰掃地、罰錢等措施的教師也不少。還有的教師會把學生交到學校或要求請家長。當學生不尊重教師時，大部分教師會嚴厲地批評學生，甚至打罵學生。

當出現不尊重其他同學的情況時，大部分教師會對學生進行思想教育，希望他們學會寬容，互相尊重。還有一部分教師是對學生進行批評後，要求他們相互道歉和解。有的教師採取直接打罵學生、罰站、罰掃地、扣量化分等方式。兩個學生發生矛盾衝突後，採取給學生講道理，多想一下自己錯在哪裏了，要求主動與對方和解這種處理方式的教師最多。還有的教師喜歡與產生矛盾的雙方進行單獨談話，以便進行調解。但也有不少教師會懲罰產生矛盾的雙方，對他們進行打罵，要求請家長或開除。

當學生發言不積極時，絕大多數教師都鼓勵學生多動腦子，多發言，即使說錯了也沒關係，注重培養學生的語言表達能力。但也有小部分教師不去分析產生這種狀況的原因，全怪罪於學生，採取點名批評、罰站、罰掃地、扣量化分的方式進行懲罰。

通過訪談得知，當學生達不到教師的其他要求（如在課間打鬧、打掃衛生不認真、亂扔垃圾等）時，教師最常採用的措施是進行批評教育，其次是根據校規校紀和班級制定的規則進行相應的處罰，情況嚴重的就會交給學校或要求請家長。

由上述可見，教師在一般情況下多講道理。而最不能容忍的是挑戰教師的權威、擾亂課堂秩序，擾亂課堂秩序既影響了別的同學學習，又是對教師的一種相對間接的挑戰。班級的成績和教師考核掛鉤，也使教師不敢怠慢。對學生沒有達到要求或犯了錯誤，教師的言語攻擊、體罰、罰買東西等情況是很多的，肢體攻擊也有。解決問題也常常缺少是非心，部分教師簡單依據自己的心情決定對學生的處罰。所有這些，不僅和教師素質有關，而且和應試教育體制有關。

參考文獻

[蘇]B.A.蘇霍姆林斯基著.杜殿坤編譯.給教師的建議修訂版.教育科學出版社.1984.

李耀國、李錦蘭著.學生心理與教育.山西人民出版社.1984.

李軍蘭、施文海.中韓兩國小學道德教育比較研究.太原師範學院學報（社會科學版）.2008(3).

劉平、常永和.與中國不同的國外教育.科學教育.2008(6).

李海霞編輯修改

《漢語應用的文化人類學研究》79-84。

從動物描述語習得看兒童語言認知

徐薇

摘要：語言是人類獨特的認知能力和認知方式。本文以 10 歲兒童動物描述語習得的實驗為基礎，觀察該階段兒童的認知特點，歸納為以下五個方面：1、術語遷移效果與學生自身的認知能力正相關；2、術語的遷移情況與兒童自身的認知結構有關；3、兒童的關注度與詞語遷移的頻率正相關；4、比喻修辭格的大量使用凸顯了兒童認知具象化的特色；5、對於顏色詞的運用偏向原型詞語。

一、研究說明

兒童語言習得規律和認識發展的研究對探索人類的語言理解、語言生成、人類的思維規律有著重要的意義。因此，語言機制的相關研究一直是許多領域的熱點之一。

心理學家皮亞傑的相互作用論（interacticnism）認為兒童的認知能力和語言能力的發展都是分階段逐步建立的。心理發展和智力發展都是內因和外因相互作用的結果。因此分階段考察認知發展中語言因素所起的作用，將有助於我們深入理解思維與語言的關係。學齡兒童階段是具象思維向抽象思維發展的關鍵期，五年級的孩子（10-11 歲）表現得尤為凸出，處於具體運演階段，思維仍帶有很大的具體性。本次研究以他們為實驗對象，觀察該階段兒童在語言認知上的特點。

（一）研究內容和方法

1、實驗內容：考察兒童對某些動物說明用語的把握和遷移能力。

2、取樣：分別抽取重慶西南大學附屬小學、北碚區天生橋小學、歇馬雙鳳橋小學五年級各 10 名同學，參加實驗。我們按成績定下了優:中:後進，取 3:4:3 的比例，具體人選由班主任確定。

3、具體方法：

分別拿出鱸魚和蒼鷺的圖片

（1）請孩子單獨對其形態和顏色花紋進行描述。由主試筆錄或孩子自己寫。

（2）向孩子介紹其他相關動物（鱖魚、鰟鮍魚和蒼鷺、池鷺）的形態和紋色特徵，引入相關的的動物描述用語，讓孩子熟悉。

魚：褐色、條斑、點斑、背鰭、胸鰭、腹鰭、臀鰭、尾鰭、叉形、鰭棘或硬刺、側扁、深褐色、褐色

鳥：冠羽、細長、鴕形、涉水鳥、棕紅色、污黃色、黑（黑斑）、粗壯、翅膀

（3）再次出示測試的圖片，請孩子再次描述，並進行客觀記錄。

二、結果分析

（一）描述語遷移效果與學生自身認知水平正相關

通過比較兩次不同描述，綜合考察兩所不同學校的優、中、後進三類學生在第二次描述中遷移主試講解的動物形態、顏色、類別的術語的數量，得出了以下結果：優等生的新詞把握和遷移能力最強，中等生次之，後進生最弱，見下表。

表 1　動物描述用語的遷移情況

學生類別	鱸魚描述語 詞語的遷移個數	朱鷺描述語 詞語的遷移個數	合計
優	5.15	2.15	7.3
中	4.4	2.63	7.03
後進	3.85	1.45	5.3

（二）術語的遷移情況與兒童自身的認知結構有關

人認識事物是從已知達未知，由相似到相異，其中遵循簡捷原則。認知就是以個人已有的知識結構來接納新知識，新知識為舊識結構所吸收，舊知識結構又從中得到改造與發展。該實驗中，被試將獲取的新信息直接

納入現有的認知結構，並對這些信息進行某些調整的同化現象表現得非常明顯。

被試在第二次描述中傾向於選擇已知名稱來表達新概念，或在兩個概念名稱中傾向使用包含已知要素的名稱。有的描述詞語包含了部分比喻構詞，該類詞由兩部分凝縮而成，一部分為喻體，一部分為本體。如：冠羽，像冠子一樣的羽毛；叉尾，像叉子一樣的尾巴；鰭棘，像棘一樣的鰭。孩子們接收這些詞時進行分解、還原，並通過具體詳細的描述來強化習得的相關用語。如：被試者第一次描述鱸魚的尾部為“與燕子的尾巴相似”，在第二次描述中仍然先進行感性的描述後再用習得的新詞語進行表達，如“和燕子的尾巴相似，叉尾”、“燕尾”，“魚的尾巴像剪刀，叉尾”。被試者在兩次描述過程中都表現出主動用自己熟知的事物來替換所給出的描述詞的傾向，如用“剪刀”或“燕尾”替換“叉尾”。憑成人的認知力，一下子接受完全陌生的東西也是挺困難的，何況兒童。

（三）兒童的關注度與詞語遷移的頻率正相關

注意不是信息加工的過程，它是對信息輸入、加工和輸出的選擇，是意識對信息的控制和調節，使有關信息處於意識的中心，在一定程度上抑制了無關信息的輸入、加工和輸出。注意是感知的先決條件，凡是兒童注意所指向和集中的對象，兒童對該知覺就最清晰、最突出。“注意”分兩種：事先沒有預定的目的，也不需要努力的注意，叫無意注意，它往往是在周圍環境變化時產生的。有意注意是有目的、需要一定意志努力的注意。因這次學習孩子沒有事先的目的，又出現了較多的新術語，需要有意注意。老師在示範描述中，儘量用形象的語言，配以豐富的手勢來吸引兒童注意。結果，視認性高的認知對象兒童給以較多的關注。在這些概念所反映的認知物在圖片上給視覺的刺激明顯的術語遷移率就高，而相對抽象、視覺刺激弱的術語遷移率較低，如“涉水鳥”是一個比較概括的概念，不能從直觀的視覺刺激來直接獲得，因而在被試的複述中出現次數較低。“側扁”出現的次數低於“叉形”，主要是因為“側扁”的體形具有三維性而“叉形”魚尾平面特徵較突出，叉形魚尾的可視性遠遠大於側扁體形。因而可視性相對較弱側扁體形關注度較低，在描述中出現的次數也較低。

表 2　相關動物描述語出現頻率

描述對象	描述用詞	出現次數
叉形尾	叉形、剪刀、燕尾	21
鰭棘	針、刺、鰭棘	21
側扁體形	側扁、扁	11
涉水鳥	涉水鳥	11

（四）比喻修辭格的大量使用凸顯了兒童認知具象化的特色

在本次實驗中比喻詞“冠羽”在被試的複述中出現的頻率明顯高於其他描述語，其部分原因來自該詞的比喻生成方式。比喻的修辭手法能夠幫助被試者較快地接受新概念，有其心理學上的依據。比喻就是根據聯想，抓住不同事物的相似點，用另一個事物來描繪所要表現的事物。[1]在認知心理學中，比喻不但是一種語言現象，而且在本質上是人類理解周圍世界的一種感知和形成概念的工具，是我們探索、描寫和解釋新情景的得力助手，是同化現象的一個顯著表現。人們往往用具體的、熟知的、簡單的、有形的事物去認知抽象的、不熟悉的、複雜的、無形的事物。比喻不僅是語義延伸的工具，而且是表達思想與思考問題的方式，是使得語言發揮以少衍多，以簡馭繁的重要手段。例如，Graesser 等人通過對電視節目的分析發現，說話人每 25 個用詞中大約使用一個比喻。[2]一些學者研究發現，在科技著作中比喻經常用於發明、組織與解釋理論概念。[3]

本次實驗結果也表明比喻在被試掌握動物描述語的過程中起到重要的作用。首先表現為，所有被試的描述中比喻的修辭方式被運用了 58 次，例：“背上有背鰭，有的像針”、“尾巴和燕子的尾巴相似”“鰭像扇子”“它的背是駝著的，像一座拱橋一樣”，“鱸魚是側扁的，形狀像一把小小的刀”。其次不同類型的學生在運用中表現出一定的差異：後進生的描述中出現的人均次數最多，中等生次之，優等生最少。該結果充分驗證了以上的理論，由於認知水平的高低決定了認知主體對比喻這個認知工具依賴的

1　王希傑.漢語修辭學.商務印書館.2004.

2　Graesser A, Long D. Mio J.What are the cognitive and conceptual components of humorous texts? Poet2ics.1989.(18).

3　Sternberg R J . In search of the human mind. FortWorth, TX: Harcourt.1995.

表 3　被試使用比喻的情況統計

學生類型	比喻出現次數	人均次數
優	14	2.33
中	24	3
後進	20	3.33

程度，和對目標信息掌握的速度。後進生，認知過程要慢於其他學生，其對信息加工的內化思維過程更多用比喻這種認知方式來啟動那些已經存在於大腦中的相似信息。由於掌握慢，故在其複述中將思維過程外化，尋找目標信息和已知信息的相似點通過比喻言語表現出來。

（五）對於顏色詞的運用偏向原型詞語

顏色是豐富多彩的，在現實生活中我們所遇到的顏色詞分為基本顏色詞和非基本顏色詞。基本顏色詞有：白、黑、紅、綠、黃、藍、紫、灰，它們是漢民族對自然色彩進行分辨的結果[1]。從認知語言學的角度來講，這些典型顏色就叫做原型。而非基本顏色詞屬於非原型成員，其數量遠遠多於所列舉基本詞，以紅色為例就包括粉紅色、桃紅、深橘紅色、深紫紅色、深紅色、淡紅色等等。

人類對自然色彩的觀察與認知是沿著兩條線路進行的，一條是分辨——指稱色彩，觀察認識色彩，對其進行初步的認知加工，另一條是描繪——刻畫色彩，對觀察到色彩狀況，從人類感知的角度進行描繪和刻畫，二者結合起來構成認知機制。[2]實驗結果表明受試者對於基本詞語的掌握佔優勢，基本顏色詞出現的頻率遠遠高於非原型詞，體現了人類對色彩的認知規律。人們對顏色範疇中典型成員的感知要比非典型的成員更顯著。範疇的典型成員通常具有認知上的顯著性，它們是語義結構中的突出部分，最容易被儲存和提取。在形成概念的過程中，它們最接近人們的想法，從典型成員到非典型成員顯著性等級依次遞減。

[1] 現代漢語顏色詞語義分析.李印紅.商務印書館.2007.
[2] 現代漢語顏色詞語義分析.李印紅.商務印書館.2007.

同時在描述過程中受試者也表現出對非原型詞對應顏色的關注和認識。受試者運用的非原型詞中，體現了受試者感知的細化和多樣化，既有程度的深淺（深紅、淺藍）、間色的區分（黑紅、橙紅），又有色相的描繪（血紅、紅彤彤）。

表 4　基本顏色詞、非基本顏色詞出現情況統計

基本顏色詞	出現次數	非基本顏色詞	出現次數
紅	69	深紅 3、朱紅 3、紅彤彤 2、血紅、黑紅黑紅	10
黃	16	金黃 3、淡橙色、橙黃、微黃 2、淡黃 2	9
黑	77	淡黑色、深黑 2	3
綠	30	碧綠、黑綠黑綠、淡綠 2、綠綠	5
藍	11	淺藍、深藍	2
白	71	純白、銀白 11、潔白 9、白白 2、雪白 2、綠白	26

2009 夏作於西南大學

《漢語應用的文化人類學研究》85-91。

兒童新詞記憶保持的調查研究

李金芳

摘要：對重慶市農村、城郊、城市的3所小學的30名學生進行的關於兒童新詞記憶保持情況的調查，結果表明，記憶保持情況與詞語形象程度、學習成績、識記情況等成正相關，並受思維模式、記憶方法的影響。如17-28天後複測，有17人、22人記住了“冠羽”、“背鰭／胸鰭／臀鰭／尾鰭”這些形象性較強的兩組詞，而僅有各8人記住了“涉水鳥”、“平／側扁”這些形象性較弱的兩組詞。另外“涉水鳥”、“平／側扁”在使用中均有用錯的情況。令人驚異的是，3 小學被試城市性越強，新詞遷移情況和保持情況越差。原來被試大多把它做成了看圖作文，而忽略了對對象的客觀平實描述。因為越具城市性，受這類訓練越多，可見過度的模式訓練有害學生思維。

兒童獲得並保持新詞的情況，是其認知發展和學習效果的一個重要指標。它們受制於哪些條件，有什麼規律或者問題，引起了我們的探索興趣。2008年11月～12月，我們師生小組對30名小學生進行了調查研究。他們來自重慶市北碚區的雙鳳橋小學（農村）、天生橋小學（城郊）和西南大學附屬小學（城市）。我們在五年級任定一班，請班主任根據成績抽取優等生3名、中等生4名、後進生3名，每校10名。分兩次測試，間隔時間17-28天。

一、調查方法和過程

第一次調查：主試先出示朱鷺的圖片，並給以指導語“請描述它的形態（模樣）和顏色花紋”，不加提示，讓被試口頭或書面描述（口頭描述的由主試記錄）。然後，主試拿出鷺類圖片，示範描述蒼鷺和池鷺等。如：“蒼鷺，大型涉水鳥，脖子細長，嘴長，頭上有兩根冠羽，黑色。駝背，腿細長，背部灰色，腹部白色。翅膀上大羽毛黑色。脖子和胸前有長串的黑斑。腳污黃色。”在描述中，主試對“涉水”、“冠羽”重點解釋說明。最後，再次拿出朱鷺的圖片，讓被試再次描述。下一步是描述鱸魚，參照魚類主要是鱖魚和鯿魮，步驟同上，重點解釋說明的詞語為“平扁／側扁”、“硬刺”、“背鰭／胸鰭／臀鰭／尾鰭”等。主試的示範描述在於給兒童提供識記和遷移的材料。

追蹤調查：17-28 天後，我們小組再到 3 所學校，主試出示朱鷺和鱸魚的圖片，請被試書面描述，均不加提示。

二、語料統計

第一組表：各個詞語被遷移與保持情況。

表 1　雙鳳橋小學各詞語被遷移與保持情況表

詞語	冠羽	涉水鳥	平／側扁	硬刺	背鰭／胸鰭／臀鰭／尾鰭
首次調查詞語遷移	9 3 優 4 中 2 後	7 2 優 3 中 2 後	7 2 優 3 中 2 後	5 1 優 3 中 1 後	9 3 優 4 中 2 後
追蹤調查詞語保持	8 3 優 3 中 2 後	2 2 優	5 3 優 2 中	2 2 中	9 3 優 4 中 2 後

表 2　天生橋小學各詞語被遷移與保持情況表

詞語	冠羽	涉水鳥	平／側扁	硬刺	背鰭／胸鰭／臀鰭／尾鰭
第一次調查詞語遷移	8 2 優 4 中 2 後	4 1 優 3 中	3 1 優 1 中 1 後	1 1 後	8 3 優 3 中 2 後

詞語	冠羽	涉水鳥	平／側扁	硬刺	背鰭／胸鰭／臀鰭／尾鰭
追蹤調查詞語保持	7 2 優 4 中 1 後	6 2 優 3 中 1 後	2 1 優 1 中	1 1 後	9 3 優 4 中 2 後

表 3　西南大學附屬小學各詞語被遷移與保持情況表

詞語	冠羽	涉水鳥	平／側扁	硬刺	背鰭／胸鰭／臀鰭／尾鰭
第一次調查詞語遷移	4 2 優 1 中 1 後	1 1 後	5 2 優 1 中 2 後	0	7 3 優 2 中 2 後
追蹤調查詞語保持	2 1 優 1 後	0	1 1 優	0	4 2 優 1 中 1 後

第二組表：學生詞語保持率。

表 a　雙鳳橋小學各學生詞語保持率表

人數	3 名優等生			4 名中等生				3 名後進生		
遷移（個）	5	3	3	4	5	4	4	1	4	4
保持（個）	4	4	3	3	3	2	3	0	2	2
保持率%	80	133.3	100	75	60	50	75	0	50	50

表 b　天生橋小學各學生詞語保持率表

人數	3 名優等生			4 名中等生				3 名後進生		
遷移（個）	2	4	1	3	4	1	3	2	2	2
保持（個）	3	4	1	3	4	3	2	2	1	2
保持率%	150	100	100	100	100	300	66.7	100	50	100

表 c　西南大學附屬小學各學生詞語保持率表

人數	3 名優等生			4 名中等生				3 名後進生		
遷移（個）	3	2	1	1	1	1	1	4	1	1
保持（個）	0	2	1	0	1	0	1	0	0	0
保持率%	0	100	100	0	100	0	100	0	0	0

表中保持率有超出 100%的情況。保持的詞語反而比現場書面描述時多，可能是有些被試在現場描述時，因為一次聽到太多新詞，或緊張等原因對某些新詞暫時性遺忘。

三、結果分析

（一）從詞語特徵看兒童的保持情況

結合第一組表中詞語記憶保持情況可見，“冠羽”、“背鰭／胸鰭／臀鰭／尾鰭”保持情況較好，“涉水鳥”、“平／側扁”、“硬刺”保持情況較差：三個表共計，依次有 17 人、22 人用到前一組詞，依次有 8 人、8 人、3 人用到後一組詞。另外“涉水鳥”、“平／側扁”在被使用中均有用錯的情況。“硬刺”保持情況較差的原因之一是，在兒童原來的知識範圍有“刺”、“尖刺”等詞，受原有知識的干擾較大，且在示範描述時主試強調程度較低。不難看出，“涉水鳥”、“平／側扁”較之其他幾個詞語抽象性較強，從另一角度說就是“冠羽”、“背鰭／胸鰭／臀鰭／尾鰭”形象性較之“涉水鳥”、“平／側扁”強。由此可見兒童對形象可感的事物較敏感，對抽象的事物反應略遲鈍，容易遺忘。教師講“側扁”時，用手掌相合做出側扁魚左右甩擺游泳的姿態，孩子未必能和魚體聯繫起來。兒童對新詞的記憶保持受詞語形象性強弱的影響。曹日昌主編的《普通心理學》中指出：“識記材料的性質，對於保持的情況或遺忘的進展有很大的影響。”

（二）從兒童成績看詞語的保持情況

通過第一組表詞語保持情況一欄，可以瞭解在追蹤調查時使用詞語的人群（優等生、中等生、後進生）比例。當場使用新詞個數已有些參差，在 17-28 天後的保持差別甚大。3 小學優等生、中等生、後進生分別記住的新詞個數是 28、22、10，對詞語的記憶保持能力依次降低，儘管中等生多 3 個。此外，錯用“涉水鳥”的 2 名同學均為中等生，錯用“平／側扁”的 2 名同學為 1 中 1 後，三個學校的優等生均未出現錯誤。由第二組表可看出被試的詞語保持率。雙鳳橋小學優等生、中等生、後進生保持詞語的平均個數依次為：3.7、2.8、1.3；天生橋小學此數據依次為：2.6、3.0、1.7；西南大學附屬小學 1.0、0.5、0。只天生橋小學中等生保持率高於優生，但不多，不影響全組資料的排序。結合這三組資料發現兒童在詞語保持能力上有這樣的趨勢：優等生＞中等生＞後進生。這在一定程度上說明，兒童的記憶保持情況與其學習成績正相關。

那麼學習效果受哪些因素的影響呢？筆者認為除智力因素和興趣以外主要有以下幾點：首先是學習目的，具體到記憶上就是記憶目的。記憶的效果與記憶目的密切相關。董志新說：“有了自己的記憶目標，可以集中自己的注意力指向它，也可以憑藉詞語信號向自己提出要求：‘一定要長久地記住它’！這樣在大腦皮層上就能夠形成一個優勢興奮中心，在那裡容易形成暫時神經聯繫，並使之持久地鞏固下來。”而沒有目的的學習效果就差。其次，是學習方法，例如複習與否。學習效果還與努力程度有密切關係，努力雖然不是取得良好的學習效果的充分條件，卻是必要條件。本次測查沒有提出任何學習要求，也沒有告訴孩子要複查，意在觀察完全自由狀態下的記憶。

（三）識記效果和保持效果正相關

分別對比兩個組三個表上下兩欄的情況，大致可以得出這樣一個結論：遷移情況較好的保持得也較好，反之則較差。如在表 a 中，遷移 5 個的可以保持 4 個，遷移 4 個可以保持 3 個，遷移 1 個保持 0 個……雖然有例外，但明顯有這樣的趨勢。這同認識能力有明顯關係。識記後能夠正確遷移，說明是意義識記，理解了的東西印象深刻。即使當場描述時忘了使用的新詞，也有少數能在時隔三四周回想起來。“平扁”說成“扁平”，對小孩來說其實不算錯誤。相反，死記硬背的、沒有真正把握的東西容易遺忘。洪德厚在他的《記憶心理學》裡說過：“有人經過實驗指出，意義記憶比機械記憶的效果高 8 倍，有的說要高出 20 倍。”

（四）一個始料未及的問題

第一組 3 個表分別為農村、城郊、城市小學的調查記錄。現在我們把三個表的同一橫欄作個比較：表 1 中詞語遷移一欄的數據依次為 9、7、7、5、9；表 2 中該欄的數據依次為 8、4、3、1、8；表 3 中該欄的數據依次為 4、1、5、0、7。三組資料明顯有這樣的趨勢：1＞2＞3，比較詞語保持一欄亦如此。再看表 a、b 和 c，遷移和保持兩欄同一欄相比也是 a＞b＞c。因此可以推斷，城市性越強，遷移情況和保持情況越差。這是我們沒有想到的，因為估計水平應該是西大附小的最高。為什麼會這樣？從他們的原始語料來看，城市性越強，孩子的思維模式化程度也越強，如明顯可以看出，城市的孩子很少按照要求“只描述其形態和花紋”，他們大多把它做成看圖作文，描述中出現這樣的句子：“你看，那朱鷺的外表多神奇呀”；“它的翅膀非常美麗。啊！它真美麗”；“魚身就像公主的一件禮服，上面還鑲著黑鑽石”；“（朱鷺）在草叢中來了一個漂亮的‘金雞獨立’”。這主要是因為他們平時受訓練較多，也曾開設過看圖作文課，容易受頭腦中已有模式的影響。西大附小的被試就剛好學習過用比喻使文章生動化。相比之下，農村的孩子條件較差，受訓練也較少，接觸事物也較少一點，所以思維受看圖作文的模式影響較小。而我們正好要求的是樸實平直的描繪，農村孩子沒框框，表現就要好些。由此可見兒童新詞遷移和記憶的保持與思維模式有一定的聯繫。過度訓練有害於兒童自由思考。

四、小結

通過以上研究可以看出，要提高兒童新詞記憶的保持能力，我們就要培養兒童興趣、在解釋抽象詞語時儘量讓它具體可感，儘量使兒童達到意義識記，提高識記品質。還要在教給孩子看圖作文等技巧的同時適當開導不能遇事就照搬硬套，要學會變通，靈活運用，提高孩子發散思維的能力以免形成思維定勢……當然，這一目標的實現需要孩子、家庭、學校、社會的共同努力。此外，從這次調查的原始語料看，農村孩子雖然描述相對符合要求，但他們的語句不夠通順，因此也需要加強這方面的訓練。

參考文獻

曹日昌等.普通心理學.人民教育出版社.1980.
董志新.記憶驚人的途徑.學林出版社.1986.
徐薇.從動物描述語習得看兒童語言認知.教育理論與實踐.2009(3).

2009 夏作於西南大學

《漢語應用的文化人類學研究》92-98。

常用的 30 個單音形容詞的發展

王亞靜

摘要：30 個古今常用形容詞，在上古、中古和近代三個時段的語料中表現出：1、23 個詞逐漸減少其名詞動詞等的用法，形容詞用法步步增加。詞性走向的專業化。2、形容詞大部分應該來自意義具體的名詞，由名物的屬性抽象出形容詞。3、詞義上，亦有 23 個詞在上古或後代發展出了一個絕對優勢義項，此義項出現之後就比較穩定，絕對優勢義項的出現是詞義的專門化。形容詞詞性和詞義的專門化，不是偶然的，是思維清晰性發展的結果。

本文是作者碩士論文《漢語常用單音節形容詞的發展變化》（2011）的摘選。常用形容詞表示一個民族高頻率使用的性質概念，其單音形式是最基本的。考察它們的發生發展過程頗有意義。

本研究語料分為上古、中古和近代三個時間段。上古的材料有《詩經》、《楚辭》、《戰國策》，共約 21.3 萬字；中古的材料有《世說新語》《韓愈文集》和《唐詩三百首》共約 33.5 萬字；近代的材料有《紅樓夢》和《清詩別裁》，共約 156.5 萬字。

在研究中，筆者對上古和中古的材料進行了窮盡性的統計，而近代的材料總量太大，單個的形容詞出現次數又很多，因此，筆者運用了抽樣統計，取前 100 次用例。另外，由於“真”、“醜”、“快”、“柔”、“圓”、“曲”在上古的文獻中出現的次數少於 20，而“醜”、“快”、“柔”、“圓”在中古的文獻中出現次數仍然少於 20，為保證本文資料的準確，筆者不得不分別擴充材料，例如上古“真”等取了《老子》和《莊子》。

形容詞的選取，筆者從李佐豐《先秦漢語實詞》中的單音節形容詞詞表等 3 種語料中選出了 100 個較為重要多見的單音節形容詞，請 10 位語言學教授從中選出自己心中的 30 個古今漢語核心形容詞。最後統計出 10 份問卷中出現頻率最高的 30 個，作為本論文的研究對象。這 30 個形容詞是美、善、惡、遠、強、真、近、貴、苦、多、大、智、愚、醜、難、快、白、新、高、少、小、長、老、直、柔、方、圓、甘、富、曲。

一、詞性的演變

（一）詞性演變狀況

本文對詞性判定的主要依據是語境。如果我們把形容詞用法的比例達到 50%的詞叫做典型形容詞，那麼上古的典型形容詞一共有 23 個，它們是：美、遠、強、近、貴、苦、多、大、智、愚、難、快、白、新、高、少、小、長、老、柔、圓、富、曲。

如果我們把這 23 個詞的形容詞用法再細分為 3 組，即 50%到 70%的詞為一組、70%到 90%的詞為一組、90%以上的詞為一組，那麼 12 個詞集中在第一組，它們是近、貴、苦、大、智、快、新、高、少、長、富、圓；9 個詞分布在第二組，它們是美、遠、強、難、白、小、老、柔、曲；只有 2 個詞屬於第三組，它們是多、愚。由此看來，大多數詞的形容詞用法雖然超過了 50%，但是還有待進一步發展。剩下 7 個詞的形容詞用法低於 50%，可稱之為“非典型形容詞”，它們是惡、真、直、善、醜、方、甘。其中前 3 詞的形容詞用法接近 50%，它們最易變為典型形容詞。其他幾個詞的形容詞用法少，具體的發展情況後面敘述。

中古的典型形容詞共 22 個，其中形容詞用法在 50%至 70%之間的有 3 個：大、小、長；形容詞用法在 70%至 90%之間的有 16 個：美、惡、遠、貴、多、愚、醜、白、新、高、少、老、柔、圓、富、曲；形容詞用法在 90%以上的有 3 個：強、難、快。非典型形容詞有 8 個，它們是善、真、近、苦、智、直、方、甘。這說明，上古的第一組詞到了中古這一階段，多數詞的形容詞用法是上升的。

近代的典型形容詞共 23 個，其中形容詞用法在 50%至 70%之間的有 4 個：善、近、長、曲；形容詞用法在 70%至 90%之間的有 13 個：遠、貴、多、大、愚、快、白、新、高、少、老、圓、富；形容詞用法在 90%以上的有 6 個：美、惡、強、難、小、柔。非典型形容詞共 7 個：真、苦、智、醜、直、方、甘。

在三個時段的語料中，典型形容詞的數量只有一個之差，差別可以忽略不計。但是，形容詞用法在 50%至 70%之間的，由上古的 12 個，減少到近代的 4 個；70%以上的，從上古的 11 個，增加到中古和近代的 19 個，而近代 90%以上的有 6 個，又比中古多一倍。

縱觀整個過程，30 個常用單音節形容詞裡有 19 個詞的形容詞詞性使用比例是上升的，基本達到三分之二。即大多數的形容詞經歷了詞性專門化的發展過程。其他 11 個詞的形容詞使用有一定下降，但“多”、“愚”、“曲”這 3 個詞的形容詞詞性比例始終沒有低於 50%，它們仍然是典型的形容詞。

這些說明，在我們的材料中，形容詞詞性的“淨含量”在穩步增加。

（二）詞性專業化原因

那麼為何大多數的形容詞經歷了詞性專門化的發展過程呢？

語言的各個方面是不斷發展的，而語言的發展離不開思維。從本質上說，語言展現的是思維的成果。如同汪聖安在其《思維心理學》中提到：“思惟也是語言學、特別是心理語言學的研究對象。我們認為，一般說來，語言、言語和思惟不可分地聯繫著，思維存在於詞的物質外殼中。語言學研究思惟，不僅探討語言、言語同思惟的辯證關係，而且也有助於揭示思惟的實質。”[1]這有利於我們找到常用單音節形容詞詞性專門化的根本原因。隨著人類自身思維的發展，對事物的認識逐漸由模糊到清晰，不斷地認識到事物的本質。在表達上，思維就要求語言能夠準確地反映客觀事物，而非混沌不清。常用單音節形容詞的詞性發展過程也能體現出這一點，這些詞由上古的角色模糊轉變為近代的角色清楚，只能歸功於思維的不斷清晰化。

不巧的是筆者的觀點剛好與高名凱先生的觀點相反，他在《語言論》中說到：“所以……把思維的發展所要求的表達性的清晰化看成語言發展的內因，也是不正確的。”[2]

如果繼續追問為何思維由模糊向清晰的方向發展，那麼恐怕要聯繫到

---

1 汪聖安.思維心理學.華東師範大學出版社.1992.P.4.

2 高名凱.語言論.商務印書館.1995.P.405.

大腦的進化。

上古一個單音詞承載很多功能，形容詞也一樣。一個所謂形容詞同時又作名詞、動詞用，也有些作副詞用。在我們的語料中，23個詞的形容詞用法增加的過程（不計入副詞用法增加的“方”），明顯伴隨著名詞和動詞用法減少的過程。例如：

美：上古名詞、動詞的詞性比例分別為 15.60%、8.26%，中古的資料沒有什麼變化，近代兩類比例銳減為 2.90%、3.62%

真：上古沒有動詞詞性，後來也一直沒有，它的名詞比例為 32.69%。中古為 13.16%，近代繼續減少，為 4.69%。整個過程中，它的名詞用法減少的速度比較快。

大：上古名詞、動詞的詞性比例分別為 2.49%、3.74%，它的名詞、動詞用法本來就很少，到了近代，它的這兩種用法全部消失。

我們從中可以看出大多數形容詞從意義更加具體實在的詞中脫胎而出的狀況。從這些材料我們可以推論，漢語形容詞一般是從名詞或動詞脫胎而來的，而其中主要是名詞。因為名物本身有各種性質，從它們引申出性質詞更為方便。如果這個推論能成立，它應該不僅適用於漢語，而是有普遍的適用性。

我們在探討形容詞脫胎軌跡的時候，基於以下假設：1、人們對事物的認識是從具體到抽象的，故總的來說，具體的名物詞先產生，屬性詞後產生。2、先秦的形容詞明顯欠發達，純粹形容詞的產生只有不多的一部分達到，還有許多在形成中。故它們從具體的詞脫胎的痕跡還可能找到。3、在早期文獻中存在而後來逐漸衰落的具體用法，我們視為殘存用法。雖然從這些條件不能推出必然的結論，卻是我們想得出的儘量接近事實的推論。

有些形容詞在上古已經成熟（達到 50%及其以上的用法），我們已找不到脫胎的痕跡。它們在中古和近代一直保持良好的狀態，這是漢語中非常穩定的一群形容詞。在筆者研究的 30 個常用單音節形容詞裡，找不到脫胎痕跡的形容詞共 4 個，即“難”、“快”、“白”、“長”。

雖然這些形容詞也有很多動詞用法和副詞用法，但是它們的形容詞用法應該不來源於它們。具體地說，動詞很少帶有性質的義素，副詞更為抽象。所以，在詞彙發展的最初階段，形容詞很可能來源於表示具體事物的名詞。關於這一點也有科研人員提到：“實體就是負載這些屬性的載體。

屬性不能單獨存在，必須依附於實體而存在；沒有屬性的實體卻是不存在的。……性質概念的形成，來自於對具有某種性質的客體的抽象，性質詞來源於名詞，這是人類思維由具體到抽象的發展過程決定的。”（李海霞《詞源學講義》，西南大學）

估計形容詞詞性在現代漢語裡會有更大的發展空間，這有待於對現代漢語的進一步研究。

二、詞義發展的規律和原因

（一）詞義的專門化

1. 常用詞義使用比例上升的詞

這一類有 10 個，它們是：遠、真、近、醜、快、長、柔、方、圓、曲。如：

遠：上古其常用詞義比例為 80.47%；中古其常用詞義比例為 96.9%；近代其常用詞義比例為 95.52%。中古的資料較上古上升了約 16 個百分點，增長到這個程度，到近代就沒有什麼上升的餘地了。

真：上古其常用詞義比例為 21.74%；中古其常用詞義比例為 20%；近代其常用詞義比例為 29.61%。上古和中古的資料相差無幾，到了近代才上升了約 10 個百分點。

快：上古其常用詞義比例為 0；中古其常用詞義比例為 23.73%；近代其常用詞義比例為 74.62%。“快”在中古的這個階段上升了約 24 個百分點，近代繼續大幅度上升，約 50 個百分點，“一鳴驚人”。

這 10 個詞的常用義項比例的上升，有從零開始的，也有從 30%或 50%開始的，除“真”以外在近代都達到三分之二以上。我們可以說在近代，它們的常用義一枝獨秀。

2. 常用詞義比例基本保持穩定的詞

它們有 13 個，它們是：美、善、多、大、智、愚、難、白、高、少、小、老、富。例：

善：上古其常用詞義比例為 97.73%；中古其常用詞義比例為 80%；近代其常用詞義比例為 95.45%。從中古到近代的資料來看，“善”的常用詞義比例在中古略微減少，但是上古和近代的資料相近，中古可能是常用義假性降低。

多：上古其常用詞義比例為 100%；中古其常用詞義比例為 93.75%；近代其常用詞義比例為 96.2%。

白：上古其常用詞義比例為 81.25%；中古其常用詞義比例為 76.92%；近代其常用詞義比例為 82.21%。

這一組詞的常用義比例一直都很高，它們的穩定同常用義很早就取得了一枝獨秀的優勢有關。

3. 常用詞義比例減少的詞

這種有 7 個。例如：

惡：上古其常用詞義比例為 94.44%；中古其常用詞義比例為 67.24%；近代其常用詞義比例為 80%。“惡”的常用詞義比例變化有點怪，中古下降了約 27 個百分點，近代又回升了約 13 個百分點，可能是其他的義項競爭的原因。

強：上古其常用詞義比例為 97.93%；中古其常用詞義比例為 81.48%；近代其常用詞義比例為 22.03%。“強”在中古下降了約 16 個百分點，到了近代，速度飛快地下降，一下子就降了約 60 個百分點。“強”的常用詞義比例下降和其本身的其他義項用法增加有關，因為它的形容詞詞性沒有下降的趨勢。

這 7 個詞中，“惡”、“貴”、“新”、“強”4 個詞的常用義比例在上古就超過了 50%。除了“強”以外的 3 個詞的常用義比例下降的幅度不很大，最終比例仍高於 50%；“苦”、“甘”、“直”的常用義比例在上古就沒有超過 50%。

語料中的形容詞有如下發展趨勢：

1、多數形容詞在上古就發展出了，或者後來發展出了一個占絕對優勢的義項（使用頻率三分之二以上）。上面第 2 組的 13 個詞在上古就已經發展出了一個占絕對優勢的義項，第 1 組裡多數詞的絕對優勢義項則是後來發展出的，如“近”、“快”、“曲”。

2、發展出一個絕對優勢義項之後，它們內部的義項格局就比較穩定。（只有“強”例外。但在現代它未必沒有優勢義項的大回升）反之，就“內鬥”不停，好像要決出一個絕對優勢義項一樣。

3、少數形容詞的絕對優勢義項有下降趨勢。也就是一個詞內部的義項競爭還沒有停止。“惡”、“貴”、“新”3個的常用義發展過程就是如此。

看起來，形容詞的詞義發展有一個傾向，就是出現一個絕對優勢義項。這就是詞義的專門化。

（二）專門化的分析

關於“詞義”所指的究竟是什麼的問題，古今中外的學者提出過各種不同的見解，筆者比較贊同概念說。但是概念又分為三個層次，它們是個體認知概念、一般認知概念和極限認知概念。那麼，詞的理性意義對應的是哪一層次的概念呢？王軍的說法比較合理：“我們認為，詞的理性意義跟一般認知概念是完全相對的。”[1]因為個體認知概念在每個主體思維中差異很大，並且具有不確定性，導致在日常交際活動中很少起到正面的作用，甚至阻礙交流。所以，個體認知概念不得不繼續發展為一般認知概念。和個體認知概念相比，一般認知概念的優點在於它是所有正常人能夠理解或掌握的。

詞義的專門化傾向其實是展現了個體認知概念發展到一般認知概念的過程。某個詞的絕對優勢義項使得這個詞所指的意義穩定下來，意味著這個詞的意義開始單純化，也意味著人們對這個意義的普遍認同。到了這個時候，這個詞也就成了一般認知概念。另外，對事物的命名也反映了這一點。早期的事物名稱紛繁複雜，即使是同類事物，各事物也有不同的名稱。“在原始民族的語言中，概括性的詞很少。塔斯馬尼亞人的語言中有各種各樣的樹名，但是沒有一個總稱的‘樹’字。愛斯基摩人對不同的風雪給予不同的名稱（如下降的雪、漂流的雪、積雪等等）。”[2]我國古代漢語裡有很多馬名，但“馬”這樣一個類名被廣泛使用的時間卻是在那些馬名之後。一般認知概念能夠克服個體認知概念造成的混亂。

可見，思維的清晰化既要求詞性專門化，也要求詞義專門化。

李海霞編輯修改

---

[1] 王軍.漢語詞義系統研究.山東人民出版社.2005.P.52.

[2] 曹日昌.普通心理學.人民教育出版社.1987.P.261.

《漢語應用的文化人類學研究》99-108。

《敦煌變文》情感類和認知類心理動詞研究

龍慧　李海霞

摘要：心理動詞應該按心理學體系劃分。《敦煌變文》心理動詞的情感類共 245 個，下分情緒和情感兩小類，情感兩類約占 85%。認知類動詞 163 個，下分感知類、記憶類、思維類和想象類，其中思維類最多。情感類和認知類心理動詞共 408 個，其中情感類約占 60%。與上古的哲學著作《荀子》《列子》心理動詞比較，變文心理動詞總量的比例大有增加。而變文裡情緒類心理動詞的比例下降 13.4%，認知類心理動詞比例上升約 12%，且變文是故事，這說明了認知類晚於情感類獲得發展。心理動詞的複音化比一般動詞充分，應是它們後起，因為認識心理現象比較困難。估計後代認知類心理動詞的比例將繼續增加，在論說文里顯著超過情感類心理動詞的使用。

人們對心理動詞的研究，習慣停留在常規的語言學分析上而忽視心理學知識，未能體現按照專業領域選材的意義並提供跨專業得來的新知，連分類也甚是不全。如苗守艷碩士論文《〈列子〉心理動詞語義研究》中將心理動詞僅分為表示情感、情緒和意願三類，而余正安《〈荀子〉心理動詞研究》也未收入表認知和表遺忘的心理動詞。既然是心理動詞，我們還是得從心理活動本身入手，以心理學為綱對它們進行全面系統的分類，然後考察各類動詞的成長狀況及其發展。這是一個觀察心理活動概念發展的重要視窗。

本文的語料是唐代敦煌變文，30 余萬字，口語化文體，用黃征、張湧泉的《敦煌變文校注》。

根據心理活動知、情、意三分法，我們把心理動詞分為情感類、認知類和意志類。這三大類中意志類動詞特別少，我們只討論前兩類，大類下的小類也按心理學知識劃分。詞的分類說明：當一個詞有不同類的用法時，我們歸入不同的類。如“解”，作知道講時，歸入感知類；作理解講時，歸入思維類。

一、情感類心理動詞

廣義的情感包含情緒和情感兩個層面。“情緒指有機體受到生活環境中的刺激時，生物需要是否獲得滿足而產生的暫時性的較劇烈的態度及體驗”[1]，而情感則“是和人的社會性需要相聯繫的一種較複雜而又穩定的態度體驗”[2]。可以說，情緒更多地屬於生理本能的反應，為人類與動物所共有，而情感則更多的傾向於社會價值方面。

（一）情緒心理動詞

變文中情緒心理動詞共計 38 個。

喜、欣、忙、恐、嗔、驚、怕、怖、忿、憤、畏、怯、忙怕、懼怕、嗔怒、忙懼、怕怖、瞋怒、怯懼、怕急、怖懼、戰懼、恐怯、怖畏、忙驚、畏懼、恐怖、惶怕、心寒、驚怕、悚懼、忿怒、驚懼、驚悚、戰懾、畏驚、具[懼]、奴[怒]

這些情緒心理動詞或表示需要是否獲得滿足而產生的心理活動，或表示在外界情境刺激下直接產生的情緒活動。情緒常常是無意識的，難以調節和控制，比較原始。

有些詞所表示的區別很細微，形成同義詞群，如單音詞表示懼怕義的：

恐，多指擔心發生不好的結果而害怕，有推斷義。《廬山遠公話》：“前後三年方始得成，猶恐文字差錯。”《降魔變文》：“若來至此，祇恐損國喪家。”

忙，有慌張義。在變文中也單用，表示對正在發生的事件的恐懼。《葉淨能詩》：“[淨能]見五百人拔劍上殿，都不忙懼，對皇帝前緩徐行：‘吾亦不將忙亦！’”

怖，表示極度恐懼。《北史・列傳第三》：“及齊受禪，聞敕召，假病，遂怖而卒。”

---

1 朱智賢主編.心理大詞典.北京師範大學出版社.1989.P. 503.

2 朱智賢主編.心理大詞典.北京師範大學出版社.1989.P. 498.

畏，常常有因敬而懼之義，所懼怕的對象多十分強大。《維摩詰經講經文》：“如秋葉之逢霜，似輕冰之畏日。”

懼，適用面寬，可以代替上面幾個詞。

怕，中古才興起的口語通用詞，變文“懼”出現 10 次，“怕”高達 55 次。

這些分別較瑣細，有的在漢語演進的歷史長河中慢慢合流減少。

（二）情感心理動詞

變文中共使用了 207 個情感心理動詞。

怕、恐、惜、恨、念、思、慮、嫌、憂、好、愛、怪、煩、輕、賤、戀、惡、貴、愁、憎、悔、敬、崇、嫉、樂、悊、懺、慕、羨、憚、惱、重、欽、仰、鄙、美、憫、憐、倦、珍、湣、妒、恤、慊、感、想、憶、懷、愁怕、恐畏、恐怕、慮恐、憐念、相思、眷念、孔懷、不恥、顧戀、懷恨、思憶、仇恨、愧賀、戀念、留心、眷戀、憂懼、憐惜、悔恨、感恩、不分[忿]、怨悔、攀戀、留連、軫慮、感戴、存思、煩怨、念思、憶念、悔責、愛慕、思念、愛念、怨恨、貪愛、愛戀、懺悔、瞻仰、欽仰、珍敬、慕戀、思望、追悔、蠹害、哀矜、憐湣、憎賤、喜歡、哀湣、厭患、憐愛、懷愁、恐慮、貪戀、憶戀、敬重、妒害、好喜、戀著、愛憐、憂念、懺謝、欽敬、渴仰、注想、敬仰、愛樂、不忿、悋惜、後悔、輕淩、在意、畏難、忿恨、慳惜、信敬、慈憐、尊重、敬崇、愛惜、尊崇、感激、哀憐、憍憐、愛色、憫念、媿感、好樂、仰瞻、憂憐、嫌厭、憂疑、湣恤、遵[尊]敬、悲憐、湣哀、厭棄、欣仰、厭倦、眷憐、瞋恚、嫉妒、愛羨、貪喜、敬愛、怨懊、吝惜、感愧、憐憫、仰羨、保惜、憂愁、傷湣、憂恨、嗔嫌、憂恥、憂恚、惡賤、嫌棄、嫌虐、憎嫌、嫌污、恭敬、湣憐、思想、嬌憐、護惜、愛護、矜憐、嗔恨、嫌賤、崇重、敬信、信重、精崇、重敬、顧念、含悲、憂懷、恥嫌、怨煩、輕賤、懷感、寃恨、猒足、不忍、知足、怨憎、優[憂]慮、相億[憶]、寃（也作怨）、四暮[思慕]、敏哀[愍哀]、遵[尊]、戀慕（慕也作募、暮）、愜（也作切、葉）。

情感偏重於內心體驗，比較深沉，不像情緒那樣表現較為明顯。情感心理動詞所表示的心理活動常常在社會情境中經過自我的認知評價而產生，因此是有意識的，帶有一定的持久性。

從材料中我們共收得情感類心理動詞 245 個，其中情緒心理動詞占 15.5%，情感心理動詞占 84.5%。從情緒活動與情感活動發生的根源來看，由於情緒是與人的生理屬性聯繫在一起的，而情感則更多地與社會文化相聯繫，人是高級的社會性動物，因此情感活動要比情緒活動豐富，情感心理動詞也應該比情緒心理動詞多。

情感心理動詞占這麼大的比例，說明當時漢語的情感概念已經比較豐富，這是人們情感體驗和認識發展的產物，就像情感並非幼小時就完全具備，一成不變。一位兒時受到父親和班主任雙重虐待的女性告訴李海霞，"我剛開始寫作文時，寫不出來，開頭就是'我今天真高興。'這是抄的，我不知道什麼是高興，不知道什麼是悲傷。連我在又大又黑的房間裡感到害怕，也說不來。"其他表情感的詞她都不會用。那種情況延續到她滿 14 歲，她的生活擺脫了這兩個人才真正體驗到許多情感。她自己說："是恐懼和壓抑損害了我感知情感的能力。"那麼一般的孩子呢？龍慧曾做過一個中學生看圖說話測查，初一和高一各取 20 名學生。初一生使用的心理動詞占動詞的 17.1%，高一生使用的心理動詞占動詞的 19.1%，差別甚小。但是"情緒情感形容詞"初一生一個也沒有，高一生卻有了占形容詞 11.6%的比例（《從一次看圖說話看中學生的實詞運用》，2006）。這些現象應表明，情感體驗和情感概念的發展，需要一個過程，它同認知力很有關係。詞的使用未必表現概念的形成，它有時只代表一個很不靠譜的影子。

廣義的情感心理動詞可以分為正面（愉快或積極）的、負面（不快或消極）的和中性的三類。正面類再分如喜愛、敬重、感恩、同情。消極類再分如嫉恨、恐懼、悲哀、憂愁、羞恥、嫌惡、後悔、吝嗇。中性類如思念、留心、羨慕、看重。245 個詞中，表示正面的有 92 個，占 37.6%。表示負面的共 141 個，占 57.6%。中性的有 12 個，僅占 4.8%。表負面情感的心理動詞要比其他兩類的總和還要多，這不是偶然的，是由於人對不愉快的情感有更深的體驗，反應更為強烈。

二、認知類心理動詞

"認識過程也稱為認知過程，是指人們獲取知識和運用知識的過程。

它包括感覺、知覺、記憶、思維、想象和言語等。”[1]人類的認知活動很早就有了，但是表示認知的心理動詞的產生與發展並不是與這一活動同步的。情感類心理動詞多為主體的內在體驗，是感性的，而認知類心理動詞已經開始涉及到主體對客體的觀照，開始了由感性到理性的轉化，因而這類心理動詞具有更高的抽象性，其發展要比情緒類心理動詞慢，數量也少得多。根據認知的幾個過程，我們將認知類心理動詞分為感知、記憶、思維和想象四類。

（一）表感知的心理動詞

人對世界的認識始於感覺和知覺。“感覺是對刺激給予感覺器官的直接反映，是對刺激物個別屬性的反映”[2]，如看到某種顏色、聽到某種聲音。知覺是在感覺的基礎上對感覺信息的組織和解釋的過程[3]。變文中表感知的心理動詞共有 43 個：

諳、明、曉、了、感、審、習、委（知悉）、覺、察、悉、解、識得、喻曉、明瞭、瞭解、感卻、了知、曉了、解了、諳知、信知、察知、通悉、知見、知曉、識知、省知、明白、覺知、隱知、知道、知聞、照知、知覺、委知、諳悉、知委、相知、不覺、得知（也作之）、測（也作冊、側、惻）、知（也作之）

知覺：知道，覺察。非今日心理學術語。《漢將王陵變文》：“二將第四隊插身，楚下並無知覺。”

感、覺這些是表示感覺的，很少。表知覺的占絕大多數。這可能和感覺活動特別簡單有關。另外，由於感覺是最為直接的對外界的反映，人們往往意識到的是其內容，而不是感覺這一心理活動。而知覺活動往往會表徵一個結果，人們能意識到這一活動，並追求這一結果，表現在語言上就是這類詞比表感覺的心理動詞要多得多。

有一些動詞表示現代不需要區別的某些細節。例如：

諳，表熟知，多指認知時間久而熟知。《說文・言部》：“諳，悉也。”《維摩詰經講經文》：“集眾寶而巧會法門，似道師之能諳海路。”

---

1 黃希庭.心理學導論.人民教育出版社. 2002. P. 2.

2 黃希庭.心理學導論.人民教育出版社. 2002. P. 249.

3 黃希庭.心理學導論.人民教育出版社. 2002. P. 295.

審，“審”表詳細地知道，常用於比較嚴肅或莊重的語境中，《秋胡變文》：“未審新婦意內如何？”

察，表知曉常含有細究、考察義。《李陵變文》：“武帝聞之而息怒，尋思細察將軍苦。”

悉，表示全面地瞭解、知道，在知曉的詳細程度上要高於其他幾個詞。《玉篇・釆部》：“悉，審也。”《燕子賦》一：“即欲向前詞謝，不悉事由。”

委，表知曉義古籍一般不用，變文中卻有 27 處，可能和作者的方言有關。《李陵變文》：“今蒙孃教，聽從遊學，未委娘子賜許已不？”

知，表知曉義是使用頻率最高、語義範圍最廣的，它在變文中的使用達 576 次之多，這也預示著“知”將取代前幾個詞在語言中的地位這一趨勢。

這些和情感動詞中的細小區別一樣，後來大多在詞的層面消失了，如果需要則用短語來表達。舍掉不必要的區別，詞的概括力度就提高了。

（二）表記憶的心理動詞

也許是範圍小的緣故，相應的心理動詞就較少。變文中表記憶和忘卻的心理動詞共 15 個：

記、想、記將、記持、紀念、記取、肺[廢]忘、忘卻、記得、記著、憶想、望[忘]、億[憶]、妄失[忘失]、既當[記當]；

肺忘：遺忘。肺，應作廢。《廬山遠公話》：“忽憶不來之人，即便心生肺忘。”

表記憶的心理動詞中大多為雙音詞，最常見的詞根是“記”和“忘”。雖然表示遺忘的詞在詞目上要少一些，只有 4 個，但在詞頻上，“忘”共使用 27 次，遠遠高於表示記憶的“記”，10 次。這可能在於人對遺忘這一心理活動的反應要強烈一些。

（三）表思維的心理動詞

通過已有的知識經驗進行加工去獲得間接的、抽象的知識，認識事物的本質與規律，這一過程便是思維過程。敦煌變文中表思維的心理動詞有 103 個。

慮、解、省、醒、忖、惟、為、領、猜、裁、推、揣、料、計、忖、量、思、識、想、逆（料）、會、謂、算、度、認、弁、覺、虞、意、隱、信受、逆委、思量、思念、識認、相識、識會、遠計、悟取、停騰、省悟、省行、了悟、會取、曉會、思慮、悟知、惺悟、慮計、凝思、悟了、斟酌、認取、識取、曉悟、作計、參詳、覺悟、領解、識別、知識、轉念、洞達、審思、明解、斟量、尋思、言作、認得、三思、認識、相認、計料、料量、逆知、測量、知量、料度、度量、酌度、詮量、測度、算料、筭料、懸知、預知、揣度、測猜、酌量、校量、想料、悟解、信解、識辯[辨]、弁[辨]認、測（也作冊、側、惻）、辨別（也作弁別）、思村[忖]、辯[辨]、梧[悟]、思惟（也作唯、微）、期（也作其、期）、悮解（也作悟解）

思維活動包括獲取知識和運用知識兩個過程，經過感覺、知覺和記憶後，主體的認知活動開始由感性向理性轉化，不再局限於具體的事物，而是超越時空，進行概括性和規律性認識，因此對表思維的心理動詞的把握和運用相對情感類心理動詞來說需要較高的思維水平和認知能力。

思維活動很複雜，它們可以分為很多小類。有表示認識的（識、識認），表示領悟的（醒、曉會），表示打算的（計、慮計），表示揣度預想的（測猜、算料、逆知），表示斟酌的（斟量、校量），表示辨別的（識辨、辨認），表示決斷的（裁），表示一般思考的（審思、思量、思唯），等等。

（四）表想象的心理動詞

“想象是人腦對已有表象進行加工改造而創造新形象的過程。這些新形象既可以是主體沒有感知過的事物的形象，也可以是世界上根本不存在或還未出現的新形象。”[1]想象接近于思維，它在一定的問題情景中產生，在探索新的解決辦法中存在，並受人的需要所推動。人們根據思維不能得出某些結論，往往傾向於跳過思維，在想象中解決問題。因此想象是一種個體意識較強的高級心理活動。敦煌變文中表想象的心理動詞僅 4 個：

遙想、思議、忘[妄]想、妄猜

思議：想象。《降魔變文》：“明知聖力不思議，此是如來說法處。”

變文中認知類心理動詞共計 163 個，其中表思維的心理動詞最多，占

---

1 葉奕乾.普通心理學.華東師範大學出版社. 1997. P.258.

62.6%。雖然感覺、知覺、想象的內容可以是豐富的，但從心理活動本身來看都是比較簡單的，可以不需要邏輯的參與。這可能是上述三類動詞相對較少的原因。而思維活動不一樣，在由感性到理性的過程中，思維有不同的層次，同一層次又有不同的方式，它必須符合邏輯，因此表思維的心理動詞較多。從另一個方面看，思維動詞能達到這麼大的比例，也是思維本身發展的結果，推測原始語言中表示思維的動詞是很少的，其發生晚於表情感的動詞。

情感類和認知類心理動詞共 408 個，其中情感類占 60%弱，比認知類的多。這一方面是思維發展狀況在語言上的反映，另一方面是由於敦煌變文所選的材料多為民間傳說、佛經故事，常常要描寫人的內心體驗、情感態度。

三、變文心理動詞與《荀子》《列子》心理動詞比較

《列子》《荀子》分別是戰國道家和儒家的代表作之一，兩書語料共計約 13 萬字。上古主要是單音詞，它們能在一定程度上反映先秦心理動詞的狀況。本文在此前學人研究的基礎上，[1]結合自己對心理動詞的界定和分類，共錄出它們的 141 個心理動詞。

各類心理動詞的分布情況比較

對象 / 內容	《荀子》《列子》		敦煌變文	
	數量	比例	數量	比例
情感類心理動詞	94	66.7%	245	53.3%
認知類心理動詞	33	23.4%	163	35.4%
意志類心理動詞	14	9.9%	52	11.3%
總計	141 個		460 個	

從上表中反映出，變文心理動詞要比兩書心理動詞約多 2.3 倍，而語料上只比兩書多一倍多，因此變文心理動詞比兩書心理動詞要豐富一些。

[1] 余正安《〈荀子〉心理動詞研究》《黔西南民族師範高等專科學校學報》2002 年第 9 期。苗守豔《〈列子〉心理動詞語義研究》河北師範大學 2005 年碩士畢業論文

從總體來看，三類心理動詞在各自語料中的分布情況是一致的，即情感類心理動詞所占比例最多，其次為認知類心理動詞，意志類心理動詞最少。

但具體到每一類心理動詞，三類心理動詞在各自的語料中均呈現不同的狀況。情感類心理動詞在敦煌變文裡的比例下降了 13.4%。認知類心理動詞比例上升，兩個時段語料認知類心理動詞分別為 23.4%和 35.4%，有了較大發展。

這是敦煌變文反映的情感體驗降低了嗎？當然不是，情感動詞總量按字數比也多了些，是先秦二語料的 2.62 倍。情感表達明顯比二書語料豐富細緻。表中變化的實質是，表示認知的心理動詞在原基礎上比例增加約三分之一，我們把這看作那 1000 年左右思維發展、詞彙增多、表達力增強的表現。還有一個證據是，《列子》《荀子》是子書，人稱哲學著作。理當認知類動詞較多，情感類較少。敦煌變文是故事，理當相反。可是，變文的認知類動詞增長幅度卻較大，可推測有內在必然原因。

在二書語料裡，單音心理動詞 108 個，占 77.7%，複音心理動詞 31 個，占 22.3%。而在敦煌變文裡，複音心理動詞 328 個，已占 72.2%。這個增長幅度和漢語一般詞的複音化增長量相比如何？我們統計了唐宋文 9 篇（指《古代散文選》（1980）所收的韓愈和柳宗元的《原毀》《師說》《進學解》《段太尉逸事狀》《捕蛇者說》《三戒》；歐陽修的《醉翁亭記》《蘇氏文集序》和《伶官傳序》）和宋代《爾雅翼》的動物名，共 2551 個詞。其中複音詞 1239 個，占 48.6%。在我們的語料中，心理動詞的複音化程度高得多，比例也大得多。這意味著什麼？我們推論，這意味著很多心理動詞是後起的，因為複音詞後起於單音詞。應該說人們對自己心理活動的覺知比對一般事物的覺知較難較晚，複音詞本身就表示相對清晰複雜的概念。認知類心理動詞在唐代語料中的比例增加，又可推測情感活動相對易覺知，對認知活動的覺知更難更晚。

我們不能只看有什麼，還要看到沒有什麼。在我們的語料裡，還沒有思維科學的有關術語，如判斷、推理、定義、劃分、分類、證明、論證、運算、反駁、批判、反思等。這些有待于思維朝科學方向發展，不過這個在現代得益于直接引進歐美的學科。

預計認知類動詞將在唐代以後繼續增加，它們將在議論性著作裡大大超過情感類動詞的使用。

參考文獻

郭在貽、黃征、張湧泉.敦煌變文集校議.長沙：嶽麓書社.1990.
[美]斯托曼.情緒心理學.瀋陽：遼寧人民出版社.1987.
黃希庭.心理學導論.北京：人民教育出版社.2002.
朱智賢主編.心理學大詞典.北京：北京師範大學出版社.1989.

《漢語應用的文化人類學研究》109-120。

“謝”的道謝義的性質和發展

李海霞

摘要：上古、中古和近代語料的道謝比例大幅度增長，說明了禮貌用語的發展和描寫的細化。所有道謝對象93%以上是人，對神靈缺少敬畏。對人道謝大部分是針對地位比說話人高的，對君王道謝將近三分之一，對卑賤者的道謝僅占1.4%。人們的精神圍繞著王權中心，把王者神化，敬畏君王代替了別的民族對鬼神和教祖的敬畏。發生在“小人物”和身邊人中不那麼“大”的事不見道謝。中國傳統的“謝”，主要還是一種適應社會的手段，而自覺的普遍的感激心理也在發展。

一、道謝義的確定和用法的發展

表示道謝的“謝”的概念義是什麼、如何發展的，既是一個詞彙史問題，又是一個文化史問題。這裡我們超越於詞典義的層面，用語境考察的新方法來探求詞義的真實面目，以期準確細緻地把握詞義。

我們分上古、中古和近代三個時段來觀察“謝”的概念義，每個時段取一些典型的語料，字數在九十幾萬到六百多萬之間，儘量使之能代表面上的情況。

“謝”在上古的意義，多是拒絕、辭謝（含有謝意的辭別；辭別）、謝絕、道歉、酬謝和告訴。早期道謝夾雜在謝絕、歉意和酬答中，沒有明確分化出來。

道謝義的確定必須慎重。因為道謝義與上述意義攪合在一起，劃分不清。而我們的語料裡詩歌又多，詩的語言有跳躍性，事情的前因後果不大交代，詩中人物的身份更少說明，大多數唐詩的“謝”無注解，這些給我們的鑒別帶來了許多困難。筆者的標準是，表示“謝”要有對方的好處和自己的感恩之心，缺一不可；詞義分化不足的，須主要偏於道謝義才算，而不是兼有一點。以下情況不計：

《史記・范睢蔡澤列傳》載，蔡澤求官屢屢失敗，找一個叫唐舉的人算命。唐舉看了他的相說：“‘吾聞聖人不相，殆先生乎！’蔡澤知唐舉戲之，乃曰：‘富貴吾所自有，吾所不知者壽也，願聞之。’唐舉曰：‘先生之壽，從今以往者四十三歲。’蔡澤笑謝而去。”找人看相算命是要給報酬的，交易雙方無所謂謝。蔡澤話語並不客氣，又不要對方預測富貴，預測的壽數似乎不算高壽，在很少道謝的情況下，此“謝”應是辭別。

同書《項羽本紀》寫劉邦從鴻門宴脫逃，沒有給主人項羽告辭，“乃令張良留謝。”這個“謝”主要是謝罪（道歉）的意思，與下文“張良入謝”的意義一樣，即使含有感謝義也是次要的。

同書《呂后本紀》：“代王使人辭謝。”這是代王劉恒謝絕朝臣立他為天子。

元稹《和樂天贈樊著作》：“抗哉巢由志，堯舜不可遷。舍此二者外，安用名為賓？持謝著書郎，愚不願有云。”這裡，有別人贈書的好處，可是，元稹此句卻沒有感激的意思，而且語氣較硬。“謝”是告訴。就像王維勸告人不要東施效顰一樣：“持謝鄰家子，笑顰安可希。”

有些詩的標題裡含“謝”，如劉禹錫詩《令狐相公俯贈篇章斐然仰謝》。令狐相公是令狐楚，做過太原判官、右拾遺、中書舍人、門下侍郎和刺史等，一直比劉禹錫的官大，至少不比劉官小。只看這一首詩，我們可能會覺得“仰謝”指感謝。但是，“謝”還可以換成“酬”和“和”，劉禹錫給令狐楚的另外兩首詩即作《酬令狐相公早秋見寄》《和令狐相公入潼關》。

也許用“謝”來答詩，是對地位高者，含有一定感謝賞光的意思，但主要是答。我們今天都用“答”或“和”來回詩，不再用“謝”。因此，這一類出現在標題中的“謝”，只要不是對方另有贈物或關愛，就算作酬答義。這種詩大約有 20 首。

但下面的“謝”要算道謝。《晏子春秋・內篇雜下》記齊景公訪其宰相晏子，驚其家貧，自言有罪。晏子回答：“君之賜厚矣！嬰之家不貧。再拜而謝。”雖然推辭義更常用，但文章沒有交代晏子要推辭什麼，道謝也說得通，故取道謝義。

我們把感謝的“謝”分為物質的和口頭的兩大類，本研究的對象是不帶物質的口頭道謝，以便考察人類才有的禮貌用語的情況。[1]

上古漢語的語料，筆者選了先秦的《論語》《孟子》《老子》《莊子》（約 153340 字）、《左傳》（18 萬餘字）、《晏子春秋》（7~9 萬？）和西漢的《史記》（52 萬 6 千多），共 94 萬字左右。[2]

道謝的用例，不但《論語》《老子》沒有，連善於講故事的《莊子》《孟子》和《左傳》都沒有（《左傳》“謝”的意義依楊伯峻《春秋左傳詞典》確定）。在筆者考察的 7 部書中，只有先秦的《晏子春秋》和西漢《史記》的“謝”有感謝義。在這些語料中，“謝”用作物質感謝的有 6 例，口頭感謝的 11 例，離開物質的道謝占了三分之二。

最初，感謝應該是物質的，只為大事。古籍裡的“謝”約在戰國末年始見用於感謝義。《韓非子・外儲說左下》：“（解狐推薦其仇人為相）其讎以為且幸釋己也，乃因往拜謝狐。”《史記・范睢蔡澤列傳》：“睢從簀中謂守者曰：‘公能出我，我必厚謝公。’”《漢書・張安世傳》：“嘗有所薦，其人來謝。安世大恨，以為舉賢達能，豈有私謝邪？”這些“謝”專程登門、“厚謝”、“私謝”，甚至引起出於公心者的“大恨”，顯然是物質酬答。

我們看到，上古語料中的口頭道謝詞次已經大大超過物質感謝的詞次，這個禮貌用語已得到了一定的發展。但是道謝總的來說十分稀少，古人不怎麼記載它，它還不是那麼平常的交際手段。

道謝對象，上古 10 例謝人的就有 5 例是謝君王。謝地位相仿或不好比較者（分類標準見第二部分）3 例，一例是趙王等出城謝諸侯軍隊打敗了秦軍，為他們解了圍。一例是劉邦未發跡時謝一老父，老父預言劉氏全家均將富貴，而劉“貴不可言”。一例是呂后跪謝御史大夫周昌，周昌強諫劉邦不可廢太子，保住了呂后兒子的地位。均是身家大事。

或許，華夏人的道謝開始於對王者的謝恩；上古時，日常生活中不那麼“重要”的事還沒有被納入道謝的範圍。

中古漢語的語料，筆者先選了唐代成就最高又最宏富的作品《全唐

[1] 表示客氣的不要謝和拒絕謝，不計算在內。另外表示感謝的用語還有“感”，使用少，意義與“謝”小別，不在本研究範圍之內。

[2] 論語.孟子.老子.莊子.中華書局.諸子集成.影印本.左傳.楊伯峻.春秋左傳詞典.晏子春秋.史記.四庫全書.電子版.上海：上海人民出版和迪志文化出版公司.1999.

詩》，除去重複收入的大約有 5 萬首，約 400 萬字；和唐代口語性最強的散文《敦煌變文》，30 餘萬字[1]。但發現唐詩有 100 例道謝身份不明（唐代詩人絕大多數有官職，一生當中升降無常，出仕和致仕時間不同，要查到寫詩時的官職和對方的地位，基本上是無望的。這一部分暫且歸入不明組）。它們不能明確體現道謝的實際，筆者又加了人際交往內容較多的《舊唐書》，後晉修，約 190 萬字。

經過研讀前後文和查閱資料，筆者確定下來的表示口頭道謝的"謝"共有 374 個（重複收錄的詩只算一次）。未計入的物質感謝只有 3 例，口頭感謝的比例劇增。和語料的數量相比，上古語料 8 萬多字有一個道謝，中古語料一萬六七千字就有一個道謝了。道謝的增多增廣表示交際禮貌得到了發展，同時也是描寫趨於細緻，民眾日常交往較多地進入典籍的結果。

明言謝朋友的如：盧象《鄉試後自鞏還田家因謝鄰友見過之作》寫趕考回家，鄰居來看他，與鄰居喝酒共訴生計的艱難。伍喬《僻居酬友人》："多謝故交憐朴野，隔雲時複寄佳篇。"其他還有"謝友人惠(贈)人參"、"謝友生遺端溪硯瓦"和"謝友人遺華陽巾"等。答朋友贈送東西是地位相仿組道謝的主要事因，其次是看望。然而，唐詩中看起來像謝朋友的詩一百多首，明言才八九處。這主要是由於地位高下的妨礙，交友不忘尊卑。等級制下的友誼始終籠罩著不能平等互重的陰影。

謝君王的比例，中古仍高於 47%，《舊唐書》達 84%以上。內容絕大部分是臣子得官向皇帝謝恩，皇上的尊嚴和官職的升廢被人們視為頭等重要的政治事件。傳統史書的紀傳部分絕大多數是帝王及其官僚。

近代的語料，我們選了四大小說中寫世俗交往多的《水滸傳》（85.8 萬餘字）和《紅樓夢》（73.1 萬餘字），一共約 150.9 萬字[2]。正好一個是綠林生活的代表，一個是貴族生活的代表。

近代語料將近 151 萬，除去 69 例物質感謝，口頭道謝詞次達 431 次，平均約 3500 字就有一個道謝，道謝頻率又比中古語料多了將近 4 倍。《水滸傳》比《紅樓夢》的道謝多一倍有餘，可能主要在於它描寫戰爭打鬥的

---

[1] 全唐詩.四庫全書.電子版.上海：上海人民出版和迪志文化出版公司.1999.參北京銀冠電子出版有限公司.中華傳世藏書.電子版.敦煌變文集新書.電子版.台灣錢建文製作.1980 年代 EBook 版.

[2] 水滸傳.紅樓夢.中華傳世藏書.電子版.銀冠電子出版有限公司.2000.

題材，故事中救命解難的大恩大德特別多。

《水滸傳》和《紅樓夢》是白話市民文學，又純故事性，比唐代的作品更多地反映了日常生活的細節和禮貌用語的進展。如《水滸傳》裡，好漢燕青"拜謝"歌妓李師師彈撥了悠揚的小曲子。又王婆要引潘金蓮與西門慶見面，就請她來給自己做壽衣，兩次對潘氏"千恩萬謝"。《紅樓夢》第四十五回林黛玉對賈寶玉說："謝你一天來幾次瞧我。"

地位相仿或不好比較組，許多是對親友送財物的感謝，另外有感謝薦官、通關係、好漢救難、除去惡霸、村莊人提供食宿、探訪、指路、找到遺失物、送花等。本組內部仍然有明顯的等級。例如，寶玉和黛玉不但有兄妹和主人客子之分，而且有內外之別。賈母那麼疼愛黛玉，但是在考慮寶黛的婚事時說，哪有先外後內的。家孫和外孫一定要區別。所以黛玉在賈府很是小心循禮，不敢多說一句話，不敢多走一步路。

中國人夫妻之間沒有道謝的習慣，只有個別例外。我們的語料中有一例丈夫謝妻子。《紅樓夢》第十六回賈璉遠道歸來，問家中的諸事，"又謝鳳姐的操持勞碌"。妻子的地位本來不如丈夫，而鳳姐是賈府的內當家，日理萬機，又是有名的"鳳辣子"，賈璉怕她三分。

對別人給予的好處進行回報，是人類適應群居生活的重要素質。忘恩負義的行為會引起他人的憤怒，麻木大肆也是對別人的好意不珍重。類人猿已經有了一些回報意識。如 A 替 B 理了毛，則 B 讓 A 分享食物的可能性就大為增加（瓦爾《人類的猿性》2007 譯本）。如果 B 拒絕分享，它就不大容易再次獲得 A 的友好付出。這實際上是一種交換行為。人類的物質（包括勞務）酬謝也是交換。而人類情感更豐富，交流方式更多，口頭道謝就應運而生。這個禮貌用語比物質感謝和下次幫忙更及時，適用範圍更廣，適合於不必或一時不能用物質報答的，如對君王、對指路人的感謝。口頭道謝對於融洽雙方關係起了重要的作用。純粹的口頭感謝已經超越猿猴的回報性質。

道謝習慣是慢慢養成的，禮貌用語有一個漫長的可要可不要的過程。有些情況古人以為剛直而今人卻會不吝道謝。《史記・管晏列傳》載，越石父賢能而為人之奴。晏子遇見了，解下拉車的一匹馬把他贖了出來，載回去。越石父"弗謝"，後來竟然要求離開晏子家，原因是沒有得到禮遇（晏子聽了將他延為上賓）。若是今人則會在被救贖時道謝，而不被禮遇另作理論。《舊唐書・王珪傳》載，王珪年少時貧寒，有些人接濟他，他"初不辭謝"，等到做官富貴以後全部厚報。即使那人已經死亡，他也要賑贍其妻兒。他很義氣，但是捨不得用言辭感謝，這是欠積極的交往方式。

漢語"謝"的感謝義，兩千年來從稀薄模糊到清楚，從眾多義項中漸漸脫穎而出。明清小說的"謝"已經很少兼有辭別、謝罪、告訴等意義，這些意義都各自有更加固定的詞來表達；表示花萎謝的用例不多，感謝義變得單純突出，判斷是否用作感謝義已經不困難。"謝"的感謝義由一個含混的弱勢義項發展為一個主要表示禮貌的詞，表現了人們心理上感謝需求的發展，概念的清晰化。道謝的對象日益往普通人、普通事擴展，道謝雖然還遠不是一般人每日生活必須，也成為日常生活的內容了。

二、道謝義的類別和共性

我們把道謝按照對象的身份地位分成 6 組（地位的高低是與道謝人相對而言的）：

（1）謝天地自然，亦包括謝時運和環境等

（2）謝神或佛

（3）謝天子或王侯（統稱君王）

（4）謝其他尊貴者

（5）謝卑賤者

（6）謝地位相仿不明或不好比較者

說明：①王侯包括侯王郡王。此謝須是地位低於王者的謝。我們的語料裡也沒有君父對他們的道謝。②傳統根據人的官職、威勢、長幼、性別、職業等把人分成各種等級，真正的平齊關係是不存在的。這裡我們把朋友、夫妻、兄弟姐妹和叔嫂之間的關係算作相仿。③被感謝人的地位，一般根據習俗確定，特殊情況根據說話人的實際處境和態度確定。例：

"叩首拜謝。"（《水滸傳》第八十回）——高俅領軍征梁山泊，反被"賊兵"捉上山。宋江對他頂禮膜拜，表達自己渴望招安之心。高俅允諾將奏朝廷，請皇帝寬赦招安。宋江不知是詐，拜謝之。根據雙方所接受的習俗，這是卑對高。

“高太尉謝了。”（同上）——宋江款待高俅後，送他和部下回營，高俅道謝。這裡雙方身份複雜。敗將在敵營，是卑賤者（酒席上他應邀與燕青相撲，被打倒在地，“惶恐無限”）。但被宋江盧俊義尊為朝廷重臣，又是尊貴者；小命捏在敵手，唯恐義軍翻臉，又不是尊貴者。這裡根據實際處境和態度歸入地位不好比較者。

“承謝送船到泊。”——梁山泊部將張順對前來送死的官軍艦隊喊話。說話人與官家分庭抗禮，調侃官軍。歸入地位相仿組。

“謝”的對象分組及數量

感謝對象	上古語料		中古語料			近代語料	
	晏子春秋等 6 部	史記	敦煌變文	全唐詩	舊唐書	水滸傳	紅樓夢
謝天地自然	0	1	0	24	3	4	0
謝神或佛	0	0	3	1	6	10	0
謝天子或王侯	1	4	7	29	123	42	35
謝其他尊貴者	0	0	3	44	13	101	52
謝卑賤者	0	2	0	0	3	4	2
謝地位相仿不明或不好比較者	0	3	2	107	5	128	53
合計	1	10	15	205	154	289	142
	11		374			431	
	815						

三個時期“謝”的對象百分比

感謝對象	上古語料 約 94 萬字		中古語料 約 620 萬字		近代語料 近 151 萬字		分項合計	
	詞次	%	詞次	%	詞次	%	詞次	%
謝天地自然 / 謝神或佛	1	9	37	9.8	14	3.2	52	6.4
謝天子或王侯	5	50	159	47.3	77	18.5	241	31.6
謝其他尊貴者	0	0	60	17.9	153	36.7	213	27.9
謝卑賤者	2	20	3	0.9	6	1.4	11	1.4

感謝對象	上古語料 約 94 萬字		中古語料 約 620 萬字		近代語料 近 151 萬字		分項合計	
	詞次	%	詞次	%	詞次	%	詞次	%
謝地位相仿不明或不好比較者	3	30	114	33.9	181	43.4	298	39.1
謝人部分小計	10	100	336	100	417	100	763	100

註：百分比，雙線上為占總數的百分比，雙線下為占謝人部分的百分比。

三個時期道謝的共性大體有三點。

（一）道謝的對象基本上都是人，對神靈缺少敬畏

上古中古的語料裡，謝大自然和神佛的用例都不少於 9%，近代僅約 3.2%。所有語料中只有 6.4%的道謝給了大自然和神佛（包括兩三例謝先祖的）。從甲骨文到清代的三千年中，中國人對鬼神的信仰漸漸鬆弛，卜卦和祭祀由國家大事變得越來越不重要，這自然是理智提高了；同時又缺少宗教信仰，國人不像西方人那樣動輒“感謝上帝”，或中東人那樣“感謝真主”。是否中國人真的不承認一種神秘力量的存在？

感謝天地自然，表示對冥冥中宇宙力量的信仰；感謝神和宗教偶像，表示對“超人”力量的信仰。歸根結底，它們都被視作神靈。這些對象都是看不見摸不著的。中國人是最大的現實主義者，很少對鬼神和宗教在意。他們相信的是實體，能對自己進行眼前兌現的獎懲的活人。他們知道，感謝活人比感謝虛無縹緲的對象來得實惠，得罪活人也比得罪神靈更可怕。華夏人不需要什麼超我的精神來引導靈魂，幹壞事也很少懼怕神靈的懲罰。

為什麼中華民族與許多民族不同，不大信奉這些東西？有些人認為這是中國人不像別的民族那樣“迷信”，如著名國學家徐復觀先生說，中國人的道德和人生價值的根源，“不假借神話、迷信的力量”，憑藉“自覺之力”就“可以在現實世界中生穩根……解決人類自身的矛盾”[1]。筆者不以為然。“自覺之力”、“人類自身的矛盾”概念不清，這裡不細說。實際上，因為社會上王者的威勢過大，“法力”無邊，已經使人們戰慄不已，難以去想象一個更令人敬畏的權威了。他們將王者神化就完成了對神秘力

1 徐復觀.中國藝術精神.轉引自.東方書林.2007 年第 7 期第 9 頁

量的信仰。人們不是把最高的王叫做天子，把皇恩叫做"天恩"嗎？孔子就很現實，《論語》記載："子不語怪、力、亂、神。""敬鬼神而遠之。"孔子講"克己復禮為仁"，就是要恢復周朝的禮制。學生宰予說周的土地廟用栗木做神主，為的是"使民戰慄"。孔子迴避了，這和他反對犯顏強諫是相通的。怯者崇尚柔順，天性要神化王者。

所以筆者認為，中國人不太敬畏神靈的原因，並非不相信超越自身的神秘力量存在，而是拿活人代替了神靈。尼采說"上帝死了"不會給他們什麼觸動，君主或君權死了才會使他們的心靈發生山崩地裂。

（二）道謝向地位特別是王權傾斜，對尊貴者十分敬畏

上古的語料，謝尊貴者的詞次占謝人的一半。中古的至少65%（大量身份不明的道謝歸入了"不好比較者"，無法準確計算），近代的不算史書，也占55%多。謝卑賤者的詞次非常少，占謝人部分的1.4%。上古兩例，比例不小，但謝人僅10例。中古和近代共9例。

地位高低的主要衡量標準是官職，"技術職稱""師"僅兩三例。全國最大的官是天子，侯王郡王是地方上的小天子。君王在社會生活中佔有無可比擬的重要性。先秦的三大思想流派，儒家處處尊君，法家執法再嚴也不敢碰君，道家規避是非縱容君。東漢以後佛教傳入，佛家不問世事，亦敬君，中國自古以來就是君王一人的天堂。在全部謝高地位者的詞次中，一半以上是謝君王，謝人部分將近三分之一是謝君王，可以想見國民何等敬畏全國的"家長"，生活圈子何等窄小，要緊的幾根神經始終圍繞君王轉。

對尊貴者的道謝，禮節十分繁苛。不但授官、賜物、赦罪這些"大事"要道謝，小事也不得輕慢。比如皇帝轉交給某臣其友人的一信，臣要跪接道謝（變文《唐太宗入冥記》）。在上司特別是君王面前，似乎無所不謝。如梁中書委派楊志送生辰綱，楊志道："深謝恩相抬舉。"（《水滸》第十六回）。皇帝貶官要謝，賜平身要謝，賜坐要謝。最奇異的是臣僕被賜死也得"謝恩"（後三種本語料中沒有）。人們高度重視自己與少數在上者的關係，而對於絕大多數交往者——身邊的朋友同事以及"下等人"缺乏禮貌，甚者不當回事。

中國人十分看重長幼之分，那麼輩分與權位何者更重要？這一點不含

糊。在《紅樓夢》中，賈政的女兒元春做了宮中女史，對賈家人“賜”物“賜宴”，賈母對孫女“謝恩”三次，伯父賈赦“謝恩”一次，元妃沒有感謝過他們。元妃端午節“賜”了珠寶等給賈府上下親屬，賈母叫寶玉第二天單獨進宮去謝。這是謝親姐姐，但她的身份是“元妃娘娘”，因此叫“謝恩”。

由於尊貴者威力的衍射，有時感謝成為屈膝投降的一種禮節。一次鳳姐下令把一個遲到的僕人拖出去責打了二十大板，僕人回來還趕緊“叩謝”。弱者的示弱常使強者停止打殺，這是奉行一個古老的規則：在同類的高等動物當中，投降通常可交換到生存權。

對卑賤者進行道謝，內容就大不相同了，這裡錄出有代表性的 5 例：

1）於是秦昭王大說（悅），乃謝王稽，使以傳車召范雎。（《史記・范雎蔡澤列傳》）——昭王的臣子王稽力薦范雎，介紹了他的賢能，保證“一語無效，請伏斧質”（自殺），昭王道謝（面試後以范雎為丞相）。

2）“握手謝曰”。（《舊唐書・辛讜傳》）——（杜慆為泗州守，遇叛軍強力攻城，官方援軍集結而不能解圍。杜將崩潰之際，名士辛讜設法進入城內，獻守城之計。杜慆謝）

3）西門慶吃完飯對食店老闆娘“相謝起身”。（《水滸》第二十四回）——西門慶是破落財主，近來在縣裡管些事。王婆允許他賒酒，因謝。

4）“宋江在寨中稱謝眾將”。（《水滸》第一百十七回）——宋江中埋伏，自己的諸將把他救了出來，故謝。

5）寶玉對襲人“感謝不盡”。（《紅樓夢》第七十七回）——晴雯被王夫人趕出賈府，寶玉想去看她，通房丫頭襲人早已安排好，並決定送自己的幾吊錢給她，寶玉深謝。根據當時情況，寶玉去看因妖豔被逐的丫頭晴雯，承受著孤獨的叛逆者的壓力，襲人的支持使他喜出望外。

這些道謝，每個至少佔有以下一個因素：（1）事件重大。（2）道謝人有雙重身份，有一重並非尊貴者。如西門慶和王婆除了官民關係，還有顧客和店主的關係。筆者考察了高謝卑的 11 例，無一例外。人們只有在很少的情況下才打破尊卑關係，向卑賤者道謝。但是看得出來近代語料的道謝增多了，“細小”如寶玉對襲人的道謝。寶玉相對尊重女孩兒，認為女孩兒如水一般清爽。

卑賤者給尊貴者送東西，不論行賄與否都是尊卑交往中常見的事，但是我們的語料中卻沒有對卑賤者的禮物進行道謝的。捎東西、讓座、原諒過失什麼的也一樣，未見道謝。這和對待尊貴者的態度相反，人們覺得低等級的人孝敬忍讓乃是本份。

（三）發生在"小人物"和身邊人中不那麼"大"的事不見道謝

一般認為影響道謝的有三大因素：人們的地位高低、關係親疏和事件大小。根據本人研究，傳統首先重視高地位，只有大事才對地位相仿者及其以下道謝，對於陌生人指路之類也在這個層次。道謝針對“小事”和“小人物”還有待發展，針對親近者也同樣。雖然古書不會把大小道謝都記載下來，但是根據道謝增長律，我們可以推知整個古代的道謝比現代更少。現在仍然是部下向領導道謝太多，而領導向部下道謝太少。有些人對指路常常忘記道謝，一般人對小孩的幫助不道謝，比如跑腿買煙找人，有些人甚至在車上對小孩讓座也不道謝。人們覺得被讚揚完全是因為是自己好，而不是對方好，所以極少有人對被讚揚道謝。有時口裡謙遜說“不行”，也是言不由衷，你要是真說他不行才不得了。為了提高國民的禮貌水平，中國共青團還在 20 世紀八十年代發動五講四美運動，要求人民多說“請、謝謝、對不起”，但是收效不大。

本人跟西方人有一些接觸，發現他們凡事道謝，大有感觸。國內人對這個差異似乎都毫無知覺，一名做領導的教授聽了筆者的感觸竟然發脾氣不承認。出國的人則較能體會，此引《新移民加拿大找工作的五大通病》一文：

> 不要吝嗇說：“謝謝。”
>
> 中國有句古語“大恩不言謝”，因此在國內是很少聽到彼此說謝謝的，尤其熟人之間更稀有。但在西方，凡事謝不離口。尤其找工過程中，你必定會到收到來自各社區機構的幫助，別忘了說聲“謝謝”。就算求職失敗，你也需向給你機會面試的公司寫封感謝信。
>
> 摘自 2007 年 10 月 31 日“出國線上”網

從以上材料和分析中我們得出，中國傳統的“謝”，主要還是一種適應社會、企求容納的手段，它被敬畏所脅迫，缺少發自內心的需要。認為對親近的人道謝是見外或虛偽，這個意識還很頑強。但自發需要也在一些人心中成長，儘管這個成長很參差不齊。當一個人對別人的愛和幫助都懂得道謝，特別是對“卑賤者”無所不謝時，他的感激需求就達到了自覺的普遍的水平。

首發於《西南大學學報》，2009 年第 2 期

後注：《大河健康報》2008 年 1 月 8 日報導，美國心理學家發現，能夠心存感激，經常說“謝謝”的孩子情商更高：機靈、熱情、堅定、細心而且更有活力。而且，這些孩子也更樂於幫助別人。海按：成人難道不是這樣嗎？

《漢語應用的文化人類學研究》121-126。

《水滸傳》“好漢”文化意義考察

幸亮

摘要：“好漢”是《水滸傳》中的一個高頻詞，語境歸納法揭示出，其詞義有仗義疏財、扶危濟困、敢作敢當等閃光點。而從另一個角度看，“好漢”又有野蠻嗜殺、漠視私有財產、歧視女性與缺乏公正意識等人性的弱點。

《水滸傳》是中國古典小說四大名著之一，是第一部被譽為封建社會百科全書的作品。它的語言屬於近代白話文，描寫的是較下階層人們的故事，充滿明朝的俚俗口語，是考察近代活語言的寶貴資料。我們以《水滸傳》中的高頻詞“好漢”為例，採用語境義歸納法，把語言詞彙與文化結合起來，著重探討“好漢”一詞所反映的道德品性、社會文化和思想意識。

“好漢”一詞在全書中共出現 461 次，以下選擇有代表性的句子分析如下：

1）王進看了半晌，不覺失口道：“這棒也使得好了，只是有破綻，贏不得真好漢。”（第二回）

這裡“好漢”是指善於使槍弄棒，有武藝的人。

2）史進道：“你們既然如此義氣重，我若送了你們，不是好漢。我放陳達還你如何？”（第二回）

“好漢”指對朋友義氣深重。

3）朱貴引著林沖來到聚義廳上，中間交椅上坐著一個好漢，正是白衣秀士王倫。（第十一回）

這裡的“好漢”特指梁山泊殺人放火、打家劫舍的頭子王倫。

4）因指著林沖對楊志道：“……不如只就小寨歇馬，大秤分金銀，大碗吃酒肉，同做好漢。”（第十二回）

“好漢”是大秤分金銀，大碗吃酒肉，有福同享有難同當的。

5）原來宋江是個好漢，只愛學使槍棒，於女色上不十分要緊。

（第二十回）；宋江道：“原來王英兄弟要貪女色，不是好漢的勾當。”（第三十二回）

“好漢”是不貪戀女色的。

6）他刀筆精通，吏道純熟；更兼愛習槍棒，學得武藝多般。平生只好結識江湖上好漢，但有人來投奔他的，若高若低，無有不納，便留在莊上館穀，終日追陪，並無厭倦。若要起身，盡力資助，端的是揮金似土。人問他求錢物，亦不推託；且好做方便，每每排難解紛，只是周全人性命。時常散施棺材藥餌，濟人貧苦，周人之急，扶人之困。以此山東、河北聞名，都稱他做及時雨，卻把他比做天上下的及時雨一般，能救萬物。（第十八回）

這一段是寫梁山泊第一好漢宋江的，從他身上可以看出“好漢”的最大特點是仗義疏財，扶危濟困。

7）武松捋起雙袖，握著尖刀，指何九叔道：“小子粗疏，還曉得‘冤各有頭，債各有主’。你休驚怕，只要實說，對我一一說知武大死的緣故，便不干涉你！我若傷了你，不是好漢！”（第二十六回）

“好漢”說話講信用，言必信，行必果，敢做敢當，有仇必報。

在很多時候，書中的“偉丈夫”、“男子漢”、“真男子”、“英雄”與“好漢”是同義詞，即“好漢”所具有的上述性格特點他們也都具備。通過分析“好漢”在典型語言環境中具體含義，我們可以窺見作者謳歌了一群有著怎樣的人性閃光點的英雄好漢形象，或者說好漢們身上所具有的那些性格特徵是當時人們所普遍讚賞的。

但是當思考深入，用批判性的眼光審視這些好漢的品性時，我們發現它同高貴、理想的人性還相距甚遠。下面從批判的角度重新剖析好漢的品性道德。

一、野蠻、嗜殺

首先應當指出，《水滸傳》對好漢們吃喝場面的描寫帶有一定的文學藝術誇張成分，這種誇張意在突出好漢粗豪的氣質。好漢在物質生活上“大碗喝酒、大塊吃肉，大多貪酒好賭”，這樣描寫當然能表現他們性格中自然率真、隨心所欲的特點，但也是具有原始性、野蠻性的一面。以梁山好漢武松為例，景陽岡打虎之前，武松在"三碗不過岡"酒店一連吃了 18 碗酒，五六斤熟牛肉，其能吃能喝能打已經遠遠超越人類，可以同猛獸相比較了，其他好漢大多如此。

好漢的另外一個重要特徵就是對於生命的任意殺戮，仍舊以武松為例，如果說他殺死潘金蓮、西門慶和後來陷害他的張都監、張團練、蔣門神是報仇雪恨、伸張正義的話，那麼他連對方的夫人、丫鬟、僕人、公人等一起殺害則屬於濫殺無辜了。

這一點在另外一個重要人物李逵身上表現更突出，他殺人不眨眼，梁山泊好漢劫法場救宋江一節，"只見那人叢裡那個黑大漢，掄兩把板斧，一味地砍將來，晁蓋等卻不認得，只見他第一個出力，殺人最多……當下去十字街口，不問官軍百姓，殺得屍橫遍野，血流成河，推倒顛翻的，不計其數。"（第四十回）李逵彷彿對殺人有天生的興趣，該殺的毫不手軟，不該殺的常常由於一時殺得興起也殺掉了，甚至把敵人砍作幾段或剁成肉醬，在他的意識當中根本沒有生命珍貴的觀念，人命如草芥。所謂李逵天性率真、質樸可愛、沒有心機在某種程度上其實就等於野蠻、頭腦簡單，這也許能說明漢文化裡沒有把這兩種截然不同的品性區分清楚。

二、對私有財產的漠視與狹隘的同情心

好漢對財富的態度，用的最多的兩句話是"大秤分金銀，異樣穿綢緞"與"不義之財，取之無礙"。"大秤分金銀"說的是財富分配的平均主義，"異樣穿綢緞"說的是追求物質生活的奢華，而隱藏在這種觀念背後的是好漢們對個人私有財產的任意掠奪和佔有。無論是七好漢智取生辰綱，還是宋公明三打祝家莊，攻取曾頭市，其主要目的都是掠奪物質財富，占為己有。就是從眾好漢平時對於大財主、貪官、生意人、旅人的私有財物的強搶硬奪中也能看出他們沒有"財產私有權"的觀念。別人有我沒有的東西，我搶過來就成了我的東西。

有一種"掠奪有理說"的觀點，認為好漢們一般掠奪的是道德敗壞、欺壓百姓的富人財富或者貪官污吏的錢財，是正義的。其實貪官、財主剝削老百姓，好漢再掠奪貪官、財主，兩種掠奪在本質上沒有什麼不同，

好漢並不比欺壓百姓的貪官、財主們好多少，"以犯罪的方式對待犯罪"的邏輯是可笑的。或許在保護私有財產的觀念上我們不應該苛求古人，因為直到 20 世紀末，中國才將"個人私有財產受國家法律保護"明確寫進憲法。

"不義之財，取之無礙"是智取生辰綱之前晁蓋對吳用說的話，後來公孫勝也說過這樣的話。"不義之財"這個"不義"是由劫掠者來定的，這樣就造成了他想掠奪誰，誰的財貨就屬於"不義"的。

"仗義疏財，揮金似土"是最為好漢所稱道的品性，其中"仗義疏財"和"疏財仗義"在書中共出現 28 次，梁山好漢頭領宋江、小旋風柴進、晁蓋、戴宗等人無不是以"仗義疏財"而名顯一時聲播四海的。可是他們講義氣的範圍多限於好漢內部，像宋江那樣對一般窮苦百姓常施棺材藥餌，像魯達救助金翠蓮，給她銀子的好漢並不多見，由此我們推論"仗義疏財"是有很大局限性的，它與對人類的"博愛"不可同日而語。將西方的"博愛"與好漢身上的"仗義疏財，揮金似土"比較一下，無論是在廣泛性和深刻性方面，後者都遠遠不如前者。"揮金似土"與"仗義疏財"一起使用，表明了好漢們在幫助別人時的慷慨解囊，對於錢財的不吝嗇。

三、禁欲主義與歧視女性

除了王矮虎等極少數人以外，絕大多數好漢是"不貪女色"，即不碰女人，刻意壓抑自己的性欲。例如小說在介紹晁蓋時就說："最愛刺槍使棒，亦自身強力壯，不娶妻室，終日只是打熬筋骨。"（第十四回）晁蓋是本鄉富戶，身體又好，但卻不娶妻子，這只能說明像他這樣的好漢是有禁欲傾向的。押司宋江同樣如此，小說第二十回寫道："初時宋江夜夜與婆惜一處歇臥，向後漸漸來得慢了，卻是為何?原來宋江是個好漢，只愛刺槍使棒，於女色上不十分要緊，這閻婆惜水也似後生，況兼十八九歲，正在妙齡之際，因此宋江不中那婆娘意。"這裡說得很明白，宋江根本就沒有滿足那女人的性需求，並且宋江自己也說過貪戀女色不是好漢的勾當。還有花和尚魯智深到處行俠仗義，未曾見他對哪個女子動過心，病關索楊雄也是不能滿足潘巧雲的欲望，才導致她與和尚勾搭成奸。更有好漢燕青面對京師名妓李師師的大膽求愛，用結拜為姊姊的辦法委婉地拒絕了她，

他自己後來說："大丈夫處世，若為酒色而忘其本，此與禽獸何異？燕青但有此心，死於萬劍之下！"（第八十一回）

實際上這是一種禁欲主義的觀念。中國人很早就認識到色是人的本性，孟子曰："食色，性也。"學者李銀河曾說："有人認為在中國 5000 年歷史中，人們對性的態度在前 4000 年基本上是肯定的；但從 1000 年前（宋代，約為西元 960 年）開始變化，變得越來越否定、壓抑。"宋代程朱理學所謂的"存天理，滅人欲"對禁欲主義的觀念有影響。對於江湖好漢而言，他們還可能受到"紅顏禍水"觀念的影響，男子漢大丈夫當頂天立地建功立業，生當做人傑，死亦為鬼雄，兒女情長卿卿我我容易耽誤正事招災惹禍。無論怎樣，禁欲主義是反人道的，是一種壓抑正常人性的觀念，是一種歷史的倒退。

《水滸傳》的作者歧視女性，因為全書中的女性大多為反面形象，比如為姦情而殺夫的潘金蓮，與和尚私通的楊雄渾家潘巧雲，恩將仇報、因向宋江索要金子而被殺的閻婆惜，與縣官勾搭、陷害雷橫的娼妓白秀英。

作者所歌頌的好漢對於女人的態度也是貶低的，至少缺乏起碼的尊重。如宋江不問扈三娘願不願意，自作主張把她許給了王英，他自己也說："我這兄弟王英雖有武藝，不及賢妹。是我當初曾許下他一頭親事，一向未曾成得。眾頭領都是媒人，今朝是個良辰吉日，賢妹與王英結為夫婦。"（第五十回）還有宋江為了讓霹靂火秦明歸順，用計斷送了他渾家的性命，然後同樣自作主張把花榮的妹妹嫁給秦明，宋江答道："不恁地時，兄長如何肯死心塌地？若是沒了嫂嫂夫人，宋江恰知花知寨有一妹，甚是賢慧，宋江情願主婚，陪備財禮，與總管為室如何?"秦明見眾人如此相敬相愛，方才放心歸順。（第三十四回）從這段話中可以看出女人的性命是無足輕重的，妻子沒了可以再娶一個，兄弟的情義遠遠高於妻子的性命，他們的邏輯大概就是所謂"兄弟如手足，妻子如衣服"，衣服破了可以再換，手足斷了安可再續？

在中國古代男權制的社會條件下，婦女要"三從四德"，社會地位低下，人身自由受到限制，終生大事要遵從父母之命媒妁之言，更不用說男女平等了。中國社會男尊女卑、歧視女性的觀念由來已久，具有一定正義感的水滸英雄們也不能擺脫這個歷史的痼疾，不能不說是一種遺憾。

四、缺乏公正意識

好漢們對於貪官污吏是堅決反抗的，然而他們的社會理想卻只不過是等待招安以後，“忠義報國，封妻蔭子”，名垂於後世，所以宋江才將“聚義廳”改為“忠義堂”。從社會發展的角度來看，梁山好漢既沒有推翻封建社會地主階級，也沒有建立一套新的社會制度，甚至沒有提出任何新的社會改革的綱領，他們的打打殺殺頂多只是殺了一些貪官，起了一點破壞作用而已。《水滸傳》沒有出現諸如“公正”、“公平”、“自由”之類的詞語，說明好漢們還沒有自覺尋求社會公正的意識，也就不要指望他們在變革社會的過程中有任何建樹。

參考文獻

王同舟.地煞天罡：水滸傳與民俗文化.黑龍江人民出版社.2003.
李銀河.李銀河說性.北方文藝出版社.2006.P.12.
陳月明.“語言與文化”研究的幾個理論問題.漢語學習.1993(2).
王菊豔.水滸傳.婦女觀的文化學闡釋.嘉興學院學報.2007(5).

本文是本人2008年碩士畢業論文節選，導師李海霞對本文寫作多有指導，在此表示感謝。

首發於《中國科技投資》第11期，2014年4月

《漢語應用的文化人類學研究》127-135。

古漢語草類植物描寫的發展

羅娟

摘要：《山海經》、《爾雅注疏》和《本草綱目》3 部書，代表 3 個時代的植物描寫水平，並可以從中觀察到描寫能力的發展。其發展大系有三：1、描寫對象的拓展和描寫元素的增加。如描寫的器官和部分，由《山海經》中的 8 個發展到李時珍的 36 個。2、描寫方法由譬況到直描的轉化。《山海經》的描寫大多數是譬況式，《本草綱目》大多數已是直描式。如對根的描寫，直描式的描寫方法由 20%上升到了 67.9%，描寫用語更加客觀科學。3、顏色詞的複雜精細化。顏色詞使用沿著學者總結出的先後順序發展：簡單類別詞、修飾語＋顏色類別詞、顏色類別詞＋顏色類別詞、細描顏色詞，所描述的顏色越來越豐富準確。

一、課題概說

描寫用語是瞭解人類思維發展的一扇窗戶：橫向來說，描寫用語體現了某個時期人們思維的特點；縱向來說，對不同時期描寫用語的分析，可以窺探出人類思維發展的軌跡及規律。因此，對描寫用語的分析研究具有語言學和思維科學雙重意義。

為觀察植物描寫用語的發展，筆者選取了《山海經》、《爾雅注疏》和《本草綱目》這三本著作。它們都有相當數量的草部植物的描寫，在一定程度上代表了各自時期描寫用語的發展水平。本文所說的“草類”，是三書中作者所認為的草類植物，和今天的“草本植物”大部相同。《山海經》約成書於秦朝前後，其作者並沒有對植物進行分類，僅僅是以“有草焉”、“其草”、“有木焉”等領起描述，筆者將以“草”領起的句子通通視為對草的描寫語句。晉郭璞《爾雅注疏》，筆者僅僅選用郭對《爾雅．釋草》的注。明《本草綱目》把植物分為穀部、草部、果部、木部和菜部等，本文僅收取李時珍對草部植物的描寫，該部中李所引的前人描述亦不收。

按今植物學的知識，一整體植株由六大器官組成：營養器官根、莖、葉和生殖器官花、果、種子。植物描寫用語，就是指對它們進行描寫說明的詞和短語。

本文採用李海霞的說法，把不可再分的最小描寫單位叫做描寫元素。如：

> 秋月葉間開小紫花，長二、三分，狀如鈴鐸，五出，白蕊，亦有白花者。

“秋月”、“葉間”、“小”、“如鈴鐸”、“五出”、“紫”、“白”等視為描寫元素；另“有毛”、“微辛”這些也各算一個描寫元素。描寫用語的切分較困難，筆者研究自己能切分的，不能切分的暫予排除。

二、三本著作的草類描寫介紹

（一）《山海經》的草類描寫

> 1）名曰鬼草，其葉如葵而赤莖，其秀如禾，服之不憂。(《中山經》)
>
> 2）有草焉，其葉如蕙，其本如桔梗，黑華而不實，名曰菁蓉。(《南山經》)
>
> 3）名曰薰草，麻葉而方莖。(《南山經》)
>
> 4）有草焉，其狀葉如榆……其根蒼文。(《中山經》)

《山海經》對所有草木根部的描寫中，只有此例出現了“根”，而其他的例子均用“本”，雖然“本”和“根”都可以表示植物的根部，但是“本”也表示主幹，是一個模糊的名稱。

> 5）其下有草焉，葵本而杏葉，黄華而莢實，名曰籜。(《中山經》)

《山海經》中，指出果實類型的一律是莢實。

> 6）其草多條，其狀如韭，而白華黑實，食之已疥。(《西山經》)

《山海經》中的植物描寫甚是粗疏主觀，大部分植物後人都弄不清楚是什麼。如其植株描寫 19 處，都是抓整體形狀，沒有大小、長短之分。

（二）《爾雅注疏》的草類描寫

> 1）菟瓜似土瓜。(《釋草・黄》)

2）根如小貝，圓而白華，葉似韭。(《釋草・莔》)

3）今馬蘄，葉細銳似芹，亦可食。(《釋草・茭》)

“細”指葉子細小，“銳”指的是葉的邊緣呈鋸齒狀，在現代植物學中，葉片的邊緣稱之為葉緣。

4）承露也，大莖小葉，華紫黃色。(《爾雅注疏・釋草・蔠葵》)

郭注出現了新的偏正式顏色詞“紫黃”。

5）蘵草，葉似酸漿，華小而白，中心黃。(《釋草・蘵》)

“中心黃”是對花蕊顏色的描述，郭璞注意到了花蕊。儘管漢代張衡書中已有作花心講的“蕊”，但是還沒有廣泛使用，因此郭璞用“中心”來代替花蕊。

6）實似藨莓而大，亦可食。(《釋草・葥》)

郭璞在解釋“藨”時說：“藨即莓也，今江東人呼為藨莓，子似覆盆而大。”（此“子”指果實，不是種子，古果實和種子不分）葥和莓的果實都似覆盆子而大，那麼覆盆子有多大？“覆盆也，實似莓而小，亦可食。”（《釋草・堇》）。古書不講究準確獨立地描述，難免循環解釋。

郭璞的描寫明顯比《山海經》進展了。例如他對莖形狀的描寫不再局限於囫圇一體，而增加了粗細、大小等方面的描寫。他寫到了葉子生長的位置和生長方式，這是《山海經》中所沒有的。

（三）《本草綱目》的草類描寫

1）春初生苗如嫩蒿，入夏長三四尺，莖方，如黃麻莖。(《草部・茺蔚》)

2）其根有鬚，鬚下結子一二枚，轉相延生。(《草部・莎草》)

鬚根和膨大主根的鬚狀側根是不一樣的，古人尚沒有分開，也沒有形成鬚根這個概念。

3）其葉如艾葉而背青，一梗三葉，葉有尖岐。(《草部・茺蔚》)

一梗三葉的描述是錯誤的，茺蔚莖中部的葉子有短柄，全裂成 3 個小裂片，裂片近披針形，所以李時珍誤認為是三片葉。

4）此物就地引細蔓，節節生根。(《草部・蛇莓》)

植物學分莖為直立莖、平臥莖、匍匐莖、攀緣莖和纏繞莖等，蛇莓的莖屬於匍匐莖，平臥地面，節上生根。李時珍對蛇莓莖的描寫很細緻，但有待於發展出匍匐莖的概念。

5）其葉似竹而不尖，或兩葉、三葉、四五葉，俱對節而生。（《草部・黄精》）

黄精的葉序有兩種，一種是 4~5 枚輪生，一種是互生。輪生是葉輻射排列，李氏將輪生描寫為對節而生，比前人精細多了，但和兩葉對生還沒有分開，也沒有產生術語。

6）結實如半磨形，有齒，嫩青老黑，中子扁黑，狀如黄葵子。（《草部・蘔麻》）

對果實和種子描述很細緻。由於蘔麻的果實呈三角形或扁腎形，所以李時珍用“半磨形”來描述蘔麻的果實。

李時珍的描寫，又比郭璞精細多了。如描寫根，增加了對根皮、根肉、根鬚等部分的描寫。描寫葉，不時有對葉面、葉背、葉脈、質地、有毛的介紹，“五尖如人爪形”，今叫掌狀葉。莖，出現了對莖節和莖毛的描述。花不僅寫了“花瓣”、“花萼”、“花蕊”，還細到“花上斑點”。

二、草類描寫的進展大系

（一）描寫對象的拓展和描寫元素的增加

從《山海經》到《本草綱目》的一千六七百年中，古人對植物的認識日漸清晰化豐富化，一些原來沒有分開的對象被分開了。下表是三本著作描寫過的草類植物各個器官和部分的統計。

表 1　三本書描述的植物各個器官和部分

	《山海經》	《爾雅注疏》	《本草綱目》
描寫對象	整體植株、根、根紋理、莖、葉、花、實、傷（刺）	整體植株、苗、根、莖、莖節、葉、花、花中心、實、子、刺、蔓、瓤、穗	整體植株、苗、芽、根、根皮、根肉、根鬚、根汁、根紋理、莖節、葉、葉背、葉面、葉紋理、葉脈、花、花瓣、花上斑點、花蕊、花萼、實、實紋理、果皮、子、核、仁、殼、蒂、刺、蔓、藤、梗、房、角、穗、枝

我們看到，描述對象從《山海經》的 8 個，到《爾雅注疏》的 14 個，發展到《本草綱目》的 36 個器官和部分。描述者注意的領域大大拓寬了。

從描寫元素來看，元素越來越豐富。如就生殖器官這一部分說，描寫元素從《山海經》中的 39 個擴大到了《本草綱目》中的 895 個。其細緻豐富的走向舉兩組例子：

《山海經》中對根的描述主要是從整體形狀進行描寫：如桔梗、如槁本、如雞卵、葵本等，沒有其他的描寫元素；同樣是對根形狀的描寫，《爾雅注疏》中出現了大小、長短、顏色和氣味的描述；而《本草綱目》的描寫更是豐富，根的形狀的描寫中包括了對根大小、長短、粗細的描寫，還寫到了根的質地、生長方式、顏色、氣味和類型。

即使是對同一個部位的描寫，也分出類別進行描述，例如：

> 苗高二三尺，其葉抱莖而生，梢間葉似棠梨葉，其脚下葉有三五叉，皆有鋸齒小刺。(《本草綱目・草部・朮》)

這裡李時珍分別對蒼朮不同部位的葉子進行了詳實地描述。《中藥大辭典》(1975:1066)："蒼朮，葉互生，革質而厚；莖下部的葉多為 3 裂，裂片……卵形，基部楔形，無柄而略抱莖；莖上部葉卵狀披針形至橢圓形，無柄，葉緣均有刺狀齒。" 李的梢間葉指的就是莖上部葉，而腳下葉指的則是莖下部的葉，三五叉指的是掌狀葉裂。梢間葉確實如棠梨葉，都是卵形；而蒼術莖下部的葉子沒有柄，確實屬於抱莖而生。可見，李時珍的描寫已接近於現代植物學的描述。

（二）描寫方法由譬況到直描的轉化

譬況式分為兩種：非比喻式譬況和比喻式譬況。非比喻式譬況指把所描述植物的特點和另一種植物的特點相比較，如"葉似小葵"；而比喻式譬況則是用非植物物品作比譬，如"下懸如燈籠之狀"。直描式則不通過取譬，直接用動詞形容詞等進行客觀的描述，如"葉節對生"、"開歧丫"。

譬況是用另一物作譬，形象生動，在一定程度上可以幫助人們認識事物，但描寫囫圇粗略，且依賴于讀者對另一物的瞭解，有時還會陷入循環描述。直描式則用有關詞語概念具體描述，這樣可能達到清晰準確。下面 3 個表從 3 個點歷時地反映了譬況式和直描式的消長。

表 2　三本書中植株整體描寫方法統計

描寫元素總數	譬況式	直描式
《山海經》19	19；100%	0
《爾雅注疏》50	37；74.0%	13；26.0%
《本草綱目》123	22；17.9%	101；82.1%

對比顯示，在對整體植物的描寫中，譬況式的描寫方法呈下降趨勢，相反，直描式的描寫方法有著大幅度發展，從《山海經》的 0，猛升到《本草綱目》所描寫的 82%以上，描寫的語言更加客觀。特別是，《本草綱目》中的直描式很多是來自對植株苗部分的描寫，其描寫元素大都是生苗時間和顏色、高度等方面，由於顏色詞副詞等到明代時已經大大豐富，李時珍又比前人講究準確，不再過分依賴譬況方式。

表 3　三本書中根描寫方式統計

描寫元素總數	譬況式及百分比	直描式及百分比
《山海經》5	4；80%	1；20%
《爾雅注疏》16	7；43.8%	9；56.2%
《本草綱目》215	69；32.1%	146；67.9%

同樣，表 3 根的描寫方式，也是譬況式直線下降，直描式直線上升。《山海經》譬況式達 80%，而《本草綱目》直描式已接近 68%。

再來看看生殖器官的描寫方法統計。

表 4　三本書中生殖器官描寫方法統計

描寫元素總數	譬況式	直描式
《山海經》39	6；15.4%	33；84.6%
《爾雅注疏》46	15；32.6%	31；67.4%
《本草綱目》895	174；19.4%	721；80.6%

表 4 看似特殊。《山海經》直描式的描寫方法比例比譬況式大很多，這是因為在寫花的時候，《山海經》全部都是從顏色的角度對花進行描寫，《山海經》中對花顏色的描寫共出現了 19 處，顏色詞分別是：黑（1 處）、

青（2 處）、黃（4 處）、白（4 處）、赤（8 處）。這些顏色的描寫均屬於直描式範疇。為什麼古人對花大都是從顏色的角度描寫的呢？相較於花的形態，顏色最能刺激人的視覺感官，形態不易於吸引人的眼球，而且難以描寫，因此顏色成為古人描寫花的重要方面。

（三）顏色詞的複雜精細化

根據雷切 1977 年首創的四分類模式為基礎，再結合漢語顏色詞的發展歷史和現今的使用情況，顏色詞可分為以下四類：1.顏色類別詞；2.修飾語＋顏色類別詞，如“淡紅”、“淺黃”之類；3.顏色類別詞＋顏色類別詞，如“白黃”、“墨綠”、“灰白”等等，是後者中帶前者的顏色意味的顏色詞類型；4.細描顏色詞，這一類泛指以上三類形式之外的各種顏色詞，是通過比喻、借代等修辭造詞法以及重疊形式產生的，帶有較強的形象色彩、感情色彩的顏色詞，如“白茫茫”、“黃澄澄”、“橄欖綠”等等。[1]

《山海經》中的顏色主要集中在“赤”、“黃”、“白”、“黑”、“青”、“蒼”等顏色詞上，從結構上看，也都是單純顏色詞即第一類顏色類別詞。到了《爾雅注疏》時代，出現了一些複合顏色詞，既出現了“修飾詞＋顏色類別詞”類型，又出現了“顏色類別詞＋顏色類別詞”類型，如“正赤”、“正白”、“紫赤色”、“紫縹色”、“紫黃色”等，這些顏色詞的出現能夠更加準確地表示出物體真實的特性，但是這類型的顏色詞在《爾雅注疏》中並不多。《本草綱目》中的顏色詞異常豐富，尤其對花的描寫部分，出現了許多顏色詞。顏色類別詞有：白、紫、赤、黑、黃、紅、綠、青、褐等；修飾語＋顏色類別詞有：淺綠、深黃、微白、微紫、深紅、深青、淡黃、淡紫、淺紅等；顏色類別詞＋顏色類別詞有：黃白、蒼黑、紫黑、黃黑、紫赤、赤黃、青白、青黃、黃綠、黃紫、紅白、紅黃、青綠等，在這一類顏色詞中，還有很多詞前面加了修飾語成分，形成“修飾語＋顏色類別詞＋顏色類別詞”形式，如：淡紫紅、淡黃綠。同時《本草綱目》中也出現了細描顏色詞，如：潔白、水紅、鵝黃、粉紅、鮮紅、茶褐、土黃等。從顏色詞的發展中，我們可以看到顏色詞的類型也越來越豐富，人們對色彩的認識也越來越清晰。

---

[1] 轉引自徐薇.新興商業顏色名稱研究.西南大學碩士學位論文.2011

餘論。《本草綱目》可算是中國傳統動植物描寫的峰巔。可是，即使是李時珍的描寫，和近現代植物學還是有大的差距。

一是缺乏許多概念。如根、莖、葉、花、果、種子的各種下位類名，著生方式名，植物學是很多的。光是果實的分類，根據是否由雌蕊形成分為真果（如桃）和假果（如梨）；根據花和雌蕊的數量分為單果（如李）、聚合果（如草莓）和複果（桑葚）；根據成熟後果皮是否乾燥分為肉果（如番茄）和乾果（胡豆）。每一種都有很多下位名，如乾果有裂果和閉果，閉果有瘦果、堅果、翅果、分果等（《辭海》）。這些術語中國傳統都沒有。光是葉尖，就可描述為：漸尖、急尖、鈍形、倒心形等。

沒有概括出有關概念，只能用具體的描述代替抽象確切的術語。如葛"葉有三尖"、葎草"一葉五尖……有細齒"。"尖"指葉裂的"波峰"，"細齒"則在葉緣上。李時珍是說對了的，可是沒有"掌狀"、"葉緣"、"波狀"、"淺裂"、"深裂"這些術語，讓人不大好理解。

二是沒什麼清楚的概念。例如，"葉"的概念囊括了某些花瓣、葉狀苞片、莖和植物的營養器官之一 4 個意義，有的植物有葉卻被視為無葉，有的不是葉卻被叫做葉，如說蜀葵的花有"單葉千葉之異"（"葉"依《漢語大詞典》視為名詞），說水萍浮在水上的葉狀莖是葉。"根"包含了地下塊莖和葉鞘（說石斛"節上自生根鬚"）。李時珍似乎把那些小而密集呈樹狀排列的花都稱為"穗"，如水蘇、艾的"穗"其實是總狀花序。而真正是穗狀花序的地膚和使君子花序又不叫"穗"。其"實"沒有分出類型，只有"結莢"、"結角"，其中的"莢"和"角"跟植物學的"莢果"不完全一樣，紫葳的果實是蒴果，也被叫做"莢"。果實和種子分不開，筆者對 91 例"實"（除角莢等）和"子"的描寫作出統計，實和子混用的情況有 32 例，主要是把果實當做種子來描述。

這樣，就嚴重影響了描述的精確性。李海霞先生在《術語——詞彙中爆炸的新星》一文中把術語分為三種：想象性術語、經驗性術語和科學性術語。所謂經驗性術語指的是通過簡單枚舉或具體操作得出的概念，一般漢語傳統術語如"獸"、"花"、"布地生"、"清熱"等屬於此類，它們沒有定義，抽象性和精確性都差。[1]這種經驗性的術語能在一定程度上認

---

1 李海霞.術語——詞彙中爆炸的新星.漢語語言學探索.浙江大學出版社.2007.3.

識事物，使人類的思維向精確化過渡。但是要創造數量豐富、品質高的科學術語，還得努力提高思維的各種品質。

參考文獻

中國科學院植物研究所.中國高等植物圖鑒.科學出版社.1972.
李海霞.漢語動物命名研究.巴蜀書社.2002.
苟世祥.《山海經》的原始思維特徵初探.社會科學研究.2003(5).
段超.《本草綱目》與中國傳統植物學。湖北民族學院學報（自然科學版）. 2000.2.第 18 卷（1）.
楊永林.社會語言學與色彩語碼研究.現代外語.2002.第 25 卷（4）.

李海霞編輯修改

《漢語應用的文化人類學研究》136-141。

《世說新語》和唐傳奇 42 篇定語語義特徵研究

張穎穎

摘要：《世說新語》和唐傳奇 42 篇兩種語料分別有 1652 和 2092 例定語。多數名代詞、數量詞及其短語作定語是限制性的，形容詞、動詞和顏色名詞及短語等作定語是描述性的。統計結果，兩種語料都是限制性定語占大多數，描述性定語相對薄弱，後者分別只占 36.26%和 36.52%，差別可忽略。兩種語料定語的限制作用都大於描述作用。這可能與人們對客觀事物本身的性質、狀態、運動變化等屬性的關注較少、把握程度較低有關。從古籍資料和兒童定語習得看，名詞限制性定語應該先產生，它們基本是表領屬的。這也符合領屬關係比事物本身的屬性易於認識、名詞先於形容詞產生的規律。推測唐以後描述性定語會增加。

《世說新語》和唐傳奇是漢語中古時期口語化的重要語料，兩種語料字數相近，時間差有 500 年左右。本文以《世說新語》和唐傳奇 42 篇[1]為研究對象，在定量統計的基礎上，對兩種語料的定語進行了窮盡性描寫和分析，以窺探中古漢語定語的語義特徵。

一、限制性定語和描述性定語

以語義為標準，目前有些學人將定語分為限制性和描述性兩類，筆者認為非常必要，它可以讓我們看出人們側重和關心的方面；同時，如此分類也有困難之處。

[1] 本文取徐士年《唐代小說選》和張友鶴《唐宋傳奇選》中 42 篇共 68000 餘字，與《世說新語》字數相當。

（一）國內文獻主要有兩個分類標準

一類是以詞類為標準，名詞、代詞、數詞等充任的定語是限制性的；而形容詞或動詞的重疊形式或複雜形式充任的定語是描述性的（房玉清2001）。一類以語義或說話人的意向為標準，“限制性定語從數量、時間、處所、歸屬等方面對中心語加以限制”，“描述性定語從性質、狀態、特點、用途、質料、職業、人的穿著打扮等等方面對中心語加以描述”（劉月華2001）。

按詞類劃分定語的功能，有很強的可操作性。如此我們可以輕鬆對部分定語進行分類。可是，為什麼某些詞類充當的定語必然是限制性的，而其他詞類充當的定語只能是描述性的，難作出明確的解釋；而對於在《世說新語》和唐傳奇中已經相當豐富的複合定語來說，如此分類更難以操作。以語義的標準來劃分，也有容易混亂的地方。本文結合這兩類標準，同時在分類時結合語境，儘量做到準確一些。

限制性定語關注中心語的外延，告訴讀者“哪些／哪個”，其作用是限制、說明或者縮小中心語所表示事物的範圍。名代詞、數詞及其短語多表示中心語的時間、處所、歸屬、範圍等，故它們的大半很容易被歸入限制性定語。《世說新語》和唐傳奇42篇中限制性定語舉例如下（定語用括弧標出，下同）：

名詞：（妻）族、（柳夫人）容色、（子）之貌、（涇水）之涘、（江淮）之深淺——（《唐傳奇》）

代詞：（它）乳、（己）之府、（誰）之責、（爾）之友、（其）父功德——（《世說新語》）

數詞及數量詞：（數）語、（百）流、（一）柏樹、（數）胡人、（一）老嫗——（《世說新語》）

描述性定語偏重從內涵修飾中心語，描寫中心語所表示的事物是“什麼樣的”。形容詞、動詞及其短語表示性質、狀態、動作、用途等（統稱為屬性），它們作定語被認為是描述性的。部分名詞作定語表示質料、色彩，不表示事物間的關係，也算作描述性的（本來要明確分開表示屬性、關係、區別等是比較麻煩的，假如有“樣品汽車”、“德國汽車”和“紅色汽車”，不能說樣品和德國就表示區別，紅色就不表示。但是兩種語料中此類定中結構簡單，定語構成成分單一，並未帶來大麻煩）。故形容詞、動詞和部分名詞也能很容易地歸入描述性定語。兩種語料描述性定語舉例如下：

名詞：（豆）粥、（客）驢、（琉璃）碗、（玉）帖鐙——（《世說新語》）

形容詞：（德）音、（高）情、（清）流、（恨）容、（令）聞——《世說新語》）

動詞：（行）聲、（見）期、（導）吏、（寒暄）書、（約）之所——（《唐傳奇》）

（二）複合定語的描述性和限制性

除了獨詞定語之外的所有複雜結構，我們都叫做複合定語。獨詞定語的分類相對容易操作。但是對於複合定語，如此分類不太合適。對這些定語進行分類必須慎重，本文這裡主要採用距離原則，同時考慮語境、語義關係等因素。

1. 語義語境原則

結合語義和語境判斷其為描述性或限制性，而非僅僅靠語法功能。其中數量短語作定語最為突出。“數量短語＋中心語”，當該結構的作用是限制中心語數量時，定為限制性定語，否則是為描述性。如：

> （絡秀）與一婢於內宰豬羊，作（數十人）飲食，事事精辦，不聞有人聲。（《世說新語・賢媛》）

> 自虛周求四顧，悄未有人，又不勝（一夕）之凍乏，乃攬轡振雪，上馬而去。（《唐傳奇・東陽夜怪錄》）

“數十人”修飾飲食，強調需要準備的食物數量之多，回答“多少人飲食”這個問題，故為限制性；“一夕”作定語，言受凍時間之久，亦為限制性。

> 在益州語兒雲：“我有（五百人）食器。”（《世說新語・任誕》）

“五百人食器”是誇張的說法，“食器”比喻自己的胃，誇口可以吃掉五百人的食物，故為描述性的。

聯合短語作定語，據整個短語的性質確定。如“爾汝歌”、“禹湯之戒”、“父夫之仇怨”、“舅甥之分”等並列成分是名詞和代詞，起限制作用，故此類複合定語也限制性的。又如“廢立之意”、“扶危持顛之心”、“簡美對”、“正善人”等並列成分是動詞和形容詞，故此類複合定語也是描述性的。

動賓短語作定語，是描述性的。如“（御車）人、（將車）人、（詠詩）聲、（乞食）孀婦、（求親）之事、（治國）之器、（降服其心）之教、（鸞衣）之婦人”中的定語，整體描述中心語的動作行為。

2. 距離原則

主要針對其他複合定語。由於人們在談到某種客觀事物時，總是先明確該事物的所屬，所以表領屬的定語一定在表屬性的定語前面，離中心語較遠。

定語距離中心語越近越表示中心語最本質的屬性，故與中心詞關係越密切的定語就決定了該複合定語的性質：最接近中心語的定語是限制性的，該複合定語就是限制性，反之就是描述性的。含領屬定語的複合定語歸描述性的如：

> 始入戶，刁下床對之大泣，說（伯仁昨危急）之狀。（《世說新語・方正》）
>
> 僧歸見畫處，不知何人。乃告村人曰：“恐是（五臺山聖）琵琶。”（《唐傳奇・畫琵琶》）

多層定語當然也這樣處理。據本文的統計，《世說新語》多層定語 68 個，唐傳奇 42 篇多層定語 118 個，在複合定語中它們數量不多，分別占 4.11%和 5.64%；且前人對多層定語的層次分析已非常豐富，認為多層定語的順序反應了人類認知的遠近。這些理論可以為我們的分類提供參考和部分理論支援。

二、限制作用和描述作用

根據第一部分的分類標準，本文將限制性定語和描述性定語的分布統計如下：

兩種語料的限制性和描述性定語分布

定語類別		名詞	代詞	數詞	形詞	動詞	複合	合計	比率
《世說新語》	限制	588	249	180	0	0	36	1053	63.74%
	描述	133	0	42	244	20	160	599	36.26%
	小計	721	249	222	244	20	196	1652	100%
唐傳奇42篇	限制	612	431	218	0	0	67	1328	63.48%
	描述	161	0	50	352	30	171	764	36.52%
	小計	773	431	268	352	30	238	2092	100%

註：代詞作用單一，都為限制性；形容詞和動詞是修飾詞，修飾中心語性質狀態或動作，故都為描述性。因為資料差異小，本文取小數點後兩位。

兩種語料都是限制性定語大大超過描述性定語，限制性定語比率分別為63.74%和63.48%，差別很小，可忽略。

三、結果分析

漢語是非形態語言，少有領屬格代詞，通常名詞前面是不需要領屬性定語的，這使得限制性定語的數量天生比形態語言要少很多。為什麼我們統計出來卻那麼多呢？雖然限制性定語和描述性定語的作用都是使語言表達更精確，但是描述性定語更偏重於內涵的精確。描述性定語的數量較少，這可能反映了古人對內涵的認識較少。例如《世說新語》和唐傳奇語料的形容詞定語，分別只占定語總量的12.7%和13.4%。本文選取的兩種語料數量有限，但前人對上古時期的專書定語的統計資料也可以參考。今文《尚書》中形容詞作定語215例，占全部定語的16.8%，名詞作定語約19.7%；[1]《商君書》中形容詞作定語349例，占16.4%，名詞作定語約24.3%；[2]《壇經》形容詞作定語共77例，占9.1%，名詞作定語約26.8%。[3]這些專書中形容詞作定語的比率都大低於名詞和代詞，這些資料或許說明，上古中古時期，體詞性詞語一直是漢語定語的主體，定語的描述性相對薄弱，這可能同形容詞和複雜描述發展不夠充分有關。

1 楊傳東.今文尚書定中短語研究.揚州大學碩士論文.2009.

2 郭霞.商君書定語研究.西南大學碩士論文.2012.

3 余梅.壇經偏正結構研究.西南大學碩士論文.2010.

事物的數量、領屬、範圍、方位、時間等是人們認識各種事物的基本因素。故，名詞定語可能最先發展。而用來描述的形容詞則發展較慢。英國哲學家羅素說："一個形容詞其存在乃是有賴一個專名詞所意味著的東西的，然而卻不能反之亦然。"[1]所以，"名詞／代詞／數量短語＋中心語"構成的語義關係，在我們的語料中最多。

對事物本質的把握程度，決定於思維發展水平，體現了認識由易至難發展的規律。"根據認知語言學的'人類中心說'，人們認識事物總是從自身及自身的行為出發，引申到外界事物，再引申到空間、時間、性質等。海因（Heine）等人將人類認識世界的認知域排列成一個由具體到抽象的等級，認為這是人們進行認知域之間投射的一般規律：人＞物＞事＞空間＞時間＞性質"[2]

人們總是先認識具體的人和事，而它們的性質最後被認知。

古人在不知不覺間，將他們對客觀世界的關注重點和強度告訴了我們。他們更關注人和事物間的領屬關係而非客觀事物本身的屬性。它在語言上的重要表現就是定語描述性薄弱，形容詞系統發展不充分。兩種語料形容詞定語平均起來，約占定語的 13%。而且描寫粗略、單調，就是對客觀事物"小、大""新、舊""美、醜"等的簡單描寫。這種關注，推動認識的作用很小，不足以產生科學。科學要求提高對客觀事物本身屬性的認識。

名詞定語先產生的設想，有關兒童語言習得研究也可佐證。兒童最先學會的和常用的定語，也是表示人名和稱謂的名詞。筆者估計，唐以後漢語描述性定語的比率可能會增加。

---

1 [英]羅素.西方哲學史.商務印書館.1996.上卷.P.241.

2 人大複印資料，原文出自《解放軍外國語學報》，2000(6).P26-30.

《漢語應用的文化人類學研究》142-147。

《現代漢語詞典》水果名釋義模糊性探討

張小芳

摘要：《現代漢語詞典》對水果名的釋義總體上是成功的，但還可以改進。以 28 個水果名的釋義和《牛津簡明英語詞典》對比，可發現《現代漢語詞典》的某些不足，如解說詞語意義糊混，可辨識度較差。這同思維模糊有關係。建議《現漢》在修訂時，水果名第一義項釋水果，精準描述之，因為它們本來主要指水果。第二義項才釋植物名，可以省卻許多不重要的描述。

詞典釋義的模糊性很難避免，但模糊程度與人們對事物的認識程度是此消彼長的，認識的程度越深，模糊的程度就越低。所以盡可能地去接近清晰是有可能的。《牛津簡明英語詞典》（下面簡稱 COD）和《現代漢語詞典》（下面簡稱《現漢》），都是中型語詞詞典。本文就二者對“蘋果（apple）、梨（pear）、香蕉（banana）、橘（tangerine）”等 28 個水果名的釋義進行對比，找出了《現漢》幾處值得商榷的地方。需要指出的是本文說的水果指一般的品種，而非變種。

一、釋義模糊性的表現

總的來說，和 COD 相對比，《現漢》釋義的模糊性表現在單個水果名釋義的語詞這個偶然的方面，和幾種水果名釋義之間的可辨識度這個必然的方面。具體表現如下：

（一）釋義語詞方面

在這 28 種水果名釋義中，《現漢》釋義有 6 處用詞模糊，1 處詞語混用，即 25%的釋義在語詞方面是模糊的。

1. 使用意義模糊的詞語

6 處釋義模糊的詞語——2 處“常見水果”和 4 處“普通水果”。“常見”和“普通”的標準是什麼，二者又是什麼關係？蘋果和梨是“普通水果”，桃和葡萄是“常見水果”，或許會得到一定程度的認可，但說柚子是“普通的水果”對生長在北方的人來說似乎有點勉強。不可否認，隨著交通運輸和科技的發展，任何產地的水果都有可能到達任何一個地方，出現在其超市或者鄉下的貨攤上，但是大半輩子沒有接觸過這種水果的人不易認可它的“常見”或“普通”。如果說明“中國南方常見”之類，就較好。

2. 把有一定聯繫的詞混用

《現漢》對“草莓”釋義時以花托代果實，把花托和果實混為一談。《現漢》“草莓：①多年生草本植物，匍匐莖，葉子有長柄，花白色。花托紅色，肉質，多汁，味道酸甜，供食用。②這種植物的花托和種子。”“肉質，多汁，味道酸甜，供食用”描述的是花托還是果實？根據標點符號及其表面上的主語，描述的應該是花托，但是這樣就沒有描述其果實。如果描述的是果實，那是不是應該加上一個主語“果實”呢？事實上，《現漢》把花托和果實混為一談了。花托是“花的組成部分之一，是花梗頂端長花的部分。有些植物的果實是由花托發育而成的”（《現漢》）。草莓的果實就是由花托發育而成的。從這個釋義上可以看出花托和果實聯繫密切，但既然花托是花的組成部分之一，人們又創造了“果實”這個詞，就應該將二者區分清楚。《中國高等植物圖鑒》在描述草莓時就用了“花托”和“果”兩個詞，“聚合果肉質……鮮紅色，多數瘦果在肉質花托窪內。”（第二冊 286 頁）。所以，筆者認為釋義如下改動較好：第一義項的後一句改為“花托紅色，發育成果實。”果實的屬性在第二義項去說，不再稱它是花托。

（二）釋義可辨識度方面

釋義可辨識度，這裡指詞典釋義使使用者可以辨認、識別的程度。《現漢》對整株植物的葉、花和果等都做描述，但卻都描述得很粗略，給人一種整體的朦朧感。所以從總體上說，和 COD 相比，《現漢》的可辨識度較低，這是其在水果名釋義時存在的一個比較普遍的問題，而絕非個別偶然的問題。具體表現如下：

1. 英漢詞典對同一種水果名釋義對比

在這 28 種水果名釋義中，《現漢》只有 9 個水果名釋義在可辨識度上比 COD 好一點，而且其中有 5 種水果原產於中國，2 種原產於東南亞和印度。而剩餘的 19 個釋義都值得向 COD 借鑒，取長補短。如：在“梨”的釋義中，《現漢》寫道：“梨樹，落葉喬木或灌木，葉子卵形，花一般白色。果實是普通水果，品種很多。”通過“果實是普通水果，品種很多”這句話，人們無法把握這種水果的特徵，形不成任何印象，更別說清晰的印象。而 COD 在這方面卻做得較好。pear：“a yellowish or brownish-green edible fruit, narrow at the stalk and wider towards the tip（一種可食用的水果，果皮黃色或棕綠色，蒂部窄，末端寬）”，清晰精確。

2. 同一部字典中，不同的水果名釋義對比

《現漢》中的橘和橙、蘋果和櫻桃這兩組水果名之間釋義對比不明顯。拿前者舉例來說，COD 對 orange 和 tangerine 的釋義：orange: a large round citrus fruit with a tough bright reddish-yellow rind（橙子：一種柑橘屬植物的果實，形狀又大又圓，果皮很結實，呈紅黃色）。tangerine: a small citrus fruit with a loose skin, especially one of a variety with deep orange-red skin.（橘子：一種柑橘屬植物的果實，形小，果皮疏鬆，許多都是深深的橘紅色。）orange 和 tangerine 的共同點是都是柑橘屬植物的果實，區別是形狀大小和果皮的軟硬，讀者一目了然。再看《現漢》，橘：“橘子樹，常綠喬木，樹枝細，通常有刺，葉子長卵圓形，果實球形稍扁，果皮紅黃色。果肉多汁，味道甜。果皮、種子、樹葉等中醫都入藥。”橙：“常綠喬木或灌木，葉子橢圓形，果實圓形，多汁，果皮紅黃色，味道酸甜。”據此看來，二者共同點是橘子樹和橙子樹都是常綠喬木，葉子、果皮顏色、果實形狀和味道都相同或相近（橘子的味道也是酸甜的，而不僅僅是甜），還都多汁。區別是橘子樹上有刺，及其果皮、種子、樹葉等中醫入藥。似乎聯繫和可辨識度都很明顯。但事實上，柑橘屬植物“枝有刺，新枝扁而具棱”[1]，即橙子樹枝上也有刺。橙皮也入中藥，止咳化痰功效勝過陳皮，橙籽也能治風濕病。枝有刺和入藥是橙、橘的共同屬性，釋義未能將二者有效分開。不能掩蓋對象的某些特徵來強生區別，須找出其根本上的不同以顯示其可辨識度。

---

[1] 中國植物志.第四十三卷 P.175.

二、釋義模糊原因分析

釋義模糊可以說是一種思維上的模糊，也有技術上的問題。具體說來，造城釋義模糊的原因可以細化為以下幾方面：

（一）釋義體例的問題

《現漢》的釋義體例本身不模糊，但其整齊統一的釋義形式確實造成了釋義內容的模糊，這也正是其釋義可辨識度較低的原因。《現漢》中，除了桑葚，其他 27 種水果名釋義無一例外地使用了這樣的形式：釋義一粗略地描述整株植物的各個組成部分，釋義二是“這種植物的果實（莖、花托和種子）”；COD 順序正好相反，釋義一細緻描述果實，釋義二是“the tree which bears this fruit（結這種果實的植物）”。倘若甲乙兩人分別根據這兩種工具書去尋找同一種水果，甲根據《現漢》先找整株植物，乙根據 COD 先找果實，首先找到的很可能是乙。為什麼？

因為《現漢》的體例和詞典釋義要求經濟簡潔的原則發生了衝突。詞典釋義要求少且精，但《現漢》釋義描述的主題詞多，有枝、葉、花、果等數個，為了符合簡潔的原則，只能“粗”。因此《現漢》使用者不僅不能把握各個部分的特點，對整株植物也會產生一種朦朧感。COD 雖對整株植物幾乎沒有描述，但細緻地描述了果實這一個主題詞，使果實的特徵躍然紙上，讀者易形成清晰的印象。在這 28 個水果名釋義中，COD 中的釋義無一例外地都比在《現漢》中用詞少。這就像寫文章，寫的題目很大，最後卻什麼都沒有說清楚，讓人依然一頭霧水；寫的題目很小，卻寫得很詳細，讀者能清楚掌握所寫內容。

若強硬地違背詞典釋義經濟簡潔的原則，就會出現像《現漢》對“椰子”的這種釋義情況了：“常綠喬木，樹幹直立，不分枝。葉子叢生在頂部，羽狀複葉，小葉細長，肉穗花序，花單性，雌雄同株。核果橢圓形，外果皮黃褐色，中果皮為厚纖維層，內果皮為角質的硬殼，果肉白色多汁，含脂肪。果肉可吃，也可榨油，果肉內的汁可做飲料。”用整整 108 個字作為一個釋義，這對一部非專科辭典來說是有點難以想象的。因此，《現漢》這種釋義體例必然造成其內容的模糊性。

（二）缺乏與使用者的溝通

黃群英和章宜華探討過詞典釋義與詞典用戶之間的互動關係，認為“詞典編纂就是一種詞典編者與用戶的交際活動，雙方通過‘詞典’這個媒介來傳遞信息，釋義是交際的內容，以什麼樣的方式來呈現或表述釋義內容直接影響著詞典的使用效果。”《現漢》編者可能缺乏與詞典使用者之間的溝通意識，至少沒有把自己想象成使用者進行角色互換，沒有更好地滿足使用者的期許，造成認識上的一些不足，從而影響了釋義的清晰度。

（三）傳統習慣的因素

古代思想家、哲學家老子認為“玄之又玄，眾妙之門”，莊子認為“意之所隨者，不可以言傳也”（《莊子・天道》），以及魏晉時期盛行的“玄學”，這些傳統的文化在我們思想中根深蒂固，使我們認可並習慣了模糊。雖然它在文學作品中可能會增添美感，但在詞典這樣要求精確和科學的工具書中還是盡可能避免為好。

鑒於以上三方面可能的原因以及《現漢》內容上已出現的不恰當之處，筆者希望《現漢》編者考慮以下四個清晰釋義的建議：

1、改革《現漢》釋義體例。首先對果實釋義，其次再簡單地描述植株，甚至一筆帶過。這樣做的合理之處有四個：a.可以避免破壞詞典釋義要求簡潔的原則；b.能增加水果的可辨識度；c.避免和專科詞典“搶飯碗”的尷尬；d.符合人們的日常思維模式。因為在人們的日常生活中，這些水果名主要就是指水果，而不是指結那種水果的樹。指樹一般都要加“樹”才完整，如“桃樹”、“椰子樹”。

2、改變《現漢》釋義內容。可以從以下四方面考慮：a.釋義時儘量少用自身含義模糊的詞；b.不混用詞語，尤其是相互之間有聯繫的詞；c.能體現水果本質特徵的信息不能少，增加釋義的可辨識度；d.次要的信息能省則省，遵從釋義簡潔的原則。

3、人無完人，多聽取《現漢》使用者的意見。編纂詞典不是為了供詞典編者使用，而是為了方便使用者。為了使釋義這個交際內容以更清晰的方式呈現在使用者面前，編者進行角色互換以及直接或者間接聽取使用者的建議是很有必要的。

4、劃清文學作品和詞典的界限，改掉模糊的習慣。詞典是為了讓人們正確理解詞語的含義，文學作品是在理解詞語的基礎上對其進行加工修飾，以展現出其文學意義。後者可以通過模糊增加一種朦朧美，但詞典釋義必須精確，摻不得半點主觀的模糊。

以上只是筆者的一些個人見解，希望與《現漢》編者商榷，若是能夠促進《現漢》的改善，使其以更清晰的知識更好地服務於使用者，善莫大焉。

附錄

本文選的水果名是通過隨機抽查 10 位研究生在沒有電腦和別人提示的情況下想到的，一共 46 種，去除《現漢》和 COD 上沒有釋義的 18 種，還剩 28 種，分別是蘋果（apple）、梨（pear）、香蕉（banana）、橘（tangerine）、橙（orange）、桃（peach）、葡萄（grape）、西瓜（watermelon）、鳳梨（pineapple）、草莓（strawberry）、李（plum）、杏（apricot）、椰子（coconut）、棗（jujube）、石榴（pomegranate）、橄欖（olive）、柚（pomelo）、荔枝（lychee）、龍眼（longan）、山楂（haw）、芒果（mango）、檸檬（lemon）、櫻桃（cherry）、柿子（persimmon）、獼猴桃（kiwi fruit）、甜瓜（musk melon）、甘蔗（sugarcane）、枇杷（loquat）。

參考文獻

中國社會科學院語言研究所詞典編輯室.現代漢語詞典.商務印書館.2002.
[英]皮爾索爾.牛津簡明英語詞典.外語教學與研究出版社.2003 年 6 月.
中國科學院植物研究所.中國高等植物圖鑒.科學出版社.2002.
曹有鵬.詞義的模糊性初探.長沙電力學院學報（社會科學版）.1999(1).

《漢語應用的文化人類學研究》148-154。

指路語的調查研究

溫靜

摘要：在問路語引導下，161 名不同年齡、性別、文化水平的人隨機調查顯示：指路清楚和基本清楚者共占 23.6%。指路語作為一種特殊的口頭言語，詞語的準確，尤其是方位詞語和數字的使用對於表達的清楚有很重要的作用。思維越清晰，表達就越準確。回答問路的態度，53%強的人是熱情的，校園內的較校園外的比例明顯高。老年人的熱情比例和冷淡比例都高於中青年。本次調查也反映了當地推普工作取得明顯進展，從幾乎無人用普通話交際到 40.4%的指路人用普通話回答問題。

一、選題與調查

人們交際用語的準確性必定會影響到理解上的準確性。我們之所以選擇指路語作為調查對象，因為指路語是對表述準確性要求非常高的一種口語，只有在指路人明白無誤的表述下，問路人才能夠順利地找到自己所要去的地方。指路語言能夠反映出指路人思維的清晰程度，讓我們更好的理解思維與語言的關係。此外，我們在問路的過程中，還能發現被試人所操口音的情況以及看到不同年齡的人對於陌生人求助的態度。前者能反映出一定區域內普通話推廣的情況，後者則可以折射出人們友善的程度。

2005 年冬天，我們隨機調查了 161 人，其中 60 人是西南大學的師生，調查地點即在校園內；101 人是重慶市北碚區繁華街區的市民。問路人是在一起的 3 個女生。從問路地點到目的地的路有 3 條，步行所需時間約為 8 分鐘到 15 分鐘。但在處理材料之後，發現這些時間的長短並不影響表述的清晰度，所以就將其放在一起討論。此次調查的指導語為：

1.“請問到某地怎麼走？”2.“大約有多遠？”筆者先對指路語做了錄音，之後形成文字記錄。

二、結果分析研究

（一）指路語的清晰度及準確性

表 1　表述效果等級表（比例%）

地點	清楚		基本清楚		不清楚		錯誤		不知道		隨便敷衍	
	人數	比例	人數	比例	人數	比例	人數	比例	人數	比例	人數	比例
校内	7	11.7	9	15	29	48.3	5	8.3	8	13.4	2	3.3
校外	11	10.9	11	10.9	65	64.4	6	5.9	2	2.0	6	5.9
總計	18	11.2	20	12.4	94	58.4	11	6.9	10	6.2	8	4.9

在表 1 中，筆者將指路人表述的清楚程度分為以下六個等級：

1、清楚：目的地指示明白，路程估計準確，問路人能據此順利地找到目的地。

2、基本清楚：指路人的表述不細緻，比如只給出了大致路線，但按照指路人所給出的信息，稍加探尋還是可以找到目的地。

3、不清楚：指路人目的地指示不明，或里程（時間）估計差錯大，問路人要費不少周折才能找到目的地，或不能找到。

4、錯誤：完全指錯了方向，根據指路人的描述根本無法找到目的地。

5、不知道：指路人明確回答不知道。它不等同於隨便敷衍。

6、隨便敷衍：馬不停蹄地走過去，隨便揚揚手指個大體方向，或者說句“在那邊”，問路人無法根據他的話找到目的地。

從表 1 的資料統計我們可以看出，表述不清楚的比例最大，占到了 58.4%，而表述清楚的只占 11.2%。通過對表述清楚的指路語的分析發現，能夠表述清楚的主要原因是用了恰當的方位詞，尤其是“左”、“右”和“左邊”、“右邊”、“左面”等的使用。這些表示方向或位置的詞對於問路人定點、轉彎有必不可少的幫助。而要合理運用方位詞語，就必須找到準確參照物。關於方位參照物問題，劉寧生先生在《漢語怎樣表達物體的空間關係》中指出，“參照物的作用就是確定目的物的位置或方向”[1]。有些指路者在說到轉彎的時候，會很清晰的說明具體的地點以及參照物，比如某個街口、大樓。表述基本清楚和表述不清楚的指路語，不是沒有使用方位詞語就是沒有交代詳細的參照物，致使聽者可能達不到自己找路的目的，交流失敗。雖然基本清楚和不清楚的指路語中有些也提到了參照物，但是，問路人對此參照物如同他所問之處一樣，都不知道具體的方位在哪裡。在這種情況下，指路人要先對其提到的參照物進行方位的描述，才能明確指路。如：“汽車站往那邊走，順著這個馬路往左手邊走，走到那邊有一個紅綠燈，有一個十字路口的時候，還是一直往左邊走，順著馬路，不要過馬路。”

另外，還發現一個很有趣的現象：在所有用到方位詞的指路語中，竟然沒有“東”、“南”、“西”、“北”這四個主要方位詞。而在北方，“東”、“南”、“西”、“北”的使用頻率是較高的。探究其理有二：1、太陽因素。“東”、“西”、“南”、“北”的方位靠太陽定位，而在重慶，一年中很難見到幾次太陽，難以據此定位，成語“蜀犬吠日”即是明證。2、地形因素。重慶屬於丘陵地區，道路高低左右彎曲無窮，不像平原那樣有筆直的與東南西北方向相對應的通街大道。同是丘陵地區的貴州和湖北恩施等地也是這樣，常用“左、右”、“列（這）邊走”指方向。

指路人在做出表達之前，要選擇恰當的詞語，每句之間的聯繫也要在較短時間內進行考慮。由於指路語不同於其他簡單的口語，所涉及的內容要複雜一些，所以，指路人在邊思考邊表述的時候，難免會出現一定的間歇或是停滯的不適當。如此，很可能所表述的指路語就會不清楚，而聽者如果表示不理解，那麼指路人就會再一次進行不必要的重複和囉嗦的表述。在指路者思維不清晰的情況下，即使說兩三遍，聽者的認識仍然無法清晰化。這些情況在表述不清楚的 58.4%的人群中都不同程度的存在。另外，濫用指示代詞“這”、“那”而指代不明，也是一個特點。如：“你過去田家炳（大樓），這樣過去嘛，假如這是田家炳的正面……你這樣過去，這邊一條路過去。假如這是田家炳的正面嘛，你這樣過去，這邊一條

[1] 劉寧生.漢語怎樣表達物體的空間關係.中國語文.1994(3).

路過來，這邊一條路下去，這邊一條路直接過去，也就是從這邊過去直接過到這邊，這就是三教（樓）是不是，三教它是這樣正對你的嘛……然後這樣正對著你的是正門的話，你就往旁邊這條路走，知道不？也就是說這是田家炳吧。（對其前面的一大堆表述，筆者無法理解，於是再次發問：“我們想問的是一教”）啊，我知道，因為從田家炳這樣直接過去嘛，所以這是正面，直接過去，這裡有個正對著你的一……（緊接著自我否定了）三教……呃，不對，這就是一教。哦，我記錯了，這個是一教，下面那個是三教。你們往這邊過去，知道田家炳不，到田家炳之後，你正對它，這裡是正面嘛，它這邊一條路下來，這邊一條路下去，這邊一條路過去，正對你的這個就是一教。”這個指路語表述很多，但最終令問路人無法找到目的地。

言語不是無本之木，它形成於大腦思考的基礎之上。即使表述很流利，如果表達的是相當混沌的思維，那麼表述依然不清晰。如下例：“桃園哪？那邊是李園，第八教學樓。很遠，五一所知道不？要經過那個西師大門，往上走，有個大的電視，往電視上面那條路走，一直走就有四教、八教、七教、那邊有李園和桃園”，其中“桃園”、“李園”、“八教”、“五一所”、“大的電視”、“西師大門”等，根本就是風馬牛不相及的幾個參照物，卻被指路人扯在一起，思維完全混亂，問路人據此是無法找到目的地的。

另外，據表 2 的資料分析得出，表述路線方位清楚的人對於時間的估計準確率也要高於其他幾個等級。而用非數字表達的時間是最為模糊不清的。

表 2　各等級時間表達情況（比例%）

等級分類	時間準確		偏差較小		偏差較大		非數字表達	
	人數	比例	人數	比例	人數	比例	人數	比例
表述清楚	5	71.4	0		2	28.6	0	
表述基本清楚	9	60	1	6.7	3	20	2	13.3
表述不清楚	13	20.3	13	20.3	35	54.7	3	4.7
完全錯誤	2	40	1	20	2	40	0	

在被調查的 161 人中，對甲乙兩地的距離，一般不用里程來表達，而是用走路所需要的時間。對 8-15 分鐘的路程進行了時間估計的有 91 人。將其準確度分為以下四類：

1、準確：時間估計基本與全程步行所需時間（筆者與另一人用平常速度步行一次所需時間，後又做了一次檢驗）一致。

2、偏差較小：時間估計與實際路程所需時間前後相差不超過兩分鐘。

3、偏差較大：時間估計與實際路程所需時間前後相差超過兩分鐘。

4、非數字表達：用本地表示時間的方言模糊表達，如“走不了好久”、“要不到好多時間”。

從以上分析我們得知，某種思想越清晰越嚴謹，表達也越清晰越嚴謹。反之亦然。表述清楚和基本清楚兩類合起來，約三分之二的指路人時間估計是準確的，表述清楚的 7 人全部使用了數字表達。表述不清楚和完全錯誤的，大多數人時間估計有偏差或者使用非數字表達。所以，那些表述不清楚的人，雖然知道路線該如何走，但是呈現在他們大腦中的有關概念卻不清晰，他們對路線的認識還只停留在感性認識上，在此基礎上對時間的估計也就不會很準確了。另外，個人語言表達組織能力的強弱以及詞彙量掌握的多少，都有著或多或少的影響。如一位大學教師的指路語所用的詞彙就要多於一般人：“八教啊，這麼走，這條路直著走，左邊有一個圓頂的新房子，那就是八教樓。它背面就是七教樓，這個地方有一棟舊房，也是左邊，就是四教樓，它們是連在一起的”。在這句話裡，出現了“圓”、“新”、“舊”等形容詞。在表達錯誤的 5 位裡面，可能也有不清楚該怎麼走的，但自己不覺得。

（二）指路人的態度及普通話的使用情況

問路是每個人經常會遇到的情況。尤其是一個處在陌生環境裡的人，其內心十分需要別人的關懷。如果陌生人面對他的求助能夠給予熱情的幫助，不僅可以使求助者感受到社會的溫暖，而且有助於他很快適應這個陌生的環境。不同的態度，可以從一個側面反應出人們友善與否的程度。筆者把態度分為以下三類：

1、熱情：積極作出詳細的表述，力圖使問路人明白。

2、一般：對所問路程僅做簡要表述，不管問路人是否明白。

3、冷淡：對問路人的提問敷衍回答。

資料統計見下表：

表 3 校園內外指路人態度

指路地點	熱情		一般		冷淡	
	人數	比例	人數	比例	人數	比例
校內	37	61.7%	18	30%	5	8.3%
校外	49	48.5%	45	44.6%	7	6.9%
總計	86	53.3%	63	39.1%	12	7.6%

表 4 不同年齡的指路人態度

年齡	熱情	一般	冷淡
	人數；比例	人數；比例	人數；比例
老年（60 歲-70 歲）	7；63.6%	2；18.2%	2；18.2%
中年（30 歲-59 歲）	31；47.7%	29；44.6%	5；7.7%
青年（15 歲-29 歲）	44；55%	31；38.8%	5；6.2%
少年（7 歲-15 歲）	3；60%	2；40%	0

註：年齡的判斷是筆者的大致估計

從表 3 中可以看出，校園內指路人態度熱情的超過 61%，校園外指路人不足 49%，總的來說態度熱情的人數超過一半。似乎人際關係的遠近影響了熱情度。另外，表 4 的資料顯示，老年人熱情的比例最高，冷淡的比例也最高，兩極分化大於中青年。

出現這種情況的原因可能是中青年的工作壓力較大，時間觀念較強，所以對於他人的求助不很在意；但是社會適應性又比老年人好。值得一提的是，有 5 位指路人非常熱情，他們竟然打算親自帶領我們到所要找的地方，令筆者很感動，其中 4 位是中年婦女。所以態度的年齡差別實際並不很大。

關於普通話的使用情況，我們也做了統計。筆者用普通話問路，指路者是否用普通話回答不一定，用普通話的可以分為以下兩個等級：

1、很好：能自如地使用標準的普通話。

2、一般：在語音上有些不規範。

表 5 使用普通話指路的情況

指路地點	普通話（人數／比例）						方言（人數比例）	
	很好		一般		總計			
校內	19	38%	31	62%	50	83.3%	10	16.7%
校外	3	20%	12	80%	15	14.9%	86	85.1%
總計	22	33.8%	43	66.2%	65	40.4%	96	59.6%

有趣的是，沒有發現普通話說得很差的指路人。大概他們不好意思使用普通話，或是使用普通話會影響他們的表述。

為了更好地瞭解該地區普通話推廣的情況，筆者詢問了一位本地的大學語言專業的教師，得知推普工作從 20 世紀九十年代末以來有了迅速進展，在此之前北碚街頭幾乎沒有人說普通話。表 5 告訴我們，平均 40.4% 的指路人使用普通話作答，可見幾年的推普工作成績顯著。尤其是在高校，用普通話作答者已達 83.3%。但平均起來，使用方言的人仍占 59.6%，方言的使用常常會影響問路人的理解，如“浪個走”指“那邊走”、“倒拐”指“轉彎”、“側邊”（側讀責）指“旁邊”等等。由此看來這裡的推普路子還長。

參考文獻

呂叔湘.現代漢語八百詞.北京：商務印書館.1984.
黃希庭.普通心理學.甘肅人民出版社.1982.
[俄]列夫•謝苗諾維奇•維果茨基.思維與語言.李維譯.浙江教育出版社.1997.

本文得到李海霞老師的悉心指導，謹致謝忱。
首發於《菏澤學院學報》2006 年 5 月

《漢語應用的文化人類學研究》155-166。

《官場現形記》與《滄浪之水》社會稱呼語語用對比

呂信兵

摘要：社會交往中，稱呼語的使用折射著說話人的心理動機和文化背景。通過兩種語料歷時對比，發現兩書社會稱呼語系統沒有出現實質性變化，封建傳統文化的影響和個人平等觀念的缺失是兩書社會稱呼語系統的文化背景和宏觀制約因素。

社會稱呼語是指稱非親屬關係的稱呼語。人的社會關係比家庭關係更加複雜，親屬稱呼相對比較穩定，社會稱呼語則比較開放，能夠敏銳反映出使用者的心理特徵，折射更豐富的文化信息。本文社會稱呼語包括言語交際的雙方用以直接指稱自己、對方或他人的名稱。

本文語料之一是清代小說《官場現形記》（人民出版社 2000），作者李伯元。它是清代四大譴責小說中最有代表性的一部，集中描寫封建社會崩潰時期舊官場的種種腐敗和醜惡。全書 67 萬餘字。語料之二是和現代小說《滄浪之水》（人民文學出版社 2001），作者閻真。作品以主人公池大為的成長經歷為線索，展現了 20 世紀 90 年代的中國知識分子面對的官場情形和社會生活圖景，全書 38 萬餘字。二書都是白話小說，內容相近，有利於我們從語言和社會的共變關係中進行對照研究。

一、兩書社會稱呼語語用特點對比

（一）使用人稱代詞語用特點對比

人稱代詞除了“您”之外，本身不包含表示等級差異的信息，沒有附加的感情色彩。是一種符號化的，平等意味較濃的稱呼語。

二書相同點：

1、使用數量巨大。

以“你”、“我”、“他”為主的人稱代詞是兩書中使用數量最多的稱呼語，據不完全統計，三者在兩書中的使用數量均達千次以上。而古代漢語中的一些常見的人稱代詞“吾”、“予”、“餘”、“汝”、“爾”、“爾等”、“彼”、“之”等均未出現於兩書中，這跟兩書都用白話寫成和成書年代有關，更重要的應是古漢語自己的稱呼語問題。上古沒有真正的第三人稱代詞，第二人稱代詞也很少使用，且都是上對下；第一人稱代詞也使用得少，地位低的人對上面使用“我”是不禮貌的。

2、第二人稱單複數分別不嚴。

1）用“我們”來自稱“我”，含有謙虛的色彩。

2）“你們”有時並非複指。

> 趙老頭兒道：“親家那時候把你家的孩子一齊叫了來，等王老先生考考他們。將來望你們令郎，也同我這小孫子一樣就好了。”（《官場現形記》第一回）

二書的區別：

1、使用的範圍不同。

由於人稱代詞在語料中數量巨大，我們不便得出具體比對資料，我們在此採取總體估算和結合典型事例的方式進行說明。

將兩書語料進行統計和對比，我們發現，在使用該類稱謂時，《官場現形記》中的人稱代詞大多出現於上對下關係中，居於上層的人可以較自由地選擇人稱代詞用於自稱、對稱和他稱，在基本平等關係中人們只有在關係極為密切時使用，而下對上則很少能使用。例如：

> 誰知署院並不見怪，停了一回，朝他說道：“我教導你的幾句話並不是壞話，用不著哭啊。”劉大侉子擦了一擦眼淚，又擤了一把鼻涕，說道，“職道何嘗不知道大人的教訓都是好話。職道聽了大人的教訓，想起從前職道父親在日也常是拿這話教訓職道……”（《官場現形記》第二十一回）

這類例子常見。署院是上級官吏，說話時直接用你我相稱，劉大侉子是下級官吏，作答時竟沒有用一個人稱代詞，改而尊稱對方“大人”，自稱“職道”。而在《滄浪之水》裡，這種限制被淡化了，上下之間可以對等使用的情況明顯增加。例如：

> 第二天我又去廳裡，心裡還沒拿定主意，劉主任說："哎，你來晚了，馬廳長到省政府去了，他本來想親自跟你談一談呢。"聽他這一說，我不由自主地說："如果廳裡一定要留我做點雜事……"（《滄浪之水》第五節）

王力先生曾經指出："中國自古就以徑用人稱代詞稱呼尊輩或平輩為一種沒有禮貌的行為。自稱為'吾'、'我'之類，也是不客氣的。因此古人對於稱呼有一種禮貌式，就是不用人稱代詞，而用名詞。稱人則用一種尊稱，自稱則用一種謙辭。"[1]《官場現形記》中出現大量人稱代詞用於稱呼，並不意味著在當時人與人之間交往使用的稱呼已經趨近平等了，其在適用對象和使用方式上仍然受到很多限制，不如《滄浪之水》反映出的平等關係明顯。

2、《滄浪之水》裡出現了新的稱呼語"您"，成為人稱代詞中唯一具有表敬色彩的稱呼，這當是現代出現的新詞，增加了漢語人稱代詞的類型。"您"在全書中共出現 156 次，全部為下對上的稱呼，例如：

> 我（池大為）馬上說："沈姨您這樣勸馬廳長我就有意見了，還不是一點意見，意見比太平洋還大些！馬廳長真的讓給那些人，我都服不了這口氣！那不是葬送了我們的事業嗎？"（《滄浪之水》第五十八節）

從具體使用情況上看，"您"使用在下級對上級及其親屬、普通民眾對國家單位行政人員或年幼對年長者的稱呼中表示尊敬。

（二）使用姓名稱呼的語用特點對比

"姓名是人的諸多稱謂中最重要、最基本的稱謂，是一個人在社會生活中用以區別於其他社會成員的識別符號"[2]。在中國，古人的姓名是一個寬泛的概念，因為古代成年男子會有姓，有名，有字，有的還有號，其中名、字、號都可以用做稱呼，自稱時用名表示謙虛；對稱他稱時稱人字、

---

1 王力.王力文集（第一卷）.山東教育出版社.1984.P.273.

2 袁庭棟.古人稱謂漫談.中華書局.1994.P.12.

號表示尊敬；直稱姓名則要麼用來自我介紹，要麼用來表示輕視不滿。

二書相同點：

1、都可在自稱中用來作自我介紹，在他稱中使用表示關係一般或帶有不滿的情緒。

2、都用單稱名或字來表示親密。

只有當與被稱呼人關係比較密切或隨意時，才能使用這一面稱形式。比如莫瑞芹稱好朋友屈文琴為“文琴”。

二書區別：

1、《滄浪之水》中使用姓名作對稱。

姓名本身只是一種符號，因此在很多西方國家，人們幾乎都是直呼其名。下屬、年幼者、子女稱呼他們的上司、長者、父母等都可以直呼其名。這是一種意在消除社會地位差異的強烈願望的表現，使得他們的人際關係趨於平等。而《滄浪之水》中雖然有一定數量姓名作對稱的用例，但仍然只限於上對下或平等關係中使用。但即便如此，《滄浪之水》中使用姓名稱呼的頻率和數量已經遠遠高於《官場現形記》。

2、《滄浪之水》中大量使用姓名簡稱的形式作對稱。如：小＋姓，老＋姓，大＋姓。

“小＋姓”，使用這種形式時，一般被稱呼人要比稱呼人年齡小，另外就是上級對下級也可使用這一形式。”老＋姓”，這大多是中老年同事之間的稱呼。使用該形式時，稱呼人並不一定比被稱呼人年齡小。如果我們仔細分析到底多大年紀才能被稱為“老”，就可以看出這個界限是非常模糊的。例如：

> 丁小槐來了，我（池大為）用稍微變了點調的嗓音喊了聲：“老丁啊。”他似乎嚇了一跳，我覺得自己的檢驗方式奏了效，馬上接著說：“早上好啊。”他連連點頭說：“池處長早上好。”（《滄浪之水》第七十三節）

這時池大為40來歲，且是丁小槐的上級而年齡又略長於他，對稱時也使用了“老＋姓”的形式。他們是多年的同事，池大為成為丁小槐的上級後有主動示好之意。

3、《官場現形記》他稱中幾類特殊的稱呼方式。

（1）“姓×的”類。往往是上對下，或平等關係間背稱中使用，表明兩人關係較為疏遠或帶有輕視的感情色彩。書中第二回，吳贊善背稱趙溫為“姓趙的”；第十七回中周老爺背稱魏竹岡為“姓魏的”。

（2）“翁”類。其形式為：表字、名（或只取其中的一個字）、號＋翁。用於關係密切的平等關係間。書中第七回，劉瞻光面稱陶子堯為“子翁”；第二十四回裡賈大少爺姓賈，號潤孫，黃胖姑向王主事引見時稱他“潤翁”。

（3）“某”類：“姓＋某”、“姓＋某人”。多用於上對下和平等關係間。使用這類型稱呼語是表明說話人與指稱對象感情色彩淡漠，有距離。

這幾類稱謂反映出使用者更為細膩的情感態度，從表達與指稱對象的關係的親密程度來看，由“翁”類→“某”類→“姓×的”類呈逐漸疏遠的趨勢，也體現了現時稱呼類型的多樣性。

（三）使用官名稱呼的語用特點對比

中國人自古有使用官銜、職務名稱來稱呼對方或他人的習慣，這是表示尊敬最常見的做法。因為兩書主要描寫的是當時社會中的官場生活圖景，所以對官稱有較為集中的反映，兩書中職官稱謂類型也最為豐富。其特點是一方面上對下使用的稱謂類型與下對上和平等間使用的成對立關係，即上對下的稱呼不會用於下對上或平等間；另一方面同一稱謂類型內部對受話人的身份地位進行嚴格區分。

二書相同點：

1、對稱、他稱中都廣泛使用官名。

2、都可使用官名直接稱呼或用姓＋官名、職務的方式稱呼官員。

3、少數上級官吏對下級也以官職相稱表示禮貌，但數量很少。如：

（胡統領說）：“兄弟此來，決計不能夠養癰貽患，定要去絕根株。今天晚上，就請貴營把人馬調齊，駐紮城外，兄弟自有辦法。”營官諾諾連聲，不敢違拗。”（《官場現形記》第十四回）

（馬廳長說）：“過了這幾天你去找申科長，看看他那裡還能不能擠出一套房子？你的那些文章我都找來翻了一下，很不錯的。”（《滄浪之水》第五十八節）

二書區別：

1、《官場現形記》中使用官名稱呼類型豐富，外部等級區分明顯。對稱或者他稱時凡下層人民、下屬稱官員或上司可以用官名直接稱呼，也可以用姓名、官名＋大人、老爺；姓、姓名＋官名等一系列複合式稱謂來稱呼，但都只限於下對上稱呼。《滄浪之水》中使用官名稱呼的類型相比之下要少得多。

2、《官場現形記》中用此類稱謂來做自稱。職官稱謂一般用於對稱或他稱，但在用作自稱時，僅限於上級官吏對下級或民眾使用，突出自己地位高高在上，例如：

> 賈臬台被他這一頂，立時頓口無言，面孔漲得緋紅，歇了一會，又罵道："你有多大膽子，敢同本司頂撞！替我打，打他個藐視官長，咆哮公堂！"（《官場現形記》第二十三回）

3、"老爺、大人"類稱呼的消亡。《官場現形記》中廣泛用"老爺、大人"一類稱呼語來稱呼官員。按照被稱呼對象的級別，稱知府及以上官員為"大人"，縣令為"大老爺"，縣以下的輔佐官員為"老爺"。這表明官場中的等級差異除了通過不同類型的稱呼語來表現，還在同一稱謂類型內部存在著嚴格的差別。例如：

> 偶然人家請他吃飯，帖子寫錯，或稱他為"何老爺"、"何大老爺"，他一定不到。只要稱他"大人"，那是頂高興沒有。（《官場現形記》第三十五回）

《滄浪之水》中該類稱呼語無一例出現，時至今日，這類稱呼已退出歷史舞臺。

（四）使用擬親屬稱呼

中國自古有把毫無血緣關係的人納入親屬稱呼行列的習慣，如稱呼他人為叔叔阿姨等。這種在中國社會各類群體中無所不在的擬親屬稱謂現象，其深層結構是中國人根深蒂固的家族文化意識。"現代漢語口語中親屬稱謂語最引人注意的變化就是它同時向兩個不同的方向發展：一方面系統內部稱謂語逐漸減少，關係日趨簡單化；另一方面某些親屬稱謂語向系統外擴張，泛化為社會稱謂語。我們將前者稱為簡化，後者稱為泛化。"[1]

---

[1] 潘攀.論親屬稱謂語的簡化.江漢大學學報.1999(4).

二書相同點：

都出現不同程度的泛化。兩書中使用的擬親屬稱呼基本只出現在對稱當中。我們認為這與使用者的動機有密切的關係。用擬親屬稱謂做稱呼的最主要目的無非兩種：一是表示尊敬，二是拉近彼此之間的距離，取得對方的好感或信任。而在他稱中，由於指稱對象的缺席，從而使這兩種動機也就失去了實現的可能，讓使用者感覺動力不足。除非是當事人有意要挑明兩者間的親密關係，所以當面用親屬稱謂相稱的雙方，在背稱時就會使用其他稱謂來替代。這一點在《滄浪之水》中有突出表現：廳長馬垂章的司機面稱他老婆為"沈姨"，有一次竟然背稱她為"娘們"（婆娘）。

二書區別：

《官場現形記》中擬親屬稱呼虛假性突出。

官場中上下級官員稱兄道弟是《官場現形記》稱呼語使用的一大特色。體現在：在《官場現形記》中上級稱下級有時會自降身份甚至隔著輩分和下級稱兄道弟，例如：

> 這位門生齊巧身邊有兩塊洋錢，一塊鷹洋，一塊龍元，便取出來，說聲"老師請看。"童子良接在手中，一見有一塊鷹洋在內，便皺著眉頭，說道："怎麼老弟你亦用這個？"隨手就拿這塊洋錢在炕几上一丟，卻拿了那塊龍元不住的端詳。（《官場現形記》第四十六回）

這裡童子良官居欽差大臣，且是對自己的學生都可以兄弟相稱。另外關係較好的同級或官銜相差不大的下對上關係，可以用兄弟、老兄、姓＋大哥等方式稱呼對方。"這是官場稱謂的普遍現象，並不是真正意義上的兄弟之稱，上級對下級的此類稱呼有以下幾種具體情況：上級對下級以兄弟相稱有時候略含敷衍、嘲諷之意。這類稱謂有時又因有事相求而帶有拉近彼此間距離的感情色彩。有時上級為了轉換對下級的態度也用這類稱謂。"[1]這種泛化是遵循著一定的原則的。"在直系、父系和第一旁系眾多的稱謂語中，哪些泛化、哪些不泛化主要依據尊敬原則。這一原則考慮的主要是言語主體與被稱呼對象的輩分和年齡關係。就輩分看，不同輩分中

1 李敏.官場現形記.稱謂管窺.山東大學碩士論文.2006.

晚輩對長輩的稱謂語泛化，而長輩對晚輩的稱謂語一般不泛化。”[1]《官場現形記》中的一些泛化則是長輩對晚輩泛化，例如：

一干人正在言三語四，刺刺不休，忽見斜刺裡走過一個少年，穿著一身半新的袍套，向一個老頭子深深一輯，道：“梅翁老伯，常遠不見了！小侄昨天回來就到公館裡請安，還是老伯母親自出來開門的，一定要小侄裡頭坐……今日湊巧老伯在這裡，正想同老伯談談。”又聽那老頭子道：“失迎得很！兄弟家裡也沒得個客坐，偶然有個客氣些的人來了，兄弟都是叫內人到門外街上頓一刻兒，好讓客人到房裡來，在床上坐坐，連吃煙，連睡覺，連會客，都是這一張床。老兄來了，兄弟不在家，褻瀆得很！”（《官場現形記》第四十三回）

（五）身份關係類稱呼中自貶性自稱的使用

身份關係類稱呼語涵蓋較廣，實際上是個大雜燴。我們將職業稱呼、職稱名及表示人物關係的稱呼、泛稱都包含其中。從某種意義上看，這些又何嘗不是一種身份。兩書中都出現一些用表地位低下的詞來自稱的現象。中國被譽為禮儀之邦，體現在稱呼中表現為大量的對人表敬對己守謙。在兩書的自稱用語中的謙稱往往是通過使用“自貶”的詞語來達到。例如：

莊大老爺的話還未說完，堂下跪的一班人一齊都叫：“青天大老爺，真正是小人們的父母！曉得眾子民的苦處！你老吩咐的話，都是眾子民心上的話，真正是青天老爺！也不用小人們再說別的了。”（《官場現形記》第十五回）

小方苦笑一聲說：“唉，能跟你們省裡的人比？這種場面有我的位子？跑腿的人呢。那時候聽你的留在省城就好了。想著家裡人都在安南，回來了，錯了。”（《滄浪之水》第九節）

門政大爺道：“這個向來是應該他們來請示的。他們既然做到屬員，這些上頭就該當心。等到他們來問奴才，奴才自然交代他，他不來問，怎麼好寫信給他呢。”（《官場現形記》第四十二回）

---

[1] 潘攀.論親屬稱謂語的泛化.語言文字應用.1998(2).

這一點與西方有很大不同，在英語中不像漢語中存在大量的尊稱敬稱和謙稱，除了用指皇室、爵位和軍銜等的少量名詞表示尊敬外，往往能直接使用姓名或人稱代詞，絕不會出現諸如“卑職”“小的”“奴才”之類自貶性稱謂，他們的社會交往彰顯著平等和自由。對於自稱用語中使用自貶的詞語來表示對對方的尊重，我認為這與國人心中從來就缺乏平等觀念緊密相關。在等級森嚴的封建社會中，官與民、富與貧、長跟幼從來都是二元對立的，一個身份低微的而又不具備健全人格的人面對過於強大的權勢是很難在心裡和語言上求得平等的，“我”在對話中就只能自然而然被自己消解掉了。這從平等關係中較少使用敬謙稱呼也可以得到側面印證。

二、兩書社會稱呼語的宏觀制約因素及文化背景

通過兩種語料歷時對比，我們不難看出兩書所反映出來的社會稱呼語系統沒有出現實質性變化。“每個民族都有其特定的稱呼語體系，這些稱呼語體系又有其特定的歷史傳統與文化積澱為土壤。”[1]稱呼語的使用特點，不僅是語言現象，同時也是文化現象。文化語言學者將文化視為一個分層系統，其表層為物質層次，中層為制度層次，深層是心理層次。社會文化、政治背景、傳統習慣等宏觀因素，在廣義上我們稱之為文化背景。薩丕爾（Edward Sapir）說：“語言的背後是有東西的，而且語言不能離開文化而存在，所謂文化就是社會遺傳下來的習慣和信仰的總和，有它可以決定我們的生活組織。”[2]

（一）封建傳統文化對社會稱呼語的影響和制約

李樹新在《論漢語稱謂的兩大原則》曾指出：“封建社會的倫理道德實際上是一系列的不平等的等級觀念，‘國民在中國傳統社會中，每一個人天生就是不平等的。其社會地位既先天地取決於他的家庭在社會等級中的地位，又後天地取決於他個人在社會政治中所獲得的身份’，”[3]“對人稱謂的首要原則是一種‘貴賤有等，長幼有差，貧富輕重皆有稱也’的等

---

[1] 楊元剛.英漢詞語文化語義對比研究.武漢大學出社.2008.P.263-264.

[2] 羅常培.語言與文化.語文出版社.1996.

[3] 何新.中國文化史新論.黑龍江人民出版社.1997.

差原則——講究尊卑貴賤、長幼差序，稱謂帶著明顯的等級差別和身份的規定性。對於漢語稱謂的這種特點，通常我們總把它概括為敬謙原則，實際上，敬謙只是表象，等差才是實質。”[1]語料中人稱代詞平等性不強，官名稱呼大量存在和普遍使用，親屬稱謂的泛化，自貶性稱呼的使用以及大量面稱背稱的差異正說明了這一點。

例如《官》中有這樣一段，趙溫考中了，大宴賓客時也請來了德高望重的墳鄰王鄉紳。王鄉紳要送給趙家點“小意思”：

> 趙老頭兒……朝著王鄉紳說：“又要你老破費了，這是斷斷不敢當的！”王鄉紳那裡肯依。趙老頭兒無奈，只得收下，叫孫子過來叩謝王公公。(《官場現形記》第一回)

> （王鄉紳）“趙世兄他目前雖說是新中舉，總是我們斯文一脈，將來昌明聖教，繼往開來，舍我其誰？”（同上）

見面時趙老頭讓自己的孫子（趙溫）管王鄉紳叫“大公公”，可見是王鄉紳應該是趙溫的爺爺輩，且這王鄉紳也是兩榜進士出身，做過一任監察御史，後因年老告病回家，就在本縣書院掌教。身為尊長的王鄉紳為何會在跟別人聊天時稱孫輩的趙溫為“世兄”？如若按照常理，重人倫，別長幼，等級森嚴的封建社會出現這樣的稱呼倘若只用哪一種限制因素顯然是解釋不通的。之所以出現這種情況，是因為在當時一個人只要中了舉，便有了做官的資格，就成了“皇帝家人”，其身份地位便不可與之前同日而語了，在官場中年齡等因素永遠是讓位於官階大小的，這就是制度。

走出封建社會，在現代作品《滄浪之水》中仍然不乏這種情況。例如：

> 我說：“如今這個行業是暴利行業，想動腦筋的人不少。”他說：“所以就來找池處長您老人家幫忙。”用胳膊碰毛醫生一下，毛醫生說：“我還有事，先走一步。”（《滄浪之水》第六十三節）

苟醫生來找池大為辦事，在面對能夠對自己生計利益作出決定的這個官員時，在強烈的獲利動機驅動下，不惜打破年齡的制約，稱與自己年齡相仿的池大為為“您老人家”。

縱然兩書寫成時間跨越百年，經過了帝制和幾種非帝制的重大轉變，

---

1 李樹新.論漢語稱謂的兩大原則.內蒙古大學學報.2004(5).

但語料中官稱的大量保留和傳承，還是說明封建文化及其思想在制度和個人動機的共同作用下依然具有旺盛的生命力。一個人在平等觀念的支配下，如果不懷有什麼特殊的目的，在稱呼人時盡可使用社會通稱性的稱謂，簡單、直接、明瞭。正如語料或生活中反映出來的情況，漢語擁有如此龐雜的稱呼語，在一定程度是為了承擔許多難於言表的心理需求和目的動機。以儒家文化占主導的中國社會，自古以來都充斥著濃厚的權勢崇拜心理。國人普遍缺乏對真理、知識本身和獨立精神的理性認識，觀念中滲透著很濃的"經世致用"的實用主義心態，真正崇拜的是掌握了社會資源的人所具有的權勢地位。人們在意的是能為自己帶來看得見摸得著的好處，這使得社會彌漫著濃厚的"權勢崇拜"的物化價值觀取向。"中國人是最大的現實主義者，很少對鬼神和宗教在意。他們相信的是實體，能對自己進行眼前兌現的獎懲的活人。"[1]波普爾在《開放社會和它的敵人》中指出："崇拜權勢是人類最壞的一種偶像崇拜，是牢獄和奴隸時代的遺跡。"

（二）平等觀念發展帶來的改變

通過觀察現實及兩書語料，社會稱呼語的使用出現了一些變化，例如對稱中使用人稱代詞、姓名比率提高，官稱體系鬆散化，一些自貶性稱謂消亡。我們將這些變化看作是西方平等觀念滲入的結果。"平等是人類精神狀態中的一種追求——動物之間只存在'弱肉強食'的自然法則而決無平等可言；對平等的追求在人類群體生活中世世代代都成為夢寐以求的目標"[2]。縱觀世界，人人平等在西方發達國家是自然而然的事情，不平等的觀念被認為是扭曲的，這種共識已然成為了社會發展的基石，也是高級文明社會形態的標誌。遺憾的是其他很多的地方和民族卻還在追求平等的路途上跋涉，同時還受制於強大外力的束縛，發展艱難而緩慢。

在西方社會，"權勢"很少在稱謂語中體現，英語中用頭銜稱呼別人的詞就很少，大致只有"醫生"、"教授"、"將軍"、"博士"等為數不多的語詞，基本都是專業技術"職稱"。人際交往之中，稱呼大量使用"先生／女士"，有時甚至對父母長輩都可以直呼其名，而作為表示自己

---

1 李海霞."謝"的道謝義的性質和發展.西南大學學報.2009(2).

2 馮亞東.平等觀念與中國社會.中華文化論壇.2001(4).

的"I"無論在句首句中都是大寫。正是體現了注重個人價值而淡化血緣關係、社會身份的現實。相比之下，中國人對個體的忽略對平等觀念的壓抑令人驚訝。中國兩千多年的封建中央集權國家制度異常強大，傳統的封建等級制度和禮儀規範異常嚴酷，個人的力量顯得十分渺小，極容易受到鉗制和打壓。違背禮法的言行是要受到輿論譴責甚至被治罪的，個人稍不注意便會因言獲罪，人頭落地，所以說話也就成了性命攸關的事情。說話時過於貶損自己，抬高別人，成為求得生存和保全自身利益的一種最好方法。

兩千多年的中央集權制，直到封建末期被西方洞穿國門，大量先進文化的輸入促使國人思想開始轉變。近代中國，主動或被動地，逐步融入世界交往的大環境之中，國門打開，文化產生碰撞和交融。在先進文化觀念影響之下，一些人也希望像西方一樣營造一種平等的人際關係，在平等的氛圍中協作生存。觀念的改變，使得人們在語言的使用上自發地選擇反映人們心裡的渴望和符合社會發展潮流的稱呼語。"'語言，以其特殊的方式向我們透露了社會的底蘊'，社會稱謂的變化從一個特殊的角度深刻地反映了社會生活和人際關係的變化，反映了沉潛在人們意識中深層的價值觀念，預示著積澱深厚、相當牢固的民族文化心理的改變。"[1]

[1] 呂謹.論社交稱謂的變化及對社會觀念的影響.遼寧廣播電視大學學報.2002(3).

《漢語應用的文化人類學研究》167-173。

中國大陸、台灣和英美圖書作者簡介對比（上）

曾李麗

摘要：大陸、台灣和英美 3 個採樣點共 450 份作者簡介顯示：第一、大陸地區較台灣、英美兩地，使用約數上更多，這可能說明大陸地區的表述較另外兩地更具模糊性，而英美最注重清晰性。有些書用“約……多、近……餘”重複表示約數，有語病。比較常用的修飾語，大陸和台灣的幾乎都是用於修飾作者的作品，而英美的修飾對象很廣泛；大陸的簡介強調顯耀的等級如國家級、核心、高級等，而台灣和英美的沒有這一類，英美倒有 38 次“副的”；大陸和台灣使用頻率最高的修飾語都是“主要”和“學術”，注重推介主要學術成果，而英美的則隨性自由，極少提及這些。

有些圖書在扉頁等處印有作者簡介。“作者簡介是客觀、簡潔地說明或記述作者的一些基本情況以及經歷、成績、著述等（其由作者親自撰寫，或得到作者本人的認可由他人撰寫）”[1]。大陸、台灣和英美三個採樣點所出版圖書的作者簡介是我們的研究對象。有的圖書非專著只有編者簡介，本研究把圖書的編者簡介亦納入研究且將他們統稱作者。語料來自三個採樣點出版的原版圖書，其出版年份都在 1981-2011 之間，筆者按照 B、E、F、G、H、I、K、O 八類逐一隨機在圖書館架上抽書，將有作者簡介的一律拍照收取。三個採樣點的圖書類別和圖書本數是相同的。

一、數字使用情況

三個採樣點作者簡介中數字的使用情況，分為約數使用和確數使用。一般情況下，使用確數意味著精準，使用約數則意味著模糊。

---

[1] 張金環.重視對圖書作者簡介的規範.圖書情報工作.2005 (3).P.119.

約數的使用。三個採樣點當然都使用約數，各地域使用約數的情況多種多樣，大陸和台灣地區多集中在以下情況：表述作者有多少作品時，講作者獲多少項獎時，表達一個時間範圍時。英美地區除上述情況下會使用約數外，在表達家中寵物多、自己學生多等情況下也會用到約數。三個採樣點用例各舉幾例：

大陸地區："多項課題研究"、"數篇論文"、"多個獎項"、"五百餘萬字"、"幾本小書"多家網站"、"論文若干篇"

台灣地區："發表論文四十餘篇"、"學術成果多種"、"任教共四十多年"、"論著二十餘部"、"寫過一些文案……寫過很多不曾發表的玩意兒"、"文化創意產品數種"

英美地區："……led to over 300 scientific publications"（譯：××方面的研究讓他發表了 300 多種科學出版物）、"They have kept lots of different animals"（譯：他們餵養了許多不同種類的動物）、"numerous journal articles"（譯：大量期刊雜誌）、"more than 20 years"（譯：20 多年）、"His nearly 60 publications cover a variety of aspects of communication disorders"（譯：他近 60 種的出版物，涵蓋了溝通障礙問題的各方面）、"She authored multiple publications"（譯：她撰寫了多種出版物）、"He taught thousands of other educators worldwide about action research"（譯：他給全世界數千名教育家上過行為研究方面的課）、"He has received numerous teaching awards"（譯：他獲得了許多教學獎）

以下是三個採樣點約數使用情況統計表。

三個採樣點圖書作者簡介約數使用情況

地域	圖書數及約數比例	使用約數者及其比例	總次數及總人均次數
大陸	115 本 76.67%	124 人 71.26%	196 次 1.13 次
台灣	74 本 49.33%	76 人 33.48%	101 次 0.44 次
英美	53 本 35.33%	64 人 29.91%	65 次 0.30 次

註：作者總數：大陸 174 人；台灣 227 人；英美 214 人。

三個採樣點作者簡介，約數使用情況：大陸地區最多，台灣地區次之，英美地區使用得最少。大陸地區有近八成的圖書、七成強的作者都使用了約數，台灣地區有五成弱的圖書、三成強的作者使用了約數，英美地區則是三成多的圖書、近三成的作者使用了約數。使用約數的圖書數和作者數，大陸分別是英美的 2.17 倍和 2.38 倍。大陸地區總人均次數 1.13 次，是台灣和英美地區的 2.57 倍和 3.77 倍。綜上分析，大陸地區較台灣、英美兩地，使用約數更多，這說明可能大陸地區的表述較另外兩地更具模糊性。

在統計三個採樣點約數使用情況時，筆者發現大陸和台灣地區的約數使用存在一些問題，有必要提出來討論。

大陸地區："出版成書約七十多種"、"被翻譯成英、日、韓、越等國文字的學術論文約 60 餘萬字"。

台灣地區："著有《××》、《××》以及單篇論文數十餘篇。"、"《××》、《××》等共約 100 部以上作品"、"以及出版論文近三百餘篇"、"專著逾二十種，論文約百餘篇"。

"出版成書約七十多種"，既然已經用"約"表示概數就沒必要再用"多"表示大概。從上面的舉例來看，這種"約……多、近……餘"的概數表示模式使用還比較多，連《現代漢語詞典》2002 年增補本前言也說收詞"共約五萬六千餘條"。還是《現代漢語詞典》，其 2005 年第 5 版的前言說："全書收詞約 65000 條"。第 5 版的前言改進了表述方式，更準確。這種概數表達重複的問題，應該規範："約、餘"選其一就夠了。

確數的使用。用確數的本數，大陸 48 本，占 32%，台灣 24 本，16%，英美 85 本，占 56.7%。其比例，台灣的比大陸的少很多，為什麼會這樣？兩岸文化傳統相同而現狀差別大。其原因我們推測，一是台灣人對作品和榮譽的數量已不那麼看重；一是偶然性，畢竟我們的語料數量不算大。而英美簡介的確數使用比中國大陸和台灣加起來還多。英美人性格獨立，本來是最不注重他人眼光的，對作品和榮譽的數量也較少關注。但是，英美使用冠詞 a（an）多，相當一部分作者的作品確實多，其簡介內容包括面又廣，非學術非榮譽的東西多，時間交代多，何況有許多簡介不是作者自己寫的，他人要推薦就需要用數字來說話。

三個採樣點的使用舉例：

大陸地區："主研省部級課題 8 項"、"參譯著作 6 部"、"出版過 30 部散文集……出版 14 部小說"、"主編《二十世紀中國民俗學經典》等學術叢書 19 部"、"從事野外考古與文物調查工作長達 15 年"、"三項國家專利"、"作報告 146 場"、"出版《問題解決與知識構建》等 6

種著作”

台灣地區：“學術著作十部”、“31 個國家和地區”、“國科會甲種獎助兩次”、“6 種日文著作”、“小學教師十年”、“發表重要論文多達五十篇”、“美麗島事件入獄八年”。

英美地區：“Debbie spent 8 years as a deputy sheriff with the Hamilton County Sheriff's Office”（譯：戴比作為漢密爾頓縣警長辦公室的一名副警長，一幹是八年）、“have two children”（譯：有兩個孩子）、“is a professor in the School of Communication at the University of Central Florida in Orlando”（譯：是奧蘭多市中佛羅里達大學傳播學院的一名教授）、“He has authored 14 books on fishing”（譯：他撰寫了 14 本關於釣魚的書）、“He is the author or coauthor of 11 books”（譯：他是 11 本著作的作者或合著者）、“She also worked on an action research project for three years”（譯：她還曾為一個行為研究項目工作 3 年）

小結。總的來看在數字使用上，大陸地區更普遍地選擇了約數而英美地區則更普遍地選擇了確數，台灣地區介於二者之間。可見，英美人講究把話說得確切，中國人則可能不大在乎。

寫到此處，筆者想起了胡適先生作於民國初年的《差不多先生傳》[1]。胡文嘲諷了那些處事不認真的人也針砭了國人滿足於差不多的態度。使用約數本是根據需要，就一人或一處的使用來說未必就不好。但現實社會中各種各樣地不求準確、不較真實在太多。生於臺北的饒舌歌手姚中仁（MC Hot Dog／哈狗幫）2008 年創作了《差不多先生》專輯[2]，該專輯同名曲《差不多先生》的歌詞頗能引人思考。歌詞道出了時下人們的生活心態，與胡適先生筆下的“差不多先生”不無相同。

二、修飾語的詞頻情況及其特點

我們在語料中抽出比較常用的修飾性詞（含部分短語）作為研究對象，“修飾性”用詞主要包括形容詞、副詞及少數作修飾語的名詞。首先統計

---

[1] 百度百科：http://baike.baidu.com/view/913349.htm?fromId=1061064 2013.3.31.閱.

[2] 百度百科：http://baike.baidu.com/view/913349.htm?fromId=1061064 2013.3.31.閱.

出語料中比較常用的修飾性詞的出現次數，其次利用 Excel 將這些詞按出現次數由多到少進行排序。我們選擇出現至少 2 次的詞語。

三採樣點較常見的修飾性詞語使用次數排序表（單位：次）

大陸的	台灣的	英美的
主要 70	主要 39	associate 副的 30
學術 53	學術 32	currently 目前 21
優秀 20	知名 6	numerous 許多的 15
長期 13	資深 5	senior 資深的 14
核心 12	著名 4	recent 最近的 13
省部級 9	傑出 2	distinguished 卓越的；著名的 9
高級 9		professional 專業的 8
重點 7		current 現在的；最近的 8
國家級 7		major 主要的；重要的 8
專業 4		assistant 副的 8
權威 2		extensive（ly）廣闊的（地） 8
		revious（ly）先前的（以前） 7
		recently 最近 6
		emeritus 名譽退休的、退休的 6
		outstanding 傑出的；顯著的 5
		main 主要的 5
		former 以前的 4
		formerly 原來；剛才；以前 3
		junior 資歷較淺的 3
		various 各種各樣的；多方面的 3
		significant 重要的；有意義的 2

大陸、台灣和英美三個採樣點較常見的修飾性詞語個數分別為 11 個、6 個和 21 個，前二者的常用修飾語加起來也不及英美的，更集中。其各自使用總次數：大陸地區 206 次，台灣地區 88 次，英美地區 186 次。台灣地區的較常見修飾性詞語個數及其使用總次數均小於大陸和英美兩地。大陸地區較常見修飾性詞語總次數雖然較英美地區多 20 次，但其個數卻只有英美地區的二分之一，這樣看來英美地區較常見修飾性詞語更加豐富。下面分別討論各地域較常見的修飾性詞語使用情況。

大陸地區較常見的修飾性詞語 206 次，其中“主要”和“學術”二詞占 59.7%。“主要”的使用語境集中在“主要著作、主要論文、主要從事××研究、主要研究方向”；“學術”的使用語境集中於“學術論文、學術刊物、學術著作”。“優秀”的使用語境“優秀成果獎”、“優秀成果”或“優秀論文期刊”；“長期”出現在“長期從事××研究”或“長期致力於××”，這是大陸地區修飾性用詞中少有的時間性修飾語；“核心”的使用語境很唯一即“核心期刊”；“省部級”與“國家級”兩個修飾詞的語境相同，後接“課題”、“獎勵”或“核心期刊”，接“獎勵”的時候最多；“高級”基本出現在職務或者職稱前面，如“高級工程師”、“高級教師”；“重點”出現在“課題”、“專案”或者“研究基地”之前；“專業”修飾“刊物”、“作家”、“網站”；“權威”接“刊物”。大陸地區被修飾的對象幾乎都是作者研究成果的方方面面，這應該是地域性特徵。

台灣地區較常見的修飾性用詞總次數 88 次，其中“主要”和“學術”二詞占 80.7%。二詞的使用語境與大陸基本相同，相異點在於台灣“學術”基本出現在“論文”前；“知名”和“著名”後面既有接人又有接物的，如“知名學者”、“知名電臺”、“知名期刊”，“著名的古代中亞語文研究學者”、“著名的培訓課程”；“資深”、“傑出”後面都是接人，如“資深教授”、“資深記者”、“資深媒體人”，“傑出企業家”、“傑出管理者”。台灣地區被修飾的對象，除了作者研究成果的各方面，還有人的類別，這是大陸、台灣兩地修飾性用詞的區別。

英美地區 186 次較常見修飾性用詞，我們按其修飾功能進分出 7 類，具體見下表。

英美地區較常見修飾性用詞分類統計表

讚譽類	級別類	專業類	職稱等級類	時間範圍類	種類領域類	其他類
16 次	17 次	8 次	38 次	62 次	26 次	19 次

註：讚譽類包括 distinguished（adj.卓越的；著名的）、outstanding（adj.傑出的；顯著的）、significant（adj.重要的；有意義的）；級別類包括 senior（adj.資深的）、junior（adj.資歷較淺的）；專業類包括 professional(adj.專業的)；職稱等級類包括 associate（adj.副的）、assistant（adj.副的）；時間範圍類包括 currently（adv.目前）、recent（adj.最近的）、current（adj.現在的；最近的）、Previous（ly）（adj.（adv.）先前的（以前））、recently（adv.最近）、formerly（adv.原來；剛才；以前）、former （adj.以前的）；種類領域類包括 various（adj.各種各樣地；多方面的）、extensive（ly）（adj.（adv.）廣闊的（地））、numerous（adj.許多的）；其他類包括 emeritus（adj.名譽退休的）、major（adj.主要的；重要的）、main（adj.主要的）。

其他類中的 major（adj.主要的；重要的）和 main（adj.主要的）意同大陸和台灣地區的"主要"，但它們修飾的對象與大陸和台灣兩地的卻有異。如"He has received major grants from the Kellogg Foundation,"（譯：他得到的主要基金來自凱洛格基金會。）、"...he engaged in a major project that..."（譯：他忙於一個重點工程／專案。）、"major journals"（譯：主要學術期刊）、"In 2000 he also led a major evaluation study..."（譯：2000年，他同樣領導了一個主要的評價研究。）、"His main research interests are..."（譯：他的主要研究興趣有…）、"Her main teaching and research interests are..."、"Her main teaching and research interests are..."（譯：她的主要教學研究興趣有…）。

主要差異：其一，三個採樣點的常用修飾性用詞，其修飾內容很不同。大陸和台灣兩地的幾乎都是用於修飾作者的作品，英美修飾性用詞修飾的內容卻廣泛豐富。其二，大陸修飾性詞語雖然也有一般性的讚譽詞如"優秀"，但強調顯耀的等級，如核心、省部級、國家級、高級、重點等。而台灣和英美地區的沒有這類等級詞，只有一般性的讚譽如"知名"、"傑出"、"卓越的"等。英美簡介中竟然有 38 次"副的"，3 次"資歷較淺的"，這些"不美妙"的稱說是中國大陸和台灣都忌諱使用的。其三，大陸和台灣的最多兩項修飾語都是"主要"和"學術"，十分看重將作者主要的學術的成果作一個概括的介紹。而英美則在於隨性自由的介紹，"主要的"5 見，"學術"似乎不見提及。

參考文獻

林大津.跨文化交際研究——與英美人交往指南.福建人民出版社.2008.
[日]中村元著.林太、馬小鶴譯.東方民族的思維方式.浙江人民出版社.1989.
周仁惠等.國內外學術期刊刊登作者簡介情況對比分析.編輯學報.2007.19(6).

《漢語應用的文化人類學研究》174-180。

中國大陸、台灣和英美圖書作者簡介對比（下）

曾李麗

摘要：作者簡介中提到作者／作品獲獎的，大陸共 226 次，人均次數是英美的 5.2 倍以上。獲獎原因僅英美一些書提及。大陸地區有 42 人寫明自己是博導／碩導，超過 24%，台灣地區只有兩例，英美的完全沒有。給出學歷的作者，大陸和台灣是 60%以上和 73%以上，英美是 28.5%。大陸和台灣共有 20 人給出了師從和老師大名，英美只有 2 人。作者的行政職務，大陸人均給出 0.93 個，台灣差不多，大陸是英美的 2.4 倍強。以上 5 項的差別方向一致，大陸和台灣作者更看重與內容無關的榮光和地位，比較看重師承，英美作者則淡然於這些，一般連作者簡介都是出版者寫的。

一、作品或作者獲獎介紹

獎人的如："2003 年獲吉林大學教學名師獎"（大陸）；獎作品的如："獲論文優秀獎" 。有時也有獲獎原因，如"One article about school development won the Douglas Mc Gregor Award for outstanding application of behavioral Science to practical affairs."（譯：這篇關於學校發展的文章，因為推進了行為科學在實際事務當中的傑出應用，獲得道格拉斯・麥格雷戈獎。）

三採樣點簡介給出的作者及作品獲獎情況

地域	作者總數	作者獲獎	作品獲獎	獲獎原因及百分比	
大陸	174 人	61 次	165 次	0	.0
台灣	227 人	11 次	8 次	0	.0
英美	214 人	39 次	25 次	13 次	20.3

通過討論作者簡介呈現給讀者的作者及其作品獲獎情況，我們可以在一定程度上瞭解作者對其所持榮譽的態度。

上面的統計結果告訴我們，介紹人或作品獲獎的總次數均是大陸最多，英美次之，台灣最少，台灣和英美之和也不及大陸的多。英美作者人均獲獎 0.18 次。相比之下，大陸地區作者可能更加在意自己所取得的成就，不然不會出現人均 0.95 次的作品獎勵。大陸作者的獎勵都來自政府。作者或作品獲得某種獎勵，都是外在肯定。外在的肯定受多種因素左右，外界能給予肯定也能給予否定，傾向於靠外在肯定評價來進行科學研究，極可能讓科學研究不那麼純粹和客觀公正。如果容易沉醉在已有的成就裡，那探索的心思便會減弱。台灣和英美的政府都不干涉科研，極少為科研頒獎。台灣的簡介中獲獎的特別少，如果說台灣作者特別不在乎榮譽，同其他項目的資料和常識合不上；可能島上民間沒有設立什麼科研獎項，不像英美那麼多。而英美的作者簡介，基本都不是作者自己寫的，文中一般以“他”、“她”作主語。

關於獲獎原因，大陸和台灣都沒提，只有英美地區給出，達獎人獎作品總次數的 20%強。給出獲獎原因，讀者能對作者的成就有更深入瞭解不說，也許還能增加讓讀者購買該圖書的說服力。

二、博導、碩導的標示

博士研究生導師，少數教授才能當。碩士研究生導師，在大陸多數教授和部分副教授能當；尚未申請到碩士點的學科，教授未必帶研究生。台灣和英美的情況不大清楚。在英美地區 214 位作者的簡介裡，沒有一位提到自己是碩導或博導；台灣地區 227 位作者的簡介裡，僅有兩位提到自己是博導／碩導；大陸地區 174 位作者的簡介裡有 42 位提到自己是博導／碩導。

這裡主要討論大陸的博導與碩導。

給出碩導和博導的作者 42 人，但是“碩導、博導”出現 46 次，因為有個別作者在簡介中說明了自己是某兩專業的碩導／博導、或既是碩導又是博導，下同。其中碩導 17 人，出現 18 次。博導 26 人，出現 28 次。

大陸的 174 位作者，寫明自己是碩士／博士導師或兼任二者的作者就占了總數的 24.14%。這當然不是台灣幾乎沒有碩導博導或英美沒有碩導博導。西南大學美國外教、退休教授馬蒂說，在美國，要帶研究生的教授得從事某專業研究 10 年，關鍵是要有自己的 special ideas（獨特見解）才行。一個專業的博導，在一個州就一兩個。但是在國內，上碩導和博導根本不需要獨特見解，也沒有研究年限的要求，只需要滿足官本位的一套級別：發表文章級別、獲獎級別、申准科研項目的級別等。筆者在網上找到一份名為《國內的博導碩導都合格嗎》[1]的調查報告。調查截止日期是 2007 年 10 月 11 日，有 2592 人參加了此次調查，本科生、碩士及博士（生）是主要回答者（本科 14.1%、碩士 47.3%、博士 36.8%）。筆者抽取了其中三個問題及其部分答案，希望能佐證本研究的某些發現。

1、以學術標準衡量，認為目前中國高校、科研院所的研究生導師合格率不足 10%的占了 28.0%；認為導師合格率在 10%~30%的占 22.1%；認為導師合格率在 30%~50%的占 22.8%。2、導師最令受試失望的前三大理由：忙於賺錢，不能專心治學搞科研（占 16.2%）；帶學生太多，指導不過來（占 15.2%）；學術水平太低（占 14.2%）。3、以受試自己的學科而言，認為近 10 年來國內的導師素質：下降了（占 45.8%）；沒什麼提高（占 29.0%）；有點兒提高（占 18.7%）。

綜上而言：七成多的受試覺得導師合格率不到五成；近五成受試對導師的失望點都跟科研本身有關；近五成受試認為導師素質下降。筆者導師是圈內人，稱這些數字“很寬容”。回頭看看大陸的 174 位作者，當中有 26 位博導。對博導們懷有崇敬之心之余，筆者還是把周振鶴先生發表在 2006 年第 01 期《教育》上的《博導不是職稱嗎?》一文的部分文字引來共勉：“說博士生導師制度是我國高等教育制度中最具有中國特色的部分，想必不會有什麼人有不同的意見吧。遍觀東西各國，無論發達國家或發展中國家，似乎都沒有這樣一個制度。這個制度施行二十多年，使得博士生導師在實際上成為高於教授的一個銜頭。儘管領導一再聲稱博士生導師只不過是一個崗位，並不是一個高於教授的職稱。但做了博導與不做博導，身份就是兩樣。不但是名片上好看，說出來好聽，外加也有實惠——學校有津貼。而且人文科學與社會科學領域沒有院士的榮譽，除了極少數人能擔任國務院某些委員會評議員以外，一般文科教授只能有博導這個最高榮

[1] 新浪網：http://survey.news.sina.com.cn/result/19146.html 2013.3.20.閱

譽了，自然要令人趨之若鶩了。”“博士生導師設置的基礎就有問題，因為必須先有博士點，才能有博士生導師。如果你這個學科前人已經種樹，那麼後人只管納涼就是。”

就碩導博導的津貼情況筆者詢問了自己的導師。她是碩導，其津貼是每月每生 50 元，指導畢業論文是每生 1200 元，幾年前參加答辯是每生 200 元；而單位裡博導的這些收入是碩導的兩倍或以上；本校其他院所這些津貼的具體數額自有規定但大同小異。馬蒂聽了，很吃驚地說，在美國，導師帶學生、指導論文和答辯等都沒有額外的錢，“這些是導師的職責”。

三、學歷介紹

三採樣點簡介給出的作者學歷情況

地域	給出學歷的書及百分比	給出學歷的作者及百分比
大陸	92 本　61.33%	105 人　60.34%
台灣	110 本　73.33%	167 人　73.57%
英美	42 本　28.00%	61 人　28.50%

台灣地區給出作者學歷無論是圖書本數還是作者人數都高達 73%多，大陸是 60%多，英美卻均不足 29%。給出作者學歷，說明撰寫作者簡介的人或者出版業重視學歷問題，看來學歷至上之風在海峽兩岸都挺盛行。三個採樣點的最後學歷：大陸地區學士 2 人，碩士 27 人，博士 76 人其中博士後 8 人；台灣碩士 31 人，博士 136 人其中博士後 8 人；英美碩士 12 人，博士 49 人。高學歷是三個採樣點的共同特徵。三個採樣點在陳述作者學歷時，陳述方式舉例如下：

大陸：文學博士，獲文學博士學位，文學博士，×大學×專業博士，先後獲學士、碩士學位。

台灣：×大學企管碩士，×大學語言學博士，某大學文學碩士，獲文學碩士學位，獲學士學位。

英美：received his Ph.D （譯：獲得他的博士學位）；who was awarded a Ph.D.（譯：被授予了博士學位）；She earned her doctorate at Yale（譯：她在耶魯大學獲得了博士學位）。

另外，大陸和台灣簡介有的專門點明“博士後”，以說明作者“高於”普通的博士，似乎它是最高級的學位。但博士後不是學位，只是再進修而已。大陸與台灣都出現 8 個博士後，百分比上分別是 4.60%和 3.52%，大陸略高。

四、師從介紹

三採樣點簡介給出的作者師從情況

地域	給出師從的書和百分比	給出師從的作者和百分比
大陸	6 本　4.00%	8 人　4.60%
台灣	12 本　8.00%	12 人　5.29%
英美	1 本　0.67%	2 人　0.93%

師從是指作者給出自己導師姓名或者寫出自己曾隨誰學習研究過。三個採樣點給出“師從”的作者共 22 位，不多；大陸和台灣地區占了 20 位，比例接近；英美地區占十分之一弱。與英美相比而言，這裡似乎折射出了國人引以為傲的“尊師重道”心理。各舉幾例：

大陸：“師從著名文史學家何善周教授”、“早年曾師從章太炎先生”、“為胡裕樹先生研究生”、“導師胡壯麟教授”、“師從戴浩一教授”、“在李臨定先生指導下完成碩士學位……在 Charles Li 和 Sandra Thompson 兩教授指導下從事××研究”。

台灣：“後從郭在貽教授習文字音韻訓詁之學，從項楚教授治敦煌學，師從裘錫圭先生研治文字學”、“師從唐圭璋教授、郁賢皓教授、常國武教授”、“導師為陳寅恪先生”、“為學私淑王國維、陳寅恪、陳垣諸前輩而愚鈍無成”、“早歲師事唐文治、姚永朴、柳詒徵諸大師”。

英美：“JACK N.RAKOVE is Coe Professor of American Studies at Stanford. He earned his doctorate at Harvard, where he studied under Bernard Bailyn.”（譯：傑克是斯坦福大學的美國研究科教授。他在哈佛大學獲得博士學位，師從伯納德•貝林。）“DAVID BURNER……received his doctorate at Columbia, where he studied under Richard Hofstadter.”（譯：大衛……在哥倫比亞大學獲得博士學位，師從李察霍夫施塔特。）

大陸地區的 8 例，出現“著名”1 次，給出了 12 個老師姓名；台灣地區的 12 例，出現“大師”1 次，給出了 25 次老師姓名。著名、大師及那麼多姓名，除了字面意義外還有其心理意義：資歷老、學識豐及身份尊貴。對自己的老師冠以“著名”、“大師”或寫出老師的姓名既能夠抬舉作者，也顯示尊敬先生。俗話說名師出高徒，既然自己的老師都有名氣，自己當然不會差多少。英美地區給出“師從”的只有兩例，為大陸或台灣的五分之一左右，且都是直接說老師的姓名和職稱（professor），沒有說“著名”或者對其冠以“大師”的稱號，他們與大陸和台灣差別大的原因是什麼？筆者諮詢了李海霞老師。她做過不少中西對比研究，說，中國文化跟一般文化一樣是沿襲型的，崇拜祖先和師長，所以看重師承。英美文化是創造型的，看重個人見解和產品本身的質量。故我們認為，中國和英美的不同文化類型應是主要原因。師承的介紹，在英美對於提高作者的聲譽沒有實質性的意義。

五、行政職務介紹

三個採樣點作者簡介給出作者行政職務情況

地域	給出作者及百分比	給出總次數及人均個數
大陸	67 人　38.51%	161 個　0.93 個
台灣	79 人　34.80%	221 個　0.97 個
英美	61 人　28.50%	81 個　0.38 個

註：作者總數：大陸 174 人；台灣 227 人；英美 214 人。

三個採樣點給出作者行政職務的書本數相差不大，英美只比最多的大陸少 10 本。但作者數相差較大，即如果以最少的英美為基數，大陸增加幅度大於 1/3。行政職務總次數及人均次數方面，英美地區跟大陸、台灣兩地差距則很大——大陸和台灣兩地的人均次數都達到英美的兩倍多。上表資料說明，大陸和台灣兩地給出行政職務的作者，平均每人有 2.4 個和 2.8 個行政職務；英美地區平均每人有 1.33 個行政職務。行政職務的個數，一人給出兩三個的，大陸和台灣作者分別約比英美的多一倍，為 13.2%和 12.3%，兩地還有十三四人給出四個及其以上，這個英美的沒有。學人擔任行政職務沒什麼，但不宜過多或過於看重。這樣的結果讓人想到大陸、台灣兩地，其研究是否有較重的官場化傾向（大陸、台灣及英美三個採樣點分別有 2 本、6 本及 8 本圖書不是學術著作，涉及作者數同，他們只占各地作者的 1.15%、2.64%及 3.74%，故我們仍用“研究”一詞），這應該與我國自古就有的“官本位”思想分不開，官本位思想傷害獨立思考能力。

從這些差別頗大的方面看出，大陸和台灣很接近，中國人和英美人的差別大，傳統無意識是很深厚的東西。

李海霞編輯修改

《漢語應用的文化人類學研究》181-190。

《鏡花緣》女性人物品性詞語研究

劉彤

摘要：《鏡花緣》女性人物品性詞語共有 262 個，其中品德類占 42.7%，主要是賢、孝等恪守禮教行為，還有救夫、為母復仇等義勇行為。才智類占 40.8%。書中有女兒國、女皇武則天，對整個女性的看法也比世俗顯著開明，稱讚女角的詞語有“能言善辯”、“文名大振”、“淵博才女”等，還想象朝中取士立“才女”一科。然而，書中仍舊認為女子為了“德”應自覺捨棄“才”，許多女子還以自己的才智積極地實踐著“三從四德”、“夫為妻綱”的節孝觀。女子的才華還是為了男性而存在，為了科考而存在。

《鏡花緣》是繼《紅樓夢》之後又一部集中描寫女性的長篇小說，但作者李汝珍表現的是神幻的理想主義，主要人物是以花仙謫下凡塵托生人間的一百位才女。

一、《鏡花緣》女性人物品性類詞語分析

品性類詞語指描寫人物本身品德、才智、性格等內在屬性的詞語。關於女性的品性詞語，《鏡花緣》中共出現了 262 個，其中品德類 112 個，占 42.7%；性格類 41 個，占 15.7%；才智類 107 個，占 40.8%；兼類的有 2 個，即“才德兼全，才、德、貌三全”，占 0.8%。我們通過對這些品性詞語的分析來探討在當時的社會文化背景下有關女性的道德規範及角色定位，同時一窺當時社會對待女性才智的態度。

（一）正面品性類詞語分析

書中的 65 個正面品德類詞語如下。

描寫女子遵從“三從四德”規範的有 10 個：不記前仇、不避禍患、賢德、一片血心、不避羞恥[這 5 個詞語是對司徒嫵兒救夫行為的評價]、賢、

賢慧人、賢聲（著於閨閫）、恪遵《女誡》、敬守良箴。

描寫孝道的詞語有 14 個：素有孝行、以孝為主、孝心、不避艱險、替母報仇、不憚勞悴、肯盡孝、惟知大義、至孝、孝女、最孝、大孝、奇孝、女中楊香[1]。這裡“惟知大義”中的“大義”指的是“孝道”，是對駱紅蕖不顧一切殺虎替母報仇並侍奉祖父餘年的評價。

描寫女子“節烈”品德的詞語有 9 個：貞節、素秉冰霜、苦志守節、被污不屈、節烈可嘉、三貞九烈、玉潔冰清、視死如歸、投環殉節。

這三組中，下面兩組其實是第一組的細化。這些占正面品德類詞語的 50.7%。內容就是順從犧牲於父母和丈夫。儒家女教經典《女誡》：“夫不賢，則無以御婦；婦不賢，則無以事夫。夫不御婦，則威儀廢缺；婦不事夫，則義理墮闕。”意義與之相符而偏重於男女對言。《鏡花緣》作為長篇故事則更具體豐富。這些就是中國傳統文化對女性道德的基本要求。

此外，“人人感仰”是眾人對為母報仇殺盡山中猛虎，保得一方平安的駱紅蕖的評價，但是人們對她感激的方式就是祝願她“配個好女婿，也不枉眾人感戴一場”（第四十四回）。這說明封建社會中，即使女子自己有本領，可以對社會做出貢獻，自身的價值最終還是要被定位在男子的身上。

（二）負面品性詞語分析

1. 三姑六婆及後母品性詞語分析

“三姑六婆”常用於貶義，“後母”身份更常為社會所詬病。

筆者收集到的有關三姑六婆的品性詞語有“哄騙銀錢”、“拐帶衣物”、“搬弄是非”、“（以美酒）迷亂其性”、“（以淫詞）搖盪其心”、“暗中奸騙”、“哄騙（上廟）”、“引誘（朝山）”、“百般淫穢”9 個，其中 6 個詞語與婦女的“貞節”有關，可以看出父權制社會對婦女貞操觀的重視，因為她們往往為了“銀錢”使出各種手段致使良家婦女“敗壞門風，名節喪盡”（第十二回）。

---

1 《鏡花緣》.人民文學出版社.1955 年.第 648 頁注釋 4：“楊香—漢代人。楊豐的女兒。傳說楊香幼年時隨楊豐在田裡收割，忽然來了一隻老虎要咬楊豐。當時楊香手裡沒有武器，便用手叉住老虎的頸子；老虎跑了，這樣救了其父楊豐的性命。”書中駱紅蕖之母因虎壓倒房屋，肢體折傷，疼痛而死，駱紅蕖就殺盡山中之虎為母報仇。這裡以“女中楊香”來形容駱紅蕖的“奇孝”品德。

本文有關後母的品性詞語共有 8 個，包括“百般荼毒（前妻兒女）”、“視為禍根”、“任聽饑寒”、“時常打罵”、“（希冀）獨吞家財”、“鋪謀設計”、“誣”、“枕邊讒言”，從這些詞語中可以看出後母受社會指責的主要原因是其對待前妻兒女狠毒殘忍，由於中國人血親觀念比較重，認為後母不太可能將毫無血緣關係的前妻兒女視為親人，時常也確實如此。加上封建社會女性沒有獨立的經濟地位，一生依附於丈夫或兒子，這種矛盾便更加激烈。

2. 武則天和女兒國執政者品性詞語分析

這裡的“女兒國執政者”是指女兒國國王和後來篡父位為王的西宮之子，這二者和武則天在書中是女子當政者的代表，只有武則天是現實中的存在。本文有關她們的品性的詞語共有 15 個：殺戮過重、造孽多端、愛才、霸王風月、不辨賢愚、賢愚莫辨、耳軟心活、狠毒、（十分）暴虐、信用奸黨、殺害忠巨、荼毒良民、好酒貪花、無道、恃母而驕。“霸王風月”是文中上官婉兒對武則天性格上的評語，原因是武則天下令百花齊放，只有牡丹花未按時開放，她就以火炙牡丹株枝以示懲罰和威脅。“霸王風月”就是指用強暴和粗野的態度去對待優雅的對象。

我們可以看到有關她們的品性詞語幾乎都是負面的，只有一個武則天的正面品性詞語“愛才”，是唐小山叔叔唐敏對她的評價，原因是武則天不但為前秦竇滔妻蘇氏若蘭織錦回文《璿璣圖》作序，而且還頒詔書允許天下閨閣考才女。

> 唐敏把序文取出道：“此序就是太后所做。你看太后原來如此愛才！”（第四十一回）

除此之外，全書再無一個有關她的正面品性類詞語。而她“愛才卻更愛財”，第六十八回武則天愛陰若花學問，捨不得她回去，但收了那國王許多財寶，“究竟這個有貝之財，勝於無貝之才”，只得讓陰若花回去。

從收集到的這些品性詞語中我們看到了霸道狠毒、忠奸不辨、好色、無能昏庸的女性君主形象。而且書中還認為，女性即使能夠掌握政權、太平無事也是受夫家蔭庇，與她們的才智、品德無關。如第三回：“武后自立為帝，改國號周，年號光宅，自中宗嗣聖元年甲申即位，賴唐家一點庇蔭，天下倒也無事。”

二、正面才智類詞語分析

（一）正面才智類詞語的分類

本文共收到正面才智類詞語 99 個，現按內容將其分類如下：

1、天資：天生奇才，穎悟，聰慧異常，清品（即上品資質），宿慧非凡，心靈性巧，穎思入慧，天姿[資]聰俊，慧比靈珠，智識精明，好記性，記性好，天姿明敏，慧心人，聰明，最心靈，慧心巧，好好質地

2、學識：才學高，奇才，才情敏捷，胸羅錦繡，口吐珠璣，淵博，淵博才女，能文，通品（學識通達的人），多才，多才多藝，才情高，高才，大才，（學問）佳，才名素著，自有卓見，博覽廣識，博覽廣讀，博古通今，飽讀詩書，詩書滿腹，博學，（學問）鴻博，文理條暢，（學問）優，學問非凡，（學問）高，文理尚優，（詩學）精，好心思（才思），素本家學，家學淵源，錦心（喻優美的文思），繡口（喻文辭華麗），錦心繡口，巧思，舉筆成文，文名大振，名重一時，識見過人，知古今

3、口才：伶牙俐齒，（言談）不俗，能言善辯，嘴頭利害，善於詞令，鐵嘴，口齒靈便，滔滔不斷，滔滔不絕

4、藝術修養：善書，字體端楷，丹青甚佳，撇的好蘭，畫的好畫，（欽定的）書家，（彈的）幽雅，（指法）精，（隸書）行家

5、人情世故：明白諳練，辦事精詳，深明時務，洞達人情

6、兼類及其他：寫的好，文武全才，好針黹，（歌舞）妙，善養蠶織機，熟諳水性，醫道高明，（最）精藥性，精於風鑒，通元[玄]妙之機，神算彈無虛發，諳劍俠之術，奇技，武藝高強，深通劍術，（連珠槍）好不利害，（善能）飛簷走壁

由於人的天資和學識很難截然分斷，所以我們這裡根據具體的語境偏重分類，如“天生奇才”歸入天資類，“奇才”歸入學識類。

這裡所收的才智類詞語不僅包括對女子文學之才的描寫詞語，還含概了對女子其他技能的描寫詞語，如養蠶絲織、醫道風鑒和藝術修養等。值得注意的是這裡的詞語中出現的“才”，除了“天生奇才”是指天資方

面之外，其餘都是指詩文方面的文學修養，語素“藝”只出現一次，也指詩文方面的文學修養，如稱讚史幽探和哀萃芳“多才多藝”只是因為兩女從蘇若蘭所織回文錦《璿璣圖》中得出數百餘首詩，在《鏡花緣》中只有在詩文方面得到肯定才能算是“才女”，才能被最高統治者賜予“才女”匾額。

> 一個叫史幽探的才女，將蘇蕙《璿璣圖》分而為六又合起來，“得詩不計其數”；另一才女哀萃芳，在六圖之外又分出一圖，又“得詩數百餘首”。“太后自見此圖，十分喜愛。因思如今天下之大……多才多藝如史幽探、哀萃芳之類，自複不少。設俱湮沒無聞，豈不可惜？因存這個愛才念頭，日與廷臣酌議，欲令天下才女俱赴廷試，以文之高下，定以等第，賜與才女匾額，准其父母冠帶榮身。”（第四十一回）

（二）從正面才智類詞語看當時社會對待女性才智的一些態度

1. “才德兼全”

在所收集到的 181 個女性正面品性詞語中，正面品德類的詞語 65 個，占 35.9%；正面才智類詞語所占比列為 54.7%，在數量和比例上超過了正面品德類詞語。在所收的才智類詞語中褒揚女性學識方面的詞語最多，有 42 個，占正面才智類詞語的 42.4%，其次是讚美女性天資的詞語，17 個，僅這兩項之和就占正面品性類詞語的 33.0%。還不算與文學修養有關的口才類詞語，以此來看，當時社會一些文人對女子讀書和擁有才智是有所肯定的。

另外，從全書品性詞語中才智類和品德類所占比例分別為 40.8%和 42.7%來看，作者或者說當時社會上的一些文人對待女子“才”與“德”的態度上存在著一種與“女子無才便是德”不同的“德才兼備”的觀點，這一點從對孝女廉錦楓進行評價的詞語“才德兼全”和“才、德、貌三全”中也有所體現。

2. “才”囿於“德”

需要注意的是這種允許女性“德才兼備”的觀點是有前提的，即女子可以擁有才智，但是“才智”必須在“婦德”的籠罩範圍內。這一點在小說開卷時就已經闡明。班昭《女戒》規定婦女“四行”，即婦德、婦言、婦容、婦功，作者言書中才女“金玉其質”“冰雪為心”，乃是“恪遵《女誡》，敬守良箴”的結果，故以之為引子。這說明即使當時社會一些文人對女性才智有所肯定，但是視女性為男性附屬物的思維定勢依然是主流思想意識，或者說當時社會某些文人肯定女子讀書、擁有才智的出發點沒有那麼單純，肯定女子有才智的最終歸宿點仍是在男性身上。

首先，從書中女子讀書應試的結果來看，第四十二回武則天所頒女科恩詔中明確規定，考得好的，女子的夫家免徭役，女子的父母翁姑和丈夫有官的晉升一級，無官的賜官各等，女子本人得一個匾額，殿試獲中後“女博士”等虛銜，可得半支俸祿，而無任何實權。女試的好成績是為丈夫尊親贏得榮譽和實惠。雖然陰若花和黎紅薇、盧紫萱後來做了國王和女名臣，但那也只是在作者幻想的國度裡並且讓她們取得男子的身份稱號之後。

其次，認為女子為“德”應自覺舍“才”。這一點在唐小山身上表現得十分突出，在正面才智類詞語中描寫她的才智的就有“淵博、才名素著、識見過人、自有卓見、天姿聰俊、宿慧非凡、素本家學、名重一時”8個，但是這樣一個集聰明、才華、識見於一身的女性，為了尋找拋妻離子去修道成仙的父親唐敖，卻毫不猶豫地放棄本不需要放棄的千載難逢的以才試舉際遇。她回絕舅舅的勸告：

> “甥女如果赴試，這個才女也未必輪到身上。即使有望，一經中後，掙得紗帽回來，卻教那個戴呢？若把父親丟在腦後，只顧考試，就中才女，也免不了‘不孝’二字。既是不孝，所謂衣冠禽獸，要那才女又有何用？”說著，不覺滴下淚來。（第四十三回）

其下又說：“只要尋得父親回來，那怕多走三年兩載，亦有何妨。”從這些話中我們既可以看出女子讀書試舉的目的是為男子謀福利，同時從唐小山為行孝德放棄逞才機會、無心讀書，也可以看出在才德發生衝突時，規定了女子為“德”舍才、才囿於“德”的標準。這樣看來唐小山“識見過人、自有卓見”的才智也只是在傳統婦德觀的束縛之下，進行有限的思考而已。

3. 要求女性以才智積極踐行婦德

通過書中擁有各種才智的女性的所言所行，我們可以得知當時社會某些文人肯定女子飽讀詩書、富有才幹，目的是使其更能自覺地恪守閨訓遵循禮教。

才智上有“深明時務，洞達人情”之譽的師蘭言在七十一回發出議論，認為女子為人在世的行為要遵從“非禮勿視、非禮勿聽、非禮勿言、非禮勿動”的訓誡，並且認為“依了這個處世，我們閨閣也要算得第一等賢人”。“識見過人”的唐閨臣（唐小山）在第九十四回與顏紫霄上小蓬萊追隨父親修仙了道之前，也不忘囑咐其弟唐小峰“在家需要孝親，為官必須忠君，凡有各事，只要俯仰無愧，時常把天地君親放在心上”。燕紫瓊之所以被讚為“口齒靈便”只是因為在第六十回用一番“義正詞嚴”的“大唐正統說”使得前來捉拿唐室九王爺之子（也是燕紫瓊的未婚夫）的易紫菱“啞口無言”，並最後化敵為友，一起維護唐室正統。

這裡女子讀書的結果不僅沒有對男權構成威脅，反而成為了儒家正統價值的自覺維護者。不僅如此，書中的女子還以自己的才智積極地實踐著“三從四德”、“夫為妻綱”的節孝觀。

擁有“（善能）飛簷走壁”技能的司徒嫵兒，由於自己主子的媒妁之言將終身許配給唐朝忠良之後徐承志，可以說從未謀面沒有感情可言，為讓丈夫可以出關，自己偷出令旗，不料兩次被夫出賣，卻甘願忍受毒打以至被賣，始終癡心不改，這種莫名其妙的堅貞顯然不是忠於愛情，而是忠於男性理想的貞節觀。

而廉錦楓“熟諳水性”是為了能潛入海中採摘海參為母治病，“文武全才”的駱紅蕖練就嫺熟的箭術是為了殺虎替母報仇，魏紫櫻繼承“好不利害”的連珠槍技藝是因為哥哥身弱多病，不能辛苦，只有以此奉養寡母和兄長。這裡讓女子擁有才智是用來踐行孝道的。百位才女讀書應試贏得才女的美名後最終依然要遵從“父母之命、媒約之言”嫁為人婦、回歸“相夫教子”、“三從四德”、“忠貞節孝”的道路，這一點在才女們隨夫勤王討伐“武逆”的過程中表現得尤為突出。她們平時待在女營做“賢妻良母”，一旦丈夫被困或是死亡，她們或以自己的才智救夫以至被害，如“武藝高強”的宰玉蟾和“深通劍術”的燕紫瓊；或為夫報仇戰死沙場“完名全節”，如才女由秀英、田舜英；或投環、自刎以殉節，如才女邵紅英、林書香、陽墨香、戴瓊英等。所以無論女性怎樣有才，依然改變不了做男性附庸的命運，而且死也死得心甘情願、毫不猶豫。

1）成敗在此一舉，彼時所有各家眷屬，都要帶在軍營，惟恐事有不測，與其去受武氏弟兄荼毒，莫若闔家就在軍前殉難，完名全

節，以報主上……。”眾人連連點頭。（第九十六回）

2）那女營之內司徒嫵兒、宋良箴、駱紅蕖、酈芳春、酈錦春、宰銀蟾、秦小春、廉錦楓八位才女，聞得丈夫困在陣內，嚇的淚落不止……那眼前有子的，還有三分壯膽，那無子身上有孕的，也有一分指望，就只那跟前一無所有的……只等凶信一到，相從於地下。（第九十九回）

3）燕紫瓊、宰玉蟾聞得丈夫又困在陣內，嚇的驚慌失色……惟有且到陣中看看光景，再為解救；如無指望，就同丈夫完名全節，死在陣內，倒也罷了。當即命人通知大營，各跨征駒，闖進陣去。（第九十九回）

4）陽墨香、戴瓊英聞知此信，即到大營，撫著陽衍、文萁屍首慟哭一場，姑嫂兩個，旋即自刎。（第九十八回）

另外，書中“才名素著”、“文名大振”、“名重一時”、“淵博才女”4 個詞語說明作者承認女子的才能，還將“才女”作為女性的功名稱號（女子參加部試取中後賜“文學才女”匾額）。本書是神幻小說，女性的地位比實際生活中高了不少，但是女子的才智要想得到當時社會的認可，還是必須將自己限制在對儒家正統精神的展現上。這樣，愚化和壓制女性的基本格局並沒有改變。

三、同《傲慢與偏見》才智類詞語比較

英國小說《傲慢與偏見》成書於 1797 年，與《鏡花緣》成書時間大致相等，通過兩書中女性才智類詞語的比較，可以看出當時中西方女性觀念上的差距。

《傲慢與偏見》圍繞小鄉紳班納特一家 5 個女兒的愛情婚姻，以日常生活為素材，生動地反映了 18 世紀末到 19 世紀初處於保守和閉塞狀態下的英國鄉鎮生活和世態人情。

據王曉陽女士 2009 年的碩士論文統計，《傲慢與偏見》中與女性才智相關的品性詞語共出現了 22 個，有先天智力和後天修養兩大類，與後天修養有關的詞語 14 個，多處提到了女性的理性思維，還強調了女性的獨立思考能力：

思想深邃嚴密，見解深刻，理智的，明智的，見識淺，見解不凡，有見識[1]

這說明當時英國社會對女性的觀念開明得多，尤其可貴的是對女性理性智慧持有高度肯定的態度。

《鏡花緣》在學識方面與後天修養有關的詞語有 39 個，如：學問鴻博，詩書滿腹，博學，博覽廣讀，學問淺薄，小聰明，孤陋寡聞，博古通今，胸羅錦繡，口吐珠璣等。其中沒有一個與理性思維有關的詞語，與女性的獨立思考能力有關的詞語只有 2 個："識見過人"和"自有卓見"。大部分詞語是褒揚女子書本知識淵博和詩文方面的語言能力的。而"小聰明"、"愚而好自用"、"妄作聰明"、"欠工夫"、"混鬧"、"（近於）狂妄"、"不知人事"七個負面詞語是多九公對黑齒國女子盧紫萱的評價，責備盧對先儒們的某些注解和言論有所質疑並提出了自己的看法，如：

> 1）多九公道："前人注解，何等詳明，何等親切。今才女忽發此論，據老夫看來，不獨妄作聰明，竟是'愚而好自用'了。"（第十七回）
>
> 2）多九公不覺皺眉道："我看才女也過於混鬧了！……今才女必要吹毛求疵，亂加批評，莫怪老夫直言，這宗行為，不但近於狂妄，而且隨嘴亂說，竟是不知人事了！"（第十七回）

這說明當時中國社會雖然出現一些文人肯定女性讀書的現象，但對女性的獨立思考能力尤其是理性智慧卻持有壓抑的態度，這是導致中國女性長期不能獨立自主的原因之一。

再者就是當時中英對女性"多才多藝"的不同界定標準。上文已經提到，"多才多藝"用來對詩文之才進行讚美，也就是說女子即使只有詩文方面的才華也可以叫做"多才多藝"。並且書中女子為了學習好詩文去應試，不惜犧牲其他方面才藝的學習。

> 1）呂堯蓂道："舜英姐姐前在公主府因天晚未及領教，聞得瑤芝姐姐背後極贊指法甚精，今日定要求教。"田舜英道："不瞞姐姐說：彈是會彈兩調，就只連年弄這詩賦，把他就荒疏了……設或

[1] 王曉陽.《紅樓夢》和《傲慢與偏見》女性描寫詞語對比研究.西南大學碩士論文.

彈的不好，休要見笑。”（第七十二回）

2）瑤芝也把手伸出道：“這兩年因要應試，無暇及此，那個不是一手長指甲；你是主人既怕剪，我更樂得不剪了。”（第七十二回）

而在《傲慢與偏見》中的“多才多藝”要求相當高，不僅要有學識還要兼顧藝術修養等，如來自上流社會的達西和鄉紳家庭的小姐們討論女子的修養時，她們對“多才多藝”（accomplished）的解釋：“一個女子必須精通音樂、歌唱、繪畫、舞蹈及多種現代語言才當得起這個“多才多藝”的稱號。”“除此外她還得有一些內在的才學，她得博覽群書以完善心智。”（參見王曉陽文）《傲慢與偏見》女子的才華具有其本身的價值，不為男性而存在，不為考試而存在。

李海霞編輯修改

《漢語應用的文化人類學研究》191-205。

《水滸傳》《紅樓夢》飲食行為用語研究

趙宇

摘要：《水滸傳》《紅樓夢》飲食用語十分豐富。其中，各種進食行為、進食感受與狀態、食物傳送和吃喝評價用語共274個，不重計占全部飲食用語的 26.7%。它們突顯了吃喝的愉悅、醉飽的痛快以及猜拳行令等的瘋狂。《水滸》常誇張描寫酒肉的食量。二書中人們極其迷戀吃喝，且喜歡拉長時間享受。飲食行為的描寫同食物、食物屬性和食器等其他描寫一樣，細緻精妙，反映了非常發達的飲食文化。飲食傳送和飲食行為評價，除了“款待”、“享福”和讚賞“大丈夫”等幾個，皆表現了強烈的主奴尊卑觀。

這是作者碩士論文《〈水滸傳〉與〈紅樓夢〉飲食用語研究》的節選。這兩部近代白話小說分別代表了文和武、上層與下層、正統與非正統兩個方面。《水滸傳》取百回繁本，人民文學出版社 1997 年 1 月版。《紅樓夢》只取前八十回，人民文學出版社 2008 年 7 月版。二書總字數約 120 萬。

對一部書的飲食文化進行研究，我們不光揀一些需要的句子，而是考察有關詞和短語的總匯，以圖達到全面、細緻。飲食行為的描寫，具體生動地體現了人物性格、社會習慣做法和觀念文化，卻未見有研究者注意到它們。筆者特錄出此類的全部詞和短語來考察。

本文所說的飲食行為用語包括專門的“吃”、“扯”等，也包括特意描寫飲食的通用詞語，飲食時的心態和感受、對飲食的觀念和看法等。如《水滸傳》第三十二回：“武行者且不用箸，雙手扯來任意吃”。“任意”不是專門描寫飲食行為的，但是在句中它描寫了武行者吃雞和肉的心態。

一、進食行為詞語分類概覽

由於二書中零散人物的進食行為描寫少碎，這裡只收錄主要人物群體，即《水滸傳》的梁山好漢們和《紅樓夢》的賈府主僕們的進食行為描寫用語。現將它們按語義聚合關係的遠近全部列出。（以▲為界，前《水滸》後《紅樓》）。

1. 進食動作描寫詞語

飲；酌；飲酌；草酌；小酌；菜酌；酌杯；飲宴；飲筵；噇；呷；吃；吃嘴；餐（如“飽餐”）；食；吞；吞嚥；噬；嘗；銜；舐；喂；齋（如“齋你”）；宴樂；筵宴；入口；沾唇；過口；把盞；把杯；把酒；充饑；用（茶等）；灌（酒）；▲喝；飲；酌；呷；噇；攮喪（狂吃濫飲，如“攮喪黃湯”）；茹（如“素不茹酒”）；吃；食；餐（如“渴飲饑餐”）；啖；咽；嚼；嘗；啃；嗑（如“磕瓜子兒”）；喂；噙；舔；酗酒；把盞；點補（如“點補小食兒”）；用（飯等）；進（如“茶湯不進”）；灌（酒）；灌喪（酒）；飛觥獻斝；款斟慢飲；醉飛（飲盞）；潑醋擂薑（興意狂）

2. 心態及感受描寫詞語

（1）任意類：任意（吃）；盡意（吃）；盡力（噇）；只顧（吃）；暢（飲）；痛（飲）；（吃得正）濃；（酒至）半酣；▲任意（吃酒）；隨意（吃喝），不必拘禮；放量（吃）；大（吃）大（嚼）；痛（喝）；只管（玩笑吃喝）；只管隨意（吃喝）；不可拘泥（寫寶玉生日夜吃酒）；不必拘定座位（寫螃蟹宴）

（2）快樂類：（飲酒）快樂；（飲酒）作樂；快活（吃酒、吃三杯）；歡喜（飲酒）；（魯智深見酒肉上桌）大喜；開懷（暢飲）；如醍醐灌頂，甘露灑心；▲（酌酒吟詩）為樂；（猜枚行令）百般作樂；（吃酒）取樂；（寶玉已是三杯過去）心甜意洽；（吃的）高興；喜（先嘗）；

（3）醉飽類：飽；醉；大醉；爛醉；盡醉；沉醉；酩酊大醉；▲既醉且飽；醉；醺醺然；自覺恍惚朦朧，告醉求臥；吃多了酒，臉上滾熱；吃了兩杯酒，眼餳耳熱；有些醉意；自覺酒沉了；多吃了兩杯酒；有了三分酒；已帶了幾分酒；酒已八九分；酒蓋住了臉

（4）整體氛圍類：一團和氣（寫戴宗與飲馬川山寨頭領初識飲宴）；▲（螃蟹宴）熱鬧；（大排筵宴、擺酒唱戲）熱鬧非常；笙歌聒耳，錦繡盈眸（寫賈赦與眾門客賞燈吃酒）；（王熙鳳用餐）半日鴉雀不聞；寂然（飯畢）

（5）其他類：親（親自，如親賜杯酒）；慌忙（置酒、安排些酒食）；▲親（捧茶捧果、捧羹把盞、捧過茶等）；親自（遞酒揀菜）；忙（捧上茶來、端上桂圓湯、倒好茶等）

3. 儀態及伴隨活動描寫詞語

“猜拳”、“劃拳”和“呼三喝四”等，似乎是尋常的中國酒席離不得的孿生兄弟，從中我們可以看到飲食文化的某些特色。因此，這裡把儀態和伴隨活動放在一起收錄進來。

大吹大擂；篩鑼擊鼓，笑語喧嘩；唱曲；看飲馬川景致；較量些槍法；做了一首《西江月》詞調；作《滿江紅》一詞；舞劍；眼紅面赤；前合後仰；東倒西歪；踉踉蹌蹌（上山來）；擺擺搖搖（回寺去）；腳尖曾踢澗中龍；拳頭要打山下虎；指定天宮，叫罵天蓬元帥；踏開地府，要拿催命判官；赤形裸體；口出狂言；前顛後偃，東倒西歪；不用箸，用手扯；右手扯，左手撕；雙手扯；拔出大斧，砍開豬羊，大把價撾來；把手去碗裡撈（魚），滴滴點點，淋一桌子汁水；和瓶便呷（酒）；醉顏酡；稍添春色；春色微醺；似當風之鶴；如出水之龜；狼餐虎食；虎噬狼吞；似虎餐；如風捲殘雲；▲賞花；聽戲；和音奏樂；彈琴；操琴；賞燈；（命奴僕）吹簫；唱曲；賞月；賞桂花；唱一個新鮮時樣曲子；醉飛吟盞；爭聯即景詩；下棋；品笛；猜枚行令；劃拳；“三”“五”亂叫，劃起拳來；呼三喝四，喊七叫八；猜拳贏唱小曲兒；賭錢；無人不罵；胡罵亂怨的出氣；踉蹌；一揚脖子吃了；不得已喝了兩盅，臉就紅了；吃的兩腮胭脂一般

4. 行為持續時間及發生頻率描寫詞語

吃了半晌酒食；吃了一早晨酒食；吃了半夜酒；終夕飲；吃了一夜酒；吃了一日酒；吃了一兩日酒；一連三日筵宴；一連吃了數日筵席；連連吃了三五日酒；吃了三五日筵席；吃了四五日酒；每日上街吃酒；每日筵席；每日做筵席慶賀；（30 餘個頭領）每日輪一個做筵席；逐日宴樂；連日在店內飲酒作賀；連日殺牛宰馬慶賀；連日筵宴；終日筵宴；終日飲酒；飲酒至天明；飲酒至午後；至暮盡醉方散；飲酒至晚；至晚席散；直吃到初更左側；至二更方散；午牌至二更方散；飲至三更；飲酒至半夜方散；直吃到四更時分；直吃到五更；直至更深方散；飲至夜深；無移時（又吃了一桶酒）；無一時（一壺酒、一盤肉都吃了）；沒半個時辰（把一對雞、一盤子肉吃個八分）；拈指間（把二斤羊肉都吃了）；▲吃了一天酒，連

忙了三四天；兩日的筵席；擺三日酒；今日會酒，明日觀花；成日價和小老婆吃酒；天天吃酒；天天宰豬割羊，屠鵝戮鴨；至晚方散；盡席而散；將有三更時分；天已四更時分；夜深；喝一夜酒

二、進食行為特點及原因分析

由以上詞語可見，兩部小說的主要人物群體的進食行為有諸多一致之處——盡興和歡快的心理、吃喝得醉飽的結果、各種伴隨活動、動作幅度大且聲音高強的舉止儀態，持續時間之長和發生頻率之大。基本生存的滿足之外，追求盡興歡暢也可以被視為人之常情。然而兩個群體還是存在著某種程度的差異。

好漢們的任意、盡意顯得更無所顧忌，以至於有時惹出事端。魯智深因為吃得爛醉兩次大鬧五臺山，最後無法安身，只得另往他處（第四回）。林沖、武松都曾在逃難途中因為吃得大醉而束手就擒（第十一、三十二回）。宋江在江州潯陽樓"倚欄暢飲，不覺沉醉"，而吟下反詩（第三十九回）。在元夜的東京，史進、穆弘"在閣子內吃得大醉，口出狂言"，嚇得宋江慌忙喝住："你這兩個兄弟，嚇殺我也！……若是做公的所得，這場橫禍不小！"而宋江隨後與花魁娘子李師師飲酒，"酒行數巡"之後，卻也"揎拳裸袖，點點指指，把出梁山泊手段來"，以至於柴進在一旁不得不笑著解釋（第七十二回）。

《水滸》中，宋江、晁蓋、李逵等人報復食人極其殘忍、野蠻。比如第四十一回："晁蓋道：'……教取把尖刀來，就討盆炭火來，細細地割這廝（指告宋江題反詩的黃文炳），燒來下酒，與我賢弟消這怨氣！'李逵……便把尖刀先從腿上割起，揀好的就當面炭火上炙來下酒。割一塊，炙一塊，無片時，割了黃文炳，李逵方才把刀割開胸膛，取出心肝，把來與眾頭領做醒酒湯。眾多好漢看割了黃文炳，都來……與宋江賀喜。"而第四十三回寫到："（李逵）卻在鍋裡看時，三升米飯早熟了，只沒菜蔬下飯。李逵盛飯來，吃了一回，看著自笑道：'好癡漢！放著好肉在面前，卻不會吃！'拔出腰刀，便去李鬼（假裝李逵去劫掠資財，又對李逵恩將仇報）腿上割下兩塊肉來，把些水洗淨了，灶裡扒些炭火來便燒，一面燒，一面吃。"這些，只能說明他們文化和理性的嚴重欠缺。

《紅樓夢》中未出現完全喪失人性的食人行為。賈府主僕們的任意、隨意吃喝是比較收斂的。第三十八回："山坡桂樹底下鋪下兩條華氈，（史湘雲）命答應的婆子並小丫頭等也坐了，只管隨意吃喝，等使喚再來……又招呼山坡下的眾人只管放量吃。"第四十四回寫王熙鳳生日，賈母"懶怠坐席……將自己兩桌席面賞那沒有席面的大小丫頭並那應差聽差的婦人等，命他們在窗外廊簷下也只管坐著隨意吃喝，不必拘禮"。而在第七十六回，上夜的兩個老婆子"打聽得凸碧山莊的人應差，與他們無干……關了月餅果品並犒賞的酒食來，二人吃得既醉且飽。"可見，奴僕們的隨意吃喝得有主子的許可，或偷閒進行。即便是年輕主子們，同樣有場合限制和思想顧慮。賈寶玉、薛寶釵等人"不必拘定座位"地吃喝是在賈母離開之後（第三十八回）。探春、寶玉、湘雲等眾人"任意取樂，呼三喝四，喊七叫八"，也是在"賈母王夫人不在家，沒了管束"的時候，緊接著賈寶玉等人"不可拘泥"地吃酒取樂，最後吃得大醉也是在晚間瞞著林之孝家的等管家偷偷進行的，並且如李紈說的，"一年之中不過生日節間如此，並無夜夜如此"（第六十二、六十三回）。就連鳳姐在她生日那天吃得"自覺酒沉了"，也有賈母的恩准："原來賈母說今日不比往日，定要叫鳳姐痛樂一日"（第四十四回）。

好漢們的醉遠比賈府的主僕們徹底。好漢們經常喝得"大醉"、"爛醉"、"盡醉"、"沉醉"、"酩酊大醉"，而賈府的主僕們最多就是"醉了"、"醉醺醺的"、"吃得醺醺然"。此外《紅樓夢》中不少描寫醉酒的用語，像"吃多了酒"、"多吃了兩杯酒"、"酒蓋住了臉"、"酒沉了"、"已帶了幾分酒"之類，稍顯得含蓄一些。某些主子在飲酒時意識到自己醉酒還會有意克制。第五回寫賈寶玉"自覺朦朧恍惚，告醉求臥"，第四十四回寫王熙鳳"自覺酒沉了，心裡突突的似往上撞，要往家去歇息"。類似的描寫用語在《水滸傳》中並未見到。

好漢們吃喝時助興的伴隨活動總的來看也相對較少，小說中出現的只有大吹大擂、較量槍法、舞劍、篩鑼擊鼓唱曲、看飲馬川景致、作……詞，而且除了大吹大擂，其他活動都次數很少。作詞出現了兩次，僅限於宋江（見於第三十九、七十一回），在好漢們不是有代表性的。觀景描寫只有兩次，一次描寫史進與少華山三個頭領中秋賞月飲酒（第二回），另一次描寫戴宗與飲馬川山寨的頭領"看那飲馬川景致吃酒"（第四十四回），並且這兩處對景致的韻語描寫明顯游離於情節，帶有說書人在說書時即興穿插的痕跡。這從反面說明，實際上好漢們吃喝時通常沒什麼助興活動。賈府主子們的助興活動則種類繁多，小說中出現的有作詩、彈琴、品笛、賞燈、賞月、賞桂花、賞梅花、唱曲子、聽戲、行酒令、下棋；幾乎每一次盡興歡暢地吃喝時都不缺其他活動來助興。這些活動使得其盡興歡暢顯得溫和文雅很多。並且《水滸傳》的描寫較為粗略，只是三言兩語，《紅樓夢》的某些描寫則非常詳細，像食螃蟹詠詩、行酒令、中秋品笛賞月等都用了很大篇幅。

造成上述差異的原因主要是兩個群體不同的環境經歷和思想意識。

梁山好漢們的活動場景多是他鄉異地的酒店、野寺、荒山、莊園，地痞無賴出沒的街市，時刻要提防官軍的搜剿捉拿。這種環境的總的特徵是隱藏著各種危險和不測。比如魯智深在赤松林遭遇強人剪徑，楊志在東京街市賣刀時被潑皮牛二無理取鬧，林沖、武松、宋江都誤入賣人肉饅頭的酒店，武松、李逵都曾在荒山遭遇老虎，宋江、薛勇先是在揭陽鎮被揭陽三霸逼得無處投宿，緊接著在江船中險被劫財害命。好漢們進入此中大多是迫不得已。他們在這種環境中四處奔走時，經常面對的是饑餐渴飲、遭受欺壓乃至性命之虞。作者對他們的某些行為也賦予了自由、灑脫、勇敢、真率等意義。同時好漢們大多文化水平較低，在講究叢林法則的江湖也更少儒家教化下的宗法家族社會的約束（參見王學泰《遊民社會與中國文化》）。

因此對於大多數好漢而言，意識中占第一位的是動物性的本能。對盡情歡快地吃喝這種低層次的追求，他們持有完全肯定的態度，也絲毫不加掩飾。阮小五在入夥前就對吳用說：“（梁山好漢們）論秤分金銀，異樣穿綢緞，成甕吃酒，大塊吃肉，如何不快活！我們兄弟三個空有一身本事，怎地學得他們。”（第十五回）。

賈府主僕們日常活動的深宅大院，是一個儒家思想居主導地位的社會。儘管等級森嚴人們都忌憚長上，然而一般情況下，無論男女主子還是大小奴僕，絕無梁山好漢們的衣食、性命之憂。這是一個主子暫時做穩了主子、奴才也暫時做穩了奴才，大體上各安其分的社會。

他們不管其實際行為是怎樣的，大都傾向於承認，盡情歡暢地吃喝畢竟不是正兒八經的事情，醉酒而失態更是不怎麼光彩的。在第四十二回，薛寶釵便對林黛玉說："男人們讀書明理，治國輔民，這便好了……你我只該做些針黹紡織的事才是。"在第四十四、四十五回，就連吃喝嫖賭俱全的賈璉在醉酒與王熙鳳大鬧之後也覺得"大沒意思，後悔不來"，最後"忍愧"到賈母面前給王熙鳳賠不是，而王熙鳳因為酒醉打了平兒也只得向平兒賠禮說，"我當著大奶奶姑娘們替你陪個不是，擔待我酒後無德罷"。在第六十三回，在一場少有的深夜痛飲之後，襲人等奴僕覺得酒醉後大聲地劃拳唱曲是"一個個吃的把臊都丟了"，並"俱紅了臉，用兩手握著笑個不停"。實際上，盡情歡暢地吃喝以至失態的情景往往發生在過節、慶生日、賀升官等特定場合，賈府慣常的一日三餐多是等級角色分明、整體氛圍肅靜的，如第三、六回的描寫——"外間伺候之媳婦丫鬟雖多，卻連一聲咳嗽不聞。寂然飯畢"和"半日鴉雀不聞"。這樣的飲食氛圍在梁山好漢們那裡未見到。此外，由於平時衣食無憂及頗具詩文審美修養等因素，賈府的很多主子往往追求的是吃喝時的趣味；在第二十八回，賈寶玉便認為濫飲"易醉而無味"。

中國傳統的宗法、專制的道德觀念，使得人們的個性發展很不充分，人們缺乏自制、獨立自主的意識和能力。[1]社會下層的人們更是如此，"一旦宗族崩潰，家族破裂，他們很難面對社會。這時，他們或者因為不能適應環境的變化而被淘汰，或者只是表現出保護自己生命和求生的動物本能，為此，無所不為。"[2]梁山好漢們就屬於這種情況。狼噬虎吞這種行為可以給人一種豪爽、威武、灑脫、率真之類的張揚個性、自我解放的感覺，不可否認也有著一定的衝擊等級尊卑的作用。而某些好漢，如林沖、三阮、武松等人遭受了各種不公和欺壓，心裡不免積聚了不滿和怨恨，所以其盡情歡暢還具有有意無意地發洩怨憤情緒乃至挑戰權勢者的意味。但是這些行為暴露出的更大問題則是人格的不健全。如論者指出，它"具有原始性、野蠻性的一面"。[3]

儒家思想所大力提倡的等級尊卑等內容"除了要人們逆來順受和互相協調以外，無法給民眾更多的精神上的滿足和啟發，甚至不能給信奉者提

---

1 馬小虎.魏晉以前個體"自我"的演變.中國人民大學出版社，2004:495-552

2 王學泰.遊民文化與中國社會.學苑出版社.1999:60

3 幸亮.《水滸傳》男性描寫詞語研究.西南大學碩士論文.2008:22

供痛快淋漓的宣洩管道”。[1]因此，賈府主僕們的盡情酣暢也帶有自覺不自覺地宣洩、疏導壓抑感的意味。只不過它們顯得節制、文雅一些而已。

三、食物傳送行為描寫用語分析

食物傳送行為，指人們贈送、提供食物的活動、動作。這種行為在二書中都頗為常見和重要。

（一）傳送行為詞語分類概述

1. 賞賜類

本小類包括“賞”、“賜”、“賞賜”、“犒賞”四個詞。它們在《水滸傳》和《紅樓夢》中都有出現，其中前兩個單音節詞使用得較多。它們用於地位高的人把食物給予地位低的人。地位的高低包括官職的差異、主僕的區別或年齡的長幼。《水滸傳》主要表現為官職的高低，比如職位為裡正的史進把酒賞給莊內眾人（第二回），知縣、都監、知府等官員把酒賞給擔任都頭、節級或行刑劊子手的武松、戴宗、楊雄等胥吏（第二十三回、四十回、四十五回），最上位的天子則把酒賜給戰將身份的呼延灼和萬民（第五十五回、七十二回）。《紅樓夢》則主要表現為主僕的區別和年齡的長幼，比如賈府中最年長、最有權的賈母向秦氏、尤氏、大小丫鬟等賞賜各種食物（第十一回、二十二回等），林黛玉稱邢夫人為之留飯為“愛惜賜飯”（第三回），而為林黛玉送燕窩的婆子作為奴僕則稱林黛玉給錢買酒為“破費姑娘賞酒吃”（第四十五回）。這一用法《水滸傳》中共出現了 19 次，《紅樓夢》則是 16 次。

另外，“賜”在《水滸傳》中還用作主客之間的表敬用語，共出現了 6 次。比如第六十六回柴進道：“不必賜酒，在下到此有件緊事相央。”

2. 孝敬類

用於地位低的人把食物給予地位高的人。《水滸傳》中只有“孝順”一見，第十五回三阮兄弟招待智多星吳用時謙讓道：“教授休笑話，沒甚孝順。”《紅樓夢》使用的是“孝敬”一詞，共出現了 9 次，如薛蟠向其

---

[1] 王學泰.遊民文化與中國社會.學苑出版社.1999:330.

母親"孝敬"稀奇難得的食物（第二十六回），各房晚輩向年高權重的賈母"孝敬"各種食物（第七十五回等），乃至打秋風的劉姥姥給賈府大小主子送普通百姓食用的菜蔬時說"孝敬姑奶奶姑娘們嘗嘗"（第三十九回）。

3. 服侍類

寫地位低的人供地位高的人使喚，照顧後者的飲食。《水滸傳》中有"伏侍"、"伺候"、"陪侍"，它們共出現了 8 次；服侍的事情包括勸酒、煮粥燒湯等。比如第二十二回："（柴進、宋江、武松）三人坐定，有十數個近上的莊客，並幾個主管，輪替著把盞，伏侍勸酒"；第八十一回："李師師叫燕青吹簫，伏侍聖上飲酒"。《紅樓夢》中有"服侍"、"伺候"、"陪侍"、"侍"、"陪"，它們共出現了 19 次；服侍的事情包括端菜、端茶、進羹、盛飯等。比如第六回："聽得那邊說了聲'擺飯'，漸漸的人才散出，只有伺候端菜的幾個人"；第五十八回："（襲人）笑道：'你也學著些服侍……口勁輕著，別吹上唾沫星兒。'"；第七十五回："（賈母）因見伺候添飯的人手內捧著一碗下人的米飯……"。

4. 供奉類

《水滸傳》有"進"、"獻"、"進獻"、"奉"、"供"、"供給"、"供送"、"送"，前面 7 個詞都用於主人向客人提供飲食。比如第二十一回賣湯藥的王公向買主宋江"濃濃地奉一盞二陳湯"；第三十九回黃文炳"拜見恩相"蔡九知府時，"左右執事人等獻茶"；而在第五十九回，雲台觀主向前來進香的朝廷使臣（實際是宋江等人假冒的）"進獻素齋"。"送"則使用廣泛。《紅樓夢》有"進"、"獻"、"奉"、"供"、"送"。"進"出現 2 次，一次是"進鮮"，專指向皇帝進貢新鮮魚蝦等物（第七回），一次是王夫人伺候賈母吃飯時"進羹"（第三回）。"獻"出現 7 次，3 次用於主人向客人供茶，比如在第三十三回賈政把客人忠順府長史官"接進廳來坐了獻茶"；其餘用於地位低的人向地位高的人供茶，比如第十六回寫到"平兒與眾丫鬟參拜（遠行歸來的賈璉）畢，獻茶"。"奉"出現 8 次，都用於地位低的人向地位高的人供茶、酒、蟹肉等，如鳳姐、林黛玉、探春向賈母（第三十八、四十、五十回），尤二姐向賈璉（第六十五回）。《紅樓夢》"供"出現 1 次，即"供鮮"，特指下人把剛熟的鮮果等先獻給主子品嘗（第六十七回），"送"則出現得非常頻繁。在二書中，“送”都可以用於各種地位的人之間，其本身不反映人物之間的身份、關係等。比如《水滸傳》裡朱仝的娘給兒子送飯（第五十一回），《紅樓夢》鳳姐給林黛玉送上用新茶（第二十四回）。本類除“送”以外，等級含義明確，用於主客之間也表示主人身份低下和謙恭，所以不用於上對下。

5. 款待類

《水滸傳》有“管待”和“待”，出現得極其頻繁。《紅樓夢》中有“款待”一詞，出現 3 次。這 3 個詞在二書中都專門用於主人向客人提供飲食。比如《水滸傳》第四回寫“趙員外再請魯提轄上樓坐定，金老重整杯盤，再備酒食相待”。《紅樓夢》第十五回寫秦可卿出殯時，“外面賈珍款待一應親友，也有擾飯的，也有不吃飯而辭的”。

該小類用語在《水滸傳》中遠比在《紅樓夢》中使用得頻繁，這是因為好漢們常常作為客人在他人處寄居或在旅店、莊園歇宿。

（二）、二書食物傳送行為用語特點分析

賞賜類、孝敬類、服侍類和供奉類（“送”除外，下同）詞語反映出，兩部小說的食物傳送行為及其描寫都帶有鮮明的等級社會的烙印。

專門描寫上級給予下級的用語，《水滸傳》中共出現了 19 次，《紅樓夢》則是 16 次；專門描寫下級給予上級的各類用語，《水滸傳》是 8 次，《紅樓夢》則是 42 次。出現這一差異的原因應該是，《水滸傳》描寫的多是江湖好漢，彼此交往時遵循的往往是較少等級色彩的兄弟義氣；《紅樓夢》就不同了，人物構成有主奴、上下、老中少等多種尊卑層級，在嚴格的等級制下，宅院裡不乏一級級的在上者對在下者的鄙薄、欺壓和為獲得恩寵、權力及錢財發生的各種猜忌、擠壓、暗算，甚至像金釧、晴雯等還因此失去了生命。這種社會自然講究下對上的事奉。

等級社會的烙印還體現在賞賜類、孝敬類用語被用在主客之間的敬語上。比如《水滸傳》中同一等級的三阮招待吳用時用“孝順”一詞（第十五回），石秀感謝戴宗、楊林幫助時說“多謝賜酒相待”（第四十四回）。這反映了中國傳統社會中平等觀念的欠缺。

四、食物數量

本類是飲食行為的延展部分、補充說明。有人零星提到過它，現在筆者把它們揀出來歸為一類考察，它們是飲食文化的重要體現。

1. 一人吃喝一次的數量（以分號計）

四樣菜蔬，一盤牛肉；每人吃了十數碗酒；吃了十來碗（酒）；吃了十數碗酒；吃了一桶酒；吃了十來碗酒，又吃了十來碗酒，半隻（狗），一桶酒；一盤（牛肉），三四樣（菜蔬），一壺（酒），一隻（鵝），三二十碗酒；每人兩個饅頭，兩塊肉，一大碗酒；五七斤肉，兩角酒；一壺酒，一盤牛肉，一葫蘆酒；吃了半甕酒；大塊切一盤肉，鋪下些菜蔬果子；一碟熱菜，二斤（牛肉），二斤（牛肉），十五碗酒；幾個炊餅，一些肉，一旋酒；幾般菜蔬，一大旋酒，一大盤（肉），一碗（魚羹），一大碗飯；再吃過十來碗（酒）；十數杯酒；一對雞，一盤肉；每人三碗酒，兩個饅頭，一斤（肉）；大塊肉切二斤；一樽（酒），幾般（肉、菜）；一碗豆腐，兩碟菜蔬，三大碗酒；大盤肉，大壺酒；大碗酒，大盤肉；十大賞鐘酒；兩碗（酒），一碗（糕糜）；兩角酒，一盤牛肉；幾個炊餅；大碗酒，大塊肉；十瓶（酒），大塊（肉）；一連吃了四瓶（御酒）；數百杯；（一飲）千鐘；吃了幾塊，便吃不得了；▲吃了好些酒；（瓊漿）滿泛；呷了兩口（桂圓湯）；碗盤森列，（滿滿的魚肉）不過略動了幾樣；小小的……茶盤內的小蓋鐘兒（茶）；三杯（酒），兩鐘（酒），兩碗（湯），半碗（粥）；半盞（湯）；幾樣（粥）；兩口（粥）；兩盤（肴饌），一碗（葷菜）；半碗（飯）；兩杯酒；只喝了兩口湯；一茶匙（露）；不吃飯；略用些酒果；一個（螃蟹）；吃了一點兒（蟹肉），吃了一口酒；一點兒（飯），一塊糕；一個卷子嘗了一嘗；一塊（鹿肉）；三塊（鹿肉）；兩杯酒；一兩點（肉）；喝了兩口（湯）；只吃燕窩粥，兩碟子小菜；喝了一回湯，吃了半碗粥；一碗湯，半碗粳米飯；一碗（湯飯），兩塊醃鵝；一個卷酥，半碗飯；半碗湯，幾片筍，半碗粥；吃了半盞茶；且點補一點兒（點心）；吃了幾個餑餑，吃了一口飯；（兩大捧盒內幾色菜）略嘗了兩點；半碗粥；大杯；隨意吃了些

2. 數人吃喝一次的數量

四角酒，一桌子（肉食），再吃了兩角酒；一大盤牛肉，數般菜蔬，

兩角酒；大盞子，四般菜蔬，一桶酒，大塊切十斤（牛肉）；一大甕酒，二十斤（牛肉），一對大雞；成甕吃酒，大塊吃肉；三五斤（肉），二三十個（大饅頭），一大桶酒；（食物）不計其數；兩瓶（酒）；一口豬，數般（果、菜）；一口豬，一腔羊；▲竟多吃了幾杯；吃了兩杯酒

3. 十人以上吃喝一次的數量

兩頭肥水牛；一腔大羊，百十個雞鴨；大盤盛著肉，大壺溫著酒；十瓶酒，一個豬；幾般果子，兩三擔酒，一口豬，一腔羊；大碗斟酒，大塊切肉；大碗吃酒肉；大盤酒肉；兩頭黃牛，十個羊，五個豬；一腔羊，一擔酒；一頭黃牛，十數個豬羊，雞鵝魚鴨；三二十斤肉，十數瓶酒；兩個豬，一腔羊；肉山酒海；高堆（麒脯鸞肝），滿飣（駝蹄熊掌），五俎八簋，百味庶羞，幾多食味，無限（香醪）；▲幾席（酒席）；幾簍螃蟹，幾壇好酒，四五桌果碟；一壇（酒），四十個果碟子；（煮了）一口豬，（燒了）一腔羊，（備了）一桌菜蔬果品；堆盤（描寫螃蟹）；千觴

4. 其他情況

兩隻（鵝）；▲（兩日的筵席）豐豐富富的；十六大捧盒（描寫給賈敬賀壽辰的禮物）；素日飲食有限；十頓飯只好吃五頓

食物數量包括實際吃喝及吃喝時擺在面前的食物數量。這類用語在二書中出現得都非常多。某些用語，像“數百杯”、“千鐘”、“千觴”等，明顯是誇張。不過即便把這些排除掉，《水滸傳》中好漢們一次實際吃喝的數量一般也大得驚人。《水滸傳》中對梁山集團成員食量小的著意描寫有一次，見於第十五回，是描寫軍師吳用的，其原文是“吳用吃了幾塊，便吃不得了”。但這不具有普遍性。《紅樓夢》中賈府主僕們一次實際吃喝的數量則普遍較小，然而他們一次擺在面前的食物卻並不少，如第六回描寫劉姥姥所見的王熙鳳用餐的情況：“桌上碗盤森列，仍是滿滿的魚肉在內，不過略動了幾樣。”好漢們和賈府主僕們食量的差異既反映了武文之別，又反映了二書作者對大吃大喝的看法有一定差別。

五、飲食行為評價用語分析

飲食行為評價尚不為人所注意。這類詞語數量雖不多，比較零散，但是它們反映了某些重要的習俗和觀念，下面結合語境一一加以論述。

1. 沒福；享了福了

前者見於《水滸傳》第九回，林沖在刺配滄州途中想拜訪柴進，卻逢柴進不在家，莊客道："你沒福，若是大官人在家時，有酒食錢財與你。"後者見於《紅樓夢》第四十三回，年高權重的賈母倡議賈府眾人湊份子給王熙鳳過生日，在商量誰人出錢多少時，王熙鳳說："我到了那一日多吃些東西，就享了福了。"二人的話語都反映出把吃喝視為"福"的觀念，然而對於被刺配遠惡軍州的犯人來說，他人給予酒食等物，這無疑是雪中送炭的行為，且以柴大官人的身份，會帶給林沖心裡難得的安慰。對王熙鳳來說，能"多吃些東西"，或許還帶有感謝討好在上者的心理。

2. 承恩；沾恩

二者是《水滸傳》中對皇帝賜予臣子酒宴的評價。前者見於第九十回，宋江等人征遼凱旋之後，皇帝賜予酒宴，"白玉階前，臣子承恩沾御酒"。後者見於第九十六回，宋江等人南征方臘期間，皇帝派使臣慰問並賜御酒，"御賜酒宴，各各沾恩已罷"。賜御宴是令人受寵若驚的巨大恩典。

3. 大丈夫；壯，真好漢

它們都是《水滸傳》中對好漢們大杯吃酒、隨意吃肉的評價。第三十回張都監計畫把武松灌醉再加以陷害，勸武松飲酒："大丈夫飲酒，何用小杯！"而從武松當時只顧痛飲結果吃得半醉的情形以及他一貫的行事風格來看，他對張都監的說法有自豪感。後兩條見於第三十八回："李逵見了，也不謙讓，大把價撾來，只顧吃，拈指間把這二斤羊肉都吃了。宋江看了道：'壯哉，真好漢也！'"大杯吃酒、肆意吃肉的風格，前面已有評議。

4. 賞臉，增光，光輝光輝；賞些體面；給……一點體面

它們都見於《紅樓夢》，是在下者接受在上者赴宴邀請的說法。"賞臉、增光、光輝光輝"見於第四十五回，賈府的奴才賴大家的因為小子被選了州縣官兒打算擺酒賀喜，去請主子們坐席時說："倒是打聽打聽奶奶姑娘們賞臉不賞臉？……外頭大廳上一台戲，擺幾席酒，請老爺們、爺們去增光……熱鬧三天，也是托著主子的洪福一場，光輝光輝。""賞些體面"見於第五十三回，除夕夜尤氏請求賈母留下用晚飯："已經預備下老太太的晚飯。每年都不肯賞些體面用過晚飯過去……"最後一個見於第六十三回，賈府的地位高的奴僕襲人和晴雯央求薛寶釵和林黛玉赴賈寶玉的

生日夜宴："好歹給我們一點體面，略坐坐再來。"在威權專制的社會，除了地位最高的"一人"擁有絕對的"尊重"之外，人們不可能獲得真正的平等意義上的尊重，結果只能借重在上者的的威權及認可——來獲得一種虛假的尊嚴感。因此"賞臉"等用語折射的是獨立自尊人格的缺失。

5. 配（遞茶遞水）不配；配（吃），不配（吃）

前者見於第二十四回，賈府地位高的奴僕秋紋斥罵地位低的奴僕小紅"越職"給賈寶玉倒茶："你也拿鏡子照照，配遞茶遞水不配！"貼身服侍主子的奴僕級別較高，做掃地燒茶水等粗笨活的級別較低。後者見於第二十六回，是薛蟠和薛寶釵對什麼人能吃"貴而難得"、"新異"的食物的看法："薛蟠道：'……我要自己吃，恐怕折福，左思右想，除我之外，惟有你（指賈寶玉）還配吃，所以特請你來。'……寶釵搖手笑道：'……我知道我的命小福薄，不配吃那個。'"這裡，配不配吃的資格是福、命的大小。"大人"才福厚命大，賴嬤嬤不是說了嗎，"托著主子的洪福"。

6. 大情

該用語見於《紅樓夢》，第六十回奴僕五兒的娘說："再不承望得了這些東西（指玫瑰露），雖然是個珍貴物兒，卻是吃多了也最動熱。竟把這個倒些送個人去，也是個大情。"此"大情"固然是送別人珍貴食物，也含有功利性的目的——讓別人欠自己一個人情，以備日後之需。

總觀二書對飲食行為各方面的描寫和評價，人們非常講究和享受吃喝的感覺，將吃喝看作一件極為重要的事。

《水滸傳》和《紅樓夢》前八十回共約 120 萬字，其飲食用語，不計重複的一共有 1026 個。其中，各種進食行為、進食感受狀態和食物傳送行為等描寫用語 258 個，吃喝評價用語 16 個，食物名 393 個，味道和口感用語 56 個，食物外觀、產地、質地和功能等描寫用語 78 個，食品加工用語 18 個，飲食數量用語 101 個，飲食器具描寫用語 106 個。這些飲食用語把飲食和飲食行為描寫得細緻入微，精妙傳神，反映了非常發達的飲食文化。

王亞靜（2015）統計了薄伽丘的《十日談》、喬叟的《坎特伯雷故事集》和巴爾扎克《人間喜劇》（選本），漢譯本共約 159.1 萬字。三小說的成書時間跟《水滸傳》和《紅樓夢》相對應，其語料的飲食用語一共 444 個，約只有《水滸傳》和《紅樓夢》的 43.3%，貧乏粗疏。如食物名僅 165 個。與歐洲三小說飲食用語相比較，《水滸傳》《紅樓夢》的飲食用語有四個特點：一是豐富性，見數字。二是褒美性，盛情褒揚食物的色澤好、味道不凡、形狀精巧、寓意美好、食器的精緻高檔，還有“似虎餐”、“狼噬虎吞”的威武。三是非理性，幾乎無所不吃，甚至故意吃人肉；吃喝數量常過頭乃至驚人。四是等級性。如米分上人下人所食，內造、御田、御宴、御食、承恩等表示最高榮耀。《水滸》28 個酒名，出現次數最多的卻是最少見到的“御酒”，達 58 次（《中國基本古籍庫》本）。飲食行為用語從一個重要方面表現了這些特點。

參考文獻

彭衛.中國飲食史.華夏出版社.1999.
秦一民.樓夢飲食譜.山東畫報出版社.2003.
焉利民.我國飲食文化中的糟粕初探.中共浙江省委黨校學報.1996(12).
萬建中.中國飲食文化的藝術魅力.文化研究.1998(7).
王前程.《水滸傳》酒肉文化與北方游牧習俗的關係及其意義.江漢論壇.2004.

李海霞編輯修改

《漢語應用的文化人類學研究》206-223。

歐洲近代三小說飲食用語
及其與《水滸傳》《紅樓夢》的比較

王亞靜　李海霞

摘要：《十日談》、《坎特伯雷故事集》和《人間喜劇》（部分），共 159 萬多字。其中不同的飲食用語共 444 個。可分為三類：表食物及其屬性的，表飲食的動作狀態數量及其評價的，表加工方法與食器的。與《水滸傳》《紅樓夢》的 1026 個飲食詞語比較，三小說也有吃喝快樂的一面，但食物名和多種飲食詞語貧乏簡單，而且反覆強調節制。對美味少有追求，對過度吃喝醉酒，不但嘲笑是豬，還痛斥那是犯罪、是萬惡之源。習俗對飲食的追求是否適度，主要受制於理性的多少，而不是外部條件。理性的節制是三小說飲食詞語最大的特點。

本文是趙宇《〈水滸傳〉與〈紅樓夢〉飲食用語研究》的姐妹篇。材料早已做好，因為忙一年多以後才成文。我們將歐洲小說中的飲食用語作一番同樣的考察，並兩相對比，可以看到我們以前沒有注意到的民族性格和文化的差異。

這裡所謂近代，指去古未遠的時代，不是嚴格的歷史學名稱。本研究用的語料都是中譯本。（1）義大利薄伽丘的《十日談》，62.5 萬字。譯林出版社，2011。（2）英國喬叟的《坎特伯雷故事集》，載《喬叟文集》，24.8 萬字。上海譯文出版社，1979。（3）法國巴爾扎克《人間喜劇》之私人生活場景，巴爾扎克全集第五卷，44.7 萬字；又巴黎生活場景之《十三人故事》，第十卷，27.1 萬字，分別為人民文學出版社 1986、1987 年版。都取整算，約 159.1 萬字。《十日談》和《坎特伯雷故事集》成書於 14 世紀中葉和末葉，《人間喜劇》成書於 19 世紀前半葉。《水滸傳》《紅樓夢》（前 80 回）分別寫成於 14 世紀和 18 世紀，共約 120 萬字。兩種語料的文體和時代都具有可比性。因為文學作品裡的各方面用語不可能是系統的，有偶然性；又因為我們只能採用中譯本，語言上會有些出入，所以我們的比較和結論有一定風險。但是，我們的語料量大，選材典型，不經意使用的詞語更能表現傾向性常用性，故仍然可以進行對比。

本文對飲食用語的界定和分類，基本根據趙文，以方便比較。飲食用語，指表示食物、飲食行為狀態、飲食器具和加工方法等的詞語。

一、表食物及其屬性的詞語（三小說一共 221 個）

（一）食物名，包括原料和成品（165 個）

食品，葡萄酒，（碰到什麼就吃）什麼，點心，酒，菜肴，副菜，飯，飲料，麵包，水，母雞，生菜，東西（指吃的），（用）餐，菜湯，午飯，（給）吃，（給）喝，中飯，吃的，喝的，（赴）宴，吃喝，早飯，扁豆，大蔥，大蔥的葉子，酒菜，甜點，野菜，野草，山泉，食物，薄粥清湯，菜，山珍海味，佳餚，晚飯，晚餐，宴席，蜜餞，白乾葡萄酒，酒宴，飯菜，水果，酒筵，草根、野果，清水，椰棗，肉，野豬的心，菜肴，（人）心，作料，糖果，筵席，素菜淡飯，乾麵包，魚，鷹肉，白酒，（赴）席，鶴肉，鶴腿，甜食，糖食，閹雞，熟雞，鹹肉，雞蛋，乳酪，豆子，金槍魚，阿爾諾河裡的一種魚，鰻魚，烤麵包，白葡萄酒，蠶豆，飲宴，珍饈，美味，（用）膳，肉，湯汁，酒泡麵包，魚麵糊，（進）食，酒肴，飲食，鷓鴣，鯛鮃，湯，雞，髓骨，酸粉饅頭，莎草根，倫敦酒，羹，餅，碎燒閹雞，大蒜，青蔥，蜜糖水、甜酒、甘露，香酒，薄餅，牛酪，鵝，肉餅，肉餡面餅，膳食，淡菜（貽貝肉），蚌肉，檸檬乳湯，糖漿，香料，樹皮，根葉，夜宴，紅酒，菜食，薑餅，甘草，蒔蘿，細糖，泉水，餐食，粗麵包，烤醃肉，調味漿汁，菜羹，野禽，醬油，素羹，肉湯，蔬菜，咖啡，牛奶，牛乳，羊肉，番薯，梨子，胡桃，波爾多（酒名），栗子，香檳，果子酒，餅乾，黃豆煮羊肉，乳餅，布里乾酪，豬排，巧克力，早點，夜宵，果點，粗茶淡飯，美饌，罌粟花頭泡的茶，奶油咖啡，菜，奶油，牡蠣，桔葉茶，水產，茶

如果去掉“食品”、“佳餚”、“水產”和“野草”之類概括性或無加工的名稱 55 個，其中表示具體食材和食品名的有 111 個，包括主食小食、葷素菜肴、果品甜點、湯奶飲品，連“湯”、“羹”、“水果”這些都算

進來。這是許多民族慣常食用的飲食種類。跟《水滸傳》《紅樓夢》飲食一樣，也富含野味和酒。與《水滸》《紅樓夢》相比，容易看出來的特色是海產多，奶品多，麵包多。這與西方人靠海吃海漁業發達、開發奶食早而豐富相聯繫。西歐的氣候不宜水稻生長，無原產水稻，出產黑麥和小麥，故多食麵包。另一些異同需要分析。

1. 具體食物名稱的數量

三小說是 111 個。《水滸》《紅樓夢》除去重複的，趙宇計約 245 個。語料量三小說多近 1/3，可是食材食品名稱反而少很多，不及《水滸》《紅樓夢》的一半。

2. 專門的成品菜名稱

這是除食材和菜名共用的名稱如“雞”等以外的名稱，三小說共 2 個：黃豆煮羊肉、碎燒閹雞。主食小食糕點成品名中，麵包名 5 個，種類有烤麵包、乾麵包、酒泡麵包和粗麵包；另有蜜餞、肉餅、肉餡面餅、薑餅、薄餅、酸粉饅頭、點心、甜點、餅、餅乾、乳餅、糖食、巧克力，一共 17 個。大量食物名還停留在食材名階段，如大蔥、野禽、鶴肉、金槍魚。從這些可以看出，那時歐洲的烹調是不講究的，跟今天他們的簡單粗糙一致。

《水滸傳》《紅樓夢》菜品（含湯）有 45 個名稱，如《水滸》的臊子、炒肉、魚辣湯，《紅樓夢》的火腿燉肘子、牛乳蒸羊羔、家湯羊、酒釀清蒸鴨子、五香大頭菜、油鹽炒枸杞芽兒、燕窩湯、火肉白菜湯、蓮葉羹、蝦丸雞皮湯、野雞崽子湯、火腿鮮筍湯、建蓮紅棗湯等，其中只有“醒酒湯”是兩書重複的。《水滸傳》的菜品名比較平民化，部頭較小的《紅樓夢》的卻占 2/3，大多講究食材的高檔、配料和酌料。菜品是烹調業上的名稱，菜品的複雜豐富，體現了烹調業的發達。不僅如此，主食小食的成品名也多，《紅樓夢》不僅有綠畦香稻米飯、元宵（湯圓）、雞油卷兒等，光粥品就有 10 個名稱 8 個種，如稻米粥、奶子糖粳米粥、燕窩粥、江米粥、碧粳粥；糕點小吃約 16 種，如茶果子；奶油炸的小麵果；棗泥餡的山藥糕；糖蒸酥酪；桂花糖蒸新栗粉糕；菱粉糕；如意糕；吉祥果；藕粉桂糖糕；奶油松瓤卷酥；月餅、瓜仁油松穰月餅；潔粉梅片雪花洋糖。榮寧二府是皇親官僚，主子們飲食奢華。在文學作品中，《紅樓夢》提供了當時世界上最精美宏富的食譜，無作品能匹敵，就像今天中國的美食種類沒有哪個國家可以匹敵一樣。

3. 食人肉情節

《十日談・第四天》裡，羅西里奧內殺了他夫人的情人，對夫人謊稱是野豬心讓她吃，夫人吃完以後才知道受騙，叫道：“‘我竟吃了他那顆高貴的心，從此，我不會再吃任何東西了！’說完，她站起身來，直奔窗前，毫不遲疑，跳了下去。”羅也不敢告訴廚子真相，他夫婦倆先吃飯，廚子在做“野豬心”時，羅西里奧內因“幹了殺人之事，心中到底不安，所以吃得很少”。（P299-300）三小說只有這 1 例吃人肉。《水滸傳》的情況則大不同。《水滸傳》裡多次出現故意吃人肉事件，有烤人肉、人肉醒酒酸辣湯、人肉饅頭（包子）等。吃人心還有方，先往活人心窩潑冷水，取出的心才脆美。孫二娘公然在十字坡開黑店，以賣人肉包子為業，殘殺過往客商。她夫婦倆血債累累，不但沒有遭法辦，好像也沒有人認為他們應該遭法辦，反而雙雙被列入 108 將，至今國人視為英雄。

還有一個有趣現象。大體說來歐洲的漁業畜牧業發達，其人是“肉食動物”，中國農業發達，其人是“植食動物”，可是在菜譜中體現出來的，都是肉食占大多數。肉食的美味也是“植食動物”的最愛，世界上色香味最美的肉食，怕有八九成出自中國。

（二）食物屬性描寫詞語（包括外觀、口味、評價和產地，共 56 個）

已進入固定名稱的形容詞我們不收入，如甜點的甜。

（烈酒）像血一樣紅，紅（指酒的顏色），白（指酒的顏色），黑白兩色，大大小小的（麵包），三角形的（布里乾酪），小長方塊的（麵包），香辣，鬆軟可口，最精緻的（食品），最好的（葡萄酒），各色美（酒），精美的（菜肴），美（酒），（酒味）芬芳，種種最名貴的美（酒），這麼好的美（酒），好（酒），大擺（宴席），盛（宴），（酒菜）十分豐盛、精美，（飯菜）豐盛，劣酒，好（菜），（食物）精美豐富，上好的（白酒），上等（菜），滋補的（東西），（鶴肉）香噴噴，肥肥的（閹雞），新鮮（雞蛋），清涼的（酒），（糖果）何等可口，（葡萄酒）多麼名貴，豪華的（宴席），（麵包和酒都是）最上等的，（誰也沒有他）

藏酒豐富，大盤的（魚麵糊），（酒肴）像雪一樣紛飛，肥（鷓鴣），辛辣，濃烈，（他的碎燒閹雞實在是）數一數二的，粗糙，惡劣，簡陋，盛大的（筵席），清涼美（酒），美（饌），義大利的（美酒），南方的（水果），大西洋的（水產），馬姆賽（葡萄酒），陽光普照的河岸生產的（好酒），菲希街或奇白賽街（出售的白酒），西班牙產的（酒）

食物描寫大多數是褒美性的，讚揚食物的美好、珍貴、好吃等。食物產地的提及，基本也是針對食物知名度。對氣味、味道和口感的描寫有美、香辣、肥、肥肥的、可口、鬆軟可口、香噴噴、甘美、清涼 8 個詞語。不過，看似褒義而用在負面語境裡的詞語，有鬆軟可口等 3 例。如《坎特伯雷故事·赦罪僧的故事》中，赦罪僧批評酗酒："這種西班牙出產的酒中常摻進了其他附近所產的酒類，因此你喝了三杯，你雖身在奇白賽，卻自以為已經到了西班牙。"（P587）。這裡"西班牙出產的酒"已無褒義。歐洲三小說在食物描寫用語中，沒有表示食物功能和寄寓的類別，也沒有表示階級地位的詞語，沒有自謙語。雖然書中有"大人"、"老爺"之類譯名，但數量很少，飲食上沒有體現出來，歐洲人在發展他們的平等觀念。

《水滸傳》《紅樓夢》描述氣味、味道和口感的詞語，多達 60 個（趙文的列法有少數重複跨類的，下同）。例如：香、合殿飄香、嫩、爛、肥甜、粉脆、麻辣、酸辣、濃濃的、口滑、筋（勁道）、細細、釅釅的（茶）、酸酸的、一味苦澀、甘美、香甜可口、略有茶意、清淡、油膩膩的。表示食物功能和寄寓的詞語，二書有接風（酒）、屠蘇（酒）、粗（酒）（自謙）、壽（面）、壽（桃）、如意（糕）等 30 多個。表示階級的有御酒、上用銀絲掛麵等 5 個。《紅樓夢》的"下用常米"、"下人的米飯"，說明主子們平時吃的米也不是普通的米。中國兩小說對飲食的描寫說明豐富得多，特別是對色香味的描寫非常細緻可感，淋漓盡致，歐洲三小說不能望其項背。雖然，我們的語料來自法國巴爾扎克的達 45.1%，法蘭西被認為是歐洲最講究吃喝的民族；特不看好吃喝的英國，語料最少。

二、表飲食的動作狀態數量及其評價的詞語（共 179 個）

（一）動作狀態類（97 個）

1. 動作類

吃，喝，（豪）飲，嘗嘗、嘗、吃喝（玩樂），酗（酒），進（食），用（餐），（宴席）進行，斟（酒），餐（罷），吞，享用，飲宴，捏（食物），蘸（汁），浸（入），輕送（輕送到口中），吃盡，享（客），灌，啃，挖出，呷（了一口酒）。

2. 任意類

縱情（歡樂），豪（飲），盡情縱（飲），盡情（吃喝玩樂），大吃大喝，貪吃，饕餮，只知道（吃喝），只顧埋頭用餐，暢飲，放開肚子，拚命往嘴裡灌（酒），狼吞虎嚥，大聲咀嚼。

3. 快樂類

歡樂，尋歡作樂，非常高興，十分高興，高高興興，高興，吃喝玩樂，興奮過度，津津有味，舒舒服服，大快朵頤，開懷（暢飲），歡宴，歡快，快樂，愉快，喜從中來，提足精神，開心，快感，愜意，心滿意足。

4. 醉飽類

飽，多喝了幾盅，半饑半飽，酩酊大醉，喝醉，半醒半醉，爛醉，醉了，酒足飯飽，（因醉酒）面色蒼白，喝得臉上發白。

5. 整體氛圍類

大擺宴席，氣氛熱烈，大擺筵席，熱鬧，盛況，興高采烈，冷清，歡聲喜語，默默地（吃著東西），喧嚷熱鬧，消消停停地（喝），混亂，歡宴慶賀，竭誠歡宴，井然有序地（吃過中飯）。

6. 伴隨活動類

叫嚷，談笑，談天，談笑風生，說說笑笑，說笑叫鬧，怡然穩坐，高聲歡唱，歌唱，粗野瘋狂的笑聲，觀賞湖裡成群結隊的魚兒，欣賞這幽靜的花園。

（二）食物傳送行為詞語（11 個）

（1）服侍類。侍候，陪著，服侍，侍奉

（2）款待類。款待，招待

（3）供送類。端，送，送上，上（上菜）

（4）施捨類。施捨

（三）一次飲食的數量和持續時間（43 個）

1. 數量類

1）一人吃喝一次的數量。語料段中有分號的，按分號記個數。

一個自帶的麵包；吃了些東西；一口酒；吃些蜜餞和其他滋補的東西，喝些白乾葡萄酒；拿出自己的乾麵包，還有一些魚和水，一定要請她吃一些；一頓飽飯；幾杯酒；幾樣菜；兩片烤麵包和一大杯白葡萄酒（至少是一餐的量）；素羹，或是肉湯，加上一盤蔬菜；喝了幾盅；喝點（罌粟花茶）；一杯奶油咖啡；幾杯桔葉茶；呷一杯咖啡；斟點茶；一口泉水；一大杯麥酒；大喝了一頓（水）；牛奶和粗麵包不會缺乏，還有烤醃肉以及不時一兩個雞蛋；把那酒一口氣喝了。

2）若干人吃喝一次的數量。

一鉛桶清水和一小壺上好的白酒（至少 4 人）；一小壺好酒（4 人）；一瓶酒；一隻白鶴（至少兩人）；一些鹹肉（兩人）；兩隻熟雞，許多新鮮雞蛋和一瓶美酒（兩人）；三對閹雞和別的吃喝的東西（4 人）；八瓶波爾多，一百個栗子，兩瓶香檳，餅乾（16 人）；幾盒甜食和名貴的葡萄酒（兩人）；喝了些酒，吃了些點心（兩人）；好多道菜（7 人）

3）人或次數不定的。

三個麵包（1 人當天的乾糧）；吃些麵包；喝點兒清水；一大瓶馬姆賽葡萄酒，另一瓶義大利的美酒，以及一些野禽（兩人不定次）

2. 行為持續時間及發生頻率描寫詞語

夜以繼日地盡情吃喝玩樂；接連多天大擺宴席；頻頻斟酒；佳餚美酒頻頻送上；宴會拖延到深夜；一連熱鬧了好多天；吃喝玩樂了好幾天。

（四）飲食行為評價用語（28 個）

1）主張節制和批評貪吃的。節制，盡力節制，絕不過量，決不過度，不可過度，荒淫無度，（很想吃）太不應該，應有的節制，喝酒有度，（宴樂是）荒淫的起點，（酒醉癲狂是）荒淫無度的勾當，可詛咒的（飲食過度），（它是）人類墮落的起源，（飲食）過度，罪惡，（貪食好飲）真是個萬惡之源，應該詛咒你（貪食好飲），（講起貪食已是）穢臭，過分的（貪食好飲），（追求饕餮）唯有在罪惡中死亡，（酒醉就是）災害和抗爭，（令人倦怠的大吃大喝是）荒唐的生活。

2）其他。（齋戒後很想吃是）人之常情，（施捨窮人剩菜湯）假慈悲，慷慨，小氣，（在胃口的誘導之下）幹了錯事，吃得講究。

各種進食的動作行為，三小說似乎頗豐富。但與《水滸傳》和《紅樓夢》比較，就發現缺少很多具體的動詞，如銜、舐、酌、嗑（瓜子）、把盞、噙、入口、啖、沾唇等。歐洲人不能表達這些細緻的動作，還是無需表達？只要看看他們精細到首屈一指的科學描述就知道了。根據認知規律，科學描述是後起的，具體的生活動詞先起。他們進食行為用詞概括單調。

其他小類，表現了人類普遍的吃喝的快樂和放鬆、醉酒和縱意，少數也表現了平和或負面的狀態。與《水滸傳》《紅樓夢》相比，三小說不但吃喝描寫少得多，最大的不同是對吃喝醉酒的態度。吃喝是一切動物生存所必需，故上天讓人們覺得享受。但是滿足正常需要和貪戀吃喝是兩個層次，對吃喝的看重程度，不同民族和個人差別很大。

任意類的 14 個詞語約 20 次使用，只有“暢飲”是正面的，還有很少中性的，如“放開肚子”中的喝水例，絕大部分都用在不欣賞的語氣中。三小說對豪飲、盡情縱飲、大吃大喝，狼吞虎嚥之類不讚賞，反有鄙視態度。

《十日談》寫 10 名青年男女在大瘟疫爆發時，到佛羅倫薩鄉間的一個別墅避難，每人每天講一個故事。現實中，那次黑死病是人類最嚴重的瘟疫之一，佛羅倫薩又是受災最慘重的城市，80%的人死於黑死病（鼠疫）。薄伽丘就是佛羅倫薩人，他後來在《十日談》中寫道：

他們吃著最精緻的食品，喝著最好的葡萄酒，但總是盡力節制，絕不過量。……只是借音樂和其他形式的娛樂來消磨時光。

另一些人則正好相反，他們認為，只有縱情歡樂，豪飲狂歌，儘量滿足自己的一切欲望，對周圍所發生的事一笑了之，這才是對付這場瘟疫的靈丹妙藥。他們果真照著他們所說的去做，往往日以繼夜地盡情縱飲。

（有些人）總是夜以繼日地盡情吃喝玩樂，再也不去過問什麼是非之分了。不僅平民百姓是這樣，就連幽居在修道院裡的修士……竟不顧清規戒律，也去追求肉體的歡樂來。就這樣，人們為了逃避這場災禍，個個變得荒淫無度了。（第一天，P9）

在這場人人“自知死期已到”的瘟疫面前，大家都儘量如意地度過最後時光，縱情吃喝似乎無可非議。但是，作者“再也不去過問是非”、“個個變得荒淫無度”的說法，表現了對盡情放縱的不滿，“盡力節制”等表示了對自制、淡定的欣賞。這使我們想到今天歐美人面對恐怖大災難時仍非常鎮靜。天主教是忌諱貪吃的，6 世紀羅馬教皇葛列格里提出了“七宗罪”，其一就是貪食。《十日談》裡，謊稱自已經常齋戒的夏潑萊托自言：

有時候，吃東西會使他（我）感到非常高興，那對於像他這樣虔誠地時常齋戒的人來說，實在是太不應該了。

聽了這些，修士說道：“我的孩子，這些過失也是人之常情，算不上太大的過失，你也不必過於責備自己的良心，適可而止。每個人都是這樣，不管他是多麼虔誠，在長期齋戒之後進食，在疲乏勞累之際喝水，都會大吃大喝的。”（第一天，P26）

老修士的話表現了對戒律的遵守和對適度人欲的肯定。

對於貪愛吃喝者，三小說鄙稱他們是“酒囊飯袋”、“酒鬼”、“醉鬼”、“臭豬”，那肚子是“臭皮囊”。三小說裡酒的不同下位名有 10 個，表示醉酒的“醉”共有 19 例，醉酒在歐洲三小說裡備受“歧視”。《坎特伯雷故事集》特別不留情，指斥那是“墮落”和“罪惡”。赦罪僧道：

酒醉癲狂乃是荒淫無度的勾當。……啊，可詛咒的飲食過度，它是我們人類墮落的起源。

啊，這樣過分的貪食好飲，講起來已是穢臭，做起來更是罪惡，一個人喝著白色紅色的東西，竟把他的食道變成了便所。……他們的肚子就是他們的神。啊，肚袋呀！啊，臭皮囊，內中藏滿了污糞！你在兩端都發出同樣的臭聲。為了你花去多少勞力和金錢！廚司們舂著、拉著、磨著，把原料變為產品，使你的貪慾得到滿足！他們從堅硬的骨頭裡敲出骨髓，只要是鬆軟可口的，他們都不拋棄，都將送進你的食管。他們把香料、樹皮、根葉，做成貪食者的調味漿汁，增強他的口味。可是他追求著這些樂趣，惟有在罪惡中死亡。

酒是個淫穢的東西，酒醉了就是災害和抗爭。啊，醉徒呀，你的臉走了樣，你的口腔噴出臭氣，沒有人敢靠近你，你鼻子出氣的時候似乎老是在叫喊“參——孫，參——孫”！可是，上帝知道，參孫卻沒有喝過酒。你像一隻填滿肚子的豬跌倒在地，你的舌尖失去了效用，正經的事你都置之腦後，醉酒就是理智的墳墓。被酗酒控制的人是最不可靠的。（赦罪僧的故事，P586-587）

赦罪僧這些充滿厭惡的描述，也就是他自己品行不好經常縱慾的親身體驗。他承認自己是壞人，本來也是想說服那 3 個狂吃海喝的人購買他的聖物來赦免罪過，可是越說越激昂，不僅僅關注酒醉後形態的醜惡，對健康和金錢的損耗，他還上升為對品德和理智的大害。他一個口腹之慾的奴隸，本不可能有這些氣吞山河入木三分的觀點，他顯然傳達了作者自己的思想，故也確實有震懾認知勸誡人的作用。西方小說的一大特點是常有大段小段的議論，觀點鮮明，往往體現深刻的見解。

歐洲三小說不僅出現數次飯前洗手的記述，吃相更有一套文雅的講究。《坎特伯雷故事集・總引》：

（修道院院長）她學了一套道地的餐桌禮節，不容許小塊食物由唇邊漏下，她手捏食物蘸汁的時候，不讓指頭浸入湯汁；然後她又把食物輕送口中，不讓碎屑落在胸前。她最愛講禮貌。她的上唇擦得乾淨，不使杯邊留下任何薄層的油漬；她進食時一舉一動都極細膩。的確，她是一個饒有興趣，溫雅，舉止溫和的人物。（P334）

巴爾扎克《人間喜劇・夏倍上校》用嘲諷的語氣寫事務所的職員：“只管吃他們的早點，和牲口吃草一樣的大聲咀嚼。”（P293）這讓我們聯想到現代西方人吃飯閉著嘴嚼，避免發出不雅聲音的習慣，它已經“文化侵略”到許多國家。

《水滸》《紅樓》沒有提及飯前洗手也沒有以上餐桌禮節，餐桌禮節都是等級性的。

吃喝時候的伴隨行為，歐洲三小說很少。一般就是說說笑笑，也有鬧的，偶爾寫觀賞周圍的景物。三小說有 3 處在吃飯時唱歌、11 處吃完飯後唱歌跳舞的記述，也有飯前飯後都唱歌跳舞的，歐洲人是快樂的能歌善舞的民族。因為吃喝和唱歌跳舞不大方便同時進行，他們通常是分開的。三小說沒有猜拳行令的行為，也沒有《紅樓夢》的吟詩聯句。

《水滸傳》《紅樓夢》對於飲食的動作狀態描寫特別豐富而充滿熱情。

趙宇：“兩部小說的主要人物群體的進食行為有諸多一致之處——盡興和歡快的心理、吃喝得醉飽的結果、各種伴隨活動、動作幅度大且聲音高強的舉止儀態，持續時間之長和發生頻率之大。或者說，兩個群體都有追求吃喝盡興歡暢的一面。”（2015年碩士論文）

《水滸傳》不像《紅樓夢》那樣有意顯擺上流社會的主副食品的繁多和精美，該書寫草寇，偏重的是吃喝動作狀態的狂猛，如：任意吃；盡意吃；（見酒肉）大喜；東倒西歪；踉踉蹌蹌；腳尖曾踢澗中龍，拳頭要打山下虎；拔出大斧，砍開豬羊，大把價撾來；把手去碗裡撈（魚）；滴滴點點，淋一桌子汁水。舉兩句：

> 裸形赤體醉魔君，放火殺人花和尚。（第四回寫魯智深）
>
> 武行者且不問箸，雙手扯來任意吃！……醉飽了。（第三十二回寫武松）

魯智深出家後仍耽於酒肉，喝醉了就亂打濫殺，違反佛家教規。《水滸傳》第二回寫他喝醉後回山寺，門子攔住喝道：“你是佛家弟子，如何噇得爛醉了上山來！你須不瞎，也見庫局裡貼的曉示，但凡和尚破戒吃酒，決打四十竹篦趕出寺去！”這裡責罵的是破戒而不是醉酒本身，如果魯智深是俗家人則沒有什麼。“醉魔君”之稱，似有嗔怪，更有佩服的意思。

二書中酒的不同下位名共42個。表示醉酒義的“醉”，《水滸傳》178例，《紅樓夢》60例，共達238例，是歐洲三小說的12.5倍。其中“盡醉方休”／“盡醉方散”凡9見，似乎一兩個人醉了還不過癮；“大醉”／“爛醉”26見，“醉倒”11見。醉後大罵、亂鬧、打人、殺人的事甚多。

《水滸傳》的好漢們由於生活境況的緣故，飲食的品質和做工都比較粗糙，大不能和《紅樓夢》的主子們相比。或許人們會說，他們得了機會就吃喝無度，情有可原。這可和薄伽丘寫大瘟疫中的10青年對比。從阮小五入夥前羨慕梁山好漢“論秤分金銀，異樣穿綢緞，成甕吃酒，大塊吃肉”看，他們比平民過得滋潤多了。可《水滸》的作者對大醉大撐並沒有感覺不光彩，每常帶著欣賞的語氣描寫之，將大吃和醉飽當作一種壯美，以顯示綠林好漢的英雄豪氣，哪怕是將生人的肉剮了吃。

《紅樓夢》也十分享受吃喝，謂詞性詞語有痛喝、醉醺醺的、只管玩笑吃喝、呼三喝四、（猜枚行令）百般作樂等，席間也有唱曲的。不過，《紅樓夢》對縱意吃喝醉酒的描寫明顯收斂。無“盡醉”和“大醉”，只有 1 例“爛醉”，是描寫僕人焦大。趙宇指出，《紅樓夢》中不少描寫醉酒的用語，像“吃多了酒”、“多吃了兩杯酒”、“酒蓋住了臉”、“已帶了幾分酒”之類，稍顯得含蓄一些……《紅樓夢》還寫到某些主子在飲酒時意識到自己醉酒而有意克制。如第五回寫到賈寶玉“自覺朦朧恍惚，告醉求臥”，王熙鳳覺得“酒沉了”要回家歇息。“類似的描寫用語在《水滸傳》中並未見到。”（見本書其文）。對醉酒也有一次批評，第六十三回寫一次深夜痛飲之後，襲人等奴僕覺得酒醉後大聲地劃拳唱曲是“一個個吃的把臊都丟了”，她們在面子的層次上感到不好意思了。

食物傳送行為用語，三小說很少，就是一般的招待、服務和施捨性動詞，其中服侍、侍奉等的原文可能體現了一定的等級觀念。傳送行為用語種類也少，沒有《水滸傳》《紅樓夢》的賞賜類、孝敬類和進奉類，這 3 類的十幾個詞條都體現強烈的等級觀念。

吃喝的量，歐洲三小說寫得平實，多少根據需要，往往寫得不全，漫不經心，沒有把吃喝當作注目的對象來寫。也有吃得較多的，但是沒有多得離譜的。

> 《十日談・第二天》：“這酒是他叫人用好幾種酒混合調製的。公主看不出其中的花招，只覺得酒味芬芳，喝時不覺失去了應有的節制，也完全忘記了自己以前的種種不幸，變得非常歡快。”（P114-115）。

小說讓巴比倫公主“酒性發作”而和不良男子歡愛了，含有對不節制的批評。

巴爾扎克《高老頭》裡，16 個人要了 9 瓶波爾多酒，兩瓶香檳，餅乾，100 個栗子，老闆娘以為過分：“幹嘛不把整個屋子吃光了？兩瓶香檳！十二法郎！”（179-180）。

《坎特伯雷故事集》中，喬叟寫一個窮寡婦的簡陋餐食：“她從來不用什麼香辣醬油。沒有一粒美味的食物吞進她的喉管；她的食物和衣服都是同樣的貧乏。她從未因飽厭而致病；有節制的飲食，勞動和一顆知足的心，是她惟一治身的良藥。”（女尼的教士的故事，P675-676）。這個寡婦帶著兩個女兒。因為貧窮而節儉，算不上真正的美德。而她養著 3 頭母豬、3 牛 1 羊和 8 隻雞，還有一個牧場。餐桌上牛奶和粗麵包是不缺少的，不時還有雞蛋；她本有財力在年節生日飽食它個不知道，可是從不縱慾。

作者稱讚她的節制、勤勞和知足。

《紅樓夢》吃喝的量一般正常，賈寶玉、姐妹們等也有時吃喝過頭“踉蹌”、“醉臥”。《水滸》則濃情描寫暴飲暴食。第四回引唐詩豪稱“一飲千鐘”，這種算純粹藝術誇張。故事中林沖在酒店隨便吃一頓就是二斤牛肉三四大碗酒（第十一回）。阮小七等 4 人在酒家買了“一甕酒”、“二十斤生熟牛肉，一對大雞”吃掉（第十五回）。景陽岡下酒家的酒好，有“三碗不過岡”之說。武松吃了 6 碗還要，酒保怎麼也不肯給了，武松大叫要砸得“鳥店子倒翻轉來”“粉碎”，酒保只好再篩，武松一共吃了 15 碗酒，4 斤熟牛肉，一碟熱菜（《中國基本古籍庫》本）。一碗酒約 3 兩，人的胃裝得下 9 斤左右牛酒嗎？還不說醉，武松還能上岡打死一隻吊睛白額大蟲！

吃喝行為持續時間及發生頻率，歐洲三小說只有 7 條。《十日談》的“日以繼夜地盡情縱飲”和“夜以繼日地盡情吃喝玩樂”，是大瘟疫來了放開等死；“一連熱鬧了好多天”，是描寫婚禮，許多民族傳統的婚禮要歡宴幾天。“接連好多天大擺宴席”，是失散十幾年的母子兄弟團圓，其中兩男又新婚。“頻頻斟酒”、“更多的佳餚美酒頻頻送上”和“宴會拖延到深夜”，都是設宴之人企圖灌醉公主而佔有她。除了這些不同尋常的，其他持續性的宴樂罕見。

《水滸傳》《紅樓夢》本類共 51 條。二書延續到深夜、通宵、至少一日的達 38 條（不算“成日價和小老婆吃酒”），其中連續宴飲兩天及兩天以上、每日吃酒的 15 條，都主要見於《水滸傳》。似乎吃喝是最大的快樂，須慢慢享受，反正閒暇很多。如《紅樓夢》的“天天吃酒”、“擺三日酒”；《水滸傳》的尤多，如“飲酒至天明”、“終日飲酒”、“吃了四五日酒”、“連日殺牛宰馬慶賀”。

飲食行為評價用語直接表達飲食觀念。歐洲三小說的評價用語，特色異常鮮明，78.6%（22 個）都是主張節制與警戒批評貪吃的（我們把警戒語也放在此類），其批評極其“惡毒”（見前），甚至詛咒貪吃者只能“在罪惡中死亡”。這跟《水滸傳》《紅樓夢》形成強烈反差。檢索《中國基本古籍庫》，二書全文沒有“節制”、“自制”、“過度”（吃喝）。未見普遍性的提倡飲食節制或指斥過量吃喝的言論，只有約 3 次責備具體人酒喝多了胡來或告誡不要貪杯誤事。二書把能吃到叫做“享了福”、“承恩”，不能吃到叫做“沒福”；接受在下者的請吃叫“賞光”、“給點體面”；宋江稱讚到人家碗裡撈魚、“大把價撾來只顧吃”的李逵是“真好漢”；其他還有“配吃”、“不配吃”、“配遞茶遞水不配”等。既高張“唯物主義”，又嚴守主奴尊卑關係，它們真是天生的一對美德。所有這些享福、讚佩和等級的語詞類，三小說都沒有。

三、表加工方法與食器描寫詞語（共44個）

1. 食品加工方法詞語

烤炙，煨，煎，焙，燉，烤，燒，煮，泡，浸，油浸，油炸

2. 食器名稱（包括包容和交叉關係的類名）

杯子，銀盃，杯盤，盆子，桶，酒壺，長頸瓶，大酒瓶，大酒杯，鍋子，碟子，瓶子，器皿，銀盤，盤，木碗，刀叉，玻璃杯，酒瓶，瓷器

3. 食器描寫用語

（杯子）閃著亮光，活像銀盃；（桶和酒壺）嶄新的；銀光閃閃的（杯子）；精美的新（杯子）；用金子和銀子做的；大（銀盤）；鍍金（大酒杯）；金銀（器皿）；鍍金的粗（銀具）；精美純正的（瓷器）；（酒壺）波倫亞的產品；德國（鐵盤子）

加工方法，熱加工的燒、煮、煎、烤、炸等一般民族都使用，只有“焙”（微火烘烤）是《水滸傳》《紅樓夢》飲食詞語所沒有的，不過《紅樓夢》有個丫頭叫焙茗。冷加工的酒泡（麵包）、油浸（金槍魚）等，後者也沒有。歐洲人一日三餐一般兩餐冷食，食物加工方法簡單，費時短，不像中國人一日三餐都做熱食吃。《水滸傳》《紅樓夢》有不同的加工詞語18個，其中三小說沒出現的有糟、風、熬、蒸、炮、爊等，特別是最香烈的中國特色的“炒”。那時還沒有今天這樣的炒菜依賴症，“炒”，《水滸》和《紅樓夢》3+8見，而兩書“煮”“蒸”一共62見。

食器名和食器描寫用語，三小說共32個，有一些精美的金杯銀盞，還有其他金屬器皿、木器、玻璃製品和瓷器，“精美純正的”瓷器猜想來自中國。其描寫用語多有讚美色彩，有些含顯擺意，如：“我們吃喝用的盆子、碟子、瓶子和杯子以及其他各種器皿，都是用金子和銀子做的。”（《十日談》P539）《水滸傳》《紅樓夢》食器及其屬性描寫詞語共106個，近

三小說的 3 倍半。有多種多樣的金銀器皿、玉石碗碟、瑪瑙杯盤，琥珀酒盞，還有水晶壺、玳瑁盤、象牙筷子、珊瑚碟、玻璃飲器、雕花嵌金漆器等。從做工看，有白雪錠器盞、小掐絲盒子、海棠凍石蕉葉杯、九曲十環一百二十節蟠虬整雕竹根大盞、官窯脫胎填白蓋碗等，主要是《紅樓夢》的，特別要顯擺其高級精美。

飲食用語的褒美性描寫，歐洲三小說少而樸素。主食、菜名和酒名短小直接，沒有美好的比喻寄寓什麼的，更沒有想象出什麼高精美的食物來。食器名的修飾也不多。《水滸傳》《紅樓夢》的褒美性描寫則是其特徵之一，十分熱烈，趙宇辟專節論述。如嫩玉（蟹肉）、仙茗、銀絲掛麵、雪花洋糖、紫霞杯，酒叫瓊漿、玉液、藍橋風月美酒、透瓶香。為了極盡抬舉稱美，《水滸》還出現了麟脯、龍肝、鳳髓等 6 個想象的食物名。

159.1 萬字的歐洲三小說飲食描寫用語，不重複的總共 444 個。120 萬字的《水滸傳》《紅樓夢》共 1026 個。不同的飲食描寫詞語，三小說只占二書的 43.3%。我們對各種描寫說明的研究做得較多以後，注意到一個有意思的現象，歐洲古代作品的描寫說明，對植物動物人性心理等研究對象是非常精細周詳的，可是，對食物、吃喝和女性美的描寫，卻比中國古籍粗疏得遠，著墨之少令人驚異。

歐洲的主流飲食觀尚節制、不像中國那麼追求奢侈的結論，和中國人的“正確”感受相反。為了求真，我們有必要進一步探析。

中國人經常指責西方人奢侈糜爛，好像他們是萬惡之源。舉一段對歐洲古代近代的評說。彭兆榮等：“從歷史發展史來看，歐洲自古以來就有著奢侈的飲食傳統，宴飲在古希臘、古羅馬的藝術表現中頻繁出現，文藝復興時代對人性解放的渴求同樣體現在飲食習俗上，宴飲風靡地中海沿岸的一些國家和城市，同時成為藝術表現的重要素材。不獨資本主義社會偏好奢侈的美食，在原始社會，宴飲也是政治資本的一個重要標的物，‘誇富宴’便是一個生動的例子。”[1]先說這段表述上的邏輯問題。“歷史發展史”有語病；文章首指古希臘羅馬奢侈，又總結不獨資本主義社會，原始社會也奢侈，古希臘羅馬屬於資本主義社會還是原始社會？文藝復興是 14 世紀從意大利開始的，14 世紀意大利是否已達到資本主義尚很難說；唯獨

[1] 彭兆榮、肖坤冰.飲食人類學研究述評.世界民族.2011(3).

東方皇權社會不奢侈？說辦"誇富宴"的印第安人處於"原始社會"，而不用"欠發達社會"之類名稱，則什麼是"原始社會"？政治是人類社會最大的事，如果根據政治制度是否還停留在家長制階段，劃分原始社會和現代社會，則今中國不也是原始社會嗎？接下來我們擺事實。該文說歐洲飲食奢侈的理由，是"宴飲"在古希臘羅馬的藝術中"頻繁出現"，果真如此？作者沒提供具體證據。李海霞是美術愛好者，對該文所言沒有印象；請教了兩位西南大學美術學院的教授，他們也說不出一個宴飲的證據。就算去查到一兩幅畫也不能叫"頻繁"吧；更重要的是，宴飲不等於吃得好和吃得多。歐洲人社會化充分，愛聚會，如舞會、宴會或文藝沙龍。就拿最著名的宴飲畫《最後的晚餐》來說，它是 15 世紀意大利達·芬奇的作品，人物是耶穌和他的 12 門徒。看看這 13 人的愉悅節大餐有什麼：一些麵包，紅酒，酒瓶不及一個巴掌高；大概只有兩盤菜，也許是肉。這種大餐拿給中國人吃，是不可想象的羞澀。現在歐美人吃飯也簡單，比如麵包加一大缽沙拉，就是一家人的晚餐。沙拉一般兩三樣生蔬菜，不切絲，切成塊就成。淋上沙拉醬，不拌和。烤肉、煮雞或煮土豆白味道，也可放在沙拉裡，很少用醬油，醬油也缺乏香味。本人所在高校的幾位留學生，一次和中國學生出去吃飯。吃完飯要走時，一美國學生提醒同學皮特："你的酒沒喝完。"這話在中國太可笑，哪個酒席不剩酒？不叫誇富宴的誇富宴滿到處都是，招待人剩下三分之一至一半的菜，主人才有臉面。可是皮特竟不好意思地道聲"對不起"，喝光了。他用的不是 sorry，而是 apologize，正式道歉用語。中國學生大為感慨。美國總統在自己的莊園招待外國元首，那便宴用中國的眼光看也真簡陋。美術學院的黃教授說，前些日有位定居英國多年的同事回來講學，說在我們這裡吃一頓，"就像在英國皇室吃一頓一樣"。英國是公認的"黑暗料理"之國。有人稱英國在中世紀是美食國，其實最多有點程度差別，一個民族的性格不會在三五千年中有較大改變。我們把眼界擴大到普遍性上看，是理性高的人們易放縱吃喝，還是理性低的？這還用問嗎？歐洲科學發達，是理性高的產物，故吃喝特別講節制符合邏輯。還有一種享樂是淫亂特別是婚外戀，歐美人普遍不贊成，並非我們所想象的那樣亂。缺乏理性的人喜歡信口下結論。我們還可以從流傳百千年的諺語上看文化。謝大任主編《精選英語諺語三千句》（1986）裡，表達知足不貪的諺語有 40 多條，如：寧為清貧，不為濁富；獨眼總比全瞎好；如果你不能有最好的，就充分利用你現有的；知足常樂；自我節制是最大的美德；貪杯喪智，等等。漢語《常用諺語分類詞典》（2010）收詞三千餘條，表達知足不貪的就一條：知足者常樂。

趙宇發現了兩小說“非常講究和享受吃的感覺”，還是比較寬容，“追求盡興歡暢也可以被視為人之常情”。可是，他總結出兩小說的飲食追求有一個特點是非理性，這惹惱了 4/5 的答辯教授，他們盡情批鬥其文化大不敬而槍斃了趙文。如一個教授道：“你說吃人肉吃人奶是非理性的，要論證！”世上還有沒有公理？難道吃人肉喝人奶是理性的嗎？怪不得他離了題去敘述如何養（成人）奶媽。如果我們把理性視為求真求正義的品性，則對匪性的讚賞就跟對過度吃喝的喜愛一樣，顯然都是出於原始野蠻的情慾。以虎狼般的吃喝，只能造就虎狼般的英雄。

《紅樓夢》主要寫少數上層人物的生活，過度吃喝就比草寇少多了，還出現了一次羞慚感。這些和吃喝時用吟詩聯句賞月彈琴助興，都與文明相關。實際上，《水滸傳》更多反映了一般中國老百姓的心理。唐詩裡的“桑柘影斜春社散，家家扶得醉人歸”、“有酒不醉真癡人”，元曲裡的“酒逢知己千杯少”，和《水滸》裡的情景相符。《水滸》第二回寫中秋之夜大聚會飲酒：“年年當此節，酩酊醉醺醺。莫辭終夕飲，銀漢露華新。”酷愛吃喝的人們平時能醉即醉，更認為在節日喜慶日吃喝無度是正常的，今鄉下過年還常要醉飽 15 天。陪酒則是單位上的業務員、銷售、公關或秘書的日常必修課，不會喝酒就別幹。世界上有第二個這樣的國家嗎？人們咂著油膩膩的嘴永恆說：“民以食為天”。

人在吃飽以後，想吃得好一點是正常的。中國有著世界最發達的烹飪業，這本身沒有什麼，百花齊放。可是，吹噓此飲食文化“博大精深”就很光榮嗎？幾乎什麼都吃，一味追求美味高級的吃喝，愛講排場大吃大喝，真的光榮嗎？甚至有人誇耀一粒瓜子博大精深，外族不懂。[1]我們應該懂得的是國族平等，無需以自傲掩藏自卑。掩耳盜鈴不承認好吃、打擊反思者的則除了自卑，還有別的動因。

孔子是早期的美食家，他在說了對飲食的品質和色香味的諸多講究

---

[1] 沈宏非.一粒瓜子，博大精深：“除了中國以外，世界各國人民都不吃瓜子。與其說嫌麻煩，嫌不好吃，倒不如說他們始終也無法參透一粒瓜子所蘊含的博大精深。……磕瓜子是中國人的天賦。”文摘週報 2007.5.1.

後，又道：“肉雖多，不使勝食氣（超過主食）。唯酒無量，不及亂。……不多食。”（《論語・鄉黨》）孟子說如果自己大富大貴，也不會宴樂無度。古希臘柏拉圖的《理想國》明確提出，節制是人的四大美好品質之一，被培養的國家治理者必須學會節制，所以他反對大吃大喝。書中蘇格拉底在談正義之前，營造了一個基礎城邦，這個城邦的人們有各種薄餅乳酪甜點果品可食，冬天穿得足夠厚實；同兒女歡宴，頭戴花冠唱歌，健康太平地度過一生。這該可以放開喝酒了吧，不，“適可而止地喝上一點酒”。他的年輕的對話人格勞孔還揶揄那是“豬的城邦”。[1]亞里斯多德曾說：他們活著是為了吃飯，而我吃飯是為了活著。因為亞氏“更愛真理”，把自己的生命獻給科學研究。如果以吃喝為人生最大快樂，確實跟豬沒什麼差別了。酒足飯飽而不至於難受，不至於胡言亂語或醉歪，總之，不現病態不應該嗎？飲食行為飲食觀念是否適度，從常態看其實不是貧富決定的，氣候的影響也不大，主要受制於理性的多少。只有理性才懂得健康、高雅、尊嚴和邏輯思維是什麼，有多重要，才不會為了低級情慾而踐踏它們。

總結。散見於小說中的某一方面的詞語，如飲食詞語，單個讀到有偶然性，看上去是個性差別，感覺不到什麼文化特色。但是集合成類來窮盡考察，就會發現截然不同的觀念群。歐洲近代三小說的飲食詞語，與《水滸傳》《紅樓夢》相比甚是寒磣：數量相當少，起名樸素，描寫簡單。它們所反映的飲食追求，有人類一般的享受情慾，更有理性的節制——對美味的淡然，對過度吃喝的嚴厲批評。理性的節制是其相異於許多種文化的突出特徵。

2016.12

---

1 [希]柏拉圖.理想國.郭斌和、張竹明譯.商務印書館，2003.第二卷.P.63

《漢語應用的文化人類學研究》224-231。

《儒林外史》儒生動作類詞語的文化考察

張玲玲

摘要：儒生的“笑”常常具有諷刺性，“罵”的主要對象是奴僕和女性，表現了儒生對於地位低者的賤視，辱罵的原因多數和錢財有關。語料中突出的語義場有勢利媚權場，弄虛作假場和信神弄鬼場。儒生的個性勢利庸俗，表現為十分崇拜權威；作假成風，特別是對於科考更是無所不用其極；對科考的迷信反映了他們極度功利和愚蠢的心智。極少儒生有真正的才識。這些情況是儒生所處社會文化的一個縮影。

《儒林外史》主要通過寫實主義和諷刺的手法描寫科舉制下士人社會的千姿百態。其中儒生動作類詞語豐富，各種活動能甚為直觀、深刻地表達人物真實的內心，以及由此形成的群體文化。所以筆者對《儒林外史》中儒生的動作類詞語進行窮盡性搜集和研究。

儒生動作類詞語，指表現儒生個性或一般認為符合儒生身份的行為動詞和動詞性短語。有些動詞單看不是儒生動作類詞語，如“拿”，但拿的是典型的具有儒生身份的文卷等，也收入。心理動詞特殊，量少，本文暫不涉及。本文採用寬式標準收詞語。

本文將動作類詞語共分為兩大類：表示由某器官、肢體或整個身體發出的具體動作的動詞，和動作行為不大明顯、較抽象的動詞。

據統計，全書共有動作類詞語 608 個。其中表示具體動作的較多，358 個，占 59.9%，較抽象的詞語占 41.1%；胳膊或手的動作行為詞語只有 16.3%。這與《〈水滸傳〉男性描寫詞語研究》等 4 篇同類文章差別大，如《水滸》就占 45.3%[1]。儒生的手部動作除了日常行為以外，就是“寫”、“批”、“拿”等與文章、帖子有關的事物，這可能與儒生不懂得除了八

[1] 幸亮.《水滸傳》男性描寫詞語研究. 西南大學碩士論文.2008.P.36

股文之外的其他技能有關，也與儒家強調靜，認為靜能慮有關。[1]

一、動詞個例的文化分析

（一）笑

本文表達儒生“笑”的動作詞語共有 25 個，“笑”的次數共有 106 次，其中有 41 次是帶有輕蔑、諷刺意味的，約占總次數的 38.68%。因為一方面書中出現的儒生很多都是行為荒誕、思想腐朽，沒有真才實學者，他們的舉動在其他儒生看來的確荒謬，令人發笑；另一方面是儒生多數在骨子裡就很高傲，而對於地位、學識或修養等不如自己的人，往往會輕蔑，在語言上則不便於當面顯示，不然會被認為修養不高，所以多數藉助於“笑”來表達，因為“笑”在對方面前很好的掩飾了自己的真實情感。如：

1）王仁笑道：“你令兄平日常說同湯公相與的，怎的這一點事就唬走了？”（第五回）

2）王仁笑著問王德道：“大哥，我倒不解，他家大老那宗筆下，怎得會補起廩來的？”（第五回）

3）（金東崖送自己纂的《四書講章》走了後）杜慎卿鼻子裡冷笑了一聲，向大小廝說道：“一個當書辦的人都跑了回來研究《四書》，聖賢可是這樣人講的！”（第三十回。書辦，管理文書翰墨的人）

儒生的“笑”多數是幅度較小的笑，有“笑”、“掩口”、“掩口笑”、“笑著問”、“冷笑”、“搖著頭笑”、“笑了一笑”、“暗笑”、“笑了一回”、“微笑”、“歪著嘴笑”、“鼻子裡笑”、“忍不住笑”、“眉花眼笑”等 19 個詞語。一方面儒生的很多笑帶有諷刺意味，所以幅度不宜過大；另一方面儒生說話往往是要講究禮節的，所以幅度過大有失風度。表示幅度大的“笑”，除了眾人發出的“說說笑笑”和“歡笑”之外，只有“哈哈大笑”、“大笑”、“拍手大笑”、“仰天大笑”4 個詞語。相對於“哈哈大笑”和“大笑”，“拍（著）手大笑”和“仰天大笑”幅度更大，各在文中出現 2 次。如：

[1] 王烈.中國自然療法大全.上海人民出版社.1992.P.626

1）（范進）他爬將起來，又拍著手大笑道："噫，好！我中了！"笑著，不由分說就往門外飛跑。（第三回）

2）"你這老人家真正是個呆子！三女兒而今已經成了仙了，你哭他怎的？"因仰天大笑道："死的好！死的好！"（第四十八回）

兩次"拍（著）手大笑"都與科舉功名有關，一次僅是王仁兄弟中了酒令的狀元。"仰天大笑"，第一次是虞華軒對唐二棒椎的侄子寫的帖子感到荒誕可笑，帶有諷刺色彩，但這種當面且幅度較大的諷刺大笑，使唐二棒椎變了臉色。第二次是王玉輝因為女兒殉夫，可以青史留名，自己做了 30 年的秀才卻一直默默無聞，還是仰天大笑。可見在儒生心目中功名的重要性。

（二）罵

儒生的口部動作除了"讀詩文"、"談禮樂"這類符合儒生身份的事務之外，多有一些看似不合儒生身份的詞，其中"罵"這個詞出現的次數最多，書中儒生的詈罵語一共有 37 個，詈罵語最多的儒生有嚴貢生、楊執中、牛浦三位，這三位學識低下，品行不正。嚴貢生的貢生頭銜是補廩得來的，經常耍無賴，坐船不給錢，騙人等；楊執中鄉試過十六七次也不曾掛名，害怕別人找他麻煩把氣撒在老嫗身上；牛浦毫無學識可言，竟然假冒死去的名士牛布衣之名到處招搖撞騙。儒生所罵的對象最多的是家奴和女子，其中，對女子的辱罵語有"他算個什麼東西"、"潑婦"、"老不死的"、"老蠢蟲"、"你就這樣沒用"、"畜生"、"狗頭"、"騷婊子"、"隔著三間屋就聞見他的臭氣"9 個。

1）嚴貢生聽著不耐煩，道："像這潑婦，真是小家子出身，我們鄉紳人家，那有這樣規矩！不要犯了我的性子，揪著頭髮臭打一頓，登時叫媒人來領出發嫁！"（第六回）

2）杜慎卿道："婦人那有一個好的？小弟性情，是和婦人隔著三間屋就聞見他的臭氣。"（第三十回）

可見儒生對女子十分輕蔑，隨便侮辱，即使是有才氣的女子在他們看來也是笑談，如：

3）遲衡山道："南京城裡是何等地方！四方的名士還數不清，還那個去求婦女們的詩文？這個明明借此勾引人。"（第四十一回）

前文說這女子是私門的（暗娼），有才氣的女子被他們視為暗娼，她們會點詩文其實是用來"勾引人"的。

另外，所有的儒生詈罵語中，共有20個是因為錢。其中較為集中的就是嚴貢生坐船不給錢，設計讓船家吃了自己的雲片糕，來辱罵船家並借此抵賴船錢。他問雲片糕裡是什麼：

> 掌舵的道："雲片糕無過是些瓜仁、核桃、洋糖，麵粉做成的了，有什麼東西？"嚴貢生發怒道："放你的狗屁！……'豬八戒吃人參果，全不知滋味'！……'半夜裡不見了槍頭子攮到賊肚裡'，……你這奴才，害我不淺！"（第六回）

用"賤"、"狗"、"豬八戒"、"賊"、"奴才"等詞語來辱罵船家。像嚴貢生這類的儒生還有牛浦，家鄉的石老鼠是其長輩，來向他討點錢，竟被他罵成"光棍"、"越發老而無恥"、"老奴才"。還有《儒林外史》中的儒生多數是寒士，如周進因為沒有書教，在家日食艱難；范進家裡窮得老母親和妻子幾天沒有飯吃；更有甚者，倪霜峰做了 37 年的秀才，家裡衣食欠缺最後只能賣兒子。這就是人們常說的"窮秀才"。所以他們對錢財比較敏感，往往會因為錢財辱罵人。

> 1）（楊執中想那差人要來找錢）因把老嫗罵了幾句道："你這老不死的，老蠢蟲！這樣人來尋我，你回我不在家罷了，又叫他改日再來怎的？你就這樣沒用！"（第九回）
>
> 2）辛先生道："揚州這些有錢的鹽呆子，其實可惡！就如河下興盛旗馮家，他有十幾萬銀子，他從徽州請了我出來，住了半年，我說：'你要為我的情，就一總送我二、三千銀子。'他竟一毛不拔……。"（第二十八回）

二、語義場的文化分析

儒生行為集中表現在三個語義場：勢利媚權場，弄虛作假場，信神弄鬼場。

（一）勢利媚權場

在《儒林外史》中，多數儒生行為表現出勢利的德性。對於地位低的人或處在低谷時期的人，表現出鄙視、不尊重、打罵等，對於地位高的人或處在春風得意之時的人則“攀話”、“改容相接”，這種前後不一致的行為非常普遍。如在見到客人時，應當立即起身相迎以示禮貌，然而梅玖對於童生周進則是“慢慢立起來與他相見”，這是一種極不禮貌的行為。對於後輩荀玖更是態度高傲——“你後生家”、“不曾出世”。但當周進為官之時則跟周攀關係，稱“老師最喜歡我的”，並表現出敬畏——“周大老爺”、“恭恭敬敬的拜了幾拜”、“裱一裱收著”。匡超人在潘三有錢之時“特地投奔”於他，並且“歡喜之極”。潘三進監獄之後，希望匡超人見一見他，結果匡超人則說自己若是地方官也要“訪拿”他，好似自己大公無私，又說是“一生官場之玷”、“這個如何行得”，透露出這樣做對自己的危害性。臧蓼齋在王知縣在任之時拜他做老師，還極力勸說杜少卿去會一會他。當王知縣丟官之後，臧蓼齋借他人之口罵其“混帳官”、“賴著不走”、“討沒臉面”。老師“急的要死”，學生卻說：“哪個借屋與他住？”（他活該）。可見他的勢利。不僅是這三位如此，像嚴貢生、王德兄弟、衛體善、牛浦、唐二棒椎、余家世兄弟等儒生都有不同程度的表現。

儒生十分崇拜權威。對官員通常用“拉著手送”、“攜著手送”、“只看著小弟一人”、“相與”、“拿帖子拜”等詞語，向他人誇耀自己與官員的關係匪淺，表示官員對自己的重視。還通過拜官員做老師、求“認作受業弟子”等來拉關係。對於老師，要“拜老師的長生牌”，要奉承其有“法眼”。對其他有地位和名氣的儒生，不僅美言“有眼不識泰山”、“朱卷”等，還在行為上有所表現。如匡超人聽到站在自己面前的是大名鼎鼎的馬純上先生時，便“磕頭下跪”，同時景蘭江見到衛體善和隋岑庵也是“著實打躬”，季葦蕭第一次見到杜慎卿也是“倒身拜下”，郭鐵筆知道眼前的是名宿牛布衣便從櫃檯上“爬了出來”等等，這種行為十分普遍化。

（二）弄虛作假場

儒家倡誠信，孔子教育學生要“主忠信”。但《儒林外史》中的儒生作假成風。在平時生活就作假。蘧公孫得到王惠贈與的現存只有一本的《高青丘集詩話》，他便將此書繕寫成帙，添上自己的名字，刷印之後，遍送親友，騙取了別人對他的好評——“少年名士”、“少年美才”。嚴貢生更是憑藉著自己貢生的地位在鄉間騙說黃夢統借了他 20 兩銀子，叫黃夢統連本帶利還回，可是他根本就沒有借銀子給黃，知縣斥責他："只管如此騙人，其實可惡！"更有甚者，牛浦郎得知名士牛布衣客死鄉間小寺，幾乎無人知曉，他便偷了牛布衣的詩稿冒充牛布衣到處騙取名利。比牛浦郎高一籌的秀才萬里竟然假扮官員，在商家、鄉紳、財主、官員之間穿梭，騙吃騙喝。科舉考試是決定儒生命運的問題，儒生更花心思。在考試之前，"買秀才"、"尋替身"、"冒名頂替"或者"冒籍"等現象嚴重。如清代蔡召華在《新炮臺》中對此鄙視並揭露："功成議敘得美職，絕勝半萬買秀才"。[1]明末沈德符記載："國初冒籍之禁頗嚴，然而不甚摘發。惟景泰四年（1453 年），順天舉冒籍者十二人"。[2]考場上舞弊現象嚴重，小說中共有 3 處具體寫到儒生考試時舞弊行為。第一處是匡超人替金躍考試，第二處是鮑文卿父子替向知府監考所看到的場景，第三處是虞博士在監考過程中看到一位考生作弊，不但不制止反而幫助其作弊。代考例：

> 匡超人遞個眼色與他，那童生是照會定了的，便不歸號，悄悄站在黑影裡。匡超人就退下幾步，到那童生跟前，躲在人背後，把帽子除下來與童生戴著，衣服也彼此換過來。那童生執了水火棍，站在那裡。匡超人捧卷歸號，做了文章，放到三四牌才交卷出去。（第十九回）

考試時的作弊行為主要有槍替、挾帶，鍾毓龍《科場回憶錄》將槍替分為三種："一曰傳遞，一曰頂替，一曰龍門掉卷"[3]傳遞，就是先將題目傳到場外，由場外人寫好，考生"伸手到外面接文章"。頂替即代考。龍門掉卷就是槍手寫好文章之後互換，或者由槍手寫在稿紙上，自己再抄。挾帶，在乾隆年間非常猖獗，據《大清高宗純皇帝實錄》，乾隆九年（1744 年），高宗特派官員和兵役去順天鄉試場搜查，結果，頭場、二場共搜出 21 人。[4]在作假成風的時期，如果老老實實考就會吃虧。虞博士進京會試，中了進士，殿試在二甲，朝廷要將他選做翰林。哪知那些進士，五六十歲的多寫假年齡，只有他寫的是實在年庚 50 歲。結果天子看見，說道："這

---

[1] 鐘淦泉，楊寶霖編.虎門歷代詩選.廣東教育出版社.2004.P.543

[2] 明・沈德符.萬曆野獲篇（中）.中華書局.1957.P.74

[3] 鐘毓龍.科場回憶錄.浙江古籍出版社.1987.P.75

[4] 清・勒德洪等（奉修）.大清高宗純皇帝實錄.華文書局.1964.P.3275

虞育德年紀老了，著他去做一個閒官罷。”范進去參加考試的年齡也是假的，當周進問到他年齡時，他答道：“童生冊上寫的是三十歲，童生實年五十四歲。”可見造假程度之誇張。人們對作假往往不在乎。如當鮑廷璽監考看到有人挖洞從外面接文章時，他正要拉去見主考，結果被鮑文卿攔住，最後還忙拾起土來把洞補好，送那考生進號去。虞博士在監考時，也是見到有人作弊不但沒有制止，而且還幫助其抄錄，事後那儒生去感謝，他怕壞了別人的名聲，不承認自己曾幫助其考試。更嚴重的是，一個儒生假扮官員被抓獲，高翰林因與他有交情，怕自己被連累，竟給他弄成了真官員。但科舉考試的這種作假只是當時社會的冰山一角。在《明清社會詛騙現象探析》一文中明確指出明清社會造假現象滲透到各個方面，如劣質食物、假冒藥品、偽造書畫、贗品古玩、盜版小說、假銀假幣氾濫等。[1]

（三）信神弄鬼場

“屢試不第”、“春闈屢罷”的儒生，常常歸罪於“命”，所謂“文章憎命達”。對於隔一科、幾科又“中”了的，認為是“時來運轉”。所以儒生多數迷信星象、求神問卜。書中共有 13 處描寫了他們的迷信思想與迷信活動，主要分為：1、平時用“求籤”、“測字”、“求神問卜”等來問問吉凶或者是否發財的機會；2、父母去世時，會請和尚念經使死者早日升天，在安葬的時候，會請風水先生到山上看山向、山土來確定安葬的時間和位置；三、在考試或皇帝任命之前，往往會“請仙”、“供文昌帝”、“遷墳”（多數認為祖墳位置不好，影響仕途）；四、考試時夢到神仙則能中，遇到鬼魂之類的則不能中。

> 1）武正字道：“他不曾中，都是太夫人的地葬的不好……托這風水到處尋地，家裡養著一個風水，外面相與了多少風水……便把母親硬遷來葬……二先生越發信這風水竟是個現在的活神仙，能知過去未來之事，後來重謝了他好幾百兩銀子。”（第四十四回）
>
> 2）王舉人道：“（號中瞌睡）只見五個青臉的人跳進號來，中間一人，手裡拿著一枝大筆，把俺頭上點了一點，就跳出去了。隨即一個戴紗帽、紅袍金帶的人，揭簾子進來，把俺拍了一下，說道：

[1] 馮偉.明清社會詛騙現象探析.華東師範大學碩士論文.2008.P.10-19.

'王公請起。' 那時弟嚇了一跳，通身冷汗醒轉來，拿筆在手，不知不覺寫了出來。可見貢院裡鬼神是有的。"（第二回）

迷信思想不僅在那些愚不可及的儒生身上體現，在當時的名宿身上也有體現，如莊尚志在得到皇帝征辟之時，也曾焚香蓍草看看自己能不能夠接受此次征辟，結果是不能接受，他也就坦然辭了征辟。但也有一些儒生意識到迷信的毒害，多是真正有才學之人，如武正字、遲衡山、杜少卿等。其中，杜少卿對當時盛行遷墳一事發表了很有見地的言論。第四十四回他說朝廷該立個法，要遷葬的呈紙說明棺材上有幾尺水多少蟻，官員帶一個劊子手去挖，挖開如果不是那樣，"一刀把這奴才的狗頭斫下來。那要遷墳的，就依子孫謀殺祖父的律，立刻淩遲處死。"不過他也擺脫不了野蠻，沒有找到排除迷信的根本方法。

儒生品性勢利、作假成風、思想迷信的原因，可能如李海霞先生所分析的那樣：儒生是巫、祝、卜等逐漸發展出文字和一定寫作能力的群體，要擁有真正的知識是很困難的，它依賴於這個群體對世界萬事萬物的探索能力的發展。而在相當長的歷史時代裡，追求真理的需要還沒產生或很薄弱，創造不出什麼科學（引進的科學意義不同）。他們跟世俗一樣，對權力和財富的追求還雄踞人生的頂端，讀書人做出許多和真正知識分子不相稱的事是必然的。

《漢語應用的文化人類學研究》232-241。

《海國圖志》對外關係用語釋評

張惠民

摘要：《海國圖志》是十九世紀中期一部描述海外諸國地理、事務風俗的書。16 個(組)較重要的對外關係用語揭示，作者魏源已不贊同用“夷狄”稱呼外國，但書中資料仍居高臨下看待其他國家和民族。外交用語，寫中方的有賚、賜、詔諭、敕諭、統馭萬國，寫外方則稱其對中國遠慕、向化、瞻覲、朝貢等等。書中也比較客觀地介紹了美國的政治制度和外交、瑞士的清明等，而用“拈鬮”、“部落”等描述西方文化，表現了對西方的無知。

本文是作者碩士論文《〈海國圖志〉的對外關係用語和新詞語研究》（2006）的摘編。《海國圖志》是清魏源（1794-1857）寫的一部描述海外諸國地理、事務風俗的書，內容廣泛，引書極豐。由最初的 50 卷本，增修至 100 卷本（1852 年）。西南大學圖書館古籍部存有一百卷本的甘肅本。嶽麓書社 1998 年出版的《海國圖志》是較新的點校本，本文語料以嶽麓書社本和甘肅本為準。

由於思想認識的原因，近代中國明顯落後了。鴉片戰爭給閉關自守的統治者以沉重打擊，英國的“堅船利炮”使少數先進的愛國知識分子從“天朝大國”的夢幻中驚醒，開始睜眼看世界。林則徐、魏源就是最著名的代表。關於《海國圖志》的寫作目的，魏源在《海國圖志》的原敘中有明確的說明：

> 是書何以作？曰：為以夷攻夷而作，為師夷長技以制夷而作。……同一禦敵，而知其形與不知其形，利害相百焉；同一款敵，而知其情與不知其情，利害相百焉。

一、《海國圖志》對外關係用語例解

1. 尚可稱之曰夷狄乎

夫蠻狄羌夷之名，專指殘虐性情之民，未知王化者言之。故曰：

先王之待夷狄，如禽獸然，以不治治之，非謂本國而外，凡有教化之國，皆謂之夷狄也。……誠知夫遠客之中，有明禮行義，上通天象，下察地理，旁徹物情，貫徹古今者，是瀛寰之奇士，域外之良友，尚可稱之曰夷狄乎？聖人以天下為一家，四海皆兄弟。故懷柔遠人，賓禮外國，是王者之大度，旁諮風俗，廣覽地球，是智者之曠識。彼株守一隅，自畫封域，而不知牆外之有天，舟外之有地者；適如井蛙蝸國之識見。(《海國圖志》P1888，西洋人瑪姬士《地理備考》敘。以下該書簡注《海國》) [1]

漢人自古以來就把外國人鄙稱為“夷狄”，魏源不同意這個稱呼。《孟子・滕文公上》：“吾聞用夏變夷者，未聞變於夷者也。”從那種觀念到魏源稱西方人為“瀛寰之奇士，域外之良友”，並批評守舊者是“井蛙蝸國之識見”，實為難得的變化。不過在行文中，魏源也會使用人們習慣的貶稱，未必遵守自己的觀念。何況《海國圖志》有資料彙編性質，文字也有些出自他人之手。具有諷刺意味的是，清朝官方不再用“夷”來稱呼竟是被迫以條約的方式來完成的。近代來華的美國人明恩溥說：

無論其他民族出於何種目的來到中國，中國人對待他們的態度，就像當初希臘人對其他民族一樣，把他們看成野蠻人，並且用對待野蠻人的方式對待他們。只是到了 1860 年，才在條約中寫有專門一款，原先中國人在正式檔中把“蠻夷”視為外國人的同義詞，現在不再允許了。[2]

2. 不師其長技，是但肯受害不肯受益也

是英夷船炮在中國視為絕技，在西洋各國視為尋常。廣東互市二百年，始則奇技淫巧受之，繼則邪教毒煙受之，獨於行軍利器，則不師其長技，是但肯受害不肯受益也。(《海國籌海篇》)

魏源和林則徐一樣，屬於地主階級的開明派官僚，他們的價值取向已經發生變化，他們開始要求打破舊章，重視西方軍事技術，嚮往外部世界。但頑固派把西方的軍事技術視為“奇技淫巧”，並認為奇技淫巧敗壞人心。魏源恨其不智，痛感“不師其長技，是但肯受害不肯受益也。”“邪

---

1 所引《海國圖志》部分.頁碼都是嶽麓出版社本.

2 [美]明恩溥.中國人的素質.秦悅譯.學林出版社.2001.P.84.

教”指基督教，中國人那時排斥基督教比較厲害。

3. 有用之物，即奇技而非淫巧。

古之聖人，刳舟剡楫，以濟不通，弦弧剡矢以威天下，亦豈非形器之末？……豈火輪、火器不等於射御呼？指南製自周公，契壺創自《周禮》，有用之物，即奇技而非淫巧。（《海國・籌海篇》P30）

（刳舟剡楫：刳，剖。剡，削。即剖開大樹，挖空製船。弦弧剡矢，即製造弓箭。契壺，古代計時的儀器。）

魏源駁斥了那些視“英夷船炮”為“奇技淫巧”的頑固派，以先人之“指南”、“契壺”等來論證“有用之物，即奇技而非淫巧”，表達了對西方物質文明的理智認識。

4. 以夷款夷

既變之後，則不獨以夷攻夷，並當以夷款夷。國初俄羅斯爭黑龍江地，構兵連年，聖祖命荷蘭寄書俄羅斯而獻城歸地，喀爾喀兩部爭釁構兵，詔命達賴喇嘛遣使往諭，而喀部來庭。緬甸不貢，聞暹羅受封而立貢。廓爾喀未降，聞英吉利助兵而即降。故款夷之事，能致其死命使俯首求哀者上；否則，聯其所忌之國，居間折服者次之。《海國・籌海篇》

梁啟超曾將魏源的“以夷攻夷”，“以夷款夷”，“師夷之長技以制夷”稱為三大主義。對於“以夷款夷”的理解分歧較大。

高中課本《中國近代現代史》上冊（人民教育出版社 1992 年版，第 10 頁）將“以夷款夷”解釋為“用外國的禮儀接待外國”。這一解釋顯然是有問題的。為此，華南師範大學歷史系教授宋德華在《中學歷史教學》2001 年第五期上撰文糾錯，並提及兩位中學老師分別撰文解釋“以夷款夷”之意，一位認為“款”只有通“叩”，講成“敲、擊”才符合魏源的本來意圖，並從三個方面進行了論證；另一位說“款”“系誠信、緩和之意，表明須盡一切必要的外交努力，爭取到可貴的戰略和平”。宋德華教授對上述兩位中學老師的觀點進行了批評，並給出了自己的觀點：“‘款’者‘和’也，在魏源書中並無其他深意。”“款”確有議和、講和之義，似乎宋德華教授的解釋毋庸置疑，但仔細研究以後發現他的解釋有待商榷。

《漢語大字典》中“款”還有一個義項：“臣服；歸附。”例證：“唐玄宗《命柳城復置營州詔》：‘朕聞舞干戚者，所以懷荒遠；固城池者，所以款戎夷.' ”此處的“款”是“使臣服、歸附”。“款戎夷”，跟“以夷款夷”中的“款夷”結構相同，都是動賓結構。在《籌海篇》中“以夷款夷”中的“款”也應是“使臣服、歸附”之意。其文說“款夷之事”以“致其死命使俯首求哀”為上，符合這個解釋。魏源這話仍然是制服外國使其歸順的思路。

5. 虛名鮮實，揆之五常，多無合者。上賊其下，肆行貪酷，長幼無序，男女無別，不為燕翼貽謀之計

> 至於和蘭[1]風俗，虛名鮮實，揆之五常，多無合者。上賊其下，肆行貪酷，非仁也；夫妻反目，聽其改醮，死未周月，尤其他適，非義也；長幼無序，男女無別，非禮也；窮奢極欲，以終其身，不為燕翼貽謀之計，非智也。惟貿易一事，然諾必信，其庶幾乎！（《海國・東南洋》P528）

此處“五常”指“父義、母慈、兄友、弟恭、子孝”（孔穎達），或指“仁、義、禮、智、信（董仲舒）”。

上述對荷蘭風俗的批評，現今看來是偏頗的。指責其“非仁”也是站不住腳的：“華人或口角，或毆鬥，皆質之甲必丹，長揖不跪，自稱晚生。其是非曲直，無不立斷，或拘或撻，無容三思。至犯法大罪，並嫁娶生死，俱當申報和蘭。水旱來往，皆給與文憑，不得濫相出入。其用法之森嚴，設稅之周密，大約可見矣……。”（《東南洋》P528。甲必丹，荷殖民地管訴訟租稅的華人官吏。）其見官不跪，辦案迅速，申報嫁娶生死，用法森嚴，設稅周密，都是文明社會的標誌。

“上賊其下，肆行貪酷”？荷蘭社會自然有不良官員，但如此嚴重不是法治社會的特徵。 人治社會的“仁政”不允許平等和監督，暴政更不說，這才從根本上會“上賊其下，肆行貪酷”。

儒家的“義”主要是指“恰當、合理的思想行為。”（引文同上）離婚或夫死再嫁，以儒家的思想來看，當然是不恰當不合理的。

“禮是儒家用以維繫社會穩定的根本倫理規範。‘禮’安排了每個人在群體中的等級職分。如果有人不守本分，社會的尊卑秩序就會亂……”[2]

---

[1] 和蘭，即今之荷蘭.

[2] 李海霞.追問人性・論孟老莊倫理道德詞語研究.香港九江文化出版公司.2014:141.

因此儒家把“禮”視為治國的要務。“長幼無序，男女無別”就會使維繫社會穩定的根本倫理規範喪失，較高階層的人就會失去既得利益。

再看“窮奢極欲，以終其身，不為燕翼貽謀之計，非智也。”“燕翼”一詞始見於《詩・大雅・文王有聲》：“詒厥孫謀，以燕翼子。”毛傳：“燕，安；翼，敬也。”陳奐傳疏：“詒，遺也……言武王以安敬之謀遺其孫子也。”後以“燕翼”謂善為子孫後代謀劃。西方人對子女的養育觀念與中國很不相同，直至今日中國許多父母仍為子女包攬一切。而西方人在子女成人以後，讓其獨立自主，這以中國傳統的眼光來看，自然“不智”了。

“惟貿易一事，然諾必信，其庶幾乎！”

對荷蘭貿易的誠信，只是勉強說這個還差不多。

6. <u>賚</u>、<u>賜</u>、<u>詔諭</u>

成祖初，遣使以即位詔諭其國。永樂元年，遣使賜其酋織今文綺麻葉甕，在西南海中。永樂三年十月，遣使<u>賚</u>書<u>賜</u>物，<u>詔諭</u>其國，其酋長迄不朝貢。(《海國・東南洋》P579)

賚，賜予。詔諭，皇帝頒佈文書以告諭天下。長期以來，“天下”是指中國範圍內的全部土地；直到清代的鄭觀應，才提出“天下”光指中國不對，中國不過是國際大家庭中的一員。中國統治者把他們所知道的世界內的一切人都看作自己的臣民。他們“賜”給外國統治者王號，責成其納貢。這種君臨“四夷”的姿態到近代依然如故。

7. 中華<u>有禮儀</u>以<u>自節制</u>，<u>洋夷</u>不知<u>禮儀廉恥</u>為何物

余謂南洋為極樂之地，蓋中華有禮義以<u>自節制</u>，<u>不敢恣其所慾</u>；<u>洋夷則不知禮儀廉恥</u>為何物，<u>惟窮奢極欲以自快其身心</u>而已矣。(《海國・東南洋》P530)

對於中國的禮儀，Linell Davis 指出：

Throughout most of China’s long history, the relationships between people in all claases were based on carefully prescribed forms of behavior that covered virtually every aspect of conduct-so much and to such a degree that learning and following proper etiquette was one of the major facets of life .The higher one was on the social ladder, the more meticulous and demanding were the rules of etiquette.The Chinese word for etiquette, *li,* which originally meant, “to sacrifice,”refers to the fact that following legally sanctioned etiquette required extraordinary sacrifices, not to mention detained knowledge of hundreds of correct form of behavior.[1]

Linell Davis 的評論是很準確的，有意思的是她對“禮”進行了“說文解字”，她認為“禮”的本意是“犧牲”（to sacrifice），忠孝侍奉，確是一方犧牲於另一方。在社會階梯中的地位越高，就越是強調“禮”。

由於“洋夷”的法制化較早，沒有中國所具有的繁瑣的禮儀，在那種情況下，反而人人“快其身心。”

8. 五行迭相克，陰陽迭相勝

> 彼謂西洋水犀戈船無敵海內外者，抑知五行迭相克，陰陽迭相勝，天下又不可勝之物耶？（《海國・東南洋二》P373）

早期的“五行說”見於《尚書・洪範》。墨家學派提出了交勝、相麗說。交勝說認為，“五行毋常勝”，水、火、金、木、土之彼此相勝不是絕對的，是有條件的。

而五行之間又有相克的關係，金克木，木克土，土克水，水克火，火克金，循環不斷，生生不息。第一次鴉片戰爭失敗，面對英國的強大武力，清廷內部一些人主張妥協投降，另外一些人則主張英勇抵抗。但是要使全民從內心不對“英夷”的武力畏懼，必須提出哲學上的依據。而魏源就是以五行學說來立論，以鼓舞士氣。

9. 利未亞烏鬼

> 源案：《唐書》始言（拂菻）之西南，度磧兩千里，有黑人國，蓋即今利未亞烏鬼各國。（《海國・小西洋》P1007）

利未亞，即 african，非洲，書中亦稱利未亞洲。稱利未亞各國為“烏鬼”，具有明顯的種族歧視。又說他們“夜睡無夢”，對他們瞭解甚少。在美國歷史上，黑人也曾經反對用“negro”來指稱他們，要求用跟白人對等的“black people”來指稱他們。查《當代美國英語學習詞典》竟然未收 negro 這個詞。

---

[1] Linell Davis.中西文化之鑒.外語教學與研究出版社.2001：66.所引文段的翻譯：在中國漫長的歷史中，人們之間的關係是基於仔細規定的禮儀的。禮儀牽扯到生活的各個方面。學習禮儀是生活中一個重要的方面。在社會階梯中的地位越高，就越對禮儀小心翼翼，加倍強調。漢語中的“禮”，其詞源意就是“犧牲”，意思是說遵從社會認可的禮儀習俗就要作出不同尋常的犧牲，更不用說瑣碎繁多的，其他被認為是恰當合適的舉止行為了.

10.（歐羅巴）獨得金氣其人情性縝密 善於運思 長於制器

歐羅巴……其人情性縝密，善於運思，長於制器。金木之工，精巧不可思議，運用水火尤為奇妙。火器創自中國，彼土仿而為之，益加精妙。籌造之工，施放之敏，殆所獨擅。造舟尤極奧妙，篷索器具，無一不精。（《海國・大西洋》P1105）

上述對歐羅巴（即歐洲）的讚美之詞，溢於言表。總體來講，客觀公正。遺憾的是並沒有像對美國那樣，從制度方面加以考究，而又把其先進文明歸之為"獨得金氣"，實為可惜。

11. 示柔遠至意

乾隆五十年十月，奉諭："……第思此等人犯，不過意在傳教，尚無別項不法情事，且究系外夷，未諳國法。若永禁囹圄，情殊可憫。俱著加恩釋放，交京城天主堂安分居住。如情願回洋，著該部派司員押送回粵，示柔遠至意。"（《海國・大西洋》P1245）

從外交來看，乾隆上述對外國傳教士的處理，還是比較妥帖的。但仍然是用"天朝大國"的姿態："示柔遠至意。"按"柔遠"，本意是安撫遠人或遠方邦國。語出《書・舜典》："柔遠能邇。"孔傳："柔，安。"

12. 西土之桃花源也

（瑞士）國無苛政，風俗儉樸，數百年不見兵革，稱為西土樂郊……。瑞士，西土之桃花源也。懲碩鼠之貪殘，而泥封告絕；主伯亞旅自成臥治。王侯各擁強兵，熟視而無如何，亦竟置之度外，豈不異哉？……惜乎！遠在荒裔，無由漸以禮樂車書之雅化耳。（《海國・大西洋》P1337）

泥封：古人封緘書函多用泥封住繩端打結處，蓋上印章，故借指書函。《漢語大詞典》釋《詩經》的"主、伯、亞、旅"為家長子弟等，難通。查向熹先生《詩經詞典》[1]（1986，26）引于省吾先生："主、伯、亞、旅"四者，皆略舉當時自天子以下卿大夫之祿食公田者。"魏源亦當指卿大夫。這裡說告發貪腐的書信沒有了，各級官員高枕無憂。而國君對"王侯各擁強兵"不生疑懼，竟然置之度外。故下文引美國人大贊其"風俗之淳古"。

魏源哀歎瑞士這個"西土之桃花源""遠在荒裔"，不能被所謂的

[1] 向熹.詩經詞典.四川出版社.1986.P.26.

"禮樂車書雅化"，的確可以看出魏源的內心還是存在"以夏變夷"的思想。儘管這樣，筆者還是非常遺憾地發現這段介紹西方民主制度的話語，在甘肅本中也被刪除了。

13. 彌利堅國：武、智、公、周、富、誼

彌利堅國非有雄材梟傑之王也，渙散二十七部落，渙散數十萬黔首，憤於無道之虎狼英吉利，同仇一倡……逐走強敵，進復故疆，可不謂武乎!

憤逐英夷者彌利堅，而佛來西（按：法蘭西）助之，故彌與佛世比而仇英夷，英夷遂不敢報復，遠交近攻，可不謂智乎!

二十七部酋分東西二路，而公舉一大酋總攝之，匪惟不世及，且四載即受代，一變古今官家之局，而人心翕然，可不謂公乎！

議事聽訟，選官舉賢，皆自下始……三占從二，舍獨循同，即在下預議之人亦先由公舉，可不謂周乎！

惟彌利堅國鄰南洲，金礦充溢，故以貨易貨，外尚歲運金銀百數十萬以裨中國之幣，可不謂富乎！

富且強，不橫凌小國，不桀驁中國，且遇義憤，請效馳驅，可不謂誼乎！（《海國・外大西洋》P1611）

彌利堅，今譯美利堅，近代亦稱花旗國。魏源用"武"、"智"、"公"、"周"、"富"、"誼"六字對美國的情況進行了高度概括。其中"公""周"二字是對美國民主制度的評價。還客觀說到美國不欺凌小國，不傲視中國，給予中國援助。據此，我們可以說魏源已經形成了有別於傳統士大夫的全新的世界觀念。他借用傳統話語表達在最初有助於中國人接納西方先進文明、改革弊政。

14. 拈鬮、士丹吝甘密底、西那多

常坐治事者額二十人，曰士丹吝甘密底；無額數者，曰甘密底。皆西那多公同拈鬮……期滿復拈鬮易之。(《海國・外大西洋》)

拈鬮，指投票選舉，《海國圖志》也譯依力多（elect）。士丹吝甘密底，英語 standing committees 的音譯，常務委員會。甘密底，committee 的音譯，委員會。西那多，senator 的音譯，參議員。這是對美國政府機構和選舉制的介紹。結合上一段，27 州的選舉被看成了 27 部落的拈鬮，可見政治制度的隔閡有多麼大。

15. 敕諭、遠慕聲教，向化維殷

> 皇帝敕諭英吉利國王知悉：爾國王遠慕聲教，向化維殷，遣使恭賚表貢，航海祝釐。朕鑒爾國王恭順之誠，令大臣帶領使臣等瞻覲，賜之筵宴，賚予駢蕃。天朝物產豐盈，無所不有，原不借外夷貨物以通有無。特因天朝所產……為西洋各國及爾國必需之物，是以加恩體恤……。今爾國使臣於定例之外，多有陳乞，大乖仰體天朝加惠遠人，撫育四夷之道。且天朝統馭萬國，一視同仁。(《海國・籌海總論》P1906)

清朝的統治者仍認為所有國家的人民都是大清的臣民。乾隆帝稱英國為“爾國”，“爾”乃小視對方之稱。他又稱英王“遠慕”天朝“聲教”，殷勤傾向教化。雖然中國地大物博不需要與“外夷”“通有無”，還是因為茶業、大黃這些是“爾國必需之物”，才加以體恤。所以用“敕諭”、“恭賚”、“瞻覲”、“加恩體恤”、“陳乞”、“撫育”、“天朝統馭萬國”等詞語，無知荒謬至極。其 1906 頁寫英方要派外交使臣主領英人商務，乾隆也稱“與天朝體制不合，斷不可行”。

16. 至今中國仍不知西洋

> 中國官府全不知外國之政事、又不詢問考求，故至今中國仍不知西洋，猶如我等至今未知利未亞洲內地之事，東方各國，如日本……則不然，日本國每年有一抄報，考求天下各國語事，皆甚留神。(《海國・夷情備采》P1959)

清朝官員麻木不仁，昏昏噩噩，戰爭打起來後還在打聽英國座落何方，周圍幾許，英國女王有無匹配，和俄羅斯是否接壤，與新疆回部有無陸路可通的笑話，但是近代日本與中國大不相同，他們較快地接受了外來文明。魏源生活之時，《海國圖志》在中國影響甚微，幾乎無人問津，在日本卻人人一睹為快。據盧伯煒說，僅在 1854 一 1856 年兩年之間，日本刊印的《海國圖志》的各種選本已有 20 餘種之多。

二、《海國圖志》對外關係用語的總評

1、魏源已邁出接受平等思想的第一步，認為“夷狄”之稱不對。但書中資料仍往往貶低其他國家和民族，抬高“大清帝國”的皇帝、制

度和觀念。魏源本人也不時出現矛盾，如也有貶稱和中國中心觀。

2、魏源對西方文化的先進已有一定認知，但是用中國傳統的“氣運”、“五行”解釋其原因，未從人的素質、體制方面進行探究。

3、魏源用中國古老的射箭、御車去比附西方火輪、火器等，對於中國人瞭解西方新事物有幫助。而有些用漢語詞意譯的概念也可能發生誤導，如用“衙門”翻譯“議會”，用“拈鬮”翻譯美國總統選舉。

英國學者赫德遜說：

> 中國極像一個陷入重圍之中的築有圍牆的城市。在城市中心，天子繼續以君權的威儀在統治，拒絕承認其他民族的統治者是平等的。由於到北京來的使節都不願以任何方式承認這種自封的最高權力，中國就繼續留在由歐洲國家和奧托曼帝國這樣的亞洲國家所組成的外交關係的世界之外。(《歐洲與中國》，赫德遜著，中華書局 1995 年版，第 213 頁。奧托曼，土耳其。)

從中國當代的情況看，《海國圖志》及那個時代的文化觀念仍然頗有現實意義。

參考文獻

明恩溥.中國人的素質.學林出版社.2001.

費正清.費正清論中國.臺北正中書局.1994.

赫德遜.歐洲與中國.中華書局.1995.

盧伯煒.論《海國圖志》對中外文化交流的影響.蘇州大學學報.1994(3).

李海霞編輯修改

《漢語應用的文化人類學研究》242-249。

清朝後期對外關係用語的變化

杜鑫

摘要：清朝前期（1840 年以前），清朝對外關係用語絕大部分是貶人揚己的，語料中不平等的占 87%。而到後期，平等用語上升到 60.6%，新增了許多平等用語如“握手”、“照會”、“切商”等。不平等的禮儀大量減少。後期對外關係用語數量比前期明顯增多，接受了一些外交通則，對外交的重要性有了某些認識，對外面國族的看法、通商的看法有一定改變，而“馭夷”的目的未變。

本文是作者碩士論文《清朝對外關係用語研究》（2010）的摘取。語料：《清史稿・邦交》，清趙爾巽等撰，中華書局 1991 年版；《清實錄》包括《滿洲實錄》、太祖至德宗十一朝實錄以及附印的《宣統政紀》，合計 4433 卷；《籌辦夷務始末》，文海出版社 1987 年影印版。又稱《三朝籌辦夷務始末》，收錄從鴉片戰爭前夕到同治十三年十二月約 39 年間清政府對外關係各方面（政治、經濟、文化等）的重要資料約 5300 件。

1840 年的鴉片戰爭不僅是中國近代史的開端，而且也是清朝從強盛走向衰落的轉捩點，西方浪潮進入中國引起的反應和巨變，對外關係用語在相當程度上作了實際的反映。本文以 1840 年鴉片戰爭為分界點，劃分出清前期和清後期。

一、清後期對外關係用語數量增多

在我們的語料中，清朝前期對外關係用語共有 247 個，後期有 383 個，增加了 136 個。自 1840 年後迅速增加了 100 多個用語，這是巨大社會變革的反映。鴉片戰爭後，中國人開始“開眼看世界”，借鑒國外科技以求強大，曾提出過“師夷長技以制夷”口號，並進行洋務運動。雖然實踐證明它們行不通，但也出版了一系列介紹外國地理歷史、人文風情和科學技術的書籍，帶來了先進文化，讓國人更好地認識瞭解世界。如：魏源在《海國圖志》中就介紹了外國國家的地理分布、社會狀況；志剛在《初使泰西記》中介紹歐美國家的文化、禮儀。在對西方人的認識上，從最初認為他們是不文明的"夷、紅毛"，到後來認為是講禮貌、有知識的"洋人"。與國外交流日益增強，對外用語漸趨有禮貌、得體。如使用"貴國、貴使"等用語。同時，借鑒西方的外交制度和外交用語，如語料中前期清廷與國外交往的文書只有"敕、諭"，對外國來使只有"賞、垂詢"；後期清廷與國外交往的手段增多，有"函、電、照會"，對外國來使則有"妥議、面晤、切商、辯論"等。在與外國人的接觸中，清廷認識到對外交往的重要，用語方面更趨於國際化，表達更加平等。

二、清朝後期平等用語比例增加

清朝後期平等用語 232 個，比前期增加了 206 個，是對外關係用語增多的主要方面。同時，後期平等用語比重也從前期的 10.5%上升為 60.6%（很少的"其他"類除外）。平等用語增加的主要原因有：

1. 舊平等語詞使用範圍的擴大

清朝前期出現的一些詞，在後期使用範圍有所擴展。如"洋"組成的平等用語，在前期只有外洋、西洋等少量用語，到了後期，許多城市對外開放，外國事物和外國人大量湧入，與其相關的用語隨之產生，如：洋樓、洋將、洋貨、洋工司、洋稅、洋錢等。

2. 清廷自稱和對外稱呼的改變

清朝前期，清皇帝稱自己為"朕、大皇帝"，清廷自稱為"天國、天朝、上國"，文書中將外國人稱作"夷、番、酋"，稱其他國家為"藩屬、外藩、爾"。到清朝後期，鴉片戰爭打破中國緊閉的大門，也打開清統治者狹隘的眼界，在自稱和對稱方面，清政府做出極大改變，除了對傳統周邊屬國（朝鮮、越南等）仍沿用"天朝、天陛"，或民間文人對外國人仍稱"夷、番、倭"等外，在清廷正式的對外文書和記錄中，均用平等用語指稱。清皇帝稱自己為"我"，清廷稱自己為"中國、我國"，稱歐美國家為"彼國、貴國、外國、西洋國、泰西"，文書中多稱"洋"，稱中外雙方為"彼此、中外、兩國"。同時還改變其他國家國名，如：蠻里喇、流虬、諳厄利等不尊重的稱呼，採用近現代外交國家名稱，改寫為菲律賓、琉球、英吉利等。正如李斌所說："第二次鴉片戰爭（1856-1860年）後，外交文書措詞用'平等'字樣，往來國書、照會、約章等一律用平頭式文體，如有'大清國'出現，必以'大英國'、'大法國'、'大美國''大俄國'等與之對應。"[1]

事實上，"大清國"是自大的面子放不下，"大英國"等是迫不得已的權宜之計。兩"大"的表面對等不真表平等。西方使節還沒有大到享有清人"不殺來使"的地位。1860年火燒圓明園事件，就是英法使節在圓明園被清官方拷虐殺害20人而引起的。

> 1860年9月，以英國公使巴夏禮為首的三十九人使節團，在通州談判時被中國扣留，押送北京，關在圓明園中，受到酷刑迫害，多人死亡。"然俘虜英國二十六人，已死十三人，法國十二人，已死七人，皆受拷打凌虐致死者。"（《天主教傳行中國考》418頁）

額爾金得知清政府的暴行以後，決意報復。行動的前幾天，額爾金命令在北京全城張貼公告，宣示英法聯軍火燒圓明園的計畫和目的："任何人——哪怕地位再高——犯下欺詐和暴行以後，都不能逃脫責任和懲罰；圓明園將於1860年10月18日被燒毀，作為對中國皇帝背信棄義的懲罰；只有清帝國政府應該對此負責，與暴行無關的百姓不必擔心受到傷害。"這次事件刷新了中國人看待西方人性命的觀念。

安撫性的兩"大"是中國人取消自己的"大"的艱難過渡。

至於《秘魯國書》等中的"大秘魯國"、"大清國"、"大皇帝"，很可能是中方翻譯如此，未必原文有此字樣。

三、清朝後期不平等用語比例縮小

與清朝前期相比，後期對外關係用語的總數雖然增加，但不平等用語數量從前期215個減少為後期141個。清朝後期不平等用語數量減少，主要體現在：

---

[1] 李斌.頓挫與嬗變：晚清社會變革研究.四川大學出版社.2006.P.163.

1. 舊的不平等詞語消失

作為最後一個封建帝國的清王朝在 1840 年後逐漸走向衰落，與之相應的一些封建舊語詞失去語境，慢慢淡出人們視線。在對外關係用語中，前後期最明顯的變化就是清前期清廷在與外國交往的文書中多喜歡使用帶有自誇性的四字詞語，如：（天朝）撫有四海、德威遠被、無所不有等。後期清廷除了在對朝鮮、越南等傳統藩國的文書中使用一些自誇性的詞語，在對西方國家文書中已經很少使用這樣的語詞，而是改用“推誠相待”、“和平商辦”等平等用語。

2. 不平等詞語使用頻率降低，範圍縮小

清朝前期隨處可見、使用頻率最高的三個不平等詞根“貢、夷、賜”在清朝後期它們的使用頻率變為 11.7%，而且以它們為詞根的用語隨之減少。

前期“賜”用途廣泛，凡外國來使清帝都會給予賞賜，且“賜”的範圍廣泛，包括錢、宴、匾、封號、坐、爵等，清朝後期，“賜、賞”只用於對傳統屬國，“賜”的範圍也減少到賜銀等兩三樣，對西方國家給予東西或表示祝賀改用“贈、致”。清朝後期，內憂外患，傳統屬國的“進貢”次數減少，而且清廷也沒有那麼多精力和金錢大辦“貢賞”這一套傳統禮儀，為了在屬國面前不失“面子”，就象徵性的賞賜一些物品。這些物品與清朝前期所賞賜的東西遠遠無法相比，對《欽定大清會典事例・賜予》統計，1840 年前清廷賜予物品的記錄有 20 頁，字數大概有 2.4 萬，後期的記錄有 2 頁，字數大約有 7200 字。

夷，“夷”在咸豐十年前後使用幾乎達到頂峰，凡是跟外國有關的事物均加“夷”。這時“夷”成為一個極具能產性的詞綴。隨著 1860 年中英《天津條約》提出不得再使用“夷”字的要求後，“夷”及相關用語在清政府正式官方檔中再沒有出現，只偶爾出現於民間文人著述中，且使用範圍也大大縮減。1860 年前有夷官、夷境、夷欠、夷婦、夷貨、夷語、夷使等這些帶有強烈歧視色彩的詞語，後在文人著述中也幾乎沒有見到，只有較少的外夷、逆夷、夷首、夷目、難夷等使用。民間文人在減少用“夷”的情況下，為了表達自己對西方強烈的憤慨之情，使用“逆、酋、番、倭”等語詞表示，這些詞語具有同樣的歧視性，但大勢已去。到了現代不管是“夷”，還是“逆、番、酋、倭”這些不平等用語都消亡了。

貢，清朝在經歷了一次次戰爭後，國力下降，無法保護周邊屬國，傳統藩國一個個獨立出去，“朝貢體系”趨於瓦解，這也是“貢”的使用就越來越少的原因之一，清朝前期的進貢、求貢、乞貢、款貢等到後期不再使用，只有貢物、貢使、貢道、朝貢還略有使用，傳統的正貢、歲貢、常貢、年貢等隨著周邊國家獨立，按時“進貢”不再維持，清政府滅亡後，“朝貢”不復存在，與之相關的用語也不再使用。

中國皇帝會見外國使節，本有很多舊禮儀，強迫外國人接受，一些西方使節因不能忍受而悻悻回國。清前期的禮儀用語，如三跪九叩、朝貢、賜、接見這些，占對外關係用語的 19.8%，後期的減少到 5.7%，還增加了“握手”這樣的世界通禮。說明不平等禮節的使用減少了很多。

3. 少量舊的不平等用語使用範圍有所擴大

“夷”使用範圍減小，清朝後期“倭、番、酋”等舊語詞使用範圍有所擴大，在一定程度上彌補了“夷”的空間。“倭”指日本人，後期產生了倭奴、倭使、倭兵等新用法，“番、酋”也加上國家名、物品或顏色詞表示外國物品或外國人，如：英酋、白酋、黑番、番書、番船等，這些語詞多見於民間文人著述。

這些不平等舊語地擴大使用，不能改變不平等用語總體上數量減少和滅亡的趨勢，它只能暫緩消亡的步伐。歷史的發展、社會的進步，勢必推動要求國家之間平等相待。

四、對外部世界求知欲的增加

清政府對外國的態度從排斥到中體西用。從 1861 年開始，“自強”一詞在奏摺、諭旨和士大夫的文章中經常出現。1862 年，曾國藩日記寫到：“欲求自強之道，總以修政事，求賢才為急務；以學作炸炮，學造輪舟等具為下手工夫。”這一時期，政府主辦譯書工作，介紹大量西方科學知識。此時西洋的技術主要用作國防的需要，譯書的動機多半是政治和經濟利益。

隨著對西方國家瞭解的深入，一些知識分子認識到西方強國不僅擁有豐富的資源和發達的工業，而且也建立了與中國不同的民主政體。徐繼畬在《瀛環志略》中讚揚華盛頓：“開疆萬里，乃不僭位號，不傳子孫，而創為推舉之法，幾於天下為公，駸駸乎三代之遺意。”

清政府外派公使和留學生出訪西方國家，有志剛、薛福成等。他們開始只是考察外國史地，但在走出國門後，接觸到西方政治、法律制度並帶回中國，表現在對外關係用語中就是大量新詞的使用，如：薩納特、報紙、協議。

> 關鍵性術語使用的變化雄辯地證實了在對西方理解過程中的變化。與西方有關的事務在六十年代以前大體上稱為“夷務”，在七十年代和八十年代稱為“洋務”和“西學”，在九十年代稱為“新學”。[1]

於是“西學”的內涵就從學習西方的科技工藝延伸到西方的政治經濟教育制度。

五、對通商看法的改變

清政府一直採用“用商制夷”的原則，通過茶葉、瓷器等保持貿易上的優勢。鴉片戰爭中國傳統對外貿易受到衝擊，在19世紀六十和七十年代“商戰”這一觀念取代“用商制夷”，即利用商業做武器，與國外競爭。

1840年後大量通商口岸開放，一定程度上促進中國對外貿易的發展。實質上這是外國對中國強制的結果，並不是清政府的主動行為。而不管是清廷的“互市”還是“聯外交”，歸根都在於“馭夷”。李鴻章說：

> 自來備邊馭夷，將才使才二者不可偏廢。各國互市遣使所以聯外交，亦以窺敵情。(《清季外交史料》)

總之，對外部世界看法的改變，開始於四五十年代魏源和徐繼畬等對世界地理、歷史的研究，1860年後變成以自強為名義的軍事模仿活動。七十年代中期以後，鄭觀應和唐景星等企業家強調商業和工業的重要性，郭嵩燾和馬建忠等則討論西方的政治和教育制度。

六、對比分析清朝前後期的兩封文書

這裡所選的兩封文書，分別是乾隆五十八年清帝給英吉利國王的敕書，和光緒二年清帝致大英國後帝的國書。從這兩封文書用語的對比中，

---

1 [美]費正清、劉廣京編.劍橋中國晚清史.下冊(1800-1911).中國社會科學院.1993.P.235.

我們可以看到清朝前後期對外關係用語的具體變化。

第一封文書分為兩篇敕書，總字數大約 2600 字，其中“天朝”出現 27 次，“夷”出現 21 次。第二封文書總字數大約 460 字，其中尊稱前綴“貴”出現 4 次，“大清國”與“大英國”並稱。前後兩份文書雖字數上相差較大，但也能從其中看出清朝前後期對外關係用語的一些不同。

首先，乾隆五十八年的是清帝敕書，敕文是君王警飭臣下的文書，本文意在斥責英吉利國王派使常住和通商貿易要求，題頭寫道“奉天承運皇帝敕諭嘆咭唎國王知悉”。光緒二年的是清帝的國書，國書是國家元首間互用的文書，意在解釋英使馬嘉理不幸被害，清廷已妥善處理，應保持兩國友好關係。題頭寫道“大清國皇帝致大英國后帝惋惜馬嘉理國書”。敕書、敕諭是上對下的文體，國書是平等文體。

其次，乾隆五十八年敕書的用語處處體現清朝的無所不有，自尊自大，如：“天朝撫有四海，唯勵精圖治，辦理政務，奇珍異寶並無貴重。況爾國王僻處重洋，輸誠納貢，朕之錫予優加，倍於他國。”清廷將英吉利視為屬國，認為他們“傾心向化”，應該優待，且對其有悖天朝體制的請求大加斥責。光緒二年的國書則表現清廷力圖與英國搞好關係，文中沒有自誇的用語，處處體現了清廷以友好態度處理對外事務，如：“大清國大皇帝問大英國大君主五印度大后帝好……朕深為惋惜，茲特遣欽差大臣署禮部左侍郎總理各國事務大臣郭嵩燾，前赴貴國代達衷曲，以為真心和好之據。”

再次，乾隆五十八年敕書出現的“天朝、夷、爾”等字樣，在光緒二年文書中完全沒有出現，光緒文書中使用了“貴、特”等新用語，不僅表現清政府的平等態度，而且表達對馬嘉理事件的重視。如：“二年六月，朕又特派文華殿大學士直隸總督一等肅毅伯李鴻章為便宜行事大臣前赴山東煙臺，會同貴國欽差大臣威妥瑪將前案籌辦完結。”乾隆敕文中那些自誇的語詞，清朝後期沒有再使用。在光緒文書中，出現較多的是表達清政府渴望與英國和好的四字詞語，如：永敦和好、眷念友邦、推誠相信等。

最後，光緒文書也一定程度上體現了清廷還未完全以“平等”身份對待國外，如：“朕”一詞在文中出現 6 次之多，還有“誕膺天命”的使用，說明清皇帝仍認為自己是天的兒子，只是這些用語相比“天朝、夷”等隱晦一些。

這兩篇文書很有代表性地體現了清朝對外關係用語的變化，體現了短期內新詞的出現使用、舊詞消亡這一詞彙發展現象，如何受世界文明的影響。

參考文獻

[美]費正清、劉廣京編.劍橋中國晚清史.下冊（1800-1911）.中國社會科學院.1993 年版.

張維華.明清之際中西關係簡史.齊魯書社.1987.

[法]佩雷菲特著.王國卿等譯.停滯的帝國：兩個世界的撞擊.三聯書店.2007.

楊公素.晚清外交史.北京大學出版社.1991.

李海霞編輯修訂

《漢語應用的文化人類學研究》250-256。

清代三小說禮貌行為語言

喻蓮

摘要：禮貌行為語言，清代三小說出現特別多的有磕頭（叩頭）、打恭作揖、請安，其次是拱手，出現較少的有打千、呵腰、拉手、（出家人）打個問訊、道萬福、探帽子、茶碗一端（退客）。這些禮貌行為語言絕大多數是等級嚴密的，表現了中國傳統包括滿族在內的一致的社會深層意識。

本研究語料：吳敬梓的《儒林外史》、李寶嘉的《官場現形記》和曹雪芹-高鶚的《紅樓夢》，一共約 150 萬字。

交談的時候人們總避免不了使用手勢等來輔助自己的言語。Samovar 認為："在面對面的交際中信息的社交內容只有 35%是言語行為，其他都是通過非言語行為傳遞的。"[1]行為語言就是非言語交際中最引人注意的手段之一。所謂行為語言就是用頭、手、腳、身體等做出各種行為或姿態，用以傳播某種信息，交流思想。在清代禮貌用語中，有非常多的行為語言，而且這些行為語言意義豐富，作用也相當大，在很多情況下彌補了言語交際的缺失，是禮貌用語中不容忽視的一部分。

一、清代三小說禮貌行為語言的表現及其意義

（一）磕頭（叩頭）

磕頭（叩頭）行為作為禮貌行為語言在三小說中出現次數非常多，表現方式也很多樣，意義、作用也很豐富。之所以將磕頭和叩頭放在一起列舉，是因為二者差別不大，區別僅表現在磕頭更為隨意，多為輩分低的對輩分高的人；而叩頭是雙手著地，頭放手背上磕，多為下級對上級，比磕頭"語氣"要重一點。

---

[1] 引自劉建芳.行為語言分析及語用解讀.信陽師範學院學報（哲社版）.2005(4).

1. 磕頭組

磕頭組在三小說中一共出現 119 次（僅指作為禮貌行為語言的次數，下文也是這樣），其中分別有 62 次是用為打招呼，7 次是用於告別，41 次是表示感謝，9 次是致歉。舉例如下：

1）告別：趙溫便向他爺爺、爸爸磕頭辭行。(《官》2.14)

2）感謝：那老媽聽了，自然也是感激的了不得，亦磕了幾個頭，跟了薦頭，千恩萬謝而去。(《官》48.811)

3）致歉：那一個急了，便做好做歹，磕頭賠禮，仍舊統通答應了他，方才上輪船。(《官》49.829)

2. 叩頭組

叩頭組在三小說中一共出現了 75 次，其中用於打招呼的 30 次，用於告別的 4 次，用於表示感謝的 41 次。舉例如下：

1）招呼：錢典史連忙跪倒，同拜材頭的一樣，叩了三個頭，起來請了一個安，跟手又請安，從袖筒管裡取出履歷呈上。(《官》3.37)

2）感謝：各兵丁由哨官帶領著在岸上叩頭謝賞。(《官》14.213)

（二）打恭作揖

打恭也作打躬，是彎下身子作揖。作揖是兩手抱拳高拱、身子略彎的敬禮。常打躬作揖並稱。

三小說中一共出現 148 次，其中有 106 次用於打招呼，有 26 次用於感謝，有 14 次用於致歉，有 9 次用於告別。分別舉例如下：

1）招呼：王鄉紳下車，爺兒三個連忙打恭作揖，如同捧鳳凰似的捧了進來，在上首第一位坐下。(《官》1.8)

2）感謝：雨村一面打恭，謝不釋口……(《紅》3.25)

3）致歉：薛蟠連忙打恭作揖陪不是。(《紅》26.308)

4）告別：說完，起身告辭。臨時上車，又再三作揖打恭，叫唐二亂子不要回拜。(《官》36.609)

（三）打千

這是滿族對上的較隨便的禮節，動作是左膝前屈而未下跪，垂右手。

三小說中一共出現 11 次，其中 10 次是打招呼，1 次是表示感謝。如：

1）招呼：羊統領見他打千，也只把身子略欠了一欠。（《官》31.525）

2）招呼：（二爺）一見他來，連忙站住，虧他不忘前情，迎上來朝著王孝廉打了一個千。（《官》2.15）

3）感謝：三荷包打千謝過。（《官》6.78）

（四）呵腰

今通作哈腰，即彎腰行禮，這是對在上者的。

三小說中出現 9 次，1 次是打招呼，7 次是告別，1 次是道謝。

1）招呼：耿二見了史耀全，叫了一聲："老爺"，又打了一個千。史耀全也把身子呵了一呵。（《官》28.454）

2）告別：見兩個委員前頭走，黃知府後面跟著送。走到二門口，那兩個委員就站住了腳，黃知府照他們呵呵腰，就自己先進去了。（《官》3.37）

3）感謝：三小子倒上茶來，還站起來同他呵一呵腰，說一聲"勞駕"。（《官》44.745）

（五）請安

這是對長輩的禮節，有時也用於對權勢者。

"請安本是問安、問好的通稱，在清代成了見面問安問好時所行禮節儀式的名稱了。這'請安'儀式是見面時口稱'請某人安'，隨著的行動：男子是'打千'，即屈右膝半跪，較隆重時是長跪，即雙膝跪下；女子是雙手扶左膝，右腿微屈，往下蹲身。"[1]

三小說中一共出現了 168 次，其中 135 次是打招呼，29 次是表示感謝，2 次是告別。分別舉例如下：

1）招呼：王孝廉連忙上前請了一個安，王鄉紳把他一扶。（《官》2.16）

2）感謝：冒得官起來之後，又請一個安，說道："全仗老帥栽培！"（《官》31.511）

---

[1] 《紅樓夢》第 37 頁注釋.按：應是屈左膝.

3）告別：州判老爺無奈，只得去替洋提督請了一個安，算是告辭，然後同了翻譯出來。（《官》55.961）

（六）拉手

拉手是用於打招呼的禮貌行為語言，三小說中一共出現 18 次。

1）招呼：仇五科就同他去見洋東，拉了拉手，洋東還說了幾句洋話。（《官》8.120）

2）招呼：撫院接著，拉過手，探過帽子，分賓坐下。（《官》7.96）

（七）把身子欠一欠

也是用於打招呼的，通常情況是用於上對下的。三小說中有 4 次。

1）招呼：王道台想要不理他，一時又放不下臉來，要想理他，心上又不高興，只把身子些微的欠了一欠，仍舊坐下了。（《官》11.154）

（八）打個問訊

這是出家人特有的行為語言，三小說中出現了 9 次，7 次是打招呼，2 次是告別。

1）招呼：賈大少爺一路觀看，踱進客堂，就有執事的道婆前來打個問訊。（《官》24.104）

2）告別：次早，陳和甫的兒子剃光了頭，把瓦楞帽賣掉了，換了一頂和尚帽子戴著，來到丈人面前，合掌打個問訊道："老爹，貧僧今日告別了！"（《儒》54.514）

（九）拱手、把手拱了一拱

這是用於平輩和地位差不多的人之間的禮節。

三小說中出現了 29 次，其中 10 次是告別，18 次是打招呼，1 次是致謝。

1）招呼：接著一班巡捕老爺上去請了一個安，撫院止拱了一拱手。（《官》6.85）

2）告別：飯罷，臨行之時，王鄉紳朝他拱拱手，說了聲"耳聽好音"。（《官》2.19）

3）感謝：虞華軒拱手道："也好。費老爹的心，向他家說說，幫我幾兩銀子。我少不得也見老爹的情。"（《儒》47.453）

（十）探帽子

一種打招呼的方式，具體做法不明，三小說中出現只有 2 次。

招呼：撫院接著，拉過手，探過帽子，分賓坐下。(《官》7.96）

（十一）道萬福

女性專用的打招呼的方式。行禮時，兩手鬆鬆抱拳，重疊在右脅上下移動，同時略做鞠躬的姿勢。三小說中只出現了 5 次。

招呼：沈瓊枝看見兩人氣概不同，連忙接著，拜了萬福。(《儒》41.400）

（十二）茶碗一端

這是一種表示送客的行為語言，帶有委婉拒絕的意思。"清時官場習慣，屬員謁見長官，長官認為沒有再談下去的必要，但又不便當面下逐客令，就以端茶碗示意；茶碗一端，侍役就高呼送客，這時客人必須立即辭出。"[1]三小說中也出現了多次。如：

告別：只見黃知府拿茶碗一端，管家們喊了一聲"送客"，他只好告辭出來。(《官》3.38）

清代三小說禮貌行為語言，基本是表示卑下尊上、卑己尊人的。它們的語用功能，有輔助言語交際的，也有單獨進行交際、傳遞信息的。鮮明的等級觀念幾乎貫穿一切禮貌動作。

二、禮貌行為語言的變化

禮貌行為語言的發展是十分明顯的，從清代的"磕頭"、"打恭作揖"、"請安"等向現在的鞠躬、握手等轉變。

清代禮貌行為語言我們一共分析了 12 類，除最後一類"端茶碗"沒有

---

1 《官場現形記》第 46 頁注釋.

打招呼的功能外，其餘 11 類都有打招呼的功能，但在現代禮貌行為語言中，這些都被“鞠躬”、“握手”等取代了。

最早對清代傳統見面禮貌（打招呼）提出異議的是在外交領域。遠從清朝乾隆時代起，清朝政府就與歐美等國使臣圍繞著覲見禮節問題爭執了近一個世紀，中方要求外國使臣按藩邦貢使禮節向清朝皇帝行三跪九叩大禮，而各國使臣則堅持要按西例行三鞠躬禮。直到 1886 年，作為雙方的妥協結果，在紫禁城內實現了外國使臣向清帝行五鞠躬禮的覲見禮節；同時，在非正式的外交場合，中國政府允許外國官員按西方的風俗習慣與中國人握手寒暄。此為我國相見禮儀革故鼎新的開端。隨之而來的是鞠躬免冠等西式禮儀也開始流行於其他交際場合。許多具有進步思想的有識之士都以點首鞠躬示敬為相宜，而傳統禮節的卑躬俯首乃至跪拜磕頭漸漸淡出。

握手禮的流行稍晚一點，因為中國“男女有別”的傳統觀念並非隨著封建社會的結束而消失，因此國人對握手禮的接受程度並不高。一直到 20 世紀 30 年代以後，握手禮才慢慢普遍起來。

到了 20 世紀末期，用鞠躬和握手打招呼也逐漸變得較少了，日漸多起來的是點頭或微笑。這些不同的行為語言使用的環境和對象具有一定差別。鞠躬，主要是晚輩對長輩，如學生對老師，也可以是在初次見面時對年長的、職位高的、成就突出的。還有就是在正式場合，如電視節目介紹來賓時。握手也出現在正式場合，如接見外賓，較正式的初次見面和 20 世紀 80 年代以前出生的人較常用。筆者為 80 後，第一次見到同齡人用握手打招呼是在本科要畢業的時候，當時對握手的反應是太“膩味”了，不夠真實不夠自然。點頭和微笑是現在日常生活中使用最多的打招呼的方式。路上遇到熟人，互相點頭，或者微笑就表示打招呼了。在一些年輕人初次見面時，如彼此有共同的朋友經介紹認識，通常也只用互相點頭或者微笑一下，或用言語招呼“你好”。

清代禮貌行為語言中大部分都有感謝和致歉的功能，在現代禮貌行為語言中表示感謝常用鞠躬、握手，表示致歉也常用到鞠躬，在一些很特殊的情況下也會用到磕頭來表示感謝和致歉。至於告別，現代主要是用揮手錶示。清代那些表示告別的禮貌行為語言幾乎完全消失了。

有人認為，現代禮貌行為語言取代了傳統那些有著嚴格等級秩序的行為語言表現方式，說明中國人從那種上尊下卑的人際關係變成了平等的關係。其實不儘然。現代的禮貌行為語言並不都是平等的，用低頭順眼點頭哈腰脅肩諂笑來趨附強勢仍是常規。就算“握手”吧，我曾經聽過中國人民大學金正昆關於人際交往的講座，其中講到見面握手時，有很多要注意的細節，比如：要在年長者、職位高者、已婚者、女士伸出手後，才能去握手；握手時對年長者、職位高者都要欠身相握或者雙手迎握；與女性握手時，只能輕輕握女士手指部位；與很多人握手時，先上級後下級，先職位高者後職位低者，先長輩後晚輩，先同性後異性，先已婚者後未婚者；等等。可見，在現代禮貌行為語言（握手）的使用中，依然也有長幼、尊卑、上下的順序，並非就是平等的人際關係。

李海霞編輯修改

《漢語應用的文化人類學研究》257-261。

漢英友誼熟語的對比分析

王阿琴

摘要：《精選英語諺語 3000 句》與《中華俗語源流大辭典》中友誼熟語的對比揭示，漢英友誼熟語都說到友誼需要考驗、人情淡薄兩點。不同之處：漢語熟語看重交友對自己的用處，即功利性。英語熟語指出友誼是愛加諒解，是尊重對方，是幫助對方改正缺點，不是阿諛奉承。英諺更看重友誼，注重友誼的真誠和對友誼的維護。

熟語包括俗語、諺語、慣用語、歇後語等，它們體現一個民族的思維習慣與文化內涵。本文選取的漢語材料是《中華俗語源流大辭典》，李泳炎、李亞虹編著，中國工人出版社，1991。共收熟語 3361 條。英語材料是《精選英語諺語 3000 句》，謝大任主編，錢嘯海、陳濯堂編譯，上海科技教育出版社，1986。

一、漢英友誼熟語的相同之處

通過對《精選英語諺語 3000 句》101 條友誼諺語與《中華俗語源流大辭典》34 條友誼熟語的分析，漢英友誼熟語的相同之處有兩點。

（一）友誼需要考驗

英語諺語與漢語熟語都強調只有經過考驗，才能看出真友誼。英語諺語："貧困才能顯出敵和友。"（Poverty shows us who are our friends and who are our enemies）。"朋友要經考驗，才能取得信任。"（Try your friend before you trust him）。"苦難才能看出真正的朋友。"（A true friend is for ever a friend）。認為經過考驗的老朋友更可靠。"東西新的好，朋友老的好。"（Everything is good when new, but friends when old）。

漢語熟語："一死一生，乃知交情；一貧一富，乃知交態；一貴一賤，交情乃見。”“患難見至交，烈火現真金。”（以上兩例強調友誼需考驗）。“衣不如新，人不如舊。”（此例說明老朋友更可靠）。

（二）有些友誼淡薄不真

漢英友誼熟語都反映了人情淡薄的一面，有些友誼建立在金錢、權勢基礎之上，是不可靠的。

英語諺語：“得勢時朋友盈門，失勢時不見一人。”（In time of prosperity, friends will be plenty; in time of adversity, not one amongst twenty）。“囊中沒有錢，朋友都嚇走。”（A empty purse frightens many friends）。“酒肉之交非朋友。”（I know him not should I meet him in my pottage dish）。

漢語熟語：“富貴有親朋，貧困無兄弟。”“我有黃金千萬兩，不因親者卻來親。”“有酒有肉親兄弟，急難不曾見一人。”

二、漢英友誼熟語的不同之處

（一）對友誼的維護

英語諺語注重對友誼的維護。“一個人應該經常調整和維護他的友誼。”（A man should keep his friendship in constant repair）。“有了朋友必須友好待他們。”（A man who has friends must show himself friendly）。且強調維護友誼需雙方共同努力。“友誼不能總是靠一方維持。”（Friends cannot stand always on one side）。“友誼不該只是單方面的事。”（Friendship should not be all on one side）。人無完人，要保持長久的友誼需諒解朋友的缺點，英諺道：“友誼是愛加上諒解。”（Friendship is love with understanding）。“想要找沒有缺點的朋友，那麼你休想交朋友。”（We shall never have friends if we expect to find them without fault）。“如果兩個人對於彼此的小缺點不能互相原諒，友誼決不能長久。”（Two persons cannot long be friends if they cannot forgive each other’ s little failings）。對朋友的缺點，還應說明其改正。“最好的朋友是指出我們的缺點並幫助改正的人。”（Our best friends are they who tell us our faults and help us to mend them）。但是要尊重朋友，保護朋友的自尊心，“在私底下

要忠告你的朋友，在公開場合要表揚你的朋友。”（Admonish your friends in private, praise them in public）。“維持友誼需要三點：當面尊重他，背後讚揚他，需要時幫助他。”（To preserve a friend three things are required: to honour him present, praise him absent, and assist him in his necessities）。英諺注重維護自己的獨立性，與朋友交往保持適當的距離，給彼此個人空間，使友誼更長久。“朋友間適當保持距離，可使友誼長青。”（A hedge between keeps friendship green）。“朋友像琴弦，不能太擰緊。”（Friends are like fiddle—strings, they must not be screwed too tight）。西方人做事積極主動，樂於付出，認為只有付出才會有收穫，對待友誼和朋友也是如此，這一點可從他們對勞動的態度上看出來。“完成工作是一件樂事。”（Finished labours are pleasant）。“活著對別人貢獻最多的人，活得最有意義。”（He most lives who lives most for others）。[1]西方國家的高中大學學生多喜歡做社會服務和打工。

漢語中也有維護友誼的熟語，但都只強調朋友要多來往。“三年不上門，當親也不親。”“數面成親舊。”除了強調多往來，漢語熟語並沒有明確說人應該如何去善待朋友、保持友誼。似乎國人對友誼並不是很重視，也不會用心去經營。筆者認為這裡的原因，可能是因為中國人更重視血緣關係，特別是家庭成員間的關係。“家庭生活是中國人第一重的社會生活；親戚鄰里朋友等關係是中國人第二重的社會生活。”[2]確實，中國人喜歡同親戚交往，對陌生人警惕性高，不易交往，交友是謹慎小心的，善於防備。俗話說：“見人只說三分話，未可全拋一片心。”“人心隔肚皮。”如果交往得非常好，往往就認作把兄弟乾姐妹乾媽什麼的，似乎對朋友關係不夠信任。而且，由於血緣關係的等級性，個人只有認可、服從、順應這種關係，才能得到自己的利益。所以，人們也不會重視如何去調節人際關係。[3]此外，中國人有很強的宿命心理，相信命中註定，對有些事（尤其是對自己沒有很大利益的事）不會積極主動。“各人有各人的緣法。”（人與人之間相處得好是由他們前世緣分決定的）。“命裡有時終須有，命裡無時莫強求。”

---

1 李海霞.漢英熟語比較：關於勞動觀念.重慶教育學院學報.2010(7).P.101-104.

2 梁漱溟.中國文化要義.學林出版社.2000.7.

3 劉承華.文化與人格：對中西方文化差異的一次比較.中國科學技術大學出版社.2002.4.

（二）對友誼重要性的態度

人的生活離不開社會，每個人都會和各種各樣的人發生聯繫，友誼成為人生活中重要的內容。英語諺語強調友誼的重要性。“人生在世無朋友，猶如生活無太陽。”（A life without a friend is a life without a sun）。“沒有朋友者等於死人。”（Friendless is the dead）。“失掉朋友是一切損失中最大的損失。”（To lose a friend is the greatest of all loses）。甚至把朋友看得比兄弟還重要，“我們生活中可以沒有兄弟，但不能沒有朋友。”（We can live without a brother, but not without a friend）。因為朋友對自己來說很重要，所以擁有友誼是件快樂的事。“我認為只有在腦海中想起好朋友時，我才會那樣快樂。”（I count myself in nothing else so happy as in a soul remembering my good friends）。“友誼可以增添歡樂，可以分擔憂愁。”（Friendship multiplies joys and divides griefs）。西方人強調友誼的重要性，筆者認為與西方的社會本位制度有關。[1]社會本位的生產制度使得人必須依靠社會以生存，這就要求必須處理好人與人之間的關係，為了生存，人們也樂於維護關係、重視關係。友誼當然也受到西方人的重視了。

漢語熟語對友誼重要性的強調不多，且都是從自身的利益出發，是功利的。“在家靠父母，出外靠朋友。”“投親不如訪友。”國人比較自私自利，總是將自己的利益放在首位，期望從別人那裡得到些什麼。“各人自掃門前雪，哪管他人瓦上霜。”“人不為己，天誅地滅。”中國人的交往系統實際上呈一“同心圓”結構，以自己為圓心，以需要為半徑，按照親疏有別、尊卑有序的原則，進行多層次、多方位的劃分。[2]中國人往往以自我為中心，需要的時候百般友好，不需要的時候冷若冰霜。很多人對待朋友都是需要時就聯繫，不需要時甚至連節日祝福短信都沒有，使得一聯繫就會問：“有什麼事嗎？”有時還找各種藉口拒絕交談。

（三）對真誠的重視

朋友間應是真誠的，只有真誠的友誼才會長久。英語諺語說：“真誠的朋友永遠是朋友。”（A true friend is for ever a friend）。“真正的朋友

---

1 梁漱溟.中國文化要義.學林出版社，2000.7.

2 劉承華.文化與人格：對中西方文化差異的一次比較.中國科學技術大學出版社.2002.4.

好似兩個身子長著一顆心。”（A true friend is one soul in two bodies）。“我不能既是你的朋友，而又對你阿諛奉承。”（I cannot be your friend and your flatter too）。“忠實的朋友是人生的良藥。”（A faithful friend is the medicine of life）。英語諺語貶斥虛偽，認為虛偽的朋友比敵人更可怕。“虛偽的朋友比公開的敵人更惡。”（False friends are worse than open enemies）。“偽裝的朋友不如公開的敵人。”（Better an open enemy than a false friend）。西方人講究誠信、真誠待人，認為“誠實是上策”（Honesty is the best policy）。

《中華俗語源流大辭典》中沒有對朋友真誠的強調，只有一句從反面說明友誼需要真誠。“平日若無真義氣，臨時休說生死交。”從虛偽的友誼是經不住考驗說明真誠的重要，既沒有正面的表述也沒有對虛偽直接貶斥。這是因為中國人自身就不看重誠實，往往認為誠實的言行傻里傻氣。很多人寫文章借用了他人的觀點並不作出說明，就像是自己的，對剽竊行為沒感覺。

通過對漢英友誼熟語的對比，更能看出中國人重視血緣關係，對社會友誼不是很重視。由於自身缺少誠信，也不大能真誠對待朋友，對別人的困難和喜怒哀樂常漠不關心，人際關係冷淡。

首發於《鄭州航空工業管理學院學報（社會科學版）》2012.第 5 期

《漢語應用的文化人類學研究》262-268。

漢英熟語關於財富觀念的比較

李亞茹

摘要：漢英關於財富的熟語，相同相似之處有：對財富持超脫或平常的態度；表達財富無所不能，有錢能使鬼推磨的觀念；提倡勤和儉；看到貧富檢驗人情。大的不同之處有：英諺視健康、知識、智慧、真理、美好的心靈、情愛等比財富更重要，認為精神財富才是真正的財富；英諺嚴厲批評對錢財的貪圖，說“愛財是萬惡之源”，“富有的守財奴比窮漢更可憐。”漢語熟語極少言貪且對之沒有明確的態度；英諺對財富是否該得有警戒反省心理；漢語熟語則有追求不義之財、將做官當作謀取財富手段的觀念。中國官場的腐敗成為傳統，一個重要的原因就是人們認識的問題。

本文研究語料來自《中華俗語源流大辭典》（李泳炎、李亞虹編著，中國工人出版社，1991）和《精選英語諺語 3000 句》（謝大任主編，錢嘯海、陳濯堂編譯，上海科技教育出版社，1986），以下簡稱《中華俗語》和《英語諺語》。我們用較嚴格的標準收集了《中華俗語源流大辭典》中 36 條關於財富的俗語與《精選英語諺語 3000 句》中 46 條關於財富的諺語，選取的這些句子均包含“財富”、“金錢”、“錢財”、“黃金”等明確的字眼。對這些熟語進行梳理與分析後，比較這兩種語言所反映的民族財富觀念。例句末分別注兩書頁碼。

一、對財富概念的認知

英語諺語中，財富的概念較為寬泛，父親、朋友、子女也被視作財富，“父親是財富，兄弟是安慰，朋友兼而有之。”（A father is a treasure, a brother is a comfort, but a friend is both. 8）。“子女是父母之財富”（Children are the parents' riches. 61）。一些英語諺語對財富有深刻的認知，“精神財富是唯一的真正的財富。”（The wealth of the mind is the only true wealth. 278）。他們蔑視守財奴，看重使用：“真正的財富不是佔有，而是使用。”（No possession, but use is the only riches. 206）。甚至貶斥只靠金銀謀求幸福的觀念，“要爭取真正的財富，靠金銀謀求幸福是不光彩的。”（Apply yourself to true riches; it is shameful to depend upon silver and gold for a happy life. 35）。有些對財富有另類的豁達的定義，“身體好就是年輕，不欠債即為富有。”（He who has health is young, and he who owes nothing is rich. 130）。“窮人得到了滿足也就是富有了。”（The poor are rich when they are satisfied. 268）。這似乎與漢語中“知足常樂”的觀念相仿。而在漢語俗語中對財富的概念沒有明確的解釋和深刻的認知，財富大多是指金錢，概念範圍比較狹窄，認識較為膚淺。

英語諺語視健康、智力、名譽、知識、智慧、真理、美好的心靈、真情摯愛等比財富更加重要，“健康勝於財富。”（Health is above wealth. 111）。“智力勝於財富。”（Better wit than wealth. 53）。好名譽勝過有財富（A good name is better than riches. 14）。“才智比財富，令人更羨慕。”（Wisdom is more to be envied than riches. 320）。“寧可錢袋癟，不要頭腦空。”（Better an empty purse than an empty head.50）。“我寧願得到人們的深情摯愛，而不願黃金成堆。”（I would rathe have the affectionate regard of my fellow men than I would have heaps and mines of gold. 162）。“追求智慧、真理，並使心靈美好，要比追求金錢、榮譽和名聲好得多。”（To care for wisdom and truth and the improvement of the soul is far better than to seek money and honour and reputation. 289）。面對人生中的各種損失，英諺有不同流俗的理解。“喪失財富，損失不小；喪失朋友，損失更多；喪失勇氣，失掉一切。”（He who loses wealth loses much; he who loses a friend loses more ;but he who loses courage loses all. 132）。“財富喪失，不算損失；健康喪失，有所損失；名聲喪失，一切損失。”（When wealth is lost, nothing is lost; When health is lost, something is lost; When character is lost, all is lost! 315）。“喪失金錢，損失重大；喪失朋友，損失更大；喪失希望，一切都垮。”（Who loses money, lose much; Who loses friends, loses more; Who loses hope, loses all. 318）。

漢語俗語中也認為有比財富更加重要的東西，如家的安樂，一技之長，對故土的熱戀，善於總結過去的經驗教訓等。“萬兩黃金未為貴，一家安樂值錢多。”（93）。“積財千萬，不如一藝隨身。”（556）。“寧戀本鄉一撚土，莫愛他鄉萬兩金。”（230）。“有錢難買回頭看，頭若回看後悔無。”（257）。

通過以上比較我們可以發現，二者對於財富認識的程度有很大區別，《英語諺語》中有關財富的句子反映出人們對財富的理解遠遠超出錢財，而且對於“真正的財富”有深刻的認知，以及體驗到有許多東西比財富（金錢）更加寶貴。而漢語俗語中對財富概念的認知基本局限於錢財方面，也體驗到有比財富更加寶貴的東西，但是這些“更加寶貴之物”的所指與英語諺語中所指的內容也很不相同。

二、對待財富的態度

英語諺語中對財富持守一種超然灑脫的心態，認為一切終將逝去，看清人生真相，“榮譽財富地位一切都是夢幻泡影。”（Glory, honour, wealth, and rank, such things are nothing but shadows. 101）。“躺在墳墓裡，貧富皆一律。”（In the grave the rich and poor lie equal. 152）。有的對過分貪戀財富所造成的後果有清楚的認知，具有批判的色彩，“富有的守財奴比窮漢更可憐。”（A rich miser is poorer than a poor man. 36）。“貪戀錢財與酷愛學問實難相容。”（The love of money and the love of learning rarely meet. 263）。“愛財是萬惡之源。”（The love of money is the root of all evil. 263）。“守財奴的財富，對他自己沒好處。”（The money the miser hoards will do him no good. 264）。“人貪錢財，心無美德。”（Virtue flies from the heart of a mercenary man. 300）。

漢人在錢財上常不分明，而有人已認識到：“財上分明大丈夫”（356）。漢語俗語傳達出中國人對待財富的兩種不同態度，第一種是在財富面前持守平常、樂觀、清潔的心態，“貧不憂愁富不驕。”（451）。“貧無本，富無根。”（貧窮和富貴不是天生的固定不變的。451）。“濁富莫如清貧。”（519）。第二種則是人們過分貪戀財富的價值觀，“見錢眼開。”（154）。“寧捨命，不舍錢。”（229）。“捨命不舍財。”（454）。“要財不要命。”（491）。“黑眼睛看見了白銀子。”（632）。

通過以上比較，我們發現二者的共同之處是對於財富都有正確的態度，不同之處是英語諺語中對於過分貪圖錢財的價值觀具有明確的批判態度，並且對於它造成的後果有清醒的認知，而漢語俗語更多是揭示了一些中國人過分貪戀錢財的現實，對此並沒有明顯的批判態度，而且對於貪財所造成的後果沒有清醒的認知。

三、財富的功用

《英語諺語》和《中華俗語》對財富功用的認識大致相同，表現在以下兩個方面：

（1）認為金錢作用大，且過分誇大財富的功用

《英語諺語》："有錢能使鬼推磨。"（All things are obedient to money. 24）。"愛情做許多事，金錢做任何事。"（Love dose much, money does everything. 180）。"耐心、時間和金錢可以征服一切。"（Patience, time, and money overcome everything. 222）。"金錢是打開一切門戶的鑰匙。"（Money is the key that opens all doors. 194）。

《中華俗語》："有錢使得鬼動，無錢換不得人來。"（256）"有錢得生，無錢得死。"（指舊時用錢行賄貪官就能免死，無錢行賄只有死路一條。）"有錢神也怕，無錢鬼亦欺"（257）。"有錢能使鬼推磨。"（257）。"錢能招鬼。"（257）。"錢能通神。"（553）。

（2）認識到財富有一定的局限性，真正寶貴的東西不能用財富來換取或代替

《英語諺語》："財富並不常常帶來幸福。"（Riches do not always bring happiness. 233）。

《中華俗語》："有錢難買子孫賢。"（257）。"有錢難買靈前吊。"（257）。"有錢難買自主張。"（257）。

四、財富的來源

《英語諺語》對積攢財富有別樣的積極認識，認為勤儉節約就是積累財富，"省錢就是賺錢。"（A penny saved is a penny earned. 34）。對已得財

富有警醒的認知，反省的態度，“放入錢包的錢財，並非都是應得的。”（All is not gain that is put in the purse. 22）。批判人們違背己心或者利用不正當手段謀取財富的行為。“為財富而結婚就是出賣自由。”（He that marries for wealth sells his liberty. 123）。“不義之財絕不會發達。”（Ill-gotten goods never prosper. 148）。

中國古代不少思想家都認為勤和儉是致富的根本條件，比如韓非就認為富者是由於“力而儉”，貧者是由於“侈而惰”。《中華俗語》中也有勸誡人們要懂得愛惜財物的句子，“惜衣有衣，惜食有食。”（616），愛惜的意識是節約的前提。另外對財富的來源有一些扭曲的認識，認為沒有不義之財不會致富，“人無橫財不富，馬無夜草不肥。”（47）。還把“為官”當作獲取財富的途徑，“千里為官只為財。”（106）。“官久必富。”（454）。這些句子不具貶斥批判的感情色彩，而是客觀反映了當時的社會情況和中國人對“為官”與“獲取財富”的一般性認識，由此可見，從古到今中國官場的腐敗“傳統”之所以不斷延續，其中一個重要原因就是人們認識的問題。口頭上人們都明白“為官”是服務人民、服務社會的工作，具有崇高的價值，中國人常用“衣食父母”來形容官員之於人民的關係。但是一部分為官人員和一些滿心企圖走入官場的人們，真正佔據他們心靈的是自私的意念，是貪婪的欲望，是對財富的饑渴，是對罪人的嫉妒（有的人看到一些官員腐敗享樂，心生羨慕嫉妒，也容易滋生“為官取富”的心理。）這樣的人對財富的認識極淺，想必沒有思考過什麼是真正的財富，而人生價值的關注在他們心裡更是空談空想，認為不切實際。這樣的人實屬可悲！另外，有些人認為獲取財富的途徑，是要冒著風險去幹，“要得富，險上做。”（492）也有對利用不正當手段謀取財富行為的不滿，“為富不仁”（形容唯利是圖地聚斂財富，不顧他人死活。172）。

五、財富對人的影響

《英語諺語》中對這個問題具有客觀辯證的認識，認為財富對人的影響有好壞之分，關鍵取決於使用財富的人，如果人能正確地認識對待財富，就不會被金錢的枷鎖桎梏，可以做金錢的主人。“一個人有錢有勢，可以為善，也可作惡。”（A man who possesses wealth possesses power, but it is a power to do evil as well as good. 29）。“財富為聰明人服務，而支配蠢人。”（Riches serve a wise man but command a fool. 233）。“財富可以伺候主人，也可以支配主人。”（Riches either serve or govern the possessor. 233）。“不做金錢的主人，就會做金錢的奴隸。”（If money be not thy servant, it will be thy master. 142）。

《英語諺語》中有很多關於財富影響人心志的句子，財富易使人滋生貪婪的欲望，使人心志墮落，沉淪於腐朽敗壞的生活之中，也不會使人的智慧加添份量，還會增加人的憂慮負擔。“越有錢越貪錢”（Avarice increases with wealth. 43）。“財富使青年墮落。”（The abundance of money ruins youth. 249）。“愚人越富越愚蠢。”（The more riches a fool hath, the greater fool he is. 264）。“財富如帶憂鬱來，有了財富有何用？”（What is wealth good for, if it brings melancholy? 308）。“財多反為財所累。”（A man of wealth is a slave to his possession. 28）。“有錢使人擔心，沒錢使人傷心。”（To have money is a fear, not to have it a grief. 290）。心志的墮落又導致身體素質的降低，“財多體衰。”（When riches increase, the body decreases. 312）。所以從相反角度，有人認為財富少不一定是件壞事，反而是件好事，“財富少，煩惱也少。”（Little wealth, little care. 177）。財富可以試驗人情，當一個人的財富缺乏時，方知人情冷暖。“囊中沒有錢，朋友都嚇走。”（An empty purse frightens many friends. 31）。

《中華俗語》也反映出了財富對人心志的影響，“財帛動人心。”（356）。錢財能壯人膽量，“衣是人的臉，錢是人的膽。”（313.）。有錢就得意，無錢便喪志，“腰中有錢腰不軟，手中無錢手難松。”（655）。實際上人的勇氣、自信本是我們生命中與生俱來的美好特質，當將這一切看成金錢的附屬品時，便註定落到其人格扭曲發展並最終垮塌的局面。財富容易引起人們嫉妒紛爭的心理，腐蝕人的靈魂，使生命枯乾。“林中多疾風，富貴多諛言。”（410）。通過喪失財富的經歷領悟“財去人安樂”（355）的人生智慧，從反面說明錢財有時會給人帶來麻煩。另外同樣體現了財富對人情的試驗作用，“有錢千里通，無錢隔壁聾。”（256），指有錢人辦事千里之外都知道；無錢人有事隔壁鄰居裝作聽不見，用以諷刺世人勢利眼）。感慨人情在財富面前薄於紙。“金將火試方知色，人用財交始見心。”（454）“錢親人不親。”（533）“富貴深山有遠親。”（638）

富貴人家即使在偏僻的山區依然有前來投靠的親戚，貧寒之戶雖一牆之隔也作陌路人。

財富對人情的試驗，是兩個民族的共同感觸。不同的是，《中華俗語》在看待財富對人影響這一問題之上，缺乏客觀辯證的態度。而《英語諺語》中則更多體現了人們掌控財富的主觀能動性，而不願成為財富的奴隸，對人與財富之間的主動與被動關係認識分明。

以上我們從人們對財富的認知、對待財富的態度、財富的功用、財富的來源、財富對人的影響這五個方面進行了比較。為了方便劃界，我們只選取了含有特定用詞的熟語，而對於一些不含有這些字眼，卻也表達了與財富相關觀念的句子，我們沒有收集，所以本文的比較只大體上反映了兩個民族熟語對於財富認知觀念的異同。

參考文獻

李海霞.漢英熟語比較：關於勞動觀念.重慶教育學院學報.2010(4).

李海霞修改

《漢語應用的文化人類學研究》269-278。

《全唐詩》顏色詞語義研究

應利

摘要：從《全唐詩》顏色詞語看，它們的語義有對立、交叉並帶有文化色彩。顏色詞發展通常經過三個階段。表事物名為第一階段；表顏色成為核心意義為第二階段；聯想義成為核心語義，表顏色的語義特徵逐漸喪失，為第三階段。第三階段多存在於部分語義中。顏色詞的語義是有層次性的，分為表層和深層。發展趨勢是由深層的語義特徵向表層浮移，而表層的內容逐漸下沉，成為深層語義的詞源義。

一、顏色詞語義的對立與交叉

顏色詞語的語義既有對立又有交叉，對立是指它們意義有別或適用環境不同，交叉是指同一語義場的顏色詞可以換用。下面我們對唐詩顏色詞的這兩方面進行分析。

（一）紅色調

1. 顏色詞“紅”

“紅”通指紅色，不太用於表“高貴”的附加意義。“紅紫”中的“紅”沒有高貴義，而“朱紫”、“緋紫”中的“朱”、“緋”有高貴義。例如：

風露拆紅紫，緣溪復映池。（錢起《山居新種花藥，與道士同遊賦詩》）

回落報榮衰，交關鬥紅紫。（李端《鮮於少府宅看花》）

部曲盡公侯，輿台亦朱紫。（高適《宋中送族侄式顏》）

安知四十虛富貴，朱紫束縛心志空。（元稹《酬鄭從事四年九月宴望海亭，次用舊韻》）

奇哉乳臭兒，緋紫繃袚間。（元稹《台中鞫獄，憶開元觀舊事，呈損之，兼贈周兄四十韻》）

以上“紅紫”、“朱紫”、“緋紫”都表紅色和紫色，但內涵意義卻大不相同。“紅紫”指花的顏色，不含高貴的附加意義，而“朱紫”、“緋紫”有指高官厚祿、富貴榮華的意思。“紅”雖然是通指，但在此處卻不能與“朱”、“緋”互換。再如“幽獨空林色，朱蕤冒紫莖”（陳子昂《感遇詩三十八首》）中的“朱蕤”，雖是紅花卻萬萬不能換成“紅蕤”的。另外，在唐詩裡描寫太陽的顏色詞語有“白日”、“朱輪”、“赤日”“赤烏”、“朱烏”、“紅日”。在表達高貴祥瑞的虛化義時只能用前 5 詞，例如唐代人還常常把“白日”比作皇帝或皇帝的恩澤，（見第三章），表達高貴祥瑞的太陽不用“紅”字，“紅”一般在比較俚俗的語境裡使用。

但是，當紅色調中的顏色詞不表高貴或低賤義只修飾普通事物時，同色調內部的詞又可以互換。如：紅唇＝朱唇＝絳唇，都是指紅色的嘴唇；紅鉛＝朱鉛，都是指紅色的鉛粉。

2. 顏色詞“赤”

“正紅曰赤”（《通雅‧衣服》）。“赤”也通指紅色，如“赤塵、赤紱、赤電、赤棗”等。與“紅”相比較，它能表示高貴。如“赤紱、赤烏（太陽）、赤墀（皇帝寶座前紅色的臺階）”等，而“紅”卻不可以。但在高貴語境中，赤烏＝朱烏、赤紱＝朱紱、赤墀＝丹墀，“赤”、“朱”、“丹”交叉使用。

3. 顏色詞“絳”

“大赤曰絳”（《通雅‧衣服》），“絳”是比“赤”深濃的顏色，與“赤”對立，能使用“絳”的地方一般不使用“赤”。在使用頻率上也體現了一種對立，它的使用頻率比“紅”和“赤”低得多，常用於積極語境。例如：

> 千里溫風飄絳羽，十枝炎景剩朱幹。（《郊廟歌辭‧五郊樂章‧舒和》）
>
> 騰絳霄兮垂景祐，翹丹懇兮荷休征。（武則天《唐大饗拜洛樂章‧歸和》）
>
> 圓洞開丹鼎，方壇聚絳雲。（盧照鄰《贈李榮道士》）

但在修飾普通事物時，“絳”可以與“紅”、“朱”、“赤”交叉使用，如：紅旗＝朱旗＝絳旗＝赤旗，都是指紅色的旗。

4. 顏色詞“朱”、“丹”、“緋”

朱，《禮記・月令》：“乘朱路，駕赤騮，載赤旗，衣朱衣。”孔穎達疏：“色淺曰赤，色深曰朱。”可見“朱”是比“絳”淺比“赤”深的顏色，與“絳”、“赤”對立。“朱”的附加義也有高貴義，如“朱門、朱樓、朱闕、朱綬”等。

丹，《文選・左思〈吳都賦〉》：“赬丹明璣。”李善注：“丹，丹砂也。”古代用作塗料。《儀禮・鄉射禮》：“凡畫者丹質。”鄭玄注：“丹淺於赤。”據此，“丹”是丹砂的顏色，帶粉紅。丹砂用來煉丹，所以與道家有密切關係，附加了祥瑞的意義，例如：

瑞氣縈丹闕，祥煙散碧空。（李世民《重幸武功》）

雕軒回翠陌，寶駕歸丹殿。（李治《太子納妃太平公主出降》）

翠煙香綺閣，丹霞光寶衣。（李治《謁慈恩寺題奘法師房》）

“赤”、“絳”、“丹”語義上有交叉現象。如：赤心＝丹心，赤旗＝絳旗。

緋，“緋亦赤也。”（《通雅・衣服》）它的使用頻率很低。據《舊唐書・輿服志》，唐從貞觀四年開始，經過幾番更改，規定三品以上服紫，四品服深緋，五品服淺緋，六品深綠，七品淺綠，八品深青，九品淺青。因為四品、五品是高官的象徵，“緋”也打上了“高貴”的烙印，例如：

追逐輕薄伴，閒遊不著緋。（李廓《雜曲歌辭・長安少年行十首》）

身名已蒙齒錄，袍笏不復牙緋。（沈佺期《回波詞》）

烏帽拂塵青騾粟，紫衣將炙緋衣走。（杜甫《相逢歌贈嚴二別駕》）

不過，需要說明的是，“緋”的使用範圍較窄，常用於衣物上，如“緋衫、緋袍、緋袖、緋衣”等，而“朱”“赤”、“絳”、“丹”不只用於衣物；在使用頻率上“緋”也遠低於“朱”“赤”、“絳”、“丹”。在使用範圍以及頻率上，“緋”與“朱”“赤”、“絳”、“丹”對立。

（二）紫色調

這一色調主要是“紫”，它表通指，更多的時候附加了高貴和祥瑞的意義。如“紫陌、紫墀、紫泉、紫泥、紫綾、紫禁、紫芝、紫茸、紫煙、紫冥、紫霞、紫陽、紫氣、紫芝曲、紫鳳、紫微、紫闕、紫台、紫庭”等。

“紺”的使用頻率很低，與佛教關係密切，指黑裡透紅的顏色。如“紺宇”即紺園，佛寺之別稱，又叫“紺宮”。“紺髮”原指佛教如來的紺琉璃色頭髮，後亦指道教得道者之髮，或泛指一般紺青色頭髮。

“紫”與“紺”語義的對立主要表現為：“紫”一般用於道教，而“紺”一般用於佛教。“紫”的使用頻率遠高於“紺”。

（三）黃色調

“黃”是通指，使用頻率很高，是黃色調的最主要成員，積極、消極語境都可以使用，由於此色調內部成員很少，只有“黃”、“金”兩個，所以表達“深黃”、“淺黃”等意義用“形容詞＋黃”的形式表達。

“金”指黃金的顏色。表顏色時使用頻率很低。“黃”與“金”語義上的對立主要表現為：在使用頻率上，“黃”遠遠高於“金”；在語義範圍上，“黃”通指，可以使用在各種場合，“金”使用範圍較窄，常用於積極語境中。

補充說明一點，“橙”在唐代並沒有成為顏色詞，只表示橙子。

（四）藍綠色調

1. 顏色詞“綠 1”

“綠 1”通指綠色，像“紅”一樣用於日常用語中，如“綠絲絛、綠林、綠樹、綠苔、綠枝、綠樽、綠楊”等。它常修飾普通事物。表高貴義時，一般使用“青 1”、“翠 1”，但有時也有交叉，當修飾普通事物時，“綠 1”、“青 1”、“碧”、“翠 1”有時可以互用。如：綠柳＝翠柳＝碧柳＝青柳。

2. 顏色詞“青 1、青 2”

“青 1”指綠色，“青 2”指藍色。指綠色時有通指意味，常用於書面語中，使用頻率低於“綠”，與“綠”對立，但有時也有交叉，如：青嶂＝綠嶂、青蘋＝綠蘋、青竹＝綠竹、青樹＝綠樹、青桐＝綠桐。指藍色時常用於書面語和典雅的語境中，如“青冥、青樓、青天、青霄、青女、青瑣、青軒”等，與“藍”對立，“藍”常用於口語和通俗語境中，如“藍葉、藍裾、藍天”。

3. 顏色詞“翠 1”

“翠 1”，藍綠色。唐代富貴人家常用翠綠色的羽毛作裝飾品，故“翠

1”常用于高貴的語境中，如“翠釜、翠華、翠輦、翠幃”等。“翠 1”與“綠 1、黛、蒼 1”對立，“綠 1、黛、蒼 1”一般修飾普通事物。但有時也有交叉，當修飾普通事物時，“綠 1”、“青 1”、“翠 1”可以交叉使用，如：翠柏＝綠柏＝青柏。

4. 顏色詞“碧、黛、蒼 1”

“碧”一般表青綠色或青白色，與“青 1”、“青 2”、“翠 1”、“綠 1”有細微區別，但在描寫自然景物上，語義與“綠 1”、“青 1”、“青 2”、“翠 1”交叉，如：碧山＝青山、碧峰＝翠峰、碧溪＝青溪、碧草＝綠草。

“黛”一般表青黛的顏色。常用於書面語中，使用頻率很低，與“綠 1、碧、蒼 1”對立。

“蒼 1”指綠色、藍色。表綠色，如“蒼苔”；表藍色，如“蒼天”。在語義上與“青 1”“青 2”交叉，如：蒼苔＝青苔、蒼虯＝青虯、蒼龍＝青龍。

（五）白色調

“白”通指白色，一般語義比較通俗。例如：

梅花雪白柳葉黃，雲霧四起月蒼蒼。（閻朝隱《明月歌》）

旋添青草塚，更有白頭人。（于武陵《橫吹曲辭・洛陽道》）

上述詩句中的“白”用於通俗的語境，不能用“素”替代，因為“素”一般用於典雅的語境中。例如：

紅臉如開蓮，素膚若凝脂。（武平一《雜曲歌辭・妾薄命》）

雙雙素手剪不成，兩兩紅妝笑相向。（崔顥《雜曲歌辭・行路難》）

金行在節，素靈居正。（魏征《五郊樂章・肅和》）

“素膚”、“素手”、“素靈”比較典雅，“素”皆不能換成“白”，二詞在雅俗上形成對立。

（六）黑色調

“黑”通指黑色，一般用於消極語境中，與“玄”對立。

“玄”指黑色，一般用於積極語境中，有時有祥瑞的附加義。例如：

憂來沽楚酒，玄鬢莫凝霜。（皇甫冉《送從弟豫貶遠州》）

彩鳳肅來儀，玄鶴紛成列。（李世民《帝京篇十首》）

玄鳥司春，蒼龍登歲。（《郊廟歌辭・五郊樂章・肅和》）

例句中的"玄鬢"指黑色的鬢髮，象徵著青春年少，"玄鶴、玄鳥"都有祥瑞的附加義，因此"玄"與"黑"對立。

"綠 2"、"翠 2"指黑色，只限於毛髮。與"黑"對立，有時與"玄"交叉，如：綠鬢＝翠鬢＝玄鬢。

"青 3"只限於積極語境和書面語中，與"黑"對立。有時與"綠 2、翠 2"交叉，如：青絲＝綠發＝翠發。

二、顏色詞語義分層的靜態與動態發展

唐詩顏色詞語的語義是有層次性的，它的表層是明確的、主要的，有區別作用的那部分詞義內容，包括理性意義、語法意義等。深層是不明確的、主觀色彩濃厚的，代表次要特徵的、常識性的語義特徵，包括詞源義、聯想意義、次要理性意義、經驗性的感知等。以"金"為例，它的表層義是黃金或金屬，例如：

翠羽裝劍鞘，黃金飾馬纓。（盧照鄰《橫吹曲辭・劉生》）

流觴想蘭亭，捧劍得金人。（李適《三日書懷因示百僚》）

前一例句中的"金"指黃金，後一例句中的"金"指金屬。這是它們的表層意義，"金"的經驗性感知是黃金的顏色，這是它的深層意義，雖不被使用，卻為人們所感知。例如：

天清白露潔，菊散黃金叢。（李適《重陽日即事》）

唐詩顏色詞語不光有層次性，而且有時代性，有一個動態的發展過程，總的發展趨勢是由底層的語義特徵向表層浮移，而表層的內容逐漸下沉，成為深層語義的詞源義。語義特徵逐漸下沉和上升，在時間的長河裡一點點變化，社會生活推動著顏色詞語的發展，顏色詞語的次要理性意義、經驗性的感知等深層語義逐漸被人們經常使用，從而逐漸發展為上層的語義特徵。顏色詞語起初都是某種事物的名稱，如唐之前的"紅"指紅草，可能紅草常被古人用來染色，後來"紅"就指紅色的絲，到唐代指紅顏色。例如：

寒野霜氛白，平原燒火紅。（李世民《出獵》）

黃鐘既陳玉燭，紅粒方殷稔歲。（武則天《唐明堂樂章・羽音》）

又如“藍”，它最初指的是藍草，由於能染各種藍綠色，後來它就用來指藍色。我們把處於“紅絲”、“藍草”這一階段的顏色詞語稱為準顏色詞語，這一階段為第一階段。

顏色詞語的深層語義包括某種顏色的經驗性感知，人們的思維是從具體向抽象發展的，深層語義浮向表層即顏色浮向表層，顏色成為這個詞的核心意義，而表層義“紅草”或“紅色的絲”則成了“紅”的詞源義。隨著時間的流逝，這一表層義下沉到人們看不見感受不到，只從字形上可以猜測到，這是顏色詞語的第二階段。

有些顏色詞語常常使用在某一語境中，從這一語境獲得的語義特徵由於逐漸上升，從底層上升到表層，表顏色的語義特徵甚至喪失了，我們稱它為第三階段。如“紅色”成為“紅”的表層義時，它必然經常和某些事物聯繫在一起，譬如“紅顏、紅袖”等，這些詞產生了“美麗女性”的聯想義。“紅”的紅色語義特徵逐漸下沉，而“紅顏、紅袖”中的紅色義基本喪失，此時的“紅顏”與臉紅沒有必然關係，“紅袖”也不一定是指穿紅衣服的女子。這是顏色詞語的第三階段。

顏色詞語發展中的第三階段並不是必然的，在同一共時平面三個階段的狀態都可能存在，也有可能只存在前兩個階段，甚至只有第一階段。我們以“紫”為例：

紫”在第一階段，表層語義指“紫色絲”或染色草，深層語義特徵指“紫色”，如陸機疏：“華紫，似今紫草。華可染皂，煮以沐髮即黑。”（《毛詩正義》卷十五）“紫”最初當為染色草，可染絲，故深層語義特徵為紫色。在唐詩中，“紫”發展到第二階段，表層語義上升為“紫色”，深層語義指“紫色絲”（此義不為人們注意，逐漸消失），如“蘭芽紆嫩紫，梨頰抹生紅。”（王周《自和》）在唐詩中，“紫”也發展到第三階段，這個階段可再分為 A、B 兩個小階段。A 階段：表層語義上升為“紫色”，深層語義指“高貴祥瑞”，如“謬辱紫泥書，揮翰青雲裡。”（宋之問《自洪府舟行直書其事》）“身著紫衣趨闕下，口銜丹詔出關東。”（韓翃《送王光輔歸青州兼寄儲侍郎》）上詩中的“紫泥”是皇帝專用紫色印泥，“紫衣”是官衣。B 階段“紫”：表層語義為“高貴祥瑞”，深層語義指“紫色”，如“饌玉趨丹禁，箋花降紫墀。”（李元紘《奉和聖制送張說上集賢學士賜宴》）“又坐紫泉光，甘如酌天酒。”（陸龜蒙《奉和龔美太湖詩・入林屋洞》）李詩中的“紫墀”指皇帝，“紫”是高貴義與紫色沒有什麼關係，陸詩中的“紫泉”指皇家泉水，讓人聯想不到紫色。

我們把顏色詞語的發展過程分為三個階段，並不認為它們是截然分開的，它們有漸變交叉的過程。例如：

同時處於第二三階段。有“朱”、“赤”、“絳”、“紅”、“紫”、“青”等。

朱唇一點桃花殷，宿妝嬌羞偏髻鬟。（岑參《醉戲竇子美人》）

一鳴即朱紱，五十佩銀章。（李白《贈劉都使》）

白刃灑赤血，流沙為之丹。（李白《橫吹曲辭・幽州胡馬客歌》）

赤光來照夜，黃雲上覆晨。（張說《奉和聖制千秋節宴應制》）

淺絳濃香幾朵勻，日熔金鑄萬家新。（吳仁璧《金錢花》）

絳衣朝聖主，紗帳延才子。（儲光羲《秋庭貽馬九》）

“朱唇一點桃花殷，宿妝嬌羞偏髻鬟”中的“朱”指深紅色，處於第二階段，“一鳴即朱紱，五十佩銀章”中的“朱”指深紅色官服，含高貴的語義特徵，處於第三階段。“白刃灑赤血，流沙為之丹”中的“赤”指紅色屬於第二階段。“赤光來照夜，黃雲上覆晨”中的“赤光”指紅色光同時帶有高貴義，因為是應制詩，“赤光”又暗指皇帝，屬於第三階段。“淺絳濃香幾朵勻，日熔金鑄萬家新”中的“絳”是指紅色，屬於第二階段。“絳衣朝聖主，紗帳延才子”中的“絳衣”指深紅色的衣服，同時帶有高貴義，屬於第三階段。

同時處於一、二、三階段，“丹”：

得道凡百歲，燒丹惟一身。（李頎《寄焦煉師》）

岸葦新花白，山梨晚葉丹。（鄭愔《貶降至汝州廣城驛》）

群公朝謁罷，冠劍下丹墀。（王維《送高適弟耽歸臨淮作》）

李詩中的“丹”指丹砂，屬於第一階段，鄭詩中的“丹”指深紅色，屬於第二階段，王詩中的“丹墀”指紅色臺階，常代指皇帝，屬於第三階段。

僅處於第三階段和同時處於一、三階段的可以排除。理由是：思維的發展歷程是從具體到抽象，抽象有一個過程，不可能有一個巨大的跳躍式的發展，每一次的抽象化都是建立在一個相對具體的東西上，即具體→抽象→具體→抽象，而不可能一步到位。每個顏色詞都有這種發展趨勢，同時它們發展的速度是不同的，各處於不同的階段。下面我們列表說明唐詩顏色詞語的發展面貌（*表示唐以前的面貌，唐代已經消失）：

第一階段	第二階段	第三階段	
事物名稱→	顏色→	顏色＋聯想意義→	引申義（顏色是深層語義特徵）
*紅（紅草）	紅光、紅泉、紅豔		紅顏（美女）
*朱（赤心木）	朱鉛	朱門（含富貴義）	
*赤（大火）	赤雞	赤墀（王權象徵）	
丹（紅色礦石）	丹柱	丹陛（王權象徵）	丹心
*絳（深紅色的絲）	絳唇	絳宮（神仙所住的宮殿）	
粉（春粉）	粉霞		
*緋	緋花	緋衣（高官）	
棕			
褐			
*紫（紫色絲織品）	紫煙、紫羅裙	紫綬（高官） 紫芝（仙草）	紫冥、紫微（代表帝王）
*黃（黃色的土地）	黃鳥、黃金	黃葉，黃沙，黃雲（蕭索、淒涼）	
金（金屬）	金塘、金粟、金烏		
*綠（綠色絲織品）	綠林、綠苔、綠水	綠蟻（代指美酒）	
*青（顏料）	青槐、青山	青樓（富貴） 青袍（官位低下）	青雲（富貴之路）
翠（翡翠鳥）	蒼翠、翠竹	翠樓（富貴） 翠娥（美女）	翠華（皇帝的代稱）
黛（青黛）	黛色		
碧（玉石）	碧樹、碧海	碧落、碧血	
*蒼	蒼蒼、蒼山		
*白	白沙、雪白	白髮（年老）	白日（指皇帝）
素	素月	素手	
*黑	黑離離	黑雲（戰爭）	
烏（烏鴉）	烏帽、烏角巾		
*玄	玄猿、玄蟬	玄鶴	

唐詩顏色詞語的發展除受詞彙系統本身的影響外，還受到歷時詞源義、共時社會生活的影響，這三個方面如牽在木偶身上的三根線，哪一根力量大，詞義的表層就會傾斜向哪一邊。

參考文獻

於逢春.論漢語顏色詞的人文性特徵.東北師大學報.1999(5).
溫肇桐.色彩學研究.商務印書館.1956.
吳鎮保、張聞彩.色彩理論與應用.江蘇美術出版社.1994.
張清常.漢語的顏色詞.語言教學與研究.1991(3).

《漢語應用的文化人類學研究》279-286。

男女作家心理形容詞運用的對比研究

李金芳

摘要：心理形容詞的運用在一定程度上體現著人的心理狀態。語料顯示，心理形容詞女作家和男作家總使用率分別是46.1、39.1。分類使用率，除安恬類外都呈現出女作家高於男作家的趨勢。女作家孤寂類心理形容詞的使用率是男作家的 2.3 倍，這些可能同女性更喜依賴和心理體驗更細緻有關。男女作家在使用心理詞語上也存在許多共性。例如愉快類、悲傷痛苦類、安恬類心理形容詞的使用率明顯高於其他心理形容詞，這些是人類最基本的心理活動與狀態。此外，男女作家消極類心理形容詞的使用率總是略高於積極類心理形容詞，詞目更顯著地高，這符合人們消極感受更強烈的規律。

一、課題介紹和心理形容詞的提取

（一）選題和語料

心理形容詞是描摹人的心理活動或狀態的性質形容詞。“心理形容詞是從意義出發，以意義類聚為主要基礎、句法分布特徵為輔助標準的一組詞，綜合了意義與形式雙重標準。”[1]

許多研究表明男女兩性在心理上存在不小差異，如性格的差異、情感的差異、自我意識的差異、交往心理的差異……那麼，男女作家對心理形容詞的使用是不是也表現出不同的特徵呢？筆者對男女作家使用的心理形容詞進行了對比研究。

本文選取《悠遠的織道：中國現當代散文（1976-2000）（上冊）》、《逝者如斯：中國現當代散文（1976-2000）（下冊）》以及《當代女性散文精選》中的散文為語料，語料涉及到的 106 位現當代女性散文作家每人

---

1 趙家新.現代漢語心理形容詞語義網路研究.南京師範大學博士論文.2006.P.16

一篇散文作品。

這些女性作家主要有冰心、丁玲、李天芳、韋君宜、黃宗英、楊絳、張潔、宗璞、張抗抗、葉稚珊、張愛玲、葉文玲、鐵凝、小思、周曉楓、何向陽、蘇雪林、馬瑞芳、三毛、張曉風、席慕容、李佩芝、梅紹靜、馬麗華、李南央、郭淑敏、畢淑敏、舒婷、胡傳永、方方、王安憶、張愛華、崔衛平、池莉、艾曉明、龍應台等。

同樣，涉及到的現當代男性散文作家也是 106 位，如巴金、黃裳、李銳、吳祖光、馮驥才、葉君健、黃永玉、賈平凹、聶紺弩、汪曾祺、劉再復、黃苗子、王蒙、王宗仁、陸文夫、徐遲、張承志、劉心武、雷抒雁、史鐵生、端木蕻良、李輝、余秋雨、蕭乾、公劉、季羨林、林斤瀾、邵燕祥、金克木、吳冠中、周國平、蔣子龍、鮑爾吉・原野、牛漢、梁實秋、台靜農、林清玄等。

這些作家來自全國東西南北不同地方。整理出的語料，男作家文字約 346588 字，女作家文字約 281569 字。

（二）心理形容詞的提取

關於心理形容詞的提取及分類，一直是個難題。趙家新等人為我們提供了一個較為嚴密的方法。筆者即參考南京師範大學趙家新的博士論文《現代漢語心理形容詞語義網絡研究》的標準。

首先，趙家新參照俞士汶主編的《現代漢語語法信息詞典》中的《形容詞表》。該詞典以詞性作為編目的標準，把形容詞和狀態詞區分開來。趙家新在前人基礎上將性質形容詞按意義分為性狀形容詞、情態形容詞以及判斷形容詞，其中“情態形容詞指表人的心理活動狀態和感官感覺的性質形容詞，如悲哀、興奮、紅潤、刺耳。……情態形容詞又分為心理形容詞和感官形容詞。”[1]他從該《形容詞表》中的 1471 個性質形容詞中提取心理形容詞的基本詞表。為了周全，趙家新又收錄了《普通話常用三千詞表》和《現代漢語規範詞典》中他未收錄的心理形容詞。最終得出了現代漢語心理形容詞詞表，共計 449 個基本心理形容詞，基本涵蓋了現代漢語所有用來描述心理活動或狀態的形容詞，形成一個相對封閉域。他採用單

1 趙家新.現代漢語心理形容詞語義網路研究.博士學位論文.南京師範大學，2006.P.18

一義項即義位的方法提取心理形容詞。趙家新等人的前期工作對筆者的研究具有重要意義，而義位原則的運用，為筆者在語料中更準確地查找各類心理形容詞提供了有力的依據。

二、男女作家使用心理形容詞的統計與對比

由於現代心理形容詞雙音節詞占 96.4%，而且筆者語料中所用到的心理形容詞幾乎都是雙音節的，因此筆者將研究對象鎖定在雙音節心理形容詞的範圍之內，共 433 個。筆者參照趙家新的分類，把心理形容詞分成消極和積極兩大類，又將消極類細分為 8 類，積極類細分為 4 類，它們一共 414 個詞，無法分類的個別詞這裡就不討論了。

（一）統計結果

女性作家在語料中使用的心理形容詞共有 240 個（去重複），各個小類的使用情況如下表。

女作家使用心理形容詞的統計

	類別	詞語
消極類（148）	悲傷痛苦類（40）	憂愁 憂鬱 憂傷 悲傷 傷悲 悲哀 悲憤 悲苦 悲慘 悲涼 悲慟 悲痛 悲壯 心碎 傷感 感傷 難過 難受 委屈 痛苦 苦痛 痛楚 沉痛 苦悶 苦惱 苦澀 哀傷 哀痛 哀婉 哀怨 慘痛 淒慘 悽惶 淒苦 淒涼 淒迷 傷心 痛心 酸楚 辛酸
	消沉壓抑類（28）	頹然 疲憊 疲倦 鬱悶 抑鬱 陰鬱 沉重 沉鬱 失意 悵然 悵惘 惆悵 失望 心寒 灰心 沮喪 絕望 低沉 黯然 敗興 冷淡 冷漠 淡漠 空虛 空洞 悲觀 麻木 曖昧
	煩躁憤恨類（29）	煩惱 煩躁 狂躁 心煩 急躁 急切 迫切 著急 焦急 焦愁 焦渴 焦慮 焦灼 懊悔 懊惱 煩悶 氣悶 沉悶 憋屈 窩囊 無聊 憤恨 憤懣 憤怒 氣憤 氣惱 反感 不平 不滿
	羞窘類（14）	窘迫 尷尬 為難 難堪 羞愧 羞惱 羞怯 羞澀 慚愧 歉疚 抱歉 不安 不定 緊張

	類別	詞語
消極類（148）	驚慌類（25）	驚愕 驚慌 驚惶 驚恐 驚奇 驚訝 驚異 震驚 詫異 奇怪 意外 惶惑 惶恐 恐怖 恐慌 可怕 膽怯 恐懼 慌亂 慌忙 困惑 迷惑 迷亂 迷茫 迷惘
	孤寂類（6）	寂寞 落寞 寂寥 孤單 孤獨 孤寂
	猶豫類（3）	猶豫 猶疑 勉強
	驕傲類（3）	傲慢 驕傲 自負
積極類（92）	安恬類（28）	安定 安頓 安樂 安寧 安靜 安然 安逸 安穩 安慰 安心 心安 鎮靜 沉著 寧靜 踏實 恬靜 悠然 悠閒 平和 平緩 平靜 平淡 溫暖 溫馨 暖和 耐煩 耐心 親切
	興奮類（14）	昂揚 振奮 興奮 高漲 心盛 飽滿 激昂 激動 激烈 澎湃 熱情 熱烈 熱切 狂熱
	愉快類（42）	高興 快樂 歡樂 歡喜 歡欣 歡愉 歡悅 愉悅 愉快 甜美 甜蜜 開懷 開心 驚喜 可喜 喜悅 欣然 欣慰 欣喜 如意 幸福 幸運 快意 可心 得意 愜意 快樂 快活 痛快 輕快 輕鬆 開朗 明快 寬慰 舒服 舒適 舒展 心寬 自在 好受 樂觀 積極
	誠懇類（8）	坦誠 坦蕩 坦然 坦率 真誠 真摯 誠懇 虔誠

在不重複的詞目表上，女作家積極類詞占總數的 38.3%，消極類占 61.7%，積極類僅有消極類的 62.1%。最大的兩小類：愉快類，占 17.5%，悲傷痛苦類，占 16.7%。悲喜是人最基本的情感。

男性作家在語料中使用的心理形容詞共有 258 個（去重複），每個小類的使用情況如下表。

男作家使用心理形容詞的統計

	類別	詞語
消極類（166）	悲傷痛苦類（46）	愁苦 憂愁 憂憤 憂鬱 憂傷 悲傷 悲哀 悲愴 悲憤 悲慘 悲涼 悲慟 悲痛 悲壯 心酸 心碎 傷感 感傷 難過 難受 委屈 痛苦 痛楚 沉痛 苦楚 苦悶 苦惱 苦澀 哀傷 哀慟 哀痛 哀怨 淒慘 淒惻 悽楚 悽愴 淒涼 淒迷 淒切 淒然 傷心 痛心 酸楚 辛酸 酸辛 酸痛
	消沉壓抑類（34）	頹靡 頹然 頹喪 頹唐 疲乏 疲憊 疲倦 鬱悶 抑鬱 陰鬱 沉重 沉鬱 失意 悵然 悵惘 惆悵 失望 灰心 沮喪 絶望 低沉 黯然 不振 冷淡 冷漠 淡漠 淡然 消沉 消極 空虛 空洞 悲觀 麻痹 麻木
	煩躁憤恨類（33）	煩亂 煩惱 煩人 惱人 煩躁 狂躁 暴躁 浮躁 心煩 急躁 急迫 急切 著急 焦急 焦渴 焦慮 焦灼 懊悔 懊喪 煩悶 沉悶 憋悶 憋氣 無聊 憤慨 憤怒 氣憤 彆扭 討厭 反感 不平 不滿 噁心
	羞窘類（17）	困窘 局促 尷尬 為難 羞愧 羞怯 羞澀 害羞 慚愧 內疚 愧疚 慚疚 歉疚 抱歉 不安 緊張 紛亂
	驚慌類（25）	驚駭 驚慌 驚惶 驚恐 驚奇 驚訝 驚異 震驚 詫異 奇怪 意外 惶惑 惶恐 恐怖 恐慌 可怕 膽怯 恐懼 慌亂 慌忙 心慌 困惑 迷惑 迷茫 迷惘
	孤寂類（6）	寂寞 落寞 寂寥 孤獨 孤寂 孤苦
	猶豫類（3）	猶豫 躊躇 勉強
	驕傲類（2）	驕傲 自傲
積極類（92）	安恬類（31）	安定 安頓 安寧 安靜 安然 安生 安逸 安穩 安慰 安心 心安 泰然 鎮定 鎮靜 沉著 寧靜 踏實 恬靜 恬適 閒適 悠然 悠閒 平緩 平靜 平淡 溫暖 溫馨 暖和 耐煩 耐心 親切
	興奮類（11）	昂揚 振奮 興奮 飽滿 激動 激奮 激烈 澎湃 熱情 熱烈 狂熱

	類別	詞語
積極類（92）	愉快類（43）	高興 歡暢 快樂 歡樂 歡欣 歡愉 愉悅 愉快 甜美 甜蜜 開懷 開心 驚喜 可喜 狂喜 喜悅 欣悅 欣然 欣慰 欣喜 幸福 幸運 僥倖 快意 得意 愜意 快樂 快活 痛快 輕快 輕鬆 開朗 爽快 爽朗 舒服 舒適 舒暢 舒坦 舒心 舒展 自在 樂觀 積極
	誠懇類（7）	坦蕩 坦然 坦率 真誠 真摯 誠懇 虔誠

男作家用詞，積極類占其總數的 35.7%，消極類 64.3%，積極類只有消極類的 55.5%。最大的兩小類：悲傷痛苦類，17.8%，愉快類，16.7%。第一二名跟女作家用詞調換了次序，但總體數值都很接近，不分析。

筆者分別統計了語料中男、女作家所使用的每類心理形容詞的使用次數和使用頻率（使用率為該類詞語在語料中出現的次數與相應語料字數的比率），單位為萬分之一（下同）。資料表明，在消極類 8 小類中，除猶豫類、驕傲類基本持平外，其他 6 類心理形容詞的使用頻率呈現女性作家高於男性作家的一般趨勢，最為明顯的是孤寂類，女性的使用率為 3.2，男性為 1.4，女性約是男性的 2.3 倍。具體資料見下表。

消極類心理形容詞使用頻率表（單位：‱）

消極類	悲傷痛苦類		消沉壓抑類		煩躁憤恨類		羞窘類		驚慌類		孤寂類		猶豫類		驕傲類	
	次數	使用率	次數	使用率	次數	使用率	次數	使用率	次數	使用率	次數	使用率	次數	使用率	次數	使用率
女性	220	7.8	121	4.3	76	2.7	54	1.9	130	4.6	91	3.2	14	0.5	8	0.3
男性	239	6.9	134	3.9	76	2.2	51	1.5	141	4.1	48	1.4	16	0.5	12	0.3

在積極類的 4 類中，除安恬類女性的使用率稍低於男性外，其他幾類女性均高於男性（＞號後是男性的）：興奮類 3.4>2.5，愉快類 10.1>8.8，誠懇類 1.5>0.8。具體資料見下表。

積極類心理形容詞使用率表（單位：‰）

積極類	安恬類		興奮類		愉快類		誠懇類	
	次數	使用率	次數	使用率	次數	使用率	次數	使用率
女性	162	5.8	97	3.4	284	10.1	41	1.5
男性	219	6.3	86	2.5	305	8.8	27	0.8

女作家使用消極類詞語共 714 次，使用率為 25.4，男作家使用消極類詞語共 717 次，使用率為 20.7；女作家使用積極類詞語共計 584 次，使用率為 20.7，男作家使用積極類詞語共計 637 次，使用率為 18.4；他們對心理形容詞總使用率分別是 46.1、39.1。

（二）對比分析

女作家對心理形容詞的使用率，無論是總使用率還是分類使用率，都呈現出高於男作家的一般趨勢（安恬類除外）。這可能與男女作家的性格、心理差異存在一定聯繫。女性大多情緒容易受外界事物的影響，情感較豐富，一般也比較喜歡、善於表達自己的感受，而男性則相對情緒波動較小，比較內斂。賈進強在《性別心理差異探秘》一書中說道："男性對心理、情感的體驗往往缺乏像女人那樣的細膩、深刻，他們更注重行為的結果，注重比較重大的事情而對生活小節常常忽略。"[1]男女的這種性格差異必然會或多或少反映在語言中，如語料統計結果中顯示，女作家對孤寂類心理心理形容詞的使用率是男作家的 2.3 倍。這可能不是偶然，在現實生活中，大多數女性把家庭、情感看得很重，更害怕孤單，更加依賴人，也就更加容易產生孤寂感，而男性則相對獨立，更看重事業，更加注重自我價值的實現，也就沒有女性那麼容易感到孤寂。"女人比男人更懼怕和難以忍受孤獨和寂寞。女人感情豐富、細膩，心理和情感需要強烈。她們渴求與異性溝通，渴望男性以潺潺泉水般不間斷的愛滋潤她的心田。"[2]雖然這種說法僅僅將孤寂感局限在異性的關愛上，但也從一個方面說明了女性對孤寂感的體驗比較強烈。

[1] 賈進強. 性別心理差異探秘.中央民族大學出版社.1997.P.116.

[2] 賈進強. 性別心理差異探秘.中央民族大學出版社.1997.P.116.

男女作家在使用心理詞語上也存在一些共性。例如，對愉快類、悲傷痛苦類、安恬類心理形容詞的使用率明顯高於其他心理形容詞。仍用萬分之一的比例，女作家對這三類詞使用率分別為 10.1、7.8、5.8；男作家對這三類詞的使用率分別為 8.8、6.9、6.3，均高於 5.0 以上，而其他 9 類心理形容詞的使用率均未超過 5.0。這些人類最基本的心理活動與狀態，經常被感受到。此外，不管是女作家還是男作家，對消極類心理形容詞的使用率總是略高於積極類心理形容詞，它們的比較是 22.8>19.4。前面說到的男女作家消極類詞目都顯著高於積極類詞目，也是這樣。這主要是因為人類對消極心理的體驗比積極心理強烈，人們更多地訴說消極感受，使得消極類的心理形容詞更多。

《漢語應用的文化人類學研究》287-304。

當代詩歌修辭的情感表達研究

楊帆

摘要：在1980-1982年和2010-2012年兩個時段的語料中，修辭的詩句共3377個。其中，激情類修辭句是前者的最大一個小類，占其總量的19%，後者只占7.2%。喜悅類修辭，前者占14.6%，是後者比例的2倍餘。真誠類，前者約6.1%，接近後者的2倍。悲哀類是後者的最大一個小類，占其總量的31.6%，約是前者的2.5倍。恐懼類，後者約是前者的2倍。總的說來，1980-1982年語料積極類修辭比例最大，達61%；2010-2012年語料消極類修辭比例最大，占43%。後者積極類的全部7小類比例都有較大幅度的下降；消極類和中性類比例大幅度上升。這些在一定程度上反映了社會的變化、人們情感遭際的變化，而不是本性的變化。

修辭是形象生動的語言，裡面富含人的喜怒哀樂愛恨等心理因素。30多年前，宗廷虎先生在總結中外修辭學史時就指出，“修辭活動和心理活動、修辭現象和心理現象、修辭學和心理學，是緊密聯繫在一起的。”[1]一個時期的修辭情感表達，會反映這個時期普遍的心理狀態，它也折射了當時的社會主流現象和人民生活。

本文是作者碩士論文的減縮。語料來自《詩刊》，《詩刊》是中國作家協會主管的唯一的國家級詩歌刊物。筆者從1980-1982年和2010-2012年的《詩刊》中，選取12月號的詩（後3年是半月刊，只選前80首），共512首。修辭的詩句共計3377個，其中前者2055個，後者1322個。修辭格的範圍，黃伯榮、廖序東主編的《現代漢語》增訂第五版等3部教材都闡述了以下11個：比喻、比擬、借代、誇張、雙關、拈連、對偶、排比、回環、頂真、反覆，故筆者在這個範圍內考察，主要參考書是黃廖本。

---

1 宗廷虎.20世紀中國修辭學.中國人民大學出版社，2008.上卷.P.1.

修辭表達分積極的、消極的和中性的，各有若干小類。下面將重要的5個小類抽出來分析，以觀察同一時代不同時間段的變化。

一、激情類

"詩歌需要激情，激情是亢奮昂揚的生命狀態，是強烈的具有爆發的情感。正是激情的驅使，才有了詩歌的存在和延續。"[1]普通的情感在詩人心裡往往上升為激情。激情"是一種強烈的、爆發性的、為時短促的情緒狀態"。[2]喜、興奮以及昂揚的精神狀態都被歸為"激情"類。

（一）兩個時間段語料的介紹

1. 1980-1982 年的激情類修辭的主要方面

第一，為自由、真理、正義、光明而激動。

1）聖潔屬於神聖者，自由屬於正義者。暴虐與邪惡，將留給未來的意志去審判。否則，真理便毫無意義。——張廓《白天鵝飛來了》

2）劊子手們，你們的末日快到了，正義的巨劍就懸在你們的頭上。大海的怒濤就是你們的掘墓人，大海的沉沙就是你們的墓場。——崔琦《聞一多之歌》

3）勾銷那白紙一樣的無知，勾銷那春冰一樣的淺薄，勾銷那"看破紅塵"的妄語，勾銷那名韁利鎖的煩惱，我要借這早晨火焰般的陽光，把這一切——統統焚燒。——姚成友《醒》

第二，為祖國以及自己的美好未來而激動。

1）走啊！唱啊！唱著往前走喲！我們莊重的腳步擂敲著大地，建設四化！我們嘹亮的歌聲拍擊著藍天，振興中華。——楊樹《我們唱著往前走》

2）我是叮叮噹當的灑水車，裝九派流水，灑一天大波，沖一條嶄新的大道，洗一個透明的中國。——王劍冰《我是叮叮噹當的灑水車》

---

1 李強先.中國新詩現狀的思考——論新詩的邊緣困境.四川大學碩士論文.2007.P.9.

2 彭聃齡.普通心理學.修訂版.北京師範大學出版社.2004.P.370.

3）激情在長江底下洶湧，打開閘門，湧出的是最熱烈的歌聲。——傅仇《長江之歌二題・在靜靜的長江底下》

4）棗芽發，種棉花。十裡山溝忙個炸。——閻振甲《種棉詞》

第三，為身上肩負的責任而激動。

1）當祖國與人民受難的時候，書齋絕不是生活的避難所。我要走出書齋踏上嚴峻的街壘，從那裡用真理的子彈向你開火。——崔琦《聞一多之歌》

2）我是一匹為了奔跑才降生的馬兒，須畢生向一種遠大的目標進發，或馱千斤重擔踏破青青沃野，或負七尺男兒血染戰地黃花；我只能在奔跑中活著，在奔跑中死去，有風雲就必得用生命作一次叱吒！——王遼生《八達嶺寫懷》

2. 2010-2012 年間，激情類修辭的主要方面

第一，為青春、夢想和信念而激動。

1）花之女神，在迷津，高舉著燃燒的青春。——西渡《微神——海棠》

2）其實我常常想，我們的心中多麼需要光芒和火焰。——楊建虎《照亮——被時光照亮的事情》

3）螢火蟲、燈謎、手電筒，全部突圍而出，像太陽一樣升起。——伊甸《明天是個發光的日子——明天》

第二，對祖國、先輩的讚美。

1）西部，祖輩們朝聖的西部！我已在高原上，把自己種植在生長著火的石旮旯裡，我愛著它們，所以，我要在這兒吃盡人生的風沙和青春。——徐源《西部，奔跑的大山・西部，退耕還林》

2）延安的故事是紅的，就像皮膚下奔騰的血漿。——楊福平《給大海加滴水・走進延安》

現將兩個時間段的激情類修辭特色用語羅列如下。

1. 1980-1982 年間

1）昂揚、奮進類：昂起、奮起、崛起、屹立、矗立、脊樑、翅膀、天梯、豎直不屈、奮進、進擊、撲向、進軍、湧進、搏擊、飛躍、迅疾、召喚、激勵、飽滿、激流、狂奔、奔馬、奔騰、翻騰、飛騰、熱氣騰騰、狂放、烈性、青春煥發、豪情萬丈、豪情激蕩、轟然震

響、轟轟烈烈、團結、壯闊、雄渾、點燃、燃燒、夜以繼日

2）時代、生活、生命類：時代的風雲、時代的臂膀、嶄新的藍圖、正義的槍聲、正義的呼聲、透明的中國、嶄新的大道、生活的戰歌、生命的交響、堅定的信念、高貴的頭顱

2. 2010-2012 年間

閃電、光芒、火焰、夢想、青春、生命、搏動、突圍、奔跑、超越、堅硬、激動人心、黎明的曙光、燃燒的青春、靈魂的內戰

（二）激情類修辭表達的對比分析

兩個時段激情類修辭統計表

年份	激情類修辭	修辭總量	占總量比例
1980 年	79	470	19.03%
1981 年	228	1088	
1982 年	84	497	
2010 年	24	248	7.19%
2011 年	65	630	
2012 年	6	444	

對比兩個時間段激情類修辭的內容和特色用語，我們可以看出：

兩個時間段的詩人，都會為自己的祖國而感到驕傲。1980-1982 年，詩人們歌唱祖國，鬥志昂揚。農民兄弟興奮地忙碌在田間地頭，他們參與勞動的積極性大大提高，辛苦並快樂著；作為知識分子，他們深知自己更應該有所作為，有所擔當，而不能“處江湖之遠”，冷眼旁觀；特色用語中的“昂揚、奮進類”詞語，從“奮起”到“前進”，再到勇敢“搏擊”“豪情激蕩”，尤其是“時代的臂膀”“正義的槍聲”“堅定的信念”“高貴的頭顱”所體現出來的浩然正氣，是 2010-2012 年的詩歌中所沒有的。

2010-2012 年的詩歌中，“青春”“夢想”成為了關鍵詞。年輕意味著活力和激情，“黎明的曙光”“燃燒的青春”等特色用語的多次出現，更是給詩歌增添了幾分青春的氣息，它們正如“在泥土裡蠕動的種子”，給人指引方向，賜予人夢中的可能和力量。

1980-1982 年的激情類表達比率比 2010-2012 年高出近 3 倍，在一定程

度上反映了上世紀八十年代初詩人的昂揚氣勢；而從八十年代末開始，社會劇變，詩人的情感發生陡轉，沒有了激情的詩歌已經變得不像詩歌了，如今表達明顯平穩、舒緩。詩歌的總體情感比較消極、無奈和冷漠。很多人為了在激烈的競爭中得以生存，把注意力集中在了追名逐利上，而不顧社會及他人。人們選擇了安於現狀的淡然，雖然還是會因為憧憬而激動，生活中卻少了激情和活躍。

二、喜悅類

（一）兩個時間段的語料介紹

喜悅類包括人的喜悅和寓情於景於物的喜悅。

1. 1980-1982 年間的喜悅

詩人取材於普通老百姓日常生活的方方面面，如趕集、賣菜、編席等勞動場景。常描寫農民豐收的喜悅、工人勞動的快樂，他們樂於為建設美好家園和祖國而奉獻。觸景生情表達喜悅的，寫出了“歡喜的春雨”，“微笑的風”，“盡情歌唱的鈴鐺”等等。

1）你臉上喜悅的花朵。——雁翼《在工業區拾到的抒情詩——磨刀師傅》

2）一理額前髮，喜色挑眉梢。——查代文《山鄉吟・辣大嫂》

3）憑藉了紅葉的掩映，小山包圓鼓鼓笑迎。——卞之琳《訪美雜憶・紐海文遊私第荒園》

4)（灑水車）灑一路晶瑩的雨花，降一街絢麗的虹霓，唱一城激越的歡歌。——王劍冰《我是叮叮噹當的灑水車》

2. 2010-2012 年間的喜悅

主要表達好天氣、美麗的景色等給詩人帶來的快感，或者寓情於山川、風雨的快樂等。

1）窗外晨光微露，“好個豔陽天！”“花都開了！”（反覆）——楊曉芸《不盡之旅・春困》

2）翻過一座山，眼睛被青草一再擦亮。——莫臥兒《道路・密雲水庫》

3）我猜有許多雨滴聚在烏雲上開動員大會，我猜其中最頑皮的那滴忍不住笑，從烏雲上栽了下來，她一路撲哧撲哧。——唐果《一滴雨的笑聲》

4）吹口哨的陽光叫我，向光源看齊。——姜慶已《吹口哨的陽光》

下面是兩個時間段喜悅類修辭用詞集錦。筆者通過整理對比，將兩語料的部分用詞羅列如下，它們可以在一定程度上反映不同時段的思維、文化和社會特徵。

1. 1980-1982 年間

1）自然現象、山河、動植物等類：春、太陽、星星、藍天、白雲、彩霞、虹霓、炊煙、陽光、閃電、微風、涼風、湖水、春雨、春風、春色、雨花、開花、花朵、茶林、密林、果園、芳香、芬芳、清新、鮮豔、紅葉、鳥叫、雲雀、葡萄架、大肥豬、花奶牛、草木新綠、百花爭豔、奇花異草、碩果圓熟

2）亢奮類：新、跳、仰、醒、笑、笑臉、笑眼兒、笑迎、嬉笑、（開懷仰天）大笑、微笑、歡歌、歡跳、歡快、歡欣、歡暢、歡喜、欣喜、驚喜、快活、愉快、暢快、喧鬧、自在、自由、跳出、跳動、激越、響亮、喧鬧、年輕、燃燒、敞開、航行、寬闊、振翅、蒸騰、熱情、豐盛、理想、幻想、信念、渴望、火炬、光明、閃光、閃耀、絢麗、襟懷、心地坦然、盡情歡樂、灑紅潑綠、江河鼓掌

3）歌舞音樂類：歌唱、歌音、旋律、線譜、音樂、樂感、節奏、音符、聲浪、鈴聲、飛舞、交響、圓舞曲、華爾滋舞步

4）其他類：暖、香、甜、甘美、忠實、勤儉、健美、珍貴、彩色、豔彩、晶瑩、透明、靈巧、靈活

2. 2010-2012 年間

1）自然現象、山河、動植物等類：天空、夜空、陽光、光芒、流星、山、河流、海水、露水、湖水、湖面、源泉、春天、春風、東風、雪、沙海、火焰、蓮花、鳥、青草、柳樹、葡萄、五穀豐登

2）亢奮類：青春、奔跑、熱鬧、驚喜、夢境、斑斕、鮮亮、擦亮、破空而來、人丁興旺、通宵達旦、蜂擁而至

3）歌舞音樂類：交響樂、山歌、歌聲

4）其他類：抱、甜、甘美、禮物、頑皮、女孩、圓潤、舒服、時光、新棉衣、情竇初開

（二）喜悅類修辭情感表達的對比分析

喜悅類修辭統計表

年份	喜悅類修辭	修辭總量	占總量比例
1980 年	66	470	14.60%
1981 年	188	1088	
1982 年	46	497	
2010 年	23	248	7.03%
2011 年	30	630	
2012 年	40	444	

6 本《詩刊》中喜悅類修辭的內容和特色用語顯示，1980-1982 年間，人們的喜悅是由內而發的，因為內心充滿喜悅，感到快樂，而去積極地勞動和生活。這個時間段的喜悅類的用語也十分豐富，表達更為直接，“大肥豬”“花奶牛”等用語反映出濃厚的生產生活氛圍；“歌舞音樂類”用語更是把內心的歡樂以唱歌跳舞的形式表現出來；尤其是大量的“亢奮類”詞語，“激越”“燃燒”“振翅”“蒸騰”“理想”“信念”等，特色鮮明，時代氣息濃郁。

2010-2012 年間，詩人所抒發的喜悅基本依賴環境刺激，如看見美麗的景色和好的天氣，才有感而發、心情大好。這樣的快樂是暫時的，過於注重外在的東西，而不是通過勞動、幫助他人讓自己感覺充實、快樂。一旦這些美好的事物沒有出現呢？此外，即使考慮到語料較少，喜悅類修辭的用詞仍較少，詩人們一般不會直接用“歡歌”“歡跳”“歡快”“歡欣”等詞，而是較為含蓄地表達自己的喜悅，如“禮物”“夢境”“新棉衣”“蜂擁而至”“情竇初開”等；與 1980-1982 年間相比，亢奮類用語大大減少，且總的興奮程度減弱。

從上表可見，1980-1982 年間喜悅類修辭數量比例較高，是 2010-2012 年的 2 倍。反映出在上世紀八十年代初期，詩人們更為舒暢和快樂。

為什麼 1980-1982 年期間的激情類喜悅類修辭所占比例會這麼大呢？

七十年代末開始實行經濟和政治改革，突然沒有政治運動了，人整人的恐懼好像過去了，一定的思想自由出現了，這些足以使億萬從嚴酷的文革中過來的人們歡喜雀躍，大家都充滿希望，渾身是勁。

三、真誠類

（一）兩個時間段語料的介紹

真誠類以“真”字為中心，包含了情深意切、信任、相信、信仰、虔誠等方面，它表示人際關係與社會和諧的狀況。

1. 1980-1982 真誠類情感的主要表現

第一，詩人真誠地期許簡單而美好的未來。希望世間萬物都能過上一種自由快樂的生活；也相信定會有一個美好的明天。

1）我們真誠地希望，稻田裡到處響著不斷的蛙鼓，玉蜀黍葉上的露珠自然滾落，樹枝上的鳥兒不要被突然驚起，路旁的花兒不至於不幸萎枯。——楊樹《我們唱著往前走》

2）它創造光明，也創造未來。（“它”指腳手架）——李霽宇《腳手架印象》

第二，人與人之間的真誠互信，真誠地讚美他人。

1）我們給大門裝上金鎖，把唯一的鑰匙交給人民。——老心《春天的汗珠・鋪樓梯》

2）“畫得好！畫得好！”身邊來了個孩子，他的眼睛在誇我。——梅紹靜《我的小夥伴》

第三，讚美向上、純淨、真誠的美好品質。

從纖小的野牛草的草尖上聽到了，一種向上的聲音，一種沒有紛爭的單純的聲音……我從蝶翅的扇動中聽到了，一種自然的愛美的天性，一種沒有一點嫉妒的真誠，一種沒有一點污染的潔淨。——宋家玲《生命》

2. 2010-2012 真誠類情感的主要表現

第一，堅定的信念、信仰。

1）落雪的核——戈壁上永不丟失的信仰。——萬小雪《沙之書・

致西路紅軍的挽歌》

2）眾多的沙粒，戈壁上的僧客，前赴後繼，和我一起加入一場盛大禮儀的朝覲……一座沙塵之海，永恆翻卷著我，永不磨滅的詩歌信仰。——萬小雪《沙粒灼熱・一場沙塵暴》

3）一株禾苗牽著一個被牛馬啃缺的高原在行走——只有信念。——徐源《西部，留守的孩子》

第二，動物的忠實。

土牆房內，牛住一邊，人住一邊。牛是人忠實的夥伴，土地的守望者。——徐源《西部，人畜一家》

第三、微妙的人際關係。

1）看人，用自己的眼。看己，借別人的眼。——楊福平《給大海加滴水——看》

2）清清的泉水只纏繞著高山，不理睬高樓。——陸健《雅奏之四》

下面是兩個時間段真誠類修辭特色用語。

1. 1980-1982 年間的

1）否定類：無傲氣、不孤高、不再孤單、沒有紛爭、（沒有一點嫉妒的）真誠、（沒有一點污染的）潔淨

2）真類：誠實、信任、信念、單純（的聲音）、自然、真誠地希望、真誠的情愫、真理的陽光、真理的花苞、真理的聲音、公正的法官

3）其他類：期待、追求、理想、未來、光明、眷戀、囑託、幸福、熱情、壯志、向上、愛美的天性、高尚的品格

2. 2010-2012 年間的

1）否定類：不理睬、永不磨滅

2）真類：僧客、（虔誠的）信徒、信仰、信念、朝覲、忠誠、守望、真理、懺悔、永恆

（二）真誠類修辭情感表達的對比與分析

兩時段語料真誠類修辭統計表

年份	真誠類修辭	修辭總量	占總量比例
1980 年	5	470	6.08%
1981 年	76	1088	
1982 年	44	497	
2010 年	9	248	3.10%
2011 年	17	630	
2012 年	15	444	

1980-1982 年間的真誠類修辭句比後者多出將近 1 倍。其詩相信未來，多次用到了“期待”“追求”“理想”“未來”“光明”等詞語；真誠地期望十年動盪的歷史悲劇不再重演，讓每一個人、每一種動植物都能夠自由、快樂地成長；歌頌積極向上、真誠的品質，認為每一個人都應該具備這些優秀品質。

而 2010-2012 年間，詩歌中出現了“僧客”（虔誠的）“信徒”“信仰”“朝覲”“守望”“懺悔”等詞，是前一個 3 年的語料中未曾出現過的。這是由於在物欲橫流的現實生活中，人們普遍缺乏信仰，迷失了自己。詩人堅定的信仰給自己漂泊的心靈找到了歸宿和寄託，讓心靈安定了下來。

前一個 3 年的真誠類比後一個 3 年的多得多，可以反映出，20 世紀八十年代初期人與人之間真誠、友好、互相信任。越來越多的人開始說真話，做真事，直面現實，追求真理。詩人們在詩歌作品中也抒發出了自己的真情實感，“真誠地希望”、“真誠的情愫”、“真理的陽光”、“真理的花苞”、“真理的聲音”等等，久違的“真”字凸顯出來。

而近年來，學術領域內造假、抄襲十分普遍；在商業領域，制假售假的現象十分嚴重，尤其是在食品、藥品行業，無良商人們為了最大限度地追求自己的利益，不顧廣大消費者的生命安全；在政界，貪污腐敗、賣官鬻爵之風盛行等。人與人之間互相欺騙、猜忌，社會不穩定因素大大增加。因此，真誠類修辭與上世紀八十年代相較而言，大大減少。

四、悲哀類

悲哀類分 3 小類：一為悲傷類，包括悲傷、無奈、委屈、哀痛的情感；二為失望類，包括失望、低沉和迷茫；三為孤單類，包括孤單和寂寞。

（一）兩個時間段語料的介紹

1. 1980-1982 年間悲哀類情感的主要表現

第一，悲自己。失去童心；為自己曾經困苦的生活而悲傷；為自己遭受的傷痛而悲傷；有理想卻難以實現的悲傷。

1）我撲倒在地上，默默收集我跌碎的童心。——李加健《給歡樂》

2）十幾年年年喊兑現，年年空著兩隻手，人家過年咱過難，央罷親戚求朋友。錢，借幾塊，糧，賒幾斗，站在人前低三輩，案上的老碗都愁瘦。——峭石《關中風情——年集》

3）海啊，無常的海……排天的浪，像是鞭子，猛地抽了起來，我忍受著，身軀，在疼痛中痙攣。狂卷的風，像是刀子，猛地刺了過來，我忍受著，心靈，在煎熬中滴血。——萬憶萱《海戀》

4）"那時，理想缺少滋潤它的泉水，心，比沙漠更加荒涼。臨走前，我默默在沙梁上佇立，苦澀的淚，也默默在面頰上流淌。——鄧海南《紅蝴蝶・在海濱浴場》

第二，悲他人。為社會弱勢群體如負擔不起子女學費的父親、無助的孩子，孤苦伶仃的老人等悲傷；為英雄的不公正待遇悲傷。

1）你笑著倒下了，眼淚流成了一條河。流入我童年的夢境，流來你的悲歌。——楊來順《賣火柴的小女孩》

2）他憂愁了。他的憂愁是甜蜜的憂愁。他在算計，掐著指頭，他在思慮，皺著眉頭。——張中海《鄉村・鄉愁》

3）冬青樹枝在他眼前搖晃，無情地掏挖著他的傷情。橙黃色的燈光穿透夜窗，又紮進他那顆被噬齧的心！——孫振《一顆被噬齧的心》

4）一隻矯健的雄鷹啊，在這兒被緊鎖著翅膀；一員革命的虎將啊，在這兒被關進鐵窗。——毛錡《山城詩草・寫在葉挺將軍的牢

房前》

第三，悲其他事物。時光流逝、失去知音、離別等的悲傷，對經歷風風雨雨、多災多難的祖國母親和中華民族的悲傷。

1）長時的折磨，皮肉俱損，傷痕累累，槁面枯形。——管用和《石林漫步——風雨中，我走進石林》

2）風也多情，雨也多情，灑在車窗上的雨滴，多像留別時，你淚水模糊的眼睛。——敏歧《寫在絲綢之路上・贈西安》

3）經受過幾千年的風雨雷電，祖國母親的額紋如同漣漪。——吳鈞陶《致僑胞》

4）悠遠的漫漫的田壟喲，是你拉來的苦難的民族呀——耕耘的呼嘯聲，撒一路哀婉、悲壯的歌。——金哲《犁鏵》

第四，失望、低沉、渺茫、頹廢。

1）渺茫的希冀蒼白而疲憊，從一個幻夢走進一個幻夢。——閻志民《鄉土・雲影》

2）廢墟的荒草，挑著一個個慘澹的黃昏。——梁上泉《圓明園》

第五，孤獨、寂寞。

1）一萬里煙波，一萬里雲霧，一葉扁舟，載不盡——惆悵與孤獨。——傅仇《長江之歌二題・二百萬張藍圖》

2）從清晨走到了傍晚，多麼渴望，看見一點別的色彩，聽到一些別的音響。渴望能遇上一個旅伴，陪伴我沙海孤航。——鄧海南《紅蝴蝶・在沙漠裡》

2. 2010-2012 年間悲哀類修辭的主要表現

第一，悲自己。如夢想幻滅、青春逝去的悲傷，純淨的心靈被紛繁複雜的社會所污染的悲傷。

1）夢境從牆上墜落，彷彿觸手可及。——駱耕野《空衣架》

2）我感到步履的鬆散和疲倦。在沒有方向的深巷中，我感到身體內細微的聲響，正在敲打那些破碎的光芒。——楊建虎《照亮・雷聲漸遠》

3）透過微弱的光，我看到黑暗中的我們，皮膚是黑的，心靈和骨骼正在被黑暗一寸一寸地侵襲。——唐果《撫摸，則雙手染黑的詩》

第二，悲他人。詩人在詩歌中關注社會弱勢群體。

在找零錢給我的時候，一層一層地剝開自己，就像是做一次剖腹產，摳出體內的命根子。——王單單《滇黔邊村・賣毛豆的女人》

第三，悲其他事物。如面臨生老病死的悲傷和無奈；森林、草原等植被的破壞，沙塵暴的肆虐。

1）秋盡了，大地運載完黃金，開始承受腐爛。——東籬《砌壘・午後小睡醒來，獨坐懷人》

2）被疾速的風掠過的臉，灰白而狼藉，大廈雍容立起的玻璃牆面反射出，沙化的泥土，沙化的人。——秦興威《多風之夜・大風》

第四，失望、迷茫。

1）她在我記憶的狹小領土內逡巡，在分叉的小徑上陷入迷茫之沼澤。——翩然落梅《白獅・寫於北京暴雨之後》

2）我試圖靠近並端起它，伸出手，僅觸到無限的、微涼的一角夜空。——翩然落梅《零點・杯子》

第五，孤獨。如留守孩子的孤獨，古人的孤獨，膽怯者的孤獨。

1）留守的孩子守著廣袤的夜晚，心靈小得孤單，像一隻只蜷縮著身子的蟲子，無助地鳴叫著。——徐源《西部，留守的孩子》

2）一隻杯子，想喝醉的杯子，獨自飲著夜色中的酒……李白對著杯中的自己，驚駭於影子體內龐大的孤獨。——翩然落梅《零點・杯子》

3）他從來不敢照鏡子，他害怕鏡子裡的那個男人看透他，他只能獨自一人在房間裡旅行。——三米深《沉默之門・對影》

下面是兩個時間段的悲哀類修辭特色用語。

1. 1980-1982 年間

1）名詞性：刀子、鞭子、鐵窗、眼淚、淚水（模糊）、心石、悲歌、扁舟、貧瘠、飢餓、灰燼、廢墟、荒草、黃昏、滄海、桑田、田壟、額紋（如同漣漪）、浩劫、幻夢、空白、興亡、辜負、狂卷的風、風雨雷電、槁面枯形、皮肉俱損、傷痕累累、渺茫的希冀、苦難的民族、專政的“牛棚”、“史無前例”的年代

2）動詞性：歎、央、求、借、賒、抽、刺、忍受、撲倒、折斷、折磨、撤退、思慮、渴望、密封、遮掩、掩埋、埋葬、冷藏、凝滯、緊鎖、暴曬、遭罪、煎熬、痙攣、掏挖、扎進、噬齧、流淌、滴血、倒下、失去、走失、（缺少）滋潤、皺著（眉頭）、沙海孤航

3）形容詞性：難、愁、老、瘦、低、悲哀、踩痛、疼痛、哀婉、失望、頹廢、低沉、渺茫、疲憊、蒼白、苦澀、惆悵、憂愁、淒涼、孤獨、跌碎、嚴峻、冷酷、荒涼、憂傷、悠遠、慘澹、憤懣、悲壯

2. 2010-2012 年間

1）名詞性：雜草、白髮、斑點、淚泉、眼淚、血泊、淤血、死亡、飢餓、貧窮、枯草、荒野、塵埃、風霜、暴雨、長河、老鋼琴、女屍、屍骨（未還）、暗處、黑夜、黑暗、夜晚、宿命、假像、子彈、屈辱

2）動詞性：（道德的）淪喪、凋零、墜落、淹沒、腐爛、裂開、離開、震顫、忙碌、侵襲、（飽受）凌辱、背井離鄉

3）形容詞性：瘦、疼、冷、寒冷、悲涼、（人心的）冷漠、凜冽、單薄、卑微、微弱、潮濕、苦澀、寂滅、沉寂、緘默、悲痛、感傷、憂傷、沮喪、疲倦、遺憾、孤獨、渾濁、遙遠、鬆散、憤怒、劣質、開裂（的雙腳）、搖搖晃晃

（二）悲哀類修辭的對比分析

兩時段語料悲哀類修辭表

情感類別	1980-1982	2010-1012
悲傷、無奈、委屈	10.56%	25.79%
失望、低沉、迷茫	1.36%	3.48%
孤單、寂寞	0.49%	2.27%
小計	12.41%	31.54%

兩個時間段的悲哀類修辭都包含了悲自己、悲他人、悲其他事物、失望和孤獨，但每個方面的具體內容略有不同。

1980-1982 年，詩人們回想起祖國、民族以及個人所經歷的艱難歲月、失望無奈和無助，不禁感慨萬千。特色用語有：忍受、埋葬、暴曬、遭罪、煎熬、傷痕累累、“史無前例”的年代、渺茫的希冀、苦難的民族等等，一方面直接抒發詩人內心的悲痛和不平，一方面也堅強樂觀。其孤單類修辭僅為 0.49%，在一定程度上反映出當時的人際關係比較和諧溫暖。

2010-1012 年的特色情感用語有：（道德的）淪喪、墜落、腐爛、（人心

的）冷漠、卑微、孤獨等等。經濟的快速發展，物欲橫流，很多人放棄了曾經的理想。再加上社會主義法治建設、社會保障體系不夠完善等因素，中國的貧富差距很大，為了打工掙錢，農村的青壯年勞力紛紛向城市轉移，留守兒童、老人大量增加，他們生活的淒涼、孤獨是可想而知的。2010-2012 年的悲哀類修辭是前者的 2.5 倍左右，可以反映出詩人傷感、難過的情感之重。

五、恐懼類

"恐懼是個體企圖擺脫、逃避某種情境時產生的情緒體驗。這種體驗是由缺乏處理可怕情境的能力所引起的"。[1]人恐懼時的表現方式有很多種，這裡重點論述兩種：慌張和害羞。"害羞是個體與周圍人及環境的相處過程中，對自己作出不太肯定的評價時的一種情緒體驗"。[2]害羞的人一般性格都比較內向，不善言談；與不熟悉的人交流時，心跳加快，不敢直視對方，容易臉紅；當然也與學生時代的家庭和學校教育有關，受到批評、責罵較多的孩子長大後更容易害羞和不自信。

（一）兩個時間段語料的介紹

1. 1980-1982 年間恐懼類情感的主要表現

第一，為社會的動亂而驚慌、恐懼。例 1 寫的是明末清初的動亂，例 2 是文化大革命。

> 1）宗廟危，京城亂，有詔書勤王，嚇壞袁崇煥。——流沙河《天下第一關》
>
> 2）突然一切都改變了顏色！變成了浩浩蕩蕩無邊無際血一樣的紅色。好像是火焰烤焦了大地，人們被瘋狂的熱情燒得互不相識。我們用紅色的嗓子，狂呼著紅色的口號，把紅色的槍彈，向親人的胸口射去！——魯魯《媽媽的眼睛》

第二，為自然災害、惡劣的天氣而恐慌。

> 1）那年，難忘災害剝光了山村的樹皮。——李老鄉《心石》

---

[1] 葉奕乾.普通心理學（第 4 版）.華東師範大學出版社.2010:212.

[2] 葉奕乾.普通心理學（第 4 版）.華東師範大學出版社.2010:213.

2）熱風像遊動的火龍，舔盡翠微，嚼碎了山鄉蔥蘢的夢幻。——朱紅《啟明星・映山紅的傳說》

3）晚風象波浪一樣衝擊，夜霧象漩渦一樣圍困。——鄭玲《工蜂之死》

第三，害怕人和物。如害怕做錯事而受到責罵；害怕愛佔便宜、無理取鬧的人。

1）萌萌又要哭了，看看媽媽，瞅瞅雞蛋，眼睛紅了兩圈，淚珠轉了幾轉。——張中海《鄉村・炒蛋》

2）叭，叭，叭……哎，聽那腳板有多高，踩得我胸口跳三跳！籬一閃，風一撲，來了辣大嫂！——查代文《山鄉吟・辣大嫂》

3）岩石是不怕人嘲笑的，雖然它鐵骨嶙峋。人哪，你為什麼低頭徘徊？你是怕花怕火怕石嘲笑你嗎？——羅洛《薔薇和鳥・關於人、花、火、石的斷想》

2. 2010-2012 年間恐懼類情感的主要表現

第一，害怕孤獨。

1）她從來沒有這樣怕風，怕這些孤獨的風，把內心的希望吹滅。——陳倉《玩火柴的小女孩》

2）一場風暴迴旋於幽暗的空間。你，一個孤單的孩子，站在風暴中央，臉上布滿了閃電。——秦興威《多風之夜——雨》

第二，害怕人。如害怕祖父的咒罵和責備，害怕母親的老去。

1）我的恐懼，石磨上面，有你未睡醒的呵欠，沒來得及，消散的酒氣，還有你的咒罵，我漆黑的童年。——燈燈《親人們・祖父》

2）母親的身軀越來越小，小得讓我懼怕，讓我想哭。——徐源《西部，奔跑的大山・西部，母親》

第三，害怕自然災害、惡劣的天氣。

1）她涉水進入更深的境地，那裡正被彈片般的雨點襲擊。——翩然落梅《白獅・寫於北京暴雨之後》

2）風像鋸一樣鋸著城市堅硬的腰。——秦興威《多風之夜・大風》

3）風捏下時間的閘，重演廣場上的雨季。雨點密集地射向人群，像瘋狗，咬斷頸上的鏈鎖。——金勇《雲上高原・暹羅灣內風雨大作》

下面是兩個時間段語料的恐懼類修辭特色詞語

1. 1980-1982 年間的

危、亂、嚇、射、拷、哭

罪犯、火龍、火焰、墳塋、槍彈、淚珠、冷汗、毒牙、波浪、漩渦、峭壁、峽谷、災害、荒涼、圍困、凍僵、呵斥、衝擊、獰惡、可怕、瘋狂、狂呼、呼喊、憤怒、嘲笑、嚼碎、抖動、怨恨、懊喪、歎息、（低頭）徘徊、呻吟、囁嚅、壓抑、封鎖、憂患、通敵、謀叛、何處、哪裡

了不得、剝光舔盡、霜刀雪劍

2. 2010-2012 年間的

怕、刺、磕、吞、灼、鎖、吼、鋸、射、滅

死人、死亡、亡靈、靈魂、幽靈、肉體、危險、戰爭、彈片、鏈鎖、皮鞭、野獸、大蟒、瘋狗、蚊子、海浪、風暴、閃電、烏雲、漩渦、漆黑、黑暗、幽暗、呼喊、咒罵、襲擊、提速、碰撞、點燃、有力、刺穿、奔跑、搖動、兇惡、咬斷、酒氣、恐懼、懼怕、害怕、孤獨、孤單、顫抖、逃離、露宿、寄居、拉緊、眺望、腐爛

鋼絲繩、小心翼翼、衝鋒部隊、迎面痛擊、多風之夜

（二）恐懼類修辭情感表達的對比分析

兩語料恐懼類（慌張、害羞）修辭表

情感類別	1980-1982	2010-2012
慌張	3.70%	7.03%
害羞	0.15%	0.61%
小計	3.85	7.64

2010-2012 年恐懼類修辭約是前者的 2 倍，其中慌張類修辭在恐懼類修辭中所占比例較大。

首先，兩個時間段的恐懼類修辭，都包含了對自然災害、惡劣天氣的恐懼，在特色用語中也出現了諸如“災害”“風暴”“浪”“漩渦”等詞語。儘管現在的科學技術日新月異，很多災難的發生還是不可預測，人在自然災害面前是渺小和脆弱的。

其次，1980-1982 年的詩歌中，有些為社會的不安動亂而恐慌的題材和特色情感用語，例如“獰惡”“可怕”“瘋狂”“怨恨”“壓抑”“何

處”“剝光舔盡”“霜刀雪劍”等等。普通老百姓在十年動亂期間，精神受毒害、身心受迫害的程度之深是我們無法想象的。他們回想起來仍心有餘悸，害怕歷史重蹈覆轍。

最後，2010-2012 年間，恐懼類情感內容的主要題材是害怕孤獨；特色情感用語中也表現出詩人們害怕黑暗、懼怕孤獨的性格特點，“漆黑”“黑暗”“幽暗”“恐懼”“懼怕”“害怕”“孤獨”“孤單”“顫抖”等。如今，大多數人之間的交往是以佔有、得到為目的的，缺少了心與心的交流和溝通；應試教育下的青年一代，一切以考試、分數為中心，成了只會死記硬背的書呆子，沒有其他的興趣愛好，生活自然索然無味，沒有方向感，迷茫而孤獨。

從兩個時間段的詩歌中可以看出來，1980-1982 年的詩人更為從容和淡定，而 2010-2012 年的詩人更為緊張和憂慮。他們害怕很多事物，當然還有更大的、因為太恐懼而不敢說出的恐懼。種種的壓力和負擔讓他們畏首畏尾，不敢前行。

總的來說，在 1980-1982 年的詩歌材料中，積極類修辭所占比例最大，達到了 60.98%；2010-2012 年的語料中，消極類修辭所占比例最大，占 43.03%。在積極類修辭中，1980-1982 年的激情類所占比例最大，占到修辭總數的 19.03%；在消極類修辭中，2010-2012 年的悲傷類所占比例最大，占到修辭總數的 25.79%。與 1980-1982 年相比，2010-2012 年全部 7 類積極類修辭所占比例都有較大幅度的下降；2010-2012 年的 10 小類消極類修辭中，有 7 小類的消極類情感所占比例

明顯增加；2010-2012 年的 5 類中性情感修辭中，4 類的比例都大幅度上升。

前後語料，人們的心理傾向大不相同，實際上改變的是社會環境，未變的是人的本性。

李海霞編輯修改

《漢語應用的文化人類學研究》305-310。

《牡丹亭》愛情稱謂類詞語研究

孫琳

本文是筆者碩士論文《〈牡丹亭〉愛情描寫詞語研究》的一部分。

明湯顯祖的傳奇劇本《牡丹亭》屬愛情題材的典範之作。故事梗概是，太守的女兒杜麗娘素居深閨，春日遊園時在夢中與書生柳夢梅一見鍾情，夢醒後欲得不能，欲忘不行，一病而逝。3 年後柳夢梅旅居杜麗娘所葬的梅花庵時，與她的鬼魂相戀並令杜麗娘復活，最終兩人結為夫妻。劇本中愛情描寫詞語豐富，愛情的初識階段、熱戀階段和穩定階段，各有不同心思情感的稱謂語，這裡分析其漸進的細微變化。

一、愛情稱謂類詞語概況

（一）愛情稱謂語界定及分類

愛情稱謂語指戀愛雙方對自己或對方的特指稱謂語。如男性稱呼女性為“娘子”；女子稱呼對方為“情哥”等。稱謂語既能夠反映稱呼人與被稱呼人之間關係，也能反映稱呼人的愛情心理活動。愛情是一個發展過程，在愛情關係中男女分別是怎樣稱呼自己和對方，這些詞語能反應出怎樣的心理內容和認知特點呢？

《牡丹亭》中愛情稱謂語全部羅列如下：

（1）女子的自稱：

小嬋娟、妾、妾身、奴、奴家

（2）女子對所愛男子的稱呼：

秀才郎、郎、郎爺、柳郎、梅卿、柳卿、折柳情人、情哥、歡哥、夫君、夫婿、官婿、狀元郎、夫主、相公

（3）男子自稱：

丈夫、乘龍

（4）男子對所愛女子的稱呼：

賢卿、嬌娥、佳人、美人、奴奴、奴哥、嬌妻、我的妻、俺的人、俺嬌妻、麗娘妻、娘子、夫人、賢妻

（二）部分詞語解說

“梅卿”、“柳卿”都指的是柳夢梅。杜麗娘於夢中愛上了書生，但是不知道姓名，只是憑著夢中的景象猜測，大約與柳、梅兩字相關。魂歸故居時聽到有人喚“姐姐”，杜猜測是不是自己的心上人時：“不由俺無情有情，湊著叫的人三聲兩聲，冷惺忪紅淚飄零。呀，怕不是夢人兒梅卿柳卿？”

“折柳情人”，是指的在夢中拿著柳條要杜麗娘題詩的人，也就是柳夢梅。是杜麗娘自述夢中情事時所說。“咳，咱弄梅心事，那折柳情人，夢淹漸暗老殘春。”

二、愛情稱謂語分析研究

這裡的愛情是兩個陌生人因為情感投入而建立起親密關係的過程，而稱謂語可以反映出戀愛雙方心理和人際關係的變化過程。所以下面將按照情感的漸進程度分類研究。

第一是初識階段，就是男女雙方初次相見，剛剛萌發愛意，產生好感的階段。

第二是熱戀階段。隨著接觸增加、感情加深、愛意明朗、身體與精神都陶醉於愛情中的階段。

第三是穩定階段。指的是感情穩定、愛情關係明確、雙方都期由愛情轉入婚姻的階段。

本文希望借由這樣的分類看看男女雙方在愛情發展過程中體現的心理認知和文化因素。下文進行分類分析時，為了能夠將變化過程體現得更加完整將拉進一些不專用於情侶之間的稱謂語，比如女子稱男子“書生”，男子稱女子“小姐”，或直呼其名等情況。但是人稱代詞如“他”、“咱”使用範圍較廣，沒有明顯的階段性特點，不在討論範圍內。

（一）初識階段的稱謂語

在《牡丹亭》中杜麗娘對柳夢梅感情的發展的初識階段非常短，而且實際上就見過兩次面，第一次是在夢裡，第二次是她作為魂靈進入柳夢梅書房時。這一階段中她的自稱有“小嬋娟”、“香閨”。對柳夢梅的稱呼有“生”、“書生”。“咱”和“他”是人稱代詞，“生”、“書生”都是客觀而中性的稱呼，此時的女性雖然已經對男子萌生愛意，甚至在夢中已經有所接觸但是稱謂語的使用上都非常普通客觀，既沒有敬稱也沒有謙語，沒有明顯的主觀意識體現。這反映了古代對女子的矜持含蓄要求。女子對自己的稱謂“香閨”、“嬋娟”，頗有自我欣賞的意味。嬋娟是姿態美好的樣子，代指美人。同時一個語素“小”反映其內心的柔弱以及期待依靠的意味。

柳夢梅對杜麗娘的初識，一次是在畫上，一次是在書房中。在《牡丹亭》的敘述中柳夢梅開始並不知道書房的與畫中的是同一人，所以這兩次都是初識階段。這一階段他的自稱有“小生”、“小子”。其中“小生”的頻率最高。這兩個詞都屬於自謙語。“小生，為末學後進自謙之稱”。“小生”還較為平和，“小子”一詞自謙意味更加強烈。它出現在柳夢梅對著畫像讚揚畫中人才貌雙全之時。初識階段男性用語很謙卑，表示了男子的不自信和傾慕之情。

男子對女子的稱呼語按照出現頻率排列有：“小姐”、“姐姐”、“小娘子”、“美人”。出現頻率最高的兩個都是敬稱。“姐姐”是擬親屬稱謂語式的敬稱。“小娘子”，為女子未嫁之稱，自晉代即有稱呼年輕女子為小娘子。“美人”出現的頻率較少，是柳夢梅對著畫抒發相思之情時，對畫中人的稱呼，有誇讚的意思。總之男性發出的這些稱謂已經反映出了較為強烈的愛情主觀意識。

（二）熱戀階段的稱謂語

在《牡丹亭》中男女二人的熱戀階段集中在書房相會和杜麗娘還魂階段，此時描寫的愛情達到高潮，大量篇幅是二人的對話，而稱呼語的變化也非常多，很能體現戀愛中的心理認知。

女子自稱“奴”“奴家”“妾”。這些都是當時女性慣用的謙稱，都明顯具有自貶的含義。它出現在愛情高潮階段，不僅反映了女性的社會地位，更反映了女子在愛情中強烈的依附意識和卑微的自我認知。值得注意的是杜麗娘在與見證她歷盡劫難並且現在暫時為伴的老尼姑對話時也自稱“奴家”，可見這個稱謂只在關係親密的人面前使用，是通過自謙自貶來拉近與說話人關係的語言。

女子稱呼男子“秀才”、“秀才郎”、“郎”、“郎爺”、“柳郎”、“梅卿柳卿”、“君”、“衙內”、“柳衙內”、“蟾宮客”、“伊家”、“折柳情人”、“情哥”、“歡哥”。這一階段的稱呼語基本可以分為兩小類：一類是在地位上抬高對方的敬稱，如“秀才”、“柳衙內”。衙內，在宋元就是稱呼官家子弟的，杜麗娘便以柳家敗落前的家世背景來稱呼其為“衙內”；另一類是表達心中對對方喜愛的昵稱，“郎”、“情哥”、“歡哥”等。語素“哥”與前文討論的“姐姐”一樣是擬親屬稱謂語的敬稱，既是表達對對方的敬意，更是表達親近。語素“情”和“歡”更是戀愛喜悅心理在稱呼語中的直接反映。

男子自稱“書生”、“小生”，稱呼熱戀中的對象“姐姐”、“小姐”、“賢卿”、“嬌娥”、“佳人”、“美人”、“奴奴”、“奴哥”。這些詞也可以分為兩小類：一類是敬愛和誇讚對方之語，比如“賢卿”、“嬌娥”等；另一類是表示親密關係的昵稱，如“奴奴”、“奴哥”。第三十出柳夢梅與杜麗娘幽會求歡時說：“勸奴奴睡也，睡也奴哥。春宵美滿，一霎暮鐘敲破。”這兩個詞中的語素“奴”都是由女子自稱的詞語變形而來，筆者認為這是男子模仿女性溫柔口氣的表達方式。“嬌娥”、“奴奴”之類極盡柳生對女方的憐香疼玉之情。

女子對自己的謙稱以及對對方的敬稱都表現在貶低自己的地位，抬高對方的地位上，而並沒有在相貌上自貶或抬高對方的。男子對女子的稱呼中讚揚抬高的成分卻都集中在其外貌外表和婦德上。這跟中國社會的擇偶觀有很大關係，俗語稱“郎才女貌”，很重視男性的成就地位，不大看重男性的外貌。對女性的外貌很講究，對其才一般都忌諱，即便有點欣賞也不多。筆者認為這種擇偶觀是功利主義的，不能算是基於愛情的觀念。

（三）穩定階段的稱謂語

穩定階段是愛情的成熟期，《牡丹亭》中是杜麗娘在柳夢梅的幫助下還魂後。這個時期杜麗娘與柳夢梅已經很親密，雙方已經表白，柳夢梅給予她白髮相守的承諾，並且之後在老尼姑的見證下兩人簡單的舉辦了儀式，結為夫妻。

女子對自己的稱呼有“妾”、“奴家”；對男子的稱呼為“郎”、“夫婿”、“夫君”。

男子自稱“寒儒”、“丈夫”；對女子的稱呼為“嬌妻”、“我的妻”、“俺的人”、“俺嬌妻”、“麗娘妻”、“娘子”、“斷腸閨秀”、“杜小姐”、“多嬌”、“玉多嬌”。

另外我們注意到杜麗娘的父母作為老年夫妻，也算是處在愛情的穩定階段。他們之間，女稱呼男為“夫主”、“老爺”、“相公”、“腐儒”；男稱呼女為“夫人”、“賢妻”。

這個階段的稱呼語中表示親昵的詞語明顯減少，取代的是表示歸屬感的婚姻關係詞語，女稱呼男為“夫”、而男稱呼女為“妻”。柳杜之間，男稱呼女的詞語中有大量以“我”或“俺”為限制定語來修飾的詞語，如“俺的人”、“我的妻”、“俺嬌妻”。而女稱呼男的詞語中這種結構的較少，這些稱呼表現了柳生對新婚妻子的疼愛，也交織著獨享的欲望。這種佔有和排他的欲望本來也是愛情心理中一部分，只是女性的這種欲望被一夫多妻制的社會文化所壓抑了，愛情中的嫉妒、排他都是被禁止的，在《禮記》的“七出”中就有“妒，去”之禮。所以這類心理較少表達出來。

（四）小結

對戀人的稱呼能夠反映出兩個人的心理距離，稱呼越親昵，兩人的關係越親近。而一個階段對對方的稱謂語多變程度，可以反映出說話人自己對戀愛關係的享受程度，以及在這份戀愛關係中自我的輕鬆舒適程度。

《牡丹亭》中，柳與杜的稱謂語變化展現出了階段性特點。在初識階段稱謂語比較單一，不多變，符合不熟識時的心理距離感。但是男性對女性的稱謂更多展露出主觀意識，說明男性在初識階段愛情心理投入得更快。

熱戀階段，稱謂語明顯親昵，變化增多。其中女性對男性的稱謂語最為多變，展現出女性陶醉於愛情中的心理，喜愛對方，並且享受兩個人的親密關係，自我感覺比較放鬆。

感情穩定階段，女性對男性的稱謂語開始變得固定，只在夫、婿這幾個稱呼中變換，明顯開始受禮制限制，缺少了變化和活潑。相反，穩定階段的男性，特別是新婚階段，對女性的稱謂語最為多變，雖然很多詞語中都有表示婚姻關係的“妻”，但是修飾語素卻經常變換。說明男子最為享受這一階段的親密關係，有著更為輕鬆的心理感受。

2012 春，首稿成於西南大學

《漢語應用的文化人類學研究》311-321。

中英詩歌比喻對照三題
——喻距、女性和月亮寄寓

楊歡

摘要：在本體和喻體的距離遠近上，英國詩歌裡中距離和遠距離的比喻約占 54%，中國詩歌近距離約占 73%，遠距離的非常少。這和思維的具象性和聯想較貧乏有關。對女性的比喻，英國詩歌有些用太陽比喻女性的美，而中國文化無此情思，中國詩歌中的女性是柔弱感傷的。有關月亮的比喻，英詩的“月”有陽剛氣，詩人多聯想到月亮的清麗美好，表達自己的讚賞。中國的詠月詩多離情哀思與辛苦愛情的表達。有關愛情的比喻，英詩是熱烈直白，毫不隱藏；中國詩是含蓄婉曲的，男性害怕直接表達自己的愛。

本文是作者碩士論文《中英詩歌比喻對比——中國唐詩、現代詩和英國近現代詩抽樣研究》的摘編。

語料：筆者共選用了 4333 首中英詩歌，將這些詩歌中出現的比喻進行窮盡性搜集。其中英國詩歌按作者隨機抽取 2022 首（中文翻譯本）。中國詩歌 2311 首（包含 1155 首現代詩歌和 1156 首唐詩）。具體是：

中國的：《唐詩三百首》、《現當代詩歌名篇賞析 1-6》、《中國歷代愛情詩歌集》、《李白詩集》、《李商隱詩選》、《李白、杜甫、白居易詩集》、《白居易詩選譯》、《艾青詩選》、《中國現代文學作品選（詩歌部分）》、《徐志摩作品精選・詩歌卷》、《聞一多全集・詩》。

英國的：《英國歷代詩歌選》、《英國詩選》、《雪萊抒情詩抄》、《拜倫、雪萊、濟慈抒情詩選英集》、《歐美現代十大流派詩選（英國部分）》、《拜倫詩歌 70 首》、《拜倫旅遊長詩精選》、《拜倫政治諷刺詩選》、《濟慈詩選》、《彌爾頓詩選》、《莎士比亞十四行詩集》、《雪萊詩選》。

一、中英詩歌比喻中的"遠近比喻"對比

劉英凱在《中西作品中比喻差異及其社會文化成因》一文中，運用英國美學家布婁提出的"心理距離"學說和中國學術界歸納出的"遠距原則"分析了《中外比喻詞典》中的愛情比喻。得出西方作品中"中距"和"遠距"比喻所占總數的百分比遠大於中國作品的資料，並得出西方人的比喻思維更加富有創造性這一結論。此種方法也同樣適用於中英詩歌比喻的思維差異的研究。首先我們瞭解一下什麼是"心理距離"和"遠距原則"。"布婁認為，所謂心理距離就是'介於我們與對象之間的一種狀態'；在主客體之間如能插入這種心理'距離'，就能產生出有空間感的審美經驗。在他看來，距離如果太近，主客體太靠攏，難以喚起審美感覺：而距離太遠，主客體完全脫節，則無法建立審美聯繫。英國修辭學家瑞查茲在其名著《修辭哲學》中指出：'當我們用突然的，驚人的方式把兩個完全不同的東西（劉按：這裡指喻體和本體）放在一起，最重要的事實是努力把這兩者結合起來，正是因為缺少清晰陳述的中間環節，所以我們讀解時，就必須放進一個關係"。[1]

"遠距原則"是我國學術界結合布婁及瑞查茲的理論而歸納出的一個概念。"按照這一原則，'狗像野獸般咆哮'的比喻沒有力量，原因是'狗'與'野獸'相距太近；'人像野獸般咆哮'對比之下就生動了一些；'大海像野獸般咆哮'中'大海'與'野獸'因距離更遠了些，因此就更有力量。"（同上）。"遠距原則"將比喻的本體和喻體之間的心理距離由近及遠分為"近距""中距"和"遠距"三種。

"近距"比喻，是指比喻中本體與喻體相距較近，是可見可觸的具體對象。這些本體和喻體之間的相似點都是一目了然，無須多作思考便可以理解，甚至是在人們腦海中所形成的固定的比喻模式。這種直接的、相似度極高的比喻思維比較一般化。如雪萊的詩句："碧綠的垂柳是我們的帳篷。"他將"垂柳"比喻成為"帳篷"，這個比喻的本體和喻體都是人們生活中隨處可見的物品，形態上也很相似。聞一多詩歌《黃昏》："飯後散步的人們／好像剛吃飽了蜜的蜂兒一樣／三三五五的都往馬路上頭，板

---

[1] 劉英凱・中西作品中比喻差異及其社會文化成因・北京大學學報.1999(3).

橋欄畔飛著。”“人們”和“蜜蜂”都是具體可見的對象，將散步的人潮比喻成回巢的蜜蜂，相似點一目了然，很容易理解。

在筆者所搜集到的材料中，英國詩歌所用的近距比喻所占的百分比是46%，中國詩歌所用的近距比喻百分比是 73%，後者明顯高於前者。這說明了，中國詩人在運用比喻時，常用心理距離很接近的本體和喻體。

“中距”比喻的本體喻體仍然是具體的事物，可本體和喻體之間的聯繫不像“近距”比喻那樣直接，其相似點不明顯，需要人們去思考才能將其聯繫起來。如雪萊的詩句：“你啊（西風），垂死殘年的挽歌。”又如郭沫若的《春鳥》：“你的口，歌向流水／流水野孩子一般：你的口，歌向草木／草木開出了青春的花朵。”詩人將“西風”、“流水”比喻成“挽歌”、“野孩子”。要不是詩歌後面對他們的相似點做出解釋，讀者可能一時之間難以將這兩個事物聯繫起來。“中距”比喻在創造性上要高於“近距”比喻。它要求詩人的思維儘量少的受到前人固定模式的影響，從其他的角度去尋找本體和喻體的相似點。

在本文搜集的材料中，英國詩歌中距比喻所占的比例是 48%，中國詩歌中距所占的比例是 25%。

“遠距”比喻的本體和喻體至少有一個是抽象事物且讀者不易理解其相似點。如雪萊的詩句：“你（智慧）的力量，是自然的真諦。”本體“智慧的力量”和喻體“自然的真諦”都是抽象事物，將他們聯繫起來，讓人對其相似點不甚理解。奧登在《西班牙》中寫道：“昨天是陳跡，是度量衡的語言。昨天是在日照的土地上測量陰影。昨天是用紙牌對保險做出估計，是水的占卜。昨天是對仙靈和巨怪的破除，是古堡像不動的鷹隼凝視著山谷，是樹林裡建築的教堂。昨天是天使和嚇人的魔嘴溝口的雕刻。”

在本文的材料中，英國詩歌遠距比喻所占的比例是 6%，高於中國詩歌的遠距比喻 2 倍。下面是簡表。

	中國詩歌	英國詩歌
近距比喻	73%	46%
中距比喻	25%	48%
遠距比喻	2%	6%

距離越遠，中英比例差別越大。筆者按比喻的“遠距原則”來分析中英詩歌的比喻，支持劉英凱得出的英國詩人比中國詩人在運用比喻時更富獨創性這一結論。造成中英比喻這種差異的原因，我們從思維上分析兩點。

一是“具體思維”和“抽象思維”。中國人思維傾向於具體，對具體可感的對象關注多，少於關注普遍的抽象的東西。英國詩歌比喻運用抽象概念性詞語的幾率則比中國詩歌大得多，“遠距”比喻的本體和喻體至少有一個是抽象事物，故英國詩歌中“遠距”比喻的比例自然高於中國詩歌。

二是“直覺感悟”和“邏輯方法”。漢民族認識世界時，“不重視對客體一般本質的抽象及對普遍真理的認識，而講究結合理智、情感、意志等多種心理機制來對世界、對生活、對人生進行體驗。”“此種體驗中雖然也含有認知的因素，但更多採用的是一種非邏輯思維，無需遵循概念、判斷、推理的一般程式和思維規律，也即一種直覺思維。”[1]“直覺感悟”式思維運用情感等心理機制對世界進行體驗，這就容易受到潛意識和固定思維模式的影響。“近距比喻”中本體與喻體心理距離較近，他們之間的相似點一目了然，無須多做思考便可以理解，容易在人們腦海中形成固定的比喻模式。這就是中國詩歌比喻中“近距比喻”的比例高達 73%的重要原因。與此相對應，英國詩歌中的“遠距比喻”比例高於中國也是源於西方人的“邏輯方法”。“邏輯方法”講究的是透過事物的現象觀察本質，為了化深奧為淺顯，常常運用比喻來做出解釋，這樣就大大提升了中距和遠距比喻的比例。這些特徵，和本文另一結論相一致：中國詩歌比喻中認知性比喻占 48.9%，修辭描繪性比喻較多；而英國詩歌認知性比喻占多數：68.5%。修辭描繪性比喻，指本體和喻體都適用於那個相似點。如蔣光慈“旗幟如鮮豔濃醉的朝霞”，可變換成“旗幟鮮豔濃醉”、“朝霞鮮豔濃醉”。認知性比喻，只有喻體適用那相似點。如阿爾丁頓的“天空是個瘋人院，充滿雲雀的聲音和瘋勁”，不能說本體“天空”充滿瘋勁。

二、中英詩歌中的女性比喻

休謨說：“美並不是事物本身裡的一種性質。它只是存在於觀賞者的

---

[1] 賀一.中西文化比較・北京冶金工業出版社.2007.9 第一版.P.76.

心裡，每一個人的心見出一種不同的美。”[1]女性美是詩歌的主題之一。詩人歌頌心中感受到的美麗，用比喻這種修辭手法最合適不過。如徐志摩給陸小曼的情書裡面寫了一首詩，描寫一名在國外餐館打工的中國女孩子。“姑娘是瓊州生長的女娃!生來粗眉大眼刮刮叫的英雌相，打扮得像一朵荷花透水鮮，黑綢裙，白絲襪，粉紅的綢衫，再配上一小方圍腰。”徐志摩將一個女堂倌的打扮比喻成鮮嫩的荷花，一股清新中帶著嬌媚的美麗立刻呈現出來。

在筆者的材料中。英國詩歌有 49 個女性比喻，中國詩歌有 64 個（唐詩 21 個，現代詩歌 43 個）。詩人對女性的讚美分為外貌、性格和品德。我們把材料中出現的女性比喻整理出來，並分析兩個民族詩人描寫女性所用比喻的特點。

（一）中英詩歌描寫女性所用比喻的共性

1. 中國當代詩人和英國詩人都喜歡用“星”做喻體讚美女性

英國詩歌用“星”做喻體的次數為 6 次，比例為 12.2%，唐詩無。中國現代詩歌為 6 次，占的比例為 13.9%。

1）你彷彿天上掠過的星星，在沉落的時候最為光明。——雪萊《致哈莉特》

2）她的眼，像冬夜池潭裡反映著的明星。——徐志摩《嬰兒》

星星的小而亮麗似乎跟女性特點有關係。

2. 中國詩人和英國詩人都喜歡用“花”做喻體讚美女性

法國大文學家巴爾扎克說：“第一個把女人比作花的人是天才，第二個把女人比作花的人是庸才，第三個把女人比作花的人是蠢才。”實際上，我們還是看見用花比美人是中外文學中的一個最常見的比喻。如李白的“名花傾國兩相歡”，英國彭斯的“我的愛人像一朵紅紅的玫瑰”，不多舉。

---

1 張錫坤主編·新編美學詞典.吉林人民出版社.1987.第一版.P.9.

（二）中英詩歌描寫女性所用比喻的個性

1. 語料中，英國詩歌有些用太陽比喻女性的美，中國詩歌卻沒有。

1）你那奪目的光彩像太陽。——康斯坦絲·內登《愛情的鏡子》

2）你的容光留下了光明的一閃，恰似太陽在我心裡放射。——拜倫《我見過你哭》

西方人缺乏把女性固定為陰弱形象的意識，他們看人的眼光比較靈活。我們熟悉的馬克思也有句名言，是思念愛人燕妮的："你比太陽和天空更明亮。"這和中國人的女性觀相反。在中國，太陽只能是陽性和強勢的專屬。民間有些人用畫圖來預測婚姻是否穩固，叫青年男女畫一個太陽、一條河，隨便你怎麼畫。如果一名女子把河畫在太陽之上，那麼就是陰盛陽衰，婚姻會破裂。它確實有一定的預測力，因為這樣畫的女子思維獨特，可能比男方能幹而為男方所不容。筆者就認識一位這樣的知識女性。

2. 英國詩人常用玫瑰、紫羅蘭等花卉比喻女性，而中國詩人喜用梨花、芙蓉等做比

1）我看過你哭——一滴明亮的淚湧上你藍色的眼珠；那時候，我心想，這豈不就是一朵紫羅蘭上垂著露。——拜倫《我見過你哭》

2）"苔蘚石旁的一株紫羅蘭，半藏著沒有本人看見。美麗得如同天上的星點，一顆唯一的星清輝閃閃。她生無人知，死也無人唁，不知何時去了人間。"——華茲華斯《露茜組詩》

3）啊，我的愛人像朵紅紅的玫瑰，在六月裡迎風初開。"——羅伯特·彭斯《我的愛人像朵紅玫瑰》

4）梨花白雪香。——李白《宮中行樂詞》"梨花"喻宮女。

5）芙蓉如面柳如眉，對此如何不淚垂……玉容寂寞淚闌干，梨花一枝春帶雨。——白居易《長恨歌》

"玫瑰"、"紫羅蘭"的使用，可能同西方人喜歡紫色有關，紅玫瑰也有熱烈靚麗的色彩。英人有時也用百合，清雅。"梨花"、"芙蓉"和"梨花帶雨"是對中國女性的一個常見的比喻，用於比喻女性的純潔和哀怨。另外，中英兩國地處兩個不同的氣候區域，生長的植物也有所不同，人們用常常見到的花作喻體。

3. 中國詩人一般不用動物比喻女性的美，而英國詩人則較常使用，如用野鹿、老鼠、野兔等作比喻

1）她將如小鹿一樣會遊戲，會歡喜得發瘋般跳過草地，或者躍上山嶺。——華茲華斯《露西抒情詩》

2）她就在這間屋子裡幹活，幹得好極了，像一隻老鼠：快活的聊天，快活的遊戲。——夏洛蒂・繆《農夫的新娘》

由於文化傳統、人種特徵和審美習慣的不同，中英兩國在對女子的整體審美特徵上也有差異，主要表現在中國女子以柔弱美見長，英國女子以豐滿健美取勝。中國人眼中的美女溫順聽話，俏中帶羞，英國人眼中的美女熱情奔放、高雅嫻美。對於女性特立獨行的個性，西方人比中國人的接受能力強。

中國儒家的道德體系和宗法等級森嚴的封建制度強調男尊女卑，提倡“三從四德”，要求婦女“在家從父，出嫁從夫，夫死從子”，要求她們做到“婦德、婦言、婦容、婦功”。這些條條框框無一不是圍繞著男性的需要提出的，不要女性有知識有個性。男性對完美女性的定義就是：“溫順”、“聽話”。動物尤其是野生動物具有“不聽話”、“難以馴服”的特點。按照中國人的審美標準，這些都不是一個“中國美女”可以具有的性格特點，所以中國詩歌很少選擇動物作為比喻女人的喻體。

西方女性的性格特點較之中國女性，多了自由和野性。基督教對於女性的約束不似中國儒家這樣嚴格。雖然中世紀之前西方女性的社會地位低於男性，但中世紀的城市經濟迅猛發展，以及清教主義在英國社會產生著廣泛的影響，到文藝復興時期，出現了很多同情女性和提倡一定程度的男女平等的文學作品，要求去除壓迫女性的傳統桎梏。西方社會開始把女性當做有個性的人來對待。“如果只看這些文學作品對女性問題的關注，就得出‘文藝復興時代是女性解放的時代’這一論斷也並非沒有道理。”[1]婦女佔有了很重要的地位，甚至出現了城市職業婦女階層，這很難被中國儒家的道德體系所接受。

隨著社會的發展，中英文化交流越來越頻繁。中國詩人對女性美的認識隨著交流的加深而逐漸產生了變化，這體現出了中英文化融合的一種趨

---

[1] 張沖.莎士比亞專題研究.上海外語教育出版社.2004 第一版.P.9.

勢。例如“五四”運動之後出現的中國詩人，在對中國女性的描寫中，一方面繼承了中國傳統的女性審美觀，另一方面又接受了西方女性美觀念。聞一多《愛之神》：“啊!那潭岸上的一帶棒，好分明的黛眉啊!那鼻子，金字塔似的小丘，恐怕就是情人的墓罷?”詩人用“金字塔似的小丘”比喻女性的鼻子，這顯然是受到了西方女性審美標準的影響。

三、中英詩歌對“月”的比喻

中英詩歌都經常提到月亮。據劉茹斐統計，《唐詩宋詞鑒賞詞典》附錄名句索引共收錄名句 1921 句，與月亮有關的有 183 句，占 9.6%，中國現代詩人更是喜愛詠月。[1]英國詩歌有關月亮的詩雖然不及中國多，但數量也可觀。在本文所用的材料中，月亮一共出現過 45 次。詩人在詠月中蘊含了自己的文化情思。

（一）相同之處

1. 以月亮比喻美好的事物

中英詩人很容易將月亮和美女聯繫起來，用月亮來比喻女性的美貌。

1）爐邊人似月，皓腕凝霜雪。——韋莊《菩薩蠻》

2）俱懷逸興壯思飛，欲上青天攬明月。——李白《宣州謝眺樓餞別校書叔雲》

這裡，明月代表的是詩人美好的理想以及他的壯志雄心。詩人在精神上受到壓抑，但是從未放棄對理想和美好的追求。

3）天上燦爛的遊女，愛嬌的姑娘，只有你才許任意把模樣變化，才許永遠受人崇拜嚮往；你別羡慕這暗淡的世界吧，因為在它的陰影中只生長過一個，就只一個（像你這般）美的姑娘。——雪萊《致月亮》

2. 表達孤獨之感

1）萬里浮雲卷碧山，青天中道流孤月，孤月滄浪河漢清，北斗錯落長庚明。——李白《答王十二寒夜獨酌有懷》

---

1 劉茹斐・文化語境中的中西月意象・湖北社會科學.2004(8).

2）不停地爬上天空凝視大地，你是否累得蒼白無力？處在出身不同的星宿中漫遊，可身邊沒有一個朋友·你不斷變幻像憂傷的眼·難道你發現天地萬物之間，競無一物似你恒久遠？——雪萊《致月亮》

月亮懸掛在漆黑的天空，放射出銀色的光輝，呈現出的是一片清淨寂寞的氛圍。詩人面對此情此景，不由得將自己的孤獨之感寄寓於一輪孤月中。

（二）不同之處

中西詩歌承載著兩大文化傳統，體現出了兩種不同的審美意識。

1. 中國的詠月詩歌多離情哀思與辛苦愛情的表達

在戰國時期，民間就流傳著有關月亮的神話故事。《文選·祭顏光祿文》注引《歸藏》有關記載，“昔常娥以西王母不死之藥服之，遂奔月為月精”。嫦娥竊藥之後奔月，獨居廣寒宮，孤獨寂寞，她的結局讓人黯然。另外，“月”作為一種自然界的客觀存在物體。它具有冷凝的色調、盈虧圓缺的自然規律。所以，在中國古典詩詞中，月往往被作為離情別緒的氣氛渲染和詩意化的象徵。

1）明月照高樓，流光正徘徊。上有愁思婦，悲歎有餘哀。”——曹植《七哀詩》

思婦懷人，整首詩彌漫著悲、思、哀、歎。

2）自君之出矣，不復理殘機。思君如滿月，夜夜減清輝。——張九齡《賦得自君之出矣》

思婦思念得容顏都憔悴了。宛如那團團明月，在逐漸減弱其清輝，變成缺月。寫得既含蓄婉轉，又真摯動人。

3）今夜鄜州月，閨中只獨看。……香霧雲鬟濕，清輝玉臂寒。何時倚虛幌，雙照淚痕幹。——杜甫《月夜》

這是杜甫在長安遙想家鄉妻子的月夜思念。

4）床前明月光，疑似地上霜。舉頭望明月，低頭思故鄉。——李白《靜夜思》

這首著名的《靜夜思》寫的是在寂靜的月夜思念家鄉的感受。月光像秋霜一樣灑在詩人的床頭，這使詩人想起和親人團圓來了。

農曆八月十五的月亮看上去比其他月份的滿月更圓，更加明亮。中國人以之為中秋節，又稱“團圓節”。人們在這天晚上闔家團聚賞月。對於遠在他鄉的遊子來說，月亮代表的是思念，是離別的愁苦。

月亮自身的形象以婉約為主，這符合中國人的性格。一直以來中國詩人多是“以月喻傷情”，詩人的小情緒、小感傷通過月亮傾瀉而出。有人用“月亮文化”來比附中國文學作品中柔性的悲。其含蓄美、模糊美、柔和美等意境，體現了中國藝術陰柔美的特色。

2. 英詩的“月”有陽剛氣，詩人多聯想到月亮的清麗美好，表達自己的讚賞

1）他們仰望天穹，那飄遊的霞彩，有如玫瑰色海洋，浩瀚而明豔，他們俯眺那波光粼粼的大海，一輪圓月正盈盈升上海面；聽得見浪花飛濺，輕風徐來，看得見對方黑眸裡射出的熱焰——覺察到四目交窺，他們的雙唇，便互相湊近，黏接，合成了一吻。——拜倫《堂璜》

2）像月亮投射溫柔的光，去覆蓋清冷朦朧的星輝於蒼天，你的美妙無比的唱腔把它自己的靈魂送給琴弦。——雪萊《音樂》

3）整個大地和大氣，響徹你（雲雀）婉轉地歌喉，彷彿在荒涼的黑夜，從一片孤雲背後，明月放射出光芒，清輝洋溢遍宇宙。”——雪萊《致雲雀》

4）智慧的翅膀像透過山巔松林的月色，閃爍不定。——雪萊《贊智力美》

在英詩中以太陽為比喻的比例高於以月亮為比喻的，而且即使在以月亮為比喻的詩歌中，情感也傾向於快樂。英詩中的月亮喻義少了悲傷的情懷，少了許多“相思”、“懷古”、“悲秋”、“思鄉”、“無常”。縱使寫悲，也是一種剛性的悲。

下面特別說說愛情表達的差異。

中國愛情詩歌柔弱、委婉和內斂，表現了中國人喜黏著、害怕分離的心理。英國人的性格則熱情、大膽，加之對愛情的崇尚和重視，所以對愛情的表達採取直接的方式。英美人認為夫妻應待在一起，異地分居是不人道的。但愛情重在心靈的交融，彼此人生的自由度較大，不那麼看重黏附，對必不可少的分離也不那麼害怕。試比較兩例。

漢：相思樹上合歡枝，紫鳳青鸞並羽儀・腸斷秦樓吹管客，日

西春盡來到遲。——李商隱《相思》

這是表達熱戀和相思苦情，“腸斷秦樓吹管客”自比失戀。斷腸是中國愛情表達的常用詞。

英：我是怎樣地愛你？我愛你的程度是那樣地高深和廣遠，恰似我的靈魂飛上了天，去探索人生的奧秘和神靈的恩典・無論是白晝還是夜晚，我愛你不息，像我每日必須的維生食物不能間斷。
——伊莉莎白・巴雷特・勃朗寧《我是怎樣地愛你》

《我是怎樣地愛你》全詩一共出現了 8 次我愛你，作者將愛的程度之深比喻成靈魂飛上天、將愛情比喻成每天維持生命的事物。直抒胸臆，沒有絲毫的隱藏。拜倫的著名詩歌《雅典的少女》，詩人以一句“你是我的生命，我愛你”貫穿全詩，直接而熱烈地傾吐出對雅典少女濃郁的愛戀。這愛的心聲，使人讀來無不受到強烈的感染。

參考文獻

賀毅主編.中西文化比較.北京冶金工業出版社.2007.
劉英凱.中西作品中比喻差異及其社會文化成因.北京大學學報.1999(3).
盛若菁.比喻相似點的認知分析.寧波職業技術學院學報.2003(2).
譚福民.英漢比喻對比研究.湖南大學出版社.2002.

李海霞編輯修改

《漢語應用的文化人類學研究》322-332。

中西方動植物比喻對照研究

李瀛

摘要：《中外比喻詞典》等語料的 941 條動植物比喻中，中國植物比喻佔優勢，約 52.2%，西方動物比例佔優勢，約 60.4%。這主要與中西社會性格的好靜與好動有關。中西都體現出更多用植物比喻女性，用動物比喻男性。西方動物比喻中猛獸的比例比中國多出將近一倍。中國愛情比喻中有 28%是表達女性對男性忠貞不渝至死不變的，卻幾乎沒有男性對女性表達忠貞的。語料中西方愛情比喻裡有 75.3%是抒發自己情感的，絕大部分是男性思念女性。西方比喻聯想有突出的自由性和廣闊性。

動植物比喻是很有趣的語言現象。研究中西方動植物比喻中存在的差異，可以發現中西民族之間的不同觀念和社會性格。

本課題主要語料取自薛夢德的《中外比喻詞典》，此比喻詞典過度偏向中國古今資料的收取，西方的很少，集中在莎士比亞、狄更斯、福樓拜等幾位作家的部分作品中。故筆者又收取了俄羅斯作者的《希臘神話》（中文翻譯本）加以補充。然而，中西數量的差距依然很大。西方動植物比喻的語料總數共 441 條，只占中國動植物比喻語料總數的三分之一。為了平衡數量，筆者截選了中國動植物比喻語料的前三分之一，共 500 條，合計 941 條。

一、中西植物比喻分析

凡與植物有關的比喻，不管植物是本體還是喻體我們都放在一起，但是一般是植物作喻體，作本體的只有個別。本文語料中中西使用植物比喻的數量見下表。

中西植物比喻數量

植物比喻	中國	西方
總數及百分比	261 條；52.2%	175 條；39.6%

從上表可以看出，中國的植物比喻比例高出西方 12.6 個百分點，差別顯著。西方植物比喻比例不及漢語的 75.9%。

造成這一結果的原因，筆者認為大致有：1.中國人農耕，主要吃食植物，與植物打交道密切。2.從性格上看中西動植物比喻的差異應該更重要。中國人好靜，不喜歡冒險，性格陰雌，而植物安土重遷和消極靜守的屬性，正像他們的性格。我們從中國人對男性和女性使用的動植物比喻來看，也是這樣。人們更多地使用動物比喻男性，更多使用植物比喻女性。

中西男女描寫中的動植物比喻數量

	女性描寫比喻				男性描寫比喻			
	植物比喻		動物比喻		植物比喻		動物比喻	
中	24	9%	15	0.6%	10	0.4%	6	2.4%
西	17	9.7%	16	6%	2	1.1%	12	4.5%

從上表的語料資料中看出，無論是用於女性的動植物比喻，還是用於男性的動植物比喻，中西方都有十分顯著的偏向：女性偏向植物，男性偏向動物。至於西方兩類比喻之間的比率，用於女性的動物比喻占 6%，用於男性的動物比喻才 4.5%，並不意味著女性更多與動物聯繫，結合植物比喻百分比的女 9.7 比男 1.1，植物比喻用於女性的優勢還是大得多。

中國古人還有用女性的美來比喻男子的品德美好。屈原《離騷》：“眾女嫉餘之蛾眉兮，謠諑謂餘以善淫。”中國人的性格，林語堂在他的《中國人》中指出：“確實，中國人的心靈在許多方面都類似女性心態。事實上，只有‘女性化’這個詞可以用來總結中國人心靈的各個方面。”[1]

漢語植物比喻中，用蘭花、梅花、菊花和桂花來比喻堅貞高潔的品質、壯志、志士，這一種占中國花類比喻的 29.6%，很富有中國特色。如：

---

[1] 林語堂.中國人.中譯本.學林出版社.1994.P.90.

1）零落成泥碾作塵，只有香如故。——陸游《蔔運算元・詠梅》

2）獨愛山中蘭，幽香抱枝死。——范師孔《高樓》

3）荷盡已無擎雨蓋，菊殘猶有傲霜枝。——蘇軾《贈劉景文》

用花兒凋謝、時不我待來比喻光陰流逝、盛況衰變的占中國花類比喻的 17.2%，如：

1）花紅易衰似郎意，水流無限似儂愁。——劉禹錫《竹枝詞九首》之一

2）流光容易把人拋，紅了櫻桃，綠了芭蕉。——蔣捷《一剪梅・舟過吳江》

中國人容易傷感，西方語料中未見這類比喻。

用果實作譬國人不大習慣。整個中國植物比喻語料中只有 5.7%是用果實來打比方的，而西方多達 15%。西方用果實作譬的語料中，水果類型比較豐富，對水果的多個方面都予以關注，而國人獨獨對味道記憶深刻，吃的感覺最重要。例：

1）食檗不易兮食梅難，檗能苦兮梅能酸，未如生別之為難……——白居易《生離別》

2）譬三皇五帝之禮義法度，其猶柤梨桔柚耶，其味相反，而皆可於口。——《莊子・天運篇》

3）在友誼這種高貴的功效之後還有那最末的一種功效：這種功效有如石榴之多核。——《培根論說文集・論友誼》

4）皮膚顏色就像未經人手觸摸過的蜜桃上的絨衣。——小仲馬《茶花女》

5）她的……臉上盡是皺紋和褶子，好像一隻乾縮了的紅蘋果。——詹姆斯，喬伊絲《死者》

中西方用草作譬的語料都比較多，分別為 26.7%和 28.1%，西方略高於中國。竹子、莊稼都屬於草本植物，所以筆者將之歸入草類。中國人專門用竹子來比喻意志堅定的人或高貴的品行，占中國植物比喻草類的 30%。除此之外，中國人多注意草的短暫的生命力，柔弱的姿態等，所以也喜好用它們來比喻依賴的人群、心理或惆悵的情感。如：

1）竹死不變節，花落有餘香。——邵謁《金谷園懷古》

2）寄言立身者，勿學柔弱苗。——白居易《有木詩八首》

3）離恨恰如春草，漸行漸遠還生。——李煜《清平樂》

西方人也注意到草的弱小、無力，但同時也注意到草旺盛的生命力以及其他特性，如荊棘代表逆境、困難，芒刺黏身無法摘下比喻執著的愛情，這部分占西方植物比喻草類的 13.3%，還有一些用來比喻人的外貌、氣質的，占 16.6%，如：

1）長槍碰到赫菲斯托斯打造的盾牌便像一根輕飄飄的蘆葦彈飛了。——尼·庫恩《希臘神話》

2）一旦許身於人，便永遠不會變心，就像芒刺一樣，碰上了身，再 也掉不下來。——莎士比亞《特洛埃勒斯與克蕾雪達》

3）一頭卷起來的凌亂頭髮，是一簇美妙蓬鬆的細草，起伏閃亮。——莫泊桑《俊友》

二、中西動物比喻分析

從對人類生存產生威脅的猛獸、猛禽到家畜、寵物，都是人類生活環境中重要的組成部分。從下面的分析中我們可以發現中西是如何看待身邊的這些動物，又賦予了它們什麼樣的情思。

語料中，中國人用動物做比喻的部分只占 47.8%。西方人卻對動物有更大的興趣，使用動物作譬的比喻占 60.4%。

這個原因結合上文來看，很容易想到西方漁獵和畜牧業發達，主要吃肉奶蛋，與動物關係密切。而筆者認為，根本的原因是西方人的性格，他們好運動，好冒險。

男性描寫更多使用動物作譬，也是這個道理。這裡分析一下有關解釋。幸亮在研究《水滸傳》的男性描寫詞語時，也看到 108 將的綽號和身體描寫常常用動物作譬，如飛天虎、雙尾蠍、虎體狼腰等，多借用雄壯兇猛的動物形象。其原因何在，他引用李桂奎之說——來自“原始圖騰崇拜”、“比物論人”的面相學，故“中國古代小說男性軀體描寫的‘動物化’傾向的形成絕非僅僅是由男人天生好動的生理特點決定的，而更多是各種傳統文化交互作用的結果”。李桂奎似乎更看重圖騰和面相學。其實，男性多用動物作譬，沒有什麼神秘，根本原因就是性格的剛勇活躍。圖騰一般都是兇猛厲害的動物，具有威懾力，它是男性原始功能的引申。面相學跟民間描寫一致，以豪壯威風之人同野獸猛禽相聯繫，說什麼虎相、狼形、彪形、鶻眼鷹睛、燕頷猿臂，仍然立足於性格的剛猛（不是“生理特點”）。二人沒有將男性和女性用動物作譬的例句作統計比較，故看不清比喻上的男女差別，幸亮只說男性描寫的“動物化傾向，表明人們對動物的特殊喜好。”（均見幸亮《水滸傳男性描寫詞語研究》2008，第六章第二節）。

獸類在中西方動物比喻中的比例都是最高的。獅、虎和豹等大型肉食獸類無論在中國或西方都主要用來比喻優秀出眾的人或行為，有時也用來比喻十分兇殘的壞人。馬，則有很大差別。中國人對馬的評價極高，占整個中國獸類比喻的 48%。馬善於跋涉、負重，在前科學時代是人類生活中最重要的幫手，所以被大量用來比喻國家的英才、俊才和棟梁，再者，馬真算是跑得最快的常見動物了，所以也有不少用其速度迅疾來比喻時光飛逝的。然而西方人眼中的馬普普通通，只是偶見於與速度等有關的比喻中。中國的大型食肉獸類比喻占獸類比喻的 24%。剩下的草食性或雜食性的動物中，除個別的松鼠、鼴鼠和猿猴外，其餘均為牛羊、貓狗之類的家畜。西方大型肉食獸類比喻占其獸類比喻的 44%，多了將近一倍。剩下大多是其他野生動物，如山貓、野豬等，家養動物主要提到鬥牛、獵狗一類兇猛的，偶有和善家畜。西方人看好剛烈的氣質，這似乎應和了魯迅在《略論中國人的臉》中說的：“人性＋獸性＝西洋人，人性＋家畜性＝某一種人”。舉例：

1）猛獸處山林，藜藿為之不採;直臣立朝廷,奸邪為之寢謀。——《鹽鐵論・崇禮・引春秋》

2）是故始如處女，敵人開戶；後如脫兔，敵不及拒。——孫武《孫子・九地》

3）逐兔之犬，終朝尋兔，不失其跡，雖見麋鹿，不暇顧也。——《意林・物理論十六卷》

4）坎坷的道路上可以看出毛驢的耐力，患難的生活中可以看出友誼的忠誠。——米南德

5）莎士比亞的天才不會被貧窮壓倒……他甩掉命運中這些累贅，如同獅子刷掉鬃毛上露水一樣。——彼得・艾克洛德著《莎士比亞傳》

中國的鳥類比喻語料數量較西方而言要多得多。無論中西，鳥類比喻

中鳥的類型都較豐富，類型數量差異並不大，只是地域氣候等原因，所選用的鳥不同，用來比喻的意義指向差異也較大。中國把鳥按照人類的主觀感受分成高尚的和庸俗的兩大類，用來比喻賢人和小人、內心品質高低等等。除此之外，中國人較少使用鳥的具體名稱而多統稱為"鳥"，"鳥"占中國鳥類比喻的 33%，舊時對鳥的觀察記錄也確實比較缺乏。本類如：

1）鳥飛反故鄉兮，狐死必首丘。——《九章・哀郢》屈原

2）笨鳥先飛早入林，笨人勤學早成材。——《省世格言》

3）鸚鵡能言，不離飛鳥。——《禮記・曲禮上》

4）野鶴不棲蔥蒨樹，流鶯長喜豔陽天。——李鹹用《物情》

5）見黃雀而忘深阱，智者所不為。——《資治通鑒・梁紀》

西方好用猛禽來表示英雄或勇猛的行為，但更多是針對具體鳥的不同屬性來進行比喻，很少對鳥本身加以人的主觀評價。如下：

1）赫克托耳就像一隻追撲候鳥的鷂鷹，勇猛地追殺希臘將士。——尼・庫恩《希臘神話》

2）大洋裡所有的水不能使天鵝的黑腿變成白色，雖然它每時每刻都在波濤裡沖洗。——莎士比亞《泰特斯・安德洛尼克斯》

蛙蛇類，漢語語料比喻例占整個動物比喻的 1.7%，西方的這類占 7.7%，數倍高於漢語的比例。這一類動物主要為蛙、蛇、龜和其他的爬行類動物，它們大多身體冰冷、濕滑，形象醜陋恐怖，有些還兇殘嗜殺或有毒。除了龜以外，中國人對這類動物多持回避、畏懼的心理。語料中中國的蛙蛇類比喻共 5 條，光龜就占了 3 條之多。筆者曾多次在動物園中看到小孩站在兩栖爬行動物館窗外不肯進入，或是對著玻璃門裡面的蟒蛇、鱷魚等動物尖叫、哭泣，更有母親直接抱著孩子快速掠過該展區。筆者曾在山野拍攝過一步之外正在休憩的毒蛇竹葉青，對這等恐懼很是驚奇。上述情感都導致了中國人極少使用這類動物作譬。舉例：

1）中夜的雨如果奸人的眼淚有孳生化育的能力，那麼他們每一滴淚水都可以孵出一條鱷魚來。——英國諺語

2）新生的愛情就像蛇一樣有著奇異的生命力，被斬成了幾段之後，又能靠自身的力量使各段連到一起，重新聚成一體。痛苦、煩惱、失眠和爭吵過去之後……又如癡如醉地和好了。——喬治・桑《奧拉斯》

3）逆運也有它的好處，就像醜陋而有毒的蟾蜍，它的頭上卻頂著一顆珍貴的寶石。——莎士比亞《皆大歡喜》

4）香餌非不美也，龜龍聞而深藏，鸞鳳見而高逝者，知其害身也。——桓寬《鹽鐵論‧褒賢》

中國人極其怕蛇厭惡蛇，我們可以說“他像毒蛇一樣纏著我”，卻不可能拿蛇來比喻好東西，更不可能比喻美好的愛情。

三、中西方愛情比喻的差異

中西方都用花、並蒂來比喻愛情，取其美好、成對之意，而各自也有顯著特徵。

（一）喻體的選擇

中國人在對愛情進行比喻時，特別強調成雙成對和相守不離，中國愛情比喻 45 條中有 20 條都是比喻雙雙對對的，占 44.4%。如：

1）虞舜南巡去不歸，二妃相誓死江渭。空留萬古香魂在，結作雙葩合一枝。——韋莊《合歡蓮花》

2）蓮子心中，自有深深意。——歐陽修《蝶戀花》（諧音“憐子”）

還有用浮萍離不開水面，菟絲離不開樹，鴛鴦相伴水上游、鳥兒比翼，樹枝連理等來比喻愛情的相依相偎、不離不棄。但是中國的愛情比喻僅著眼於外部成對這樣的靜態特徵，缺乏強烈細緻的動態情感描寫，所以呈現出單一模式的特點。

西方人則著眼於愛情過程中的各種情緒起伏，心理變化等動態情感，讓無論本體還是喻體都呈現出比喻點準確、動感強等特點。如下例：

1）突然間，熱情侵襲了她的全身和四肢。一股火熱的風，一種官能的陶醉，好像一株開花的槐樹的熱情。——羅曼‧羅蘭《母與子》

2）他的愛情因之而更顯得強烈，就好像大荷花從深水裡長出來盛開一樣。——福樓拜《薩朗波》

還有用狗期待主人餵食的焦躁情緒來比喻自己焦急地等待姑娘的心理（西方的“狗”大多用於褒義和中性的語境），用樹需要生長、開花、結果比喻愛情需要自然生長成熟等。

（二）情感的表達角度和偏向

中國人內斂，對情感的表達通常採用委婉的方式，愛情也不例外，強調“發乎情，止乎禮義”。在中國這種人治而非法治的社會裡，別人的議論有極大威懾力。男性作為社會地位較高的一方，被認為不應該主動表達對女性的思念、追求之意，否則就被認為是輕佻或無大志。其愛情表達不但含蓄甚至晦澀。本文語料的中國愛情比喻中就有 28%是表達女性對男性忠貞不渝至死不變的，令人吃驚的是幾乎沒有男性對女性表達忠貞的。這和李海霞的研究結果一致。她在《唐代愛情詩的陰柔》一文中說，《唐詩鑒賞辭典》中一共有愛情詩 147 首，“除去傾向不明和泛寫兩方愛情的以外，得男子思慕女子的 26 首，女子思慕男子的 105 首。這 105 首中，女詩人創作的只有 8 首。即在 122 首男子創作的愛情詩中，竟有 79.5%寫的是女子思慕男子！”[1]

《中外比喻詞典》語料舉例：

1）得成比目何辭死，願作鴛鴦不羡仙。——盧照鄰《長安古意》

2）寧作野中之雙鳧，不願雲間之別鶴。——鮑照《擬行路難》

3）芭蕉不展丁香結，同向春風各自愁。——李商隱《代贈》

4）莫道不消魂，簾卷西風，人比黄花瘦。——李清照《醉花陰》

5）試問閒愁都幾許？一川煙草、滿城風絮，梅子黄時雨。——賀鑄《青玉案・凌波不過橫塘路》

中國愛情比喻往往含有悲愁的情調，上面 5 例中的後 3 例都是。

西方人在中世紀很崇尚“騎士精神”，其中包括：對個人的人格的愛護和尊重；為被壓迫者犧牲全部力量乃至生命的慷慨勇敢精神；把女子作為愛和美在塵世上的代表及作為和諧、和平與安慰的光輝之神而加以理想化的崇拜等。這些信仰在西方傳統文化中對現代歐洲民族的性格塑造起了決定性的作用。現代歐洲民族的“紳士精神”便是由此衍生而來的。從上述對女子的愛和美的要求中可以看出，對女性大膽地表達愛慕和熱烈的追求都是符合“騎士”、“紳士”身份的，是被社會所廣泛認可的行為，甚

---

[1] 李海霞.追問人性，香港九江出版社.2014.P.25.

至被認為是男性體現其雄性魅力的一種方式，所以西方的愛情比喻中也充滿了這種熱情、強烈的感情色彩。本文語料中西方愛情比喻裡有 75.3%是用來抒發自己情感的比喻，絕大部分是男性思念女性。他們通常直抒自己對對方強烈的愛意或熱切盼望對方回應的心情等，例如用蛇、蛇毒、蛇盯著鳥的執著勁、花需要太陽、海裡的魚兒渴望被姑娘釣上岸等等激烈的比喻來表達愛情，充滿熱切、渴望的感情和生命力。對情愛中的羞怯、焦急的等待、靦腆等細微的情感也給予了靈動的比喻。而對思念、幽怨、孤寂一類的感情明顯忽略。劉英凱在《中西作品中比喻差異及其社會文化成因》也提到“西方作品的棄婦本體為零，相似本體僅有 5 例。”[1]在劉晗的《“寧靜如水”與“熱情似火”——中西愛情詩之比較》一文中，作者將 400 首詩歌從喜悅、悲憂、怨恨、思慕、惆悵、誓願、哲理七個方面對愛情進行分類，得出結論：“中國愛情詩歌以悲愁哀思為美，西方愛情詩以激情熱烈為美。”楊歡的文章也有同樣發現。她在《中英詩歌比喻對比》中得出結論：“英國詩人的主流對待愛情是積極向上的樂觀並且充滿激情的，而中國詩人眼中的愛情，憂愁哀怨的明顯多於喜悅的。”[2]舉幾個我們語料中的西方例子：

1）哪一個男人呢？這種感覺思想，像受驚的耗子逃回洞穴一般急忙縮了回去。——德萊賽《金融家》

2）她們的眼光裡充滿著火一般的熱情，一眨不眨地望著他，像一條赤練蛇望住一只小鳥一樣。——大仲馬《基督山伯爵》

3）我就像一條魚，掉進蒼茫大海，只期待我的情人，把我釣上岸來。——《哈菲茲抒情詩選》

四、中西方外貌氣質動植物比喻的差異

中西方人都喜歡用鮮花、漂亮的水果、柔美的樹枝等植物來比喻女性柔美的容貌、五官和溫和的氣質。不同之處舉例：

1）她才十八歲，棕色的皮膚，身材高大，精力充沛，好似一個

[1] 劉英凱.中西作品中比喻差異及其社會文化成因.北京大學學報.1999(3).

[2] 楊歡.中英詩歌比喻對比——中國唐詩、現代詩和英國近現代詩抽樣研究.西南大學碩士論文.2011.

山貓一樣地美麗。——高爾德《垃圾場上的戀愛》

山貓，多種野生貓科動物的合稱，體型似貓而大，靈活矯健。用山貓比喻一個 18 歲的姑娘並強調她棕色的皮膚，極有特色。並非所有人都喜歡白皙的皮膚。西方人就喜歡把自己曬成棕色。一位 24 歲的德國女教師告訴筆者："我的皮膚曬不黑，不好找男朋友。"我吃了一驚，看她確實特別地白。她又說，她弟弟也曬不黑，更糟糕，很難找女朋友。歐美人認為皮膚太白是不愛戶外活動，不強健。這顯示了西方人審美觀念的健康和陽剛。我們在泰國海灘上，看到成排的西方女青年隔著沙灘巾伏在沙灘上，一個個曬得像巧克力雕的，身體非常圓潤健美。

2）他的口腔內壁十分乾淨，粉紅鮮嫩，好像是剛生下一個月的小貓的嘴。——艾・莫蘭黛《歷史》

無論是本體"口腔內壁"還是喻體"剛生下一個月的小貓的嘴"描寫都非常細緻，而且明顯是作者極其善於觀察生活所得。因為母貓常不大願意讓人看見自己一個月大的小貓。

3）兩隻我從沒見過的手……像兩匹暴戾的猛獸互相扭纏，在瘋狂的對簿中你揪我壓……——茨威格《一個女人一生中的二十四小時》

這裡的女性的手是一雙完全與美無關的手，傳遞了手的主人的痛苦經歷和感受。這樣反面的、細緻的和動態的描寫也是中國比喻中罕見的。中國傳統沒有這種震撼的負面描寫。

4）片片行雲著蟬翼。——盧照鄰《長安古意》

5）眉分柳葉，比柳葉猶細猶彎。——馮夢龍《警世通言》

上兩條比喻非常貼切，可以通過喻體的形象"看"到本體的形象，但是比較單調。

在前文中筆者統計出中國人用動植物比喻女性的比例分別是 0.6%和 6%，西方則為 6%和 9.7%，多很多。動物與植物相比靈動、活潑、矯健。如西方動植物比喻語料中用來比喻女性的動物有：山貓、伶鼬、燕子、小鳥。植物有：玫瑰、百合、蘋果、矢車菊、櫻草花、剪秋草、棕櫚樹。以動物為喻，取其靈巧、活潑、健康的聯想義；以植物為喻，取其純潔莊重和可愛的聯想義，花則給人熱情的感覺，這些都符合西方熱烈、健康的女性審美觀。與動物不同，植物具有安靜的特點，又因為中國傳統女性以柔弱為美，所以在比喻容貌的時候極少考慮使用動物的特徵。其他文本的研究者也發現了這對現象。李桂奎在《論中國古代小說人物形體描寫的“物喻”特徵》中說道：“中國古代小說……女性儀容描寫的植物化……是‘美女柔形’等傳統文化滲透的必然。”[1]中國的女性地位低下，類似奴隸，對奴隸的要求是柔順；再者女性有較高的觀賞價值，鮮花的嬌羞、粉嫩；細草纖長、柔美；柳枝的飄逸、纖細都符合中國傳統對女性“膚白”、“窈窕”、“長髮”的審美觀，所以對女性面部、身材、儀態等外貌氣質描寫非常多。

中國作品對醜陋、扭曲的女性外貌氣質和男性的醜陋、糾結的容貌姿態等都極少給予關注。同時，早期的中國作品中對男性的外貌描寫基本是“形貌昳麗”、“為人潔白皙，鬑鬑頗有鬚”，少有表現男性陽剛美的描寫，如強壯、矯健等，自然也就少些對男性描寫的動物比喻。近現代對女性的非美貌描寫雖有增多的情況，但用比喻這種修辭手法來描寫非美貌的情況仍是較為罕見。

西方人則較多面地觀察了不同人的容貌氣質，細心分別美、醜以及多種意義的笑容等，並針對這些方面尋找適合的喻體，努力使本體和喻體的對比更加細緻到位，而不局限於有固定聯想義的幾種動物或植物，只要能恰到好處地表達本體的特性，沒有太大的偏好。

由上可見，國人在觀察自己和周圍的時候眼光不夠寬廣，比喻的聯想可以更自由，空間可以更廣大。

參考文獻

劉英凱.中西作品中比喻差異及其社會文化成因.北京大學學報.1999(3).

楊歡.中英詩歌比喻對比——中國唐詩、現代詩和英國近現代詩抽樣研究.西南大學碩士論文.2011.

劉冰.人類中心主義之法哲學思考——兼論人與動物的關係.昆明理工大學學報（社會科學版）.2008(4).

2013 完成，李海霞編輯修改

[1] 李桂奎.論中國古代小說人物形體描寫的“物喻”特徵.中州學刊.2004 (1).

《漢語應用的文化人類學研究》333-337。

漢英語“狗文化”差異論商榷
——兼及動物觀

李瀛　李海霞

漢語和英語“狗”的衍生義和衍生詞感情色彩大不相同，漢語的“狗”和“走狗”等，絕大多數是貶義和中性的，經常使用的都是貶義的。而英語的“狗”基本是褒義和中性的。我們在查閱中西動物詞義對比時，大部分的文章都說到“狗文化”的中西差異，如梁蘭芳《動物詞語在英、漢語中的文化內涵及差異》、劉寧《英漢動物詞的比喻與聯想》（皆 2006）、祁洪豔《淺析中英動物喻詞對比》、于培文《漢語“狗”字熟語的語義對比》（皆 2009）、武小丹《英漢動物詞彙文化語義對比》、郭文海《漢英動物詞語義表述研究》（皆 2011）等等。差異的原因，簡單說是喜歡不喜歡、歷史不同、習慣不同等的較多，其實沒說出什麼，無需分析。最近讀到《漢英語分類詞群對比研究》（2009.P.359）引自詹蓓的高論，據稱“很深刻”。一看果然洋洋宏富，它集中了不少人的高見，具有代表性。下面就其所述 4 點原因逐一剖析。

一、“中西家庭觀念的差別”

西方多“空巢”、“丁克”等家庭形式，這些家庭需要狗“以增添家庭歡樂或作為陪伴”。“而中國，幾代同堂是和睦、幸福的象徵，也是最大的天倫之樂。”無需動物陪伴。按：大家庭真是“和睦、幸福的象徵”嗎？為什麼過去的一百年，中國的核心家庭迅速崛起，大家庭銳減？有多少人願意回到大家庭去？持論者是否願意回到三世同堂、四世同堂的大家庭裡，享受“最大的天倫之樂”？日本有人指出，大家庭的自殺率高。再者，中國獨生子女政策已堅持了 30 多年，空巢家庭應該多於西方，而且中國人多怕孤獨。農民大量離鄉務工，幾千萬留守兒童更是中國特產。說養狗是為了增加歡樂，把狗當寵物的家庭是這樣。而說養狗是為了陪伴，中國人顯然更需要養狗。

二、"中西社會義務感的差別"

"西方國家崇尚人的自由獨立"；父母讓孩子養小動物以"增強他們的社會義務感"。"而漢民族崇尚的是務實精神，家庭分工極為明確，'男主外，女主內'……"；"這種家庭分工也是社會分工的縮影……孩子從小就在這分工精細的家庭氛圍中耳濡目染、潛移默化，無須藉助他物進行模擬訓練。"按：分工情況和養狗不養狗扯不上邏輯聯繫，其"務實精神"、"社會義務感"概念不清。"男主外，女主內"的原始分工既然好，持論者和女總統女總理及其他職業女性就通通違反了人類傳統文化，應該回家去！要不是這種優秀傳統的倒臺，持論者又如何能上學讀書，寫出這篇宏論！男孩不做家務，女孩不讀書不出外工作的分工埋沒了多少人才、興趣和責任心，如果一個男孩喜歡做菜，一個女孩喜歡當教師呢？兩分法也算"分工精細"，那麼引進的六七十門學科，每個學科又有大分支小分支若干，是不是分工粗略呢？剝奪一個人從事自己所長所愛的事的權利，正是剝奪"義務感"。中國男性雖然"主外"，但是幾乎所有人都對公共大事漠不關心，無需警告"莫談國事"就不談國事，女性更不說了。這個難道作者感知不到？身在鮑魚之肆而不聞其臭。不追求公正、廉潔、環保什麼的，人人就知道為自己，中國人不需要養狗就有的"社會義務感"在哪裡？

三、"中西方人生觀的差別"

文章說狗"孤傲不群"，這像西方人，強調"一般以自我家庭為中心，利己哲學盛行，鄰里關係疏遠，人情淡漠"。又說羊是"溫順，以草為食，從不爭鬥"的動物，所以受到中國人的喜歡。按：從許慎《說文》稱"犬為獨"開始，兩千多年人們都引之證明犬是獨處的動物，甚至一些今天的養狗人也相信自己的狗是獨行俠。狗喜歡結群活動，這是一個基本常識。即使我們只養了一隻狗，不給它合群的機會，也能看到牽著的狗在外面見到同類就上前交往，不願被主人拉走。人們要多麼忽視狗的習性，才沒有注意到狗愛招朋引伴？羊“從不爭鬥”嗎？頭上的尖角長來幹什麼！更奇怪的是，西方人“利己哲學盛行，人情淡漠”，為什麼有公正平等博愛的文化、制度和無數義工？美國許多人每週抽出一定時間做義務勞動，有很多民間援外組織包括醫療隊，這是中國人不能想象的，國人知道了也往往歪著心歸結於利己的原因。中國“以和為貴”，為什麼盛行等級壓榨和坑蒙拐騙？！常有報道，看見小偷偷東西、流氓強暴人不制止，倒去圍觀慫恿要跳樓的受苦人，人情味扔到哪裡去了？義務勞動幾乎沒有，如果有的話，只是上面非常偶然地組織一下，下面被動參加，作秀而已。作者和引者自發做過一次義工嗎？“義工”這個詞很多同胞尚且沒有聽說過。我們做義工比如撿路上的垃圾，許多人不是以為我們有報酬，就是以為我們有毛病。他們不能享受勞動和博愛，“人生觀”確實差別大。

四、“經濟基礎的差異”

作者說西方國家早已脫離了生活問題，才能“款待”狗。中國人貧窮，“以人為本”，故豢養動物來吃用。按：經濟永遠被認為是中西差異的“根源”，為什麼我們只看得見錢財！這才是根本的差異。其實早在古希臘時期，中西方的精神世界便有了巨大差別，希臘哲人把追求真理看得比生命還重要。而中國的聖賢只是在不損傷自己利益的前提下提倡一下仁政，即相對溫和的暴政。有人曾研究過上古的經濟基礎，中西差不多。後來中國人為什麼發展不了生產力，應該問自己。文章竟把人類中心主義叫做“以人為本”，可見毫無精神層面的追求。

持論者邏輯混亂，常識不知，對明擺著的事實和重大變化視而不見。

人對動物的看法和比喻擬人聯想，自然跟動物本身的特徵有關。例如豬因為肥而不幹活，被一些民族用來指好吃懶做的傢伙。黃鼠狼性兇殘，又會放屁逃命，英語用以指狡猾的人、刁奸的人、告密者。狗的不幸是，它們對人的熱情服務和不問曲直的忠誠舉世無雙，確實很像中國多見的酷愛打傘提鞋討好賣乖的奴才。於是漢語說奴才“是某某的一條狗”，罵人愛用“狗”字。

但這只是其一。人和動物之間更廣泛更本質的關係在於人自身的價值觀。李海霞在《漢語動物命名研究》一書里提出，人與動物的關係，是人與人之間關係的延伸。如果人間是支配與被支配的關係，人們就把為自己服務的動物看作最低賤的奴隸，打罵餓飯不在話下。古書中某些動物就有奴僕之名：狗叫黃奴，貓叫狸奴，鴿子叫飛奴。寄居小蟹叫蟹奴（人們以為它為主子找吃的），靈貓叫虎僕（斑紋似虎而小）……。如果人與人之間平等友善，人對動物也相對平等友善。這種關係的一致性在世界上普遍存在，可稱之為“內外關係同構律”。

由於賤視動物，動物權利的觀念就不存在，“低賤”的草民尚且被虐待囚殺呢。中國人養貓狗是為了抓老鼠和看家，養牛馬是為了驅使它們幹活，養豬羊兔雞鴨是為了吃它們的肉，總之為了人的功利需求。一般人養了家畜家禽，視之如木石，不去撫愛它們抱它們，不去替他們抓癢、梳毛，不關心它們的痛癢。中國一些農村家庭養貓不大給它吃的，為的就是貓能多捉老鼠，貓長得精瘦。真正養寵物的人家很少，十家沒有一家。很有些中國人不理解養寵物，認識的動物也少得可憐。筆者家裡養了豚鼠，常有人驚問：“這是什麼！”“你們養這東西幹什麼！”另一些人關心的是“它咬人嗎？”“它的肉能吃嗎？”“這東西吃起來很嫩。”少有人說它們可愛。有人在報上用嘲笑的口吻稱養狗的婦女是“狗娘”。不愛動物的人，不理解“狗娘”“貓媽”“鳥爸”之類的傢伙把寵物當作子女來愛，心裡多麼快樂。筆者家多年養貓，樓下一位退休女幹部還正言道：“玩物喪志！”她不愛任何動物，一天到晚就黏著那鐵硬的電視保姆，一聽到不“規範”的真話就轉來轉去耍橫，那才是真的喪志呢。很多國人怕動物，別說野生的，連人家養的貓狗牛馬都迴避。他們見了一隻老鼠或毛蟲就嚇得驚叫，見了蛇什麼的就打死。現在中國只有避免稀有野生動物絕種的動物保護法，但是保護動物仍經常遭捕獵。儘管不斷有人呼籲，還是沒有反對虐待的動物保護法、監管法之類出台，令人髮指的虐貓虐狗事件不時見諸網上。至於養活熊持續取膽汁、活豬注水、活剝兔皮、生扣鴨腸等殘酷虐待的行為就太多了。

歐美人則把狗視為人類的朋友，珍惜狗的服務和忠誠，不吃狗肉。19世紀英國愛丁堡人第一次打破人狗等級，給一隻忠狗塑像於廣場，那隻流浪狗為短暫收養它的老人守墓 14 年。不僅是對狗，歐美人愛重一般的動物，不少人設法接近和救助野生動物。動物保護的法律和行動都領先世界。

近代澳大利亞哲學家彼得・辛格在他的《動物解放》一書中指出：“如果以一種導致痛苦、難受和死亡的方式來對待人，在道德上是錯誤的；那麼，以同樣的方式來對待動物也是錯誤的”。[1]1822年英國議會就通過了禁止虐待馬匹的議案。[2]現在歐美國家都有各種《動物保護法》、《禁止虐待動物法》、《貓狗監管法》等。在那些國家，虐待動物會被處以罰款，嚴重的判刑。這類動物保護觀念，設身處地尊重動物的權益，超越了許多民族原有的為了人類吃穿不乏而提倡的某種有限捕殺，也超越了不打殺某一種動物的神靈意識。歐美幾乎家家養寵物，一些家庭每個孩子都有一條狗，或者一家養兩三種寵物。據信，美國擁有至少80個動物福利機構，專門為那些流浪的和受過虐待的小動物提供照顧和領養服務。如果連人情都“淡漠”，怎麼會重視動物的感受和生命？

李瀛撞見一件“小事”。本校一捷克留學生看到學院辦公室某人買的鯽魚，掛在門上沒水的塑料袋裡不斷掙扎。他忍不住感情激烈：“這魚太可憐了！你要麼就殺死它們，要麼就給袋子裡灌上水。”他看到那人去灌了水才離開。我們還從美國科技記錄片《探索》上看到，多名鯊口逃生的西方人現身說鯊，都不怪罪鯊魚，他們說是自己進入了鯊魚的家園。雖然他們經歷了極端的恐怖，失去了胳膊、腿或軀體受傷，可是並沒有失去對動物的寬容和愛。這是浸泡在等級和功利醬缸中的人們不可想象的。

在2013稿子基礎上增修，2018元月。

---

1 戴斯・賈丁斯.環境倫理學.林官明，楊愛民譯.北京大學出版社.2002.

2 楊靜.英國動物福利立法的概況及啟示.重慶科技學院學報2010.

《漢語應用的文化人類學研究》338-342。

中獸醫病名小議

劉安榮

中獸醫和西獸醫的病名，一般都是由病因、病位和症狀相互組合而構成。而由於方法論和認識論的不同，所引導出的病名體系必然不同。在病因病性方面，中、西獸醫的概念基本不同，中醫的風、寒、暑、濕、饑、飽、勞、役、陰陽虛實、脹脫痿痛、癰疽等，西醫稱之為細菌感染、炎症、變態反應、免疫紊亂、功能亢進、減退、衰竭等等。在病位方面，雖然中、西獸醫的解剖名稱基本相同，但中獸醫學的認識相對籠統，而西獸醫學的概念以精細為特徵。由於中、西獸醫對各組織器官的生理、病理及相互關係的認識上有所不同，因而對疾病的命名診斷，西獸醫有病因、病理、病理生理、功能、臨床綜合征診斷等不同形式，並注意多個方面的結合而作出完整診斷，因而其病名限定清楚，但較複雜而冗長。

中獸醫學病名則較為簡煉，每個病名實際用詞一般只有 2~4 個字，不一定將病的病因、病性、病位等本質特徵概括無遺，而需通過辨證診斷使之得到補充。辨證即是認證識證的過程。證是對機體在疾病發展過程中某一階段病理反映的概括，包括病變的部位、原因、性質以及邪正關係，反映這一階段病理變化的本質。因而，證比症狀更全面、更深刻、更正確地揭示疾病的本質。所謂辨證，就是根據望、聞、問、切四診所收集的資料，通過分析、綜合，辨清疾病的病因、性質、部位，以及邪正之間的關係，概括、判斷為某種性質的證。辨證診斷包括八綱辨證、氣血津液辨證、臟腑辨證等。病名診斷與辨證診斷之間的這種互補性，使中獸醫學的病證診斷完整地融入中獸醫學理論體系並具有中獸醫之特色。可見中獸醫病名與西醫病名既有關聯而又不等同，因此，中、西獸醫病名的對應關係是模糊的。

中獸醫古籍中對疾病的描述多以歌訣形式出現，包括疾病的病因、症狀及治療方法，因此，對疾病的描述相對簡單模糊，在與西獸醫比較時只能通過症狀相對應來確定相似病症或疑似病症。

下面是部分中獸醫病名與西獸醫病名的對應關係，這是獸醫專家們長時間研究與比對搞出來的。

中獸醫病名	西獸醫病名
腦黃	腦炎、腦膜炎、腦膜腦炎、腦積水、腦脊髓炎等多種中樞性腦病
腦中黃	腦膜炎或腦膜腦炎，但病變較腦炎輕，腦中黃還可見於腦充血和腦積水等病
心狂瘋症	狂犬病、偽狂犬病、李氏桿菌病等傳染病，以及被毒蛇咬傷發生的神經錯亂列在本症中
心瘋、心風黃	狂犬病或偽狂犬病
心痛	馬的心肌炎或心力衰竭
血海翻	心痛、心律失常病
肝黃	肝炎
單肝黃病	中毒性肝炎
膽黃	膽囊炎
膽脹	牛瘟
肺黃、急肺黃	大葉性肺炎 出敗（出血性敗血）或肺充血
肺熱、肺寒	支氣管肺炎
肺脹	肺氣腫
腎家黃、腰子脹	腎炎
脾黃、連貼急脹	炭疽
腸黃	腸炎
慢腸黃、牛傷寒轉痢	慢性腸炎
膀胱火、軟胞症	膀胱炎
絞腸痧	各型疝痛
眼痛吐肉	翼狀胬肉
硯子痛	髖關節疼痛
牙疳	壞死性牙周炎

一、中獸醫病名的優缺點

（一）中獸醫病名的優點

1. 中獸醫病名的科學性和實用性

雖然中獸醫病名大都是在科學並不發達的古代取定的，但至今仍有許多病名被廣大醫者所採用，有些病名還被現代醫學所借用，如濕疹、瘡、疔、疽等等。這本身就說明這些病名的科學性和實用性。

2. 中獸醫病名的大眾化

每個中獸醫病名都不是憑空編造，也不是一取而定的，都是古代醫家們經過長期實踐和集體智慧的結晶，是我國醫學寶庫的重要組成部分。中獸醫許多病名通俗易懂，很容易被廣大文化水平比較低的民眾所理解與接受，這是西獸醫所不能相比的。如中獸醫的腸入陰、燥蹄、胡骨把胯，在西獸醫中分別稱為腹股溝赫尼亞、蹄冠部蜂窩織炎、麻痹性肌紅蛋白尿症等，兩相比較，明顯中獸醫病名更容易理解與記憶。

（二）中獸醫病名的缺點

中獸醫病名也有其無法克服的缺點。中獸醫病名本身存在問題，使得大約 1/5 的病名已被完全棄用，剩餘病名中只有約 1/5 的病名是確定在使用的，而其餘的病名則無法確定。這是指在現代中獸醫教材中，有的教材中收錄某些病名，而有的教材卻沒有收錄。中獸醫病名的缺點主要有以下幾點：

1. 以主症為病名，症病不分

中獸醫病名中存在大量以主症命名的病名。其中一部分病名的主症是一直存在於疾病的整個發展過程中，也是這些疾病的主要特徵，這些症狀就能夠反映疾病的病理本質，故這類病名可以繼續使用，如不孕、少奶、便數、水草不通等。但有部分病名的主症雖然也是貫穿於疾病的整個過程，但它不是疾病的本質特徵，這類主症病名就可以取消。如起臥病，起臥這一症狀可由許多疾病引起，包括各種結症、冷痛、水穀並等都可引起，因此，起臥不具有代表性，起臥病作為病名也不科學。還有如垂縷不收、啌嗽、點痛都是這種情況。

2. 中獸醫病名的模糊性

中獸醫很多病名內涵不確切，造成診斷和鑒別的混亂。如：

瘡的概念。廣義的瘡是一切癰疽、皮膚病的總稱，一級病名。而狹義的瘡即指瘡瘍，二級病名。瘡既是病屬概念，又是病種概念，層次混亂。因為這個，在劃分病名層次時“口瘡”、“赤瘡”之類被劃入三級病名，是因為其“瘡”是二級病名。

心黃，對心黃症狀古人有四種描述：1）躁悶忽銜韁；2）咬齒頭低似乙韁，起臥望空身毛顫，翻目流星口不張；3）心黃護系逢人咬；4）因五臟積熱，逢人便咬，精神轉大。前兩種是沉鬱型，後兩種是狂暴型。在《七十二大病》中第四十一是心黃病，第四十二是心風黃病，證明古人不認為二者為一個病，但《三十六起臥病的歌・心黃》說：“第三心黃不轉睛，咬身用力痛無聲。”《元亨療馬集・七十二症心黃》據此言“心黃者，心風黃也”，即又把兩種病視為一種病。心黃與心風黃，究竟是否為一種病，現在都還沒定論。

3. 中獸醫病名的停滯性

隨著科技的發展，越來越多的新的疾病被診斷出來，而中獸醫卻沒有隨著新疾病的出現而出現與之對應的病名，中獸醫病名一直處於停滯不前的狀態。

二、中獸醫病名的規範化

由於中獸醫病名存在上述幾種問題，才使中獸醫病名逐漸走向消亡，人們轉而採用西獸醫病名。雖然中西合璧是現代醫學的必然發展道路，但由於中西醫理論體系不同，中獸醫病名應有更多規範。

（一）對主症病名進行清理

對於以主症作為病名的相關病名，將能夠突出中獸醫病名特色，貫穿於疾病全過程，反映疾病基本規律的主症作為病名繼續保留，如草噎、腸入陰、木舌等疾病；而對於主症能由多種疾病引起，不能明確指代一種疾病的主症病名，則應取消，只將其作為症狀名存在。

（二）明確病名的內涵和外延，盡快提高中獸醫病名的準確性

明確規範病名的內涵。如黃症，其主要特徵是腫脹，生黃，但有些疾病就只包含兩個特徵的一個，如腸黃，在其症狀描述中找不到生黃的特徵，與之對應的西獸醫病名為腸炎。故應明確黃症以及其下的二級病名的內涵。

如瘡，要明確其外延，讓它作一級病名還是二級病名，層次敲定。

提高中獸醫病名的準確性，合理規範一病多名和一名多病現象。一些病名雖然包括西獸醫幾種疾病，但在中醫理論體系下對其治療不需要細分，則就可以繼續保留，如腦黃；而另外一些一名多病，治療也要因病而異的限定或重新命名，如尿閉一病，就包括膀胱炎、尿道炎、膀胱麻痹痙攣、腎炎、腎盂腎炎等，這種就需要限定為膀胱尿閉和腎性尿閉等。

（三）合理採用西獸醫病名或按疾病特徵和發展規律創造新病名

隨著技術發展及對動物認識的加深，必然有新疾病沒有對應的中獸醫病名，這種分為兩種情況，一種是有合適的西獸病名，那就直接採用。另外一種就是雖然有西獸醫病名，但用在中獸醫學中不是很搭配，這就需要業界人士根據疾病特徵和發展規律來創造新病名。

2012 春

《漢語應用的文化人類學研究》343-353。

國學大師的邏輯問題

李海霞

摘要：中國學人的論著中經常出現邏輯問題。這裡還不說普通的專家學者，在今編論文集《國學大師說儒學》裡，就有：概念混亂如麻；論證缺乏而且經常錯位，論據不能證明論點；亂判因果；臆斷思想的相同相近；見樹木不見森林；自相矛盾等等。比如稱奉行家長制的莊子思想"近於契約之關係"，說《禮》《孝經》《論語》《春秋》"無一不破除封建之思想"，以空口之言證"身體力行"。同時這些問題還伴有虛榮、恐真、小氣等許多共生的品德缺陷。這些應該引起我們的警覺和反思。理性的態度是：我愛我的祖國，我更愛真理。

做研究必須依靠理性思維，說理順暢嚴密才能服人，稍有不慎就會犯邏輯錯誤。但是中國人不善於思辨，對邏輯缺乏敏感，何況在放縱小情緒的時候，如碰到心愛的性格和傳統文化。研究最忌小心眼，小心眼一定會說假話。筆者僅僅就《國學大師說儒學》這本集子，選出 20 例邏輯問題來分析。該書收集了章太炎、胡適等多位國學大師的論述，[1]共 236 頁。下面引文後注明該書頁碼。

> 1、"性善性惡之辯，以二人為學入門不同，故立論各異。荀子隆禮樂而殺《詩》《書》，孟子則長於《詩》《書》。孟子由詩入，荀子由禮入。詩以道性情，故云人性本善；禮以立節制，故云人性本惡。又，孟子是鄒人，鄒魯之間，儒者所居，人習禮讓，所見無非善人，故云性善；荀子趙人，燕趙之俗，杯酒失意，白刃相仇，人習兇暴，所見無非惡人，故云性惡。" 章太炎《論漢以前之儒者》（P25）

【辨析】這是章太炎推究孟子荀子言性本善還是性本惡的原因。1）且不說是否真由詩入由禮入。章太炎言"詩以道性情，故云人性本善；禮以

---

[1] 國學大師說儒學.雲南人民出版社.2009.

立節制，故云人性本惡”，這因果關係成立嗎？這話也可以反過來說：詩是放縱情欲的，故云人性本惡；禮是講求謙和的，故云人性本善。還有，詩是道自己的性情，禮是節制在下者的，其“人性”所指不一，但章沒發現也沒說明。2）第二個證據的問題是，鄒魯和燕趙之民善惡差別有多大，達到了“所見無非善人”、“所見無非惡人”的程度？同一個民族在同一時代的德性真的差別這麼大？不同民族也不可能啊。把守禮之人叫做善人也不當。因為“禮”代表等級尊卑，基本指對上的恭順，而且是表面行為。其“善”的含義就是指表面恭順嗎？

2、“言大同者必言性善，太平世當人人平等也。……故言性善者必言擴充，近於自由主義；言性惡者必言克治，近於督制主義。”梁啟超《中國學術思想史上的儒學統一時代》（P34）

【辨析】古人理想的“大同”社會，要點是選用賢能，人民安樂，並無對政治制度這等大事的關心，亦與平等無涉。中國人在接觸西方文化之前，沒有社會制度的觀念，本不知道人類除了從猿猴那裡繼承來的家長制，還可能有什麼別的制度。也就是說，在大同社會，自來的家長制不會改變。這樣的“太平世”，怎麼可能允許沒大沒小的“人人平等”？人們常稱今天就是“太平盛世”，大小家長用納稅人的錢把子孫轉移到不但沒有大同、而且高喊“不同萬歲”的國家去居住，你老百姓可以“平等”使用這些錢嗎？又，孟子是家長制的忠實信徒，何以“近於自由主義”？什麼是自由主義？大同和性善有什麼必然聯繫？什麼是平等？通通不清楚。

3、“法家主干涉，道家主放任。……惟干涉也，故君與民為強制之關係；惟放任也，故君與民為合意之關係。即近於契約之關係。……惟合意關係也，故貴平等。”梁啟超《中國學術思想史上的儒學統一時代》（P41）

【辨析】老莊的放任，包含當政者白吃俸祿不作為，反對當政者有益於人民，縱容暴君，力主愚民政策（如“無為”、不要“恤於人”、“不賤貪污”、“不尚賢”、對人民“虛其心、弱其志”）等。這些也“與民合意”嗎？其牢牢的專制立場不正是維護君與民的強制關係嗎？怎麼可能和理性的政治契約發生關係？什麼是合意關係？什麼是契約關係？什麼是平等？概念都不清；“貴平等”的證據在哪裡？

4、“耶氏專制之毒，視中國殆十倍焉。吾孔子非自欲以其教專制天下也，末流失真，大勢趨於如是，孔子不任咎也。若耶則誠以專制排外為獨一法門矣。”梁啟超《中國學術思想史上的儒學統一時代》（P43）

【辨析】1）耶氏指基督教派。信基督教的西方人在歷史上確實專制排外，誰能找到不曾專制排外的民族？而平等自由博愛的文化也產生於西方，故其專制排外不會比未產生這些文化的民族更甚，只會更弱，不然在邏輯上說不通。而梁啟超指斥其以“專制排外為獨一法門”，他知識豐富，應該知道歐美國家的總統是民選的，接受民眾監督的；應該知道自己享受著不容選擇的“父母官”的統治。有 3 千多年底蘊的家長制國家只有民主國家 1/10 的專制？梁啟超的 3 個兒子去美國留學，被排外了嗎？為何要到專制約 10 倍的腐朽國家去學習，腐朽國家哪來什麼科學！2）孔子不想以其道“專制天下”嗎？孔子一生呼籲“克己復禮”，就是要恢復周禮的天子一統天下。他殺害異見者少正卯、倡導“攻乎異端”，痛責“位卑而言高”是犯罪，不是專制是什麼？聖人乃蒙昧社會人格楷模，專制民族的聖人可能不是專制的嗎！梁氏知道什麼是專制？真的不喜歡專制嗎？他不顧一切貶西揚華是不是“排外”？

5、“孟子……決意掃盡一切功用主義，舍利害生死之繫念，一以是非為正而毫無猶疑。”傅斯年《荀子之性惡論及其天道觀》（P61）

【辨析】其“功用主義”應是功利主義。孟子真的“決意掃盡”功利主義？他說舜是大孝，就是“以天下養”其父，還不夠功利？筆者統計了孟子以仁義說諸侯的話語，共 35 次。其中 29 次是君王個人的利害。如行仁義可以稱王於天下，不行則要丟國家。該書的第一例：“未有仁而遺其親者也，未有義而後其君者也。王亦曰仁義而已矣，何必曰利？”（《梁惠王上》）。人民把君王放在前面，不就是君王最大的利嗎？一次齊國鬧饑荒，有人希望孟子再次說服齊君開倉濟民。孟子卻說那好比搏虎，可笑（《盡心下》）。孟子比孔子和老莊都要少一點自我中心，但是說他要掃盡功利主義，不考慮“利害生死”，“一以是非為正”，於事實大悖。

6、“至於別國道德的話，往往與中國不投，縱算他的道德是好，在中國也不能行。……何況功利主義、快樂主義，本來與道德背馳麼！……只要教人明白了一句話，就自然不會走歧路了。哪句話呢？說道德本來從感情來，不專從智識來……（感情）多從向來的習慣

發生。各國的習慣不同，所以，各國的感情不同，所以，各國的道德不同，並不能拿一種理去強派。”章太炎《經的大義》（P69）

【辨析】章說習慣產生感情，感情產生道德，則道德來自習慣。這裡有遞推關係嗎？在一個平面上捉迷藏，回避難言的真相，什麼也沒有告訴給人。這個道德不過就是集體無意識，章太炎未動批判性思維，故不覺。真要追下去，習慣又來自什麼？不要又說習慣來自感情啊道德啊。今人也就是以“習慣不同”回答各種民族差異，這個回答本身也成為習慣。“不能拿一種理去強派”仍是今人排拒普世價值的常言，公正平等民主博愛這些道德“與中國不投”，道德縱然好也“不能行”，我們是猴子嗎？中國有句老話叫見賢思齊，這東西說說容易，做起來燙手。章氏認為功利主義是外來的，好像有哪個民族連動物性的功利主義都不能原產，是木頭。還有人說嫖娼、作假、學術腐敗也是從外面飛進來的蒼蠅，反正一切不好的東西都是外來的，自己完美得似天帝下的蛋。

7、“科學之影響，使人類道德淪亡。……則所謂‘洪水猛獸’者，不在晦庵，在今日談科學而不得其道者也。”章太炎《〈大學〉大義》（P118）

【辨析】人類道德淪亡，原因竟不是恣縱的邪惡，而是科學！科學是追求真理的結果，它讓我們知道了許許多多我們原來不知道的真相本質原因和規律，點亮了我們心靈的燈。而它的罪行也在這裡——使迷信和傳統文化受到最嚴重的挑戰，最可怕的東西是理性。“談科學”如何才能“得其道”？章氏恐怕想說，只能讓科學為物質生活服務，不能讓它帶來理性，否則人心要發生化學變化。但不好說出來。追求真理“使人類道德淪亡”，那麼應該追求權力金錢和奴隸道德？理性越少越厭惡科學。

8、“孔子說：‘仁者必有勇，勇者不必有仁。’”“吾謂後世未必然。項王為人，暴戾恣睢，力能扛鼎，然見兵士疾病，則涕泣不食，非勇而有仁乎？”章太炎《〈孝經〉〈大學〉〈儒行〉〈喪服〉餘論》（P139）；“孔子曰：‘君子有勇而無義為亂，小人有勇而無義為盜。’此一時之言，非定論也。子路好勇，孔子嘉之。故《論語・先進》篇以政事之才，歸諸子路。”（同上P140）

【辨析】“勇者不必有仁”，是說勇者可能有仁，可能無仁。章太炎說“後世未必然”，舉例是勇者有仁，否定不了孔說。下面章氏又舉戴淵、周處的改惡從善，再問“勇者豈無仁乎？”都弄錯簡單的關係。

第二個問題：1）《論語》裡孔子說的是“有勇而無義”會出現的狀況，不是說有勇就會無義，作亂為盜。章太炎理解錯誤。2）章氏要說的，須是子路有勇又有義才對號，偏又說成有勇又有“政事之才”，旁逸。3）子路好勇，故孔子將政事之才歸於子路。此因果句前後沒有因果關係，好勇就有政事之才嗎？孔子也未嘉許子路之勇，《公冶長》篇他說：“由也好勇過我，無所取材。”（由，子路）。章又錯位。

9、“近世以來，論者輒曰，孔子囿於封建思想，因而詆毀之。……豈不誣且妄哉！”孔子在《易》裡贊“湯武革命”，在《禮記》裡稱大同世界、任賢，在《論語》裡倡中庸、寬、信、敏、恭……“是《易》之大義，在破除封建也。”“是《禮》之大義，在破除封建也。”“是《孝經》之大義，在破除封建也。”“是《論語》之大義，在破除封建也。”“是《春秋》之大義，在破除封建，更未有顯著於此者也。”唐文治《〈中庸〉篇大義》》（P145）

【辨析】唐氏說，因為孔子在《春秋》裡善善惡惡（抑惡揚善），使亂臣賊子懼，故諸書“無一不破除封建之思想”。果真如此？唐氏的“封建”指的是什麼？分封建國嗎？顯然不是。封建制有礙天子的中央集權。孔子迷戀周禮，稱“吾從周”，儒者皆知。周朝就是分封建國的，故到了孔子時代諸侯紛起爭雄，天子權力衰微。唐氏的“封建”應當指天子的中央集權及其意識形態。孔子在《季氏》篇說：“天下有道，則禮樂征伐自天子出；天下無道，則禮樂征伐自諸侯出。”天子的集權不可削弱，諸侯不能僭越，這是孔子一貫的思想，他沒想到諸侯壯大了可能危害集權。湯武以諸侯革了前朝的命，建立的還是封建制。孔子既贊周武王，又贊“恥不食周粟”的伯夷叔齊，他不能自圓不說，而唐氏只抓住“革命”。《易》《禮》《孝經》《論語》《春秋》的“大義”，如何“破除封建”了？它們根本沒有論及社會制度，其“大同”理想原始模糊當然也不涉及社會制度。所謂善善惡惡之類，是後儒從“微言”裡發掘出來的，連明說善惡都不敢，算什麼“抑惡揚善”？如果此“封建”指的是天子的中央集權及其意識形態，則符合一般人的認識；可是既然儒家經典一直在“破除封建”，怎麼兩千多年後人們才喊出“破除封建”的口號？古今天子和想做天子的人都以尊孔讀經為國家大政，不買反封建的賬。唐大師指責改革派：“因孔子禮義名教不便於己，遂謂其囿於封建思想。”（P.148）。唐大師知道“禮義名教”是民權的敵人，故極力維護之。這也罷了，偏要拿反封建的美名來粉飾祖先，又多一個癌。

> 10、“孟子曰：‘民為貴，社稷次之，君為輕。’此言出，而民與君之位定。”可是，“少數人專制於上……侮辱民位，吾怪其不讀《孟子》也。”“剝削民權，吾怪其不讀《孟子》也。”“敲吸民財，吾怪其不讀《孟子》也。”唐文治《貴民學》（P.153）

【辨析】原來孟子是反專制大師！讀其書就有民權，古希臘民主領袖伯利克里真不如他。驚喜嗎？看看事實，中國一直沒有民權，遑論民主，怎麼了？首先說孟子，他的所謂民貴君輕，只是一塊思想，絕非一個論證充分的理論體系。它因偶然、模糊不清而不真實。民為貴，哪裡貴？是他們承擔賦稅勞役嗎，還是他們有天生的權利？前者是被奴役，後者中國文化從來不承認。君既為輕，不就該是君事民嗎？而《孟子》一書絕不談事民，凡 5 個“事君”。這些不但自相矛盾，而且證明孟子是一時心熱說出這麼一句，底層無意識仍頑強相信臣民都是事君的。而其他聖賢還不及孟子，中國從無事民“逆說”。其次說唐氏，同樣違反邏輯。唐文不是口稱民權嗎？不慎漏底：“夫百姓皆赤子，赤子匍匐入井，忍心害理而莫之救？”這麼說君主就是父母，百姓是匍匐入井都不知道的嬰兒。嬰兒有什麼資格獲得民權！控制支配這些屁民白癡是為他們好啊。唐文治先生擺不脫自古以來家長制的窠臼，人民到烏托邦去“貴”吧！唐還嫌捧得不夠，大膽把孟子的話上升為“貴民學”，知道一門學問是什麼意思嗎？它由一組組概念和一系列重要命題構成，它們的意義和相互間的邏輯聯繫，都經過盡可能清晰嚴密的論證。自認智慧如嬰兒的成人，將諺語格言之類尊為“理論”太正常了。

> 11、唐大師以孟子提倡的與民同樂、與民同憂、允許民眾入王苑打獵打柴、輕徭薄賦，證“民貴君輕”。

【辨析】唐氏所證非所求證。這些不是民貴君輕，而是君王的恩惠，它是偶然的，絲毫不影響君權不受限制和民權不存在的格局。陳獨秀在《敬告青年》一文中辛辣地揭露：“輕刑薄賦，奴隸之幸福也。”國學大師知道什麼是民權嗎？它不是君王可以任意恩賜和收回的玩物，而是天賦給每個人的權利，君王必須依從它。人民的參政權、財產權、自由權等等落實到憲法法律上，才能保障每個普通人不受侵害，才可以談大眾幸福。孟子無民權思想，日夜想著"其君用之則安富尊榮"（《盡心上》），自然說不出他的民貴君輕指的是什麼，也沒有把這些瑣細改善叫做民貴君輕。唐氏深情地祭起兩千多年以前的褪色旗，而統治者棄之為破布。無怪陳獨秀接下去說："稱頌功德，奴隸之文章也。"[1]可憐唐大師死活不能改變主奴角色的定位，但拗不過世界潮流，還得打著民權反民權。

> 12、"《中庸》最重一個'誠'字。誠即是充分發達個人的本性。所以說：'誠者，天之道也。誠之者，人之道也。'……人的天性本來是誠的。"胡適《大學與中庸》（P.171）

【辨析】《中庸》最重的是"中庸"，不是"誠"字；"人的天性本來是誠的"，胡先生能論證嗎？這些且都不辨。"誠即是充分發達個人的本性"嗎？"發達"當指發展。"誠"是什麼意思？《中庸》相信天有誠意是自然神論，"誠之"據說是做到誠。古代詞義混沌，"誠"是今誠實、真誠、誠懇等的混合物，但又未清晰到成為它們的上位概念。一定要弄清楚點就算指真誠吧。"個人的本性"是個性嗎？個性（individuality）是致使一個人區別於其他人的品性。它和本性關係密切，但不能徑直叫做本性。鑒於發展個性是引進的概念，民國時看重，筆者把"發達個人的本性"姑且理解為發展個性。真誠對於發展個性是必要的，但說它即是充分發展個性本身，不合邏輯。真誠主要是對人的，發展個性主要指獨立自主、自由平等、批判精神等。從事實看，中國傳統文化的核心是忠君孝親，不要個性，只要服從權威。胡適只顧往好裡說，表達生拉硬扯模糊不清。

> 13、"老子原來是很積極的，老子無為是無不為。……可是現在所說黃老、老莊，只是清靜無為，大失老子本意。"顧隨《〈論語〉六講》（P.175）

【辨析】老聃"很積極"的證據是"無不為"。《老子》第48章原話："無為則無不為。"且不問老子做了哪一件利國利民的事，僅僅看文本，"無為"是"無不為"的條件，其實不存在"無不為"，顧隨先生應該看得懂。它就像老聃在別處說的"大直若屈，大巧若拙，大辯若訥"之類，反話沙漠中的一粒沙子而已，意思是偏取消極方，怎麼就叫做"很積極"

---

1 陳獨秀.敬告青年.青年雜誌.1915年第1卷(1).

了？如果顧先生真的看不懂，老子也為這種人想到了，接著闡釋："取天下常以無事，及其有事，不足以取天下。"取天下都靠無所事事，聽任自然，哪來"無不為"？斷章取義加歪曲才真的"大失老子本意"。《老子》第 45 章"清靜以為天下正"，第 57 章"我無為而民自化，我好靜而民自正"……他的文章本來就是重複羅列簡單說教，"清靜無為"的"本意"俯拾皆是。顧先生的主觀情緒化不是老子勝似老子。老子本來就沒半點作為的鼠膽，誰硬給安上，夜裡他就會從古墳裡爬出來啐你。

> 14、"何以看出曾子固守不失、身體力行？有言可證。曾子曰：'士不可以不弘毅，任重而道遠。仁以為己任，不亦重乎？死而後已，不亦遠乎？'"顧隨《〈論語〉六講》(P.176-177)

【辨析】言可證行嗎？大笑話！顧大師反覆用曾子的各種言論來"證明"曾子"身體力行"，如果說大師沒有邏輯思維就太惡毒了。他明明說："至於'行'，不但有此心，還要表現出來。"（176）；他又說有子"言似夫子行未必似"（183）。他看來知道言和行是兩回事。可是，一旦遇到私人情欲，邏輯就止步，認識沒有普遍性。筆者查了，古書中沒有曾子在社會上行仁的記錄，倒是《孟子・離婁下》載，曾子家在武城，越寇來了，他率先逃跑，還囑咐旁人：不得讓人住我家，毀傷我樹木。越寇退了，他就指示：修我牆屋，我要回來了。武城人不滿地說，"（我們）待先生如此其忠且敬也"，先生就這樣以仁為己任。顧大師還偏要說"曾子老實"，贊"弘毅"句"眼光多遠，多精神，多高！"（185、186）。顧大師也太不老實了，還有造神癖。

> 15、"以能問不能，以多問寡，不是開玩笑。""有若無，實若虛，豈非虛偽？不是。"顧隨《〈論語〉六講》(P.178；179)

【辨析】《論語・泰伯》曾子的原話是："以能問於不能，以多問於寡；有若無，實若虛，犯而不校。昔者吾友嘗從事於斯矣。"顧隨說不是開玩笑、不是虛偽的證據是什麼？沒有。顧大師接著說："曾子虛心到極點，強中更有強中手，能人背後有能人。"這是闡述"以能問不能"句的。可是，它也不能闡述這個問題。人無全知全能，故能力較差知識較少的人，也可以幫助能力強知識多的人，特別是術業有專攻的情況下。所以曾子的朋友請教的對象，不是強中之強，博中之博，而是總體上遜於自己的人。顧稱不是虛偽，解釋道："'有'是表面，內心覺得是'無'……曾子壓根兒就沒覺得夠過，沒覺得有過，這是虛心。”越說不是虛偽越虛偽。顧怎麼知道曾子的內心？顧是曾肚子裡的蛔蟲嗎？這是以待證之言證待證之言，論證無效。何況，曾子說的是朋友，顧讚美錯位。“犯而不校”，顧大師說有老好人的不計較，是消極膽怯；也有宗教上的不計較，是積極的。姑不論宗教上犯而不校是否積極，也不論他實際上沒有分開，他必須說明的是這兩者和曾子所言有什麼關係，卻沒有說，遊神一樣蕩開了。“昔者吾友嘗從事於斯矣”，古注說指的是顏淵。不料顧大師不顧一切稱頌道：“曾子真是虛心，不肯說自己。”他把好事都往自己偶像身上堆。至於顏淵，“未必是，也未必不是。”屁話。

16、“余以為一個做大事業的人看是非看得清楚，但絕不生氣，無所用其惱。……這還不僅是自制、克服自己，因為要做人做事我們就不能生氣，不是膽怯偷生苟活。”顧隨《〈論語〉六講》(P.179)

【辨析】“是非看得清楚，但絕不生氣”，這不是“膽怯偷生苟活”又是什麼呢？顧隨這篇對輔仁大學的演講作於 1940 年，抗日戰爭的艱苦相持期。對於日寇佔領中國領土、燒殺搶掠奸淫的是非，他是否看得清楚？反正“絕不生氣”。這跟曾子的自私逃遁異曲同工，難怪這些新儒也諱談曾子丑事。顧的長達 19 頁的演講記錄確實沒有涉及任何抗日或承擔責任的內容，只想做一己的“大事業”，好像他在太平盛世的蓬萊仙境講經。顧隨幾次強調自己不是怯懦，真是此地無銀。孔子對季康子說：“子帥以正，孰敢不正？”這並不要多大膽子，而顧已害怕：“以聰明論，儒家不如道家。”（P.191）。可見他明哲保身的絕頂“聰明”。西方有學者將“沒有義憤”視為心理老化的表現，是洞見。不過中國人聰明，太會自保就一輩子沒有年輕過，不存在老化。接下去顧大師竟倡導“大雄大勇”，其言自然空洞無物，但是舉了一個例子：“韓信受胯下之辱是大雄大勇。”韓信從強人胯下鑽過去，說是權宜之計可以，抬舉為大雄大勇，我為顧的雄激素默哀。他也有資格侈談大雄大勇？

17、“一個大教主、大思想家都是極高的天才，極豐富的思想……他的思想深刻，我們浮淺；他的眼光高，我們眼光低；他是巨人，我們是小孩。”“他是巨人，我們不成，跟不上……我們甭說追不上，連懂都懂不了。”（顧隨《〈論語〉六講》(P.184、185)

【辨析】這是代表性的個人崇拜奴。顧大師如此自卑是其水平決定，他自己要五體投地戰戰兢兢，那也罷了。可是“我們”則用詞大不當，作者無權代替別人表態。包含式稱呼“我們”不是簡單複數，它可以用作道義或反省表達的主語，表示自己不能例外；不能用作自賤表達的主語，糟蹋別人。個人崇拜是愚弱者的需求。

18、“為自己而升官發財是自私，自己總想學好也是自私。”顧隨《〈論語〉六講》（P.181）“愈反省的人愈易成為膽小心怯。反之愈是小心膽怯的人愈愛用反省功夫。”（P.184）孟子說孔子‘聖之時者也’，這話該是讚美之意……謂孔子為投機分子，是亦不思而已矣。”“假如我們生於六朝，敢保我們不清談嗎？生於唐，敢保我們不科舉詩賦嗎？……我們現在作白話文豈非也是投機？”“投機，投機，不投機落伍怎麼好呀！”“夏日則飲水，冬日則飲湯，這也是投機嗎？……這不投機不行。”同上（P.191）

【辨析】顧大師的人品和其邏輯同步淪喪。這些簡單，用《漢語大詞典》一對照就可以釐清。《大詞典》：“自私，只為自己打算；只圖個人的利益。”顧將自己想學好說成“自私”，那麼想學壞就是大公無私？又《大詞典》：“反省，回想自己的思想行為，檢查其中的錯誤。”錯誤當然也包括沒擔當，沒勇氣，沒良心。顧稱“愈反省的人愈易成為膽小心怯”，語法不順不說，他公然抵制反省，則不會反省的弱蛋就是“大雄大勇”之士了。又《大詞典》：“投機，乘機牟利。”顧將清談、做白話文和喝冷熱飲等叫做“投機”，則乘機牟利就不叫投機了？顧隨大師的重要概念混亂得像一堆惡臭垃圾。如果他不能理解這些概念，就是智力低下；如果能理解而故意胡說，亂以私藏掩護自己，就是品行惡劣。

19、“人若是獸心，他面一定獸相。”同上（P.176）

【辨析】這是什麼邏輯？人的面相和內心必然一致嗎？俗語尚且有“人面獸心”之說，捧出來的大師也未免有人面獸心之患。

20、“王船山曰：‘唯我為子故盡孝，唯我為臣故盡忠。忠孝非以奉君親，而但自踐其身心之則。’船山重個人之獨立如此。”楊昌濟《論語類鈔》（P.196）

忠君孝親成為自己內心的法則，正是權勢者私人的好奴才，怎麼與“個人獨立”扯到一起了？驢唇不對馬嘴。“個人獨立”本是引進的概念，中土所無、所忌。《牛津高階英語詞典》：“independence，the freedom to organize your own life, make your own decisions, etc. without needing help from other people."（譯："獨立，規劃自己的生活、作出自己的決定等的自主權，無需別人的幫助。"）這裡"個人之獨立"更是思想道德上的用語，西方主要指獨立於政府。它閃著雄光，楊先生愛那標籤，卻還是因為不懂而貼反了。

從這些觸目驚心的邏輯問題中，我們可以歸納其主要表現：▲許多概念混亂不清，表達要人猜測。作者不覺得自己應該將話說明白，傳播學上稱此傾向為讀者責任型。▲論證沒有或很少，而且經常錯位，論據心不在焉地遊來遊去，或待證，或與論點相矛盾。▲亂判因果，臆斷思想的相同相近。言語十分誇張，用"白髮三千丈"的思維來研究問題。硬定必然，濫駁可能。▲抓住一點就跑，不顧系統，不顧重要的相反現象。

同時，如果我們對品德稍有敏感，就會看到許多品德問題和它們一同出現：◆爭強好勝，虛榮，情緒化。如在國族間竭力貶人揚己，好德性一定自己本來就有，壞德性一定來自外國。但又懾於國外優秀文化，外面什麼標簽漂亮，就把什麼標簽往自己臉上貼，不顧事實，不顧內心的陌生或牴觸。一百步笑一步。無意這樣做已不好，顯然有些大師是故意混淆真假是非的。◆仰望權威自覺弱智，跳不出主奴人格的深淵，沉溺於家長制文化。所有這些，都反映著幼稚褊狹的自我中心，權威中心是把權威者當作大我的代表。邏輯思維和品德本有不可輕視的聯繫。大師們崇拜祖先，我們崇拜大師，忌真怕變，這就是一次又一次重演歷史的不二法門。

2017.2

後記

這本論文集的出版，折騰甚多。先是征稿期限不斷後延以等兩名關門弟子。不料他們的論文被所長 Z 及其買通的教授槍斃了 4 次，包括編造假理由、偽造盲審書和假投票。我上告教育部以後校方才解決，但仍然包庇犯事的兩名幹部。接著我妄圖在大陸出版，不是有自由平等法治什麼的“核心價值觀”嗎？積極的中介全力弄得一審通過，跟我簽了合同。沒想到國內有個拿放大鏡查反革命言論的“三審三校”制度，出版社盡職盡忠，將書稿的真話作了傷筋動骨的砍削，一篇重要文章被整個槍決。第一次返回給我的稿子已過三校。我說，根據合同我們并沒有違反哪條，我不同意這樣的修改！中介竟主動叫我去打官司。我說你會輸，合同和法律在。而他如勝利的雄雞：不，依憑的是新聞出版“八不准”！我沒聽說過，懵了。於是猜測了好幾條，無非是殺真話保面具之類。他說有的真猜到了。我想起小時候老師告稱：“舊社會天下烏鴉一般黑，百姓到哪裡去講理！”老大了我才懂。我拒絕中介強要我產下殘廢“孩子”的要求，不得不撤稿。出版社已經排版三校申請了書號，故被他敲去 5200 多元。然後他就矢口否認“八不准”的存在。真如毛所說，什麼人間奇跡都可以創造出來。

在台灣出版，必須每個作者給我授權。我花一個多月輾轉聯繫上 30 名作者，卻有 2 名不授權。她們因懼怕紅色恐怖，含恨撤了 4 篇。4 篇文章都有發現，有特色，我甚是心痛。每篇文章我都重新修改整理過。

編輯修改一個幾十人的合集比較費事，而辛苦麻煩不算什麼，自己願意。真體會了部分人的不合作，原諒了罷。只要不是特意製造的障礙和傷害都認了，怎奈卻無法擺脫它們。所幸能看到一個健全的“孩子”在台灣出世，誰說民主是奢侈品？

李海霞 2018.3

國家圖書館出版品預行編目

漢語應用的文化人類學研究 / 李海霞主編. -- 臺
北市：獵海人, 2018.05
面；　公分
ISBN 978-986-96227-4-5(平裝)

1. 漢語　2. 文化人類學　3. 文集

802.07　　　　107007526

漢語應用的文化人類學研究

作　　者　李海霞
出版策劃　獵海人
製作銷售　秀威資訊科技股份有限公司
114 台北市內湖區瑞光路76巷69號2樓
電話：+886-2-2796-3638
傳真：+886-2-2796-1377
網路訂購　秀威書店：https://store.showwe.tw
博客來網路書店：http://www.books.com.tw
三民網路書店：http://www.m.sanmin.com.tw
金石堂網路書店：http://www.kingstone.com.tw
讀冊生活：http://www.taaze.tw

出版日期：2018年5月
定　　價：550元